운명을 같이했던 너

앨저넌에게 꽃을

대니얼 키스 장편소설 | 구자언 옮김

운명을 같이했던 너

앨저넌에게 꽃을

대니얼 키스 장편소설 | 구자언 옮김

BM 황금부엉이

앨저넌에게 꽃을

2017년 8월 16일 초판 1쇄 발행
2021년 4월 21일 아트 리커버 에디션 1쇄 발행
2025년 1월 22일 아트 리커버 에디션 5쇄 발행

지은이 | 대니얼 키스
옮긴이 | 구자언
펴낸이 | 이종춘
펴낸곳 | ㈜첨단

주소 | 서울시 마포구 양화로 127 (서교동) 첨단빌딩 3층
전화 | 02-338-9151
팩스 | 02-338-9155
인터넷 홈페이지 | www.goldenowl.co.kr
출판등록 | 2000년 2월 15일 제 2000-000035호

본부장 | 홍종훈
편집 | 신정원
본문 디자인 | 윤선미
일러스트 | POV agency 이영석
전략마케팅 | 구본철, 차정욱, 오영일, 나진호, 강호묵
제작 | 김유석
경영지원 | 이금선, 최미숙

ISBN 978-89-6030-576-2 03840

BM 황금부엉이는 ㈜첨단의 단행본 출판 브랜드입니다.

일반적인 감각을 지닌 사람이라면 눈이 잘 보이지 않는 경우는 두 가지가 있으며, 따라서 원인도 두 가지라는 점을 누구나 기억할 것이다. 그것은 바로 빛에서 빠져나올 때와 빛 속으로 들어갈 때이며, 이는 육신의 눈뿐만 아니라 정신의 눈에도 해당된다. 이 점을 기억하는 사람은 시야가 흐릿하고 혼란스러운 사람을 보았을 때 쉽게 웃지 않을 것이다. 먼저 그 사람에게 더욱 밝은 곳에서 지내다가 벗어나서 어둠에 익숙하지 않기 때문인지를 물어보거나, 아니면 어둠 속에서 있다가 대낮의 빛을 향해 고개를 돌려서 지나치게 밝은 빛을 봤기 때문에 앞을 못 보는 것인지를 물어볼 것이다. 그는 자신과 같은 조건과 존재 상태에 있으면 행복한 사람으로 여길 것이고, 그렇지 않은 사람은 가엾게 여길 것이다. 저 아래에서 올라와 빛 속으로 들어가려는 자를 보고 웃고 싶은 마음이 든다면, 그 웃음은 빛에서 나와 동굴로 되돌아가려는 자를 맞이하는 웃음에 비해 더욱 그럴만한 까닭이 있을 것이다.

—플라톤 「국가」

차례

1부 꿈

2부 혼돈

3부 고독

4부 이별

5부 회귀

등 장 인 물

찰리 고든 ◇ 도너 빵집의 점원

제이 스트라우스 박사 ◇ 비크맨 대학교의 정신과·뇌외과 의사

헤럴드 니머 교수 ◇ 비크맨 대학교 심리학과장

앨리스 키니언 선생 ◇ 비크맨 대학교 지적장애 성인센터의 교사

버트 셀든 ◇ 비크맨 대학교 심리학 전공 대학원생

매트 고든 ◇ 찰리의 아버지

로즈 고든 ◇ 찰리의 어머니

노마 ◇ 찰리의 여동생

허먼 ◇ 찰리의 삼촌

아서 도너 ◇ 도너 빵집의 주인

짐피 ◇ 도너 빵집의 점원

조 카프 ◇ 도너 빵집의 점원

프랭크 라일리 ◇ 도너 빵집의 점원

패니 버든 ◇ 도너 빵집의 점원

어니 ◇ 도너 빵집의 점원

1부
꿈

미로 속으로

경가보거서 1

3얼 3일

이재부턴 내가 무슨 생각을 하는지 뭘 기어카는지 하고 나한태 이러난 이른 전브 다 저거야 한다고 스트라우스 박사님이 그래따. 왜 그런진 나도 몰르개찌만 내가 쓴 게 중요하다고 박사님이 그래꼬 그 사람들이 날 쓸 수 있는지를 알 쑤 이쓸 꺼라고 해따. 그 사람들이 날 써주면 조캐따. 왜냐면 키니언 선생님이 말한 거처럼 그 사람들이 혹씨 내 머리를 똑똑카개 해줄찌도 몰르기 때문이다. 난 똑똑캐지고 십따. 내 이름은 찰리 고든 도너 빵찌배서 일아고 이꼬 도너 사장님은 일주일에 십일 딸러를 주는 데다가 내가 머꼬 시퍼 하면 빵하고 캐이끄도 준다. 난 삼십세 사리고 담 딸이 내 셍일이다. 스트라우스 박사님과 니머 교숫님께 내가 글을 잘 모쓴다고 해떠니 박사님이 그건 괜찬타고 해꼬 내가 평소애 말하드시 그대로 쓰야 한다고 해꼬 그러니까 키니언 선생님 장문 수업에서처럼 쓰면 댄다고 해꼬 그거는 비크맨 대하꾜 겨육원에서 열리는 저능한 성이늘 위한 수업인데 나는 일주일에 새 번 일이 끈난 디에 배우러 간다. 스트라우스 박사님은 나보고 마니 저그라고 해꼬 내가 생가카는 거 전브 다 나한태 이러난 일도 전브 다 저그라고 해찌만 아무거또 더 쓸 깨 업써서 더 생각나는 개 업꼬 그래서 오늘은 이만 마치개씁니다· · · 안녕히 개새요 찰리 고든.

경가보거서 2

3얼 4일

오늘 시험을 봣따. 아무래도 망친 거 가타서 이젠 그 사람들이 날 쓰지 아늘 꺼가따. 무슨 일이 이썬냐면 그들이 말한 대로 점심시간에 니머 교수니매 연구실에 가떠니 조교가 날 어디론가 대려갓는데 거기 문에 심리학과라고 적켜잇엇고 기다란 복도엔 쬐끄만 방들이 굉장히 만앗는데 방엔 책상 하나와 의자 며 깨바깨 업써따. 어떤 방에 친절해 보이는 남자가 잇서꼬 잉크가 온통 업찔러진 하얀 카드를 면 짱 가지고 잇서따. 그가 마래따 찰리 의자에 안자서 긴장을 플고 펴나니 잇서요. 의사처럼 하얀 까운을 입고 이썼지만 그 남자는 의사가 절때 아니 얻는데 왜냐하면 나보고 입 벌리고 아 하라고 하지 아낫기 때문이다. 그가 가진 건 하얀 카드가 다여따. 이름은 버트다. 난 기엉역이 나빠서 성은 이저버려따.

도대채 그가 뭐랄찌를 몰라서 나는 의자를 꽉 붓잡꼬 안자잇서꼬 그러니까 치과에 가쓸 때처럼 그러고 이썼는데 버트는 분명이 치과의사가 아닌 개 틀림업찌만 나보고 긴장을 풀라고 계속 그랟는데 그 말은 아플 꺼라서 하는 말이기 때무내 난 그만 무서워저따.

그래서 버트가 말해따 찰리 카드에서 뭐가 보이죠. 카드 위에 업찔러진 잉크가 보여꼬 내 주머니앤 행운을 가져다주는 토끼발이 이낀 해찌만 난 너무너무 무서워져따 어려쓸 때 하꾜에서 난 늘 시어믈 망쳤고 잉크를 업찔러끼 때문이다.

하얀 카드에 잉크가 업찔러진 게 보인다고 버트에게 마래따. 버트는 마자요 그래꼬 우서꼬 그래서 난 기분이 좋아졌다. 버트는 카드를 뒤로 자꾸자꾸 넘겨꼬 난 버트에게 누가 카드에다 검정색하고 빨강색 잉크를 업찔러따고 했다. 시험이 정말 쉽따고 생각해찌만 내가 갈려고 일어나떠니 버트는 날 못 까게 해꼬 말해따 자 안즈세요 찰리 아직 끈나지 아나써요. 이 카드로 할 깨 더 나마잇서요. 난 이해가 안 가찌만 스트라우스 박사님이 마란 개 생각난다 도대채 뭘 하는 거신지 알 쑤 업써도 시험과니 말한 거슨 뭐든지 하세요 그개 바로 시험이란 거니까요.

버트가 뭐라고 햇는지 잘 생각나진 안치만 잉크에서 뭐가 보이는지 내가 말하기를 바래떤 개 생각난다. 내 눈애는 잉크에서 아무거또 보이지 안아찌만 버트는 거기에 그림이 잇따고 해따. 내 눈애는 그림이 안 보여따. 난 증말 열씨미 보려고 해따. 카드를 눈앞애 가까이 댓따가 멀리 노코 봐따가 해따. 그래서 난 앙경이 잇으면 더 잘 볼 쑤 이쓸 꺼라고 해따 보통 땐 탤래비전을 볼 때나 영화관에 갈 때만 앙경을 쓰지만 앙경을 쓰고 보면 잉크에서 그림이 보일 꺼라고 해따. 난 앙경을 꺼내 쓴 담에 어디 한번 카드를 다시 보여주새요 이번앤 분면히 그림을 차즐 수 이쓸 꺼라고 해따.

난 열씨미 보아찌만 그림을 찾찌 못해꼬 내 눈앤 잉크바깨 보이지 아나따. 나는 버트에게 새 앙경이 필요한 거 가따고 말해따. 버트는 종이에 뭐라고 써꼬 난 시험에서 부랍격 바다쓸까 봐 겁비 나따. 그래서 나는 사방에 예쁜 점들이 찍힌 정말 머찐 잉크 그림이라고 버트에게 말해찌만 버트가 머리를 흔드는 걸 보니까 그것도 틀린 모양이어따. 다른 사람들은 잉크에서 뭔가를 봤냐고 버트에게 물어떠니 그럼요 사람들은 잉크반점에서 그림을 상상하죠라고 해따. 그리고 카드에 묻은 잉크는 잉크반점이라고 부른다고 해따.

버트는 매우 친절하고 천처니 말해서 내가 일끼를 배우려고 가는 수업시간에 키니언 선생님이 머리가 둔한 성인들에게 말하는 것 가따. 버트는 이것이 로 샤 시험[1]이라고 나한태 알려주어따. 다른 사람들은 잉크에서 뭔가를 본다고 말해따. 나는 어디에 보이는지 가르켜 달라고 해따. 하지만 버트는 내게 가르켜주진 안코 생가캐보새요 카드에 먼가 이따고 상상해보새요라는 말만 자꾸 해따. 그래서 나는 잉크반점이 이따고 상상한다고 해따. 버트가 머리를 흔드러서 그거또 아닌 모양이어따. 버트는 잉크반점을 보니까 먼가 생각나는 개 없나요 반점이 먼가 흉내 내는 거 가찌 안나요 해따. 나는 흉내를 내려고 한참똥안 눈을 가마따가 하얀 카드에 잉크 한 병이 온통 업찔러진 거 흉내 내는 거 가따고 해따. 그래떠니 그때 버트에 연필심이 뿌러지는 소리가 들려꼬 우리는 일어나 바끄로 나가따.

아무래도 로 샤 시험은 통과 모탄 거 가따.

3째 경가보거서

3얼 5일

카드 위의 잉크 자국은 하나도 중요하지 안타고 스트라우스 박사님과 니머 교수님이 말해따. 종이카드 위에 잉크를 엎지른 건 내가 아니라고 해꼬 잉크 말고 다른 건 못 바따고 해따. 그래도 날 쓸 수 이

1 로르샤흐 잉크반점 검사. 성격분석 검사법 중의 하나.

따고 두 분은 말해따. 키니언 선생님은 쓰기와 일끼 말고는 나한테 그런 시험을 낸 적이 한 번도 업써따고 나는 스트라우스 박사님에게 말해따. 그러자 키니언 선생님이 이러케 말해따고 해따. 비크맨 학교에 열리는 저능한 성인을 위한 수업에서 내가 가장 잘하고 제일 열씨미 노력한다고 해따. 왜냐하면 정말 배우고 십꼬 나보다 훨씬 똑똑한 사람들보다도 더 많이 원해끼 때문이다.

스트라우스 박사님이 나한테 물어따 비크맨 학교에는 어떻게 혼자 알아서 갔어요 찰리. 어떻게 알게 되었어요. 난 기억이 안 난다고 해따.

니머 교수님이 말해따 일꼬 쓰기를 왜 재일 먼저 배우고 시퍼. 지금까지 살면서 난 항상 똑똑카고 싶고 바보가 아니길 바라기 때무니고 엄마는 내게 키니언 선생님이 알려준 대로 노력하고 배우라고 항상 말해찌만 똑똑카기란 아주 어렵고 학교에서 키니언 선생님 수업에서 뭔가 배울 때도 정말 많이 이저버린다고 교수님에게 말해따.

스트라우스 박사님은 종이에 뭐라고 저거꼬 니머 교수님은 내게 아주 심가칸 태도로 말해따. 있잖아요 찰리 우리는 지금까지 동물들에게만 실험을 해봐서 사람에게는 어떤 영향을 미칠 거신지 확실히 몰라요. 나는 키니언 선생님도 나한테 또까치 말해줘따고 해꼬 그래도 난 혹시 뭐 아프거나 해도 난 튼튼하고 열심히 이랄 꺼라고 해서 전혀 신경 쓰지 안는다고 해따.

나는 두 분이 도와줘서 할 수만 있다면 똑똑캐지고 십따. 두 분은 우리 가족의 허락을 받아야 한다고 해찌만 날 예전에 돌봐줬던 허먼 삼촌은 죽어꼬 난 가족이 기억나지 안는다. 난 엄마 아빠와 여동생 노마를 무척 오래똥안 보지 못해따. 아무래도 주근 거 가따. 스트라우스 박사님은 내게 가족들이 예전에 살던 곳을 물어따. 브루클린이라는 데 가타요. 박사님은 혹시 우리 가족들을 차즐 수 있는지를 알아보개따고 말해따.

나는 이런 경가보고서를 너무 마니 쓰지 아나쓰면 조캐따. 왜냐하면 시간이 아주 오래 걸리고 나는 아주 느깨 잠짜리에 들게 되고 아침에 일할 때 피고나기 때무니다. 내가 롤빵이 가득 노인 트레이를 오븐에 너으려고 나르다가 떨어뜨린 바람에 짐피가 내게 고함을 질러따. 롤빵이 더러워져서 짐피는 오븐에 넣기 전에 따까야 해따. 짐피는 내가 먼가 잘모탈 때마다 항상 고함을 지르지만, 사실 짐피는 날 무척 조아한다. 우리는 친구기 때문이다. 아, 내가 똑똑캐져도 짐피가 놀라지 아나쓰면 조캐따.

경가보거서 4

3얼 6일

혹시 나를 쓸 때를 대비해서 오늘 무척 이상한 시험을 더 바다따.

또까튼 건물인데 더 작은 방이어따. 시험을 주관한 친절한 부인이 나한테 시험 이름을 말해꼬 그래서 내가 경가보거서에 쓰려고 하는데 철자가 뭐냐고 물어따. "주제" "통각" "테스트"[2]라고 불러주어따. 앞에 저킨 두 단어는 무슨 뜻인지 모르개찌만 테스트는 안다. 무조건 통과해야 하는 시험인데 성적이 나쁘면 통과를 못한다.

이번에 친 시험은 사진들이 보여서 시워 보여따. 그런데 이번에 부인이 원해떤 것은 내가 사진에서 본 대로 말하는 개 아니어따. 난 해깔려따. 나는 부인에게 말해따 어제 버트는 내가 잉크에서 본 대로 말해야 한다고 해써요. 그러자 부인이 말해따. 이 테스트는 어제 본 거와는 다르기 때문에 그래도 괜차나요. 자, 이제 그림에 나오는 사람들에 대한 여러 이야기를 만들어내야 해요.

전혀 모르는 사람들 이야기를 도대채 어떠캐 할 수 잇냐고 말해따. 부인은 내게 그런척하라고 해찌만 나는 그건 거짓말이라고 해따. 어렷쓸 때 나는 거짓말을 하고 항상 호니나끼 때문에 더 이상 거짓말을 절때 하지 안는다. 내 지갑에는 여동생 노마와 허먼 삼촌과 함께 찍은 사진이 한 장 들어잇서따. 죽기 전에 허먼 삼촌은 내가 도너 빵가게의 청소부로 일할 수 잇또록 자리를 구해다 주어따.

나는 허먼 삼촌과 오래똥안 가치 살아끼 때문에 삼촌과 여동생에

2 투영법에 속하는 인격진단 검사. 피험자에 대한 공상력 테스트이므로 그림을 보며 무엇이든지 자유롭게 이야기를 꾸며보라고 함.

관한 이야기라면 만들어낼 수 이따고 해찌만 부인은 그런 이야기는 드꼬 시퍼 하지 아나따. 이 테스트와 로 샥 어쩌구 하는 테스트는 모두 성껴글 알아보기 위해 하는 거라고 말해따. 나는 크게 우서따. 다른 누군가가 종이 위에 업찌른 잉크를 보거나 아니면 도대채 누군지 전혀 모르는 사람들의 사진을 보고 어떠캐 그런 걸 알 수 잇냐고 해따. 부인은 화낭 거 가타꼬 사진드를 치워버려따. 나도 모르개따.

아무래도 이번 시험도 망친 거 가따.

그런 다음에 부인을 위해 그리믈 몇 장 그리었지만 난 그림을 별로 못 그린다. 나중에 흰 까운을 입은 다른 시험관 버트가 다시 와꼬 이름은 버트 셀든이고 날 대리고 비크맨 대학교의 4층에 있는 다른 방으로 대려갔는데 문에는 〈심리학 실험실〉이라고 써잇서따. "심리학"은 마음을 뜻하고 "실험실"은 그들이 스피어민트[3]를 만드는 곳이라고 버트가 말해따. 그땐 그들이 스피어민트 풍선껌을 만드는 곳이라는 뜻으로 버트가 한 말인 줄 알앗는데 이제 와서 생각해보니 그들이 만든 건 퍼즐과 개임들이다 왜냐하면 그게 바로 우리가 해떤 것이니까.

퍼즐이 전부 조각나 있었고 조각들이 구멍에 들어마찌 안아서 잘 마출 쑤 업써따. 어떤 개임은 종이 위에 선들이 사방으로 그어져 있었고 상자들이 수업씨 마니 잇서따. 한쪽에는 "출발점" 다른 쪽에는 "도착점"이라고 적켜잇서따. 버트는 내게 그 게임은 미로차끼라고 해꼬

3 원문은 spearmints(박하). 찰리는 experiments(실험)를 박하로 잘못 알아들었다.

저기 있는 연필로 "출발점"에서 "도착점"까지 다른 선들은 넘어가지 말고 줄을 그으라고 해따.

미로차끼란 게 먼지 이해가 안 가서 우리는 많은 종이를 다 써버려따. 그러자 버트가 말해따 맞아 뭔가 보여줄 게 있어요 시럼실로 갑시다 그럼 이해가 갈 꺼에요. 우리는 5층에 있는 다른 방으로 가따 수많은 동물들이 상자우리 안에 있었고 원숭이와 생쥐도 몇 마리 잇서따. 오래된 쓰래기에서 나는 것 같은 이상한 냄새가 나따. 그리고 하양 가운을 입은 사람드리 동물들과 함께 놀고 있어서 애완동물 가게 간다고 생가캐찌만 손님은 한 명도 업써따. 버트는 하양 쥐를 상자우리에서 꺼내서 나한테 보여줘따. 버트가 말해따 이 쥐가 바로 앨저넌이고 이 미로차끼를 무척 잘하지. 난 버트에게 말해따 앨저넌이 어떠캐 하는지를 보여주세요.

네 그러캐 할 꺼에요 버트는 앨저넌을 상자 안에 너어꼬, 상자는 커다란 탁자처럼 생겨서 종이에 그려진 것처럼 온갖 길들이 꼬불꼬불 나잇서꼬 여러 모양의 벽들이 잇서꼬 출발점과 도착점이라고 적혀잇서따. 탁자 위에는 덥깨가 잇서따. 그리고 버트는 시계를 꺼내더니 덥깨 문을 들어 올리면서 앨저넌 출발해라고 말해꼬 쥐는 두세 번 킁킁거리더니 달리기 시작해따. 처음에는 긴 통로를 달려 내려가더니 더 이상 갈 수 없다는 걸 알자 처음에 출발했던 곳으로 되돌아와서 콧수염을 씰룩씰룩 움직이면서 그 자리에 잠깐 서잇서따. 그런 뒤에 앨저넌은 반대쪽 통로로 가보더니 달리기 시작해따.

앨저넌이 하는 것은 버트가 내게 종이 위에 해보라고 시킨 것과 똑같은 거여따. 쥐가 해내기는 어려울 거라고 생각한 나는 마냥 웃고 잇서따. 하지만 그때 앨저넌은 모든 길을 제대로 통과해서 마침내 "도착점"이라고 적힌 곳으로 나오더니 찍찍 소리를 내따. 버트가 말한다 저건 앨저넌이 제대로 해내서 기분이 좋다는 뜻이에요.

나는 말해따 우와 정말 똑똑한 쥐네요. 버트가 말해따 앨저넌과 시합을 한번 해보지 않을래요. 내가 조타고 했더니 버트는 나무로 만들어진 미로차끼가 있고 연필처럼 쓸 수 있는 전기 막대기도 있다고 해따. 버트는 앨저넌의 미로도 내 꺼와 똑같이 바꿀 수 있어서 우린 또까튼 걸로 시합할 수 잇서따.

버트는 앨저넌이 있는 탁짜 주위에 있던 칸마기를 모두 옴겨따. 칸막이들은 따로 떼어낼 수 잇서꼬 버트는 칸막이들로 통로를 달르게 조립할 수 잇서따. 그런 다음에 버트는 덥깨로 위를 덮어 앨저넌이 통로들을 훌쩍 뛰어넘어 "도착점"에 가지 모타개 해따. 버트는 내게 전기가 흐르는 막대기를 주면서 양쪽 벽 사이에 놋는 법을 알려주어꼬 막대기는 칸막이 위로 들어 올리면 안 되고 막대기가 더 나아갈 수 업슬 때까지 그냥 통로를 따라가야만 해꼬 알려준 대로 하지 않으면 전기가 찌릿 하고 조금 흐를 거라고 해따.

버트는 시계를 꺼내꼬 그러면서도 내게 그 모습을 숨기려고 애를 써따. 그래서 나는 버트를 안 보려고 노려캤는데 무척 싱경이 쓰여따.

버트가 내게 출발하라고 해쓸 때 난 앞으로 가려고 해찌만 도대체 어디로 가야 할찌를 알 쑤 업써따. 그때 탁짜에 놓인 상자에서는 앨저넌이 찍찍거리는 소리가 들려꼬 이미 달리기를 시작한 것처럼 발로 극는 소리가 들려따. 나는 출발해찌만 잘모땐 길로 들어서서 가로마켜꼬 손가락에 찌릿 전기가 쪼금 흘러꼬 그래서 난 "출발점"으로 되돌아가찌만 내가 딴 길로 들어설 때마다 모두 가로마켜꼬 전기가 찌릿 흘러따. 아프진 아나찌만 난 움찔움찔 놀라꼬 그러자 내가 잘못 갓따는 걸 알려주기 위한 거라고 버트가 말해따. 내가 미로를 반쯤 갓을 때 앨저넌이 기분 조을 때 내는 찍찍 소리가 들려꼬 그건 앨저넌이 시합에서 이겻다는 뜻이다.

그 뒤로 시합을 열 번 더 햇는데 앨저넌이 전부 다 이겻다. 난 "도착점"이라고 저킨 곳까지 가는 길을 찾지 못해끼 때문이다. 아주 오래 걸리긴 해찌만 앨저넌을 보면서 미로를 통과하는 법을 배워끼 때문에 기분이 나쁘진 아나따.

난 쥐가 그렇게 똑똑한지를 미처 몰라따.

경가보거서 5

3얼 6일

그들이 브루클린에서 엄마와 가치 살고 있는 여동생 노마를 찾아 내꼬 노마에게서 나를 수술해도 좋다는 동이를 받아따. 그래서 그들은 나를 쓸 거다. 난 너무 흥분해서 가만히 안자서 보고서를 쓰기가 힘들다. 그런데 니머 교수님과 스트라우스 박사님 둘 사이에 말싸움이 벌어져따. 난 니머 교수님의 연구실에 안자잇써는데 스트라우스 박사님과 버트 셀든이 들어와따. 니머 교수님은 날 쓰는 걸 걱정해찌만 스트라우스 박사님은 지금까지 테스트해떤 후보들 중에서 내가 가장 저캅해 보인다고 말해따. 버트도 니머 교수님에게 키니언 선생님이 저능한 성인들을 위한 교육원에서 가르치고 있는 사람들 중에서 내가 최고라면서 추천해따고 말해따. 내가 다니는 대다.

스트라우스 박사님이 내게는 아주 조은 게 이따고 해따. 나한테 조은 모터가 이따고 그래따. 내가 그런 걸 가지고 잇는지도 전혀 몰라써따. 아이-큐[4] 68인 사람들 중에서 나처럼 강한 모터[5]가 달린 사람은 차자보기 어렵다고 그가 말해쓸 때 난 기분이 조아따. 난 모터가 무엇인지 모르고 어디에서 얻엇는지도 모르갯는대 박사님은 앨저넌도 강

4 원문은 Eye-Q. 찰리는 I.Q.의 'I'를 'Eye'(눈)로 잘못 알아듣는다.

5 원문은 motor-vation. 찰리는 motivation(동기부여)을 motor-vation으로 잘못 알아듣는다.

한 모터를 가지고 잇다고 말해따. 앨저넌의 모터는 바로 사람들이 상자 안에 노아두는 치즈라고 한다. 그런데 그것만은 아닌 거 가따 난 이번 주에 치즈라곤 먹은 적이 업끼 때문이다.

니머 교수님은 내 아이-큐가 너무 낮은데 너무 노파지면 혹시 내가 아플까 봐 걱정해따. 그러자 스트라우스 박사님은 니머 교수님에게 내가 이해할 수 업는 뭔가를 말해따. 그래서 두 사람이 말하는 동안에 경가보거서를 쓰려고 난 노트에 말하는 거를 일단 대충 받아 적어따.

스트라우스 박사님이 말해따 헤럴드 헤럴드는 니머 교수님의 이름이다 지능** 무슨 말인지 몰라서 못 적어따 *** 슈퍼맨을 최초로 만들어내는 데 잇어서 찰리를 쓰고 십찌 안타는 건 나도 이해해. 하지만 찰리처럼 지*이 나즌 사람들은 대부분 적**이고 비협**이고 평소에 둔한 데다가 매사에 무관*해서 다가가기가 힘들잖아. 찰리는 성격도 조코 연구에 관심도 있는 데다가 우리 마음에 들려고 무척 애를 써.

그러자 니머 교수님이 말해따. 기억해두게 찰리는 수술로 지능이 노파진 최초의 인간이 될 테니까. 스트라우스 박사님이 말해따 그게 바로 내가 하고 시퍼떤 말이에요. 지능이 나즈면서 배우려는 의지가 저러캐 강한 성인을 도대체 어디에서 또 차즐 수 잇깨서요. 찰리가 지능이 나즌데도 불구하고 일꼬 쓰는 법을 얼마나 잘 배워왓는지를 봐요. 정말 엄청* 발*이에요.

세 사람이 너무 빨리 말해서 대와를 전부 알아들을 쑤 업써찌만 스트라우스 박사님과 버트는 내 편을 들어꼬 니머 교수님은 반대하는 거 가타따.

버트가 계속 말해따 앨리스 키니언 선생님이 그래써요 찰리에게서 배우고 십따는 아주 강한 의욕을 느껴따고요. 자기를 써달라고 빌기까지 해따고 하더군요. 버트가 한 말은 사실인데 나는 똑똑캐지고 시펐기 때문이다. 스트라우스 박사님은 자리에서 일어나서 주위를 거러다니다가 말해따 제 말은 찰리를 쓴다는 거에요. 그러자 버트가 고개를 끄덕였다. 니머 교수님은 머리를 긁적이더니 손가락으로 코를 문질렀고 말했다 아마 자네 말이 맞을지도 모르겠군. 찰리를 쓰기로 하자고. 그렇지만 찰리에게 이 실험에서 많은 일들이 잘못될 수도 있다고 알려줘야만 해.

니머 교수님이 그 말을 햇쓸 때 나는 너무 기뻐꼬 흥분해서 뛰어올라꼬 내게 잘 대해준 거시 고마워서 그와 악수를 나누어따. 내가 그러캐 하자 니머 교수님은 겁머근 거 가타따.

니머 교수님이 말해따 찰리 우리는 오래똥안 이 연구를 진행해찌만 앨저넌과 같은 동물들에게만 실험할 수바깨 업어써. 자내에게는 신채적으로 위험한 일이 업쓸 거시라고 확신하지만 실재로 시도해보기 전에는 알 수 업는 다른 것들이 잇어. 이 프로잭트가 실패할 수 잇고 그래서 아무 일도 안 일어날 수 잇따는 점을 자네가 알아쓰면 조캐써.

아니 잠깐 동안은 성공할 수 잇찌만 지금보다 더 아콰될 수도 잇꼬. 무슨 말인지 알개써? 그러캐 되면 우리는 자내를 워렌 주립보호소로 돌려보내야 해.

난 아무거또 무서워할 것이 업써서 괜찬타고 해따. 난 무척 튼튼하고 항상 차카개 살고 토끼발도 가지고 잇꼬 지금껏 거울을 깬 적이 한 번도 업끼 때문이다. 접시를 며 짱 떠러뜨린 적은 잇찌만 그개 부랭을 가져다주진 안으니까.

그러자 스트라우스 박사님이 말해따 찰리 혹시 이 시도가 실패해도 자네는 과학에 크게 공허늘 하는 거예요. 이 실험은 많은 동물들에게는 성공해찌만 인간에게는 한 번도 시도해본 적이 없으니까요. 찰리가 처음이에요.

나는 박사님에게 말했다 박사님 고맙습니다 키니언 선생님이 말한 대로 제게 다시 기회를 준 것을 후회하지는 아늘 꺼예요. 내 말은 진심이다. 수술한 뒤에 나는 똑똑캐지려고 노력할 것이다. 정말 열씨미 노려칼 꺼다.

손을 대서는 안 되는 것에 함부로...

경가보거서 6번째

3얼 8일

난 무섭따. 대학에서 일하는 많은 사람들과 의대에 있는 많은 사람들이 와서 내게 행운을 빌어주어따. 시험관 버트는 내게 꽃을 몇 송이 가져왔는데 심리학과 사람들이 보내온 것이라고 해따. 버트도 내게 행운을 빌어주어따. 나도 운이 좋았으면 조캐따. 나는 토끼발을 가지고 잇써꼬 행운을 가져다주는 동전과 나의 말굽편자를 가지고 잇써따. 스트라우스 박사님이 말해따 찰리 그런 건 다 미신이야. 우리가 하는 건 과학이라고. 나는 과학이 무엇인지 모르지만 사람들은 누구나 과학 예기를 하는 것을 보니 아마도 그건 사람들이 행운을 가질 수 있도록 도와주는 건가 보다. 어째뜬 난 한 손에는 토끼발을 지니고 잇써꼬 다른 손에는 구멍 난 내 행운의 동전을 지니고 잇써따. 내 말은 동전 말이다. 나는 말발굽도 가지고 가고 시퍼찌만 무거워서 나는 그냥 외투 주머니에 너어두어따.

빵가게에서 일하는 조 카프는 도너 사장님이 보낸 초꼴랫 케이크를 가져와꼬 빵가게 사람들도 내가 곧 더 낫끼를 바란다고 했다. 빵가게 사람들은 내가 아프다고 생각한다. 사람들에게는 내가 아프다고 하라고 해꼬 똑똑캐지려고 수술을 한다는 말은 입 바깨 내서는 안 된다고 니머 교수님이 말해끼 때문이다. 수술이 효과가 업꺼나 뭔가 잘못될 때까지는 비밀로 해두기로 했다.

그때 키니언 선생님이 나를 보러 와꼬 일글 잡지를 며 깨 가져와따. 키니언 선생님은 신경이 곤두서고 겁을 먹은 것 가타따. 선생님은 내 탁자 위에 꼿뜰을 가져다 노아꼬 모든 것을 멋지고 깔끔하게 노아꼬 나처럼 어질러놋치 안아따. 그리고 키니언 선생님은 내 머리맛태 베게를 매만졌다. 선생님은 나를 아주 조아한다. 왜냐하면 무신경한 성인 교육원의 다른 사람들과는 달리 나는 모든 것을 바꿔노으려고 무척 만이 노려카기 때문이다. 키니언 선생님은 내가 똑똑캐지기를 원한다. 나는 안다.

그러자 니머 교수님은 내가 휴식을 취해야 해서 손님은 더 받을 수 업따고 해따. 니머 교수님에게 수술을 바꼬 나면 앨저넌을 이길 수 잇쓸찌를 물어꼬 교수님은 아마 그럴 거라고 말해따. 혹시 수술이 잘 되면 앨저넌에게 내가 자기만큼 아니 더 똑똑카다는 것을 보여줄 꺼시다. 그때 나는 더 잘 일꼬 철짜도 더 정확키 쓸 수 이꼬 마는 거뜰을 알 쑤 이꼬 다른 사람들과 가타질 수 있을 것이다. 아, 정말 그러면 다들 깜짝 놀라개찌? 수술이 재대로 이루어져서 내가 똑똑캐지면 나는 엄마와 아빠와 여동생을 차자서 보여줄 수 있을 거다. 내가 부모님과 여동생처럼 똑똑캐진다면 정말 놀라개찌?

수술이 잘 되어서 지능이 놉파진 대로 유지되면 나와 가튼 다른 사람들도 똑똑카게 만들 꺼라고 니머 교수님이 말해따. 전 새개 사람들을 모두 똑똑카게 만들찌도 모른다. 니머 교수님이 말해따. 그 말은 바로 내가 과학에 뭔가 대단한 것을 하고 잇따는 뜻이고 나는 유명해질 것이고 내 이름은 책에 실릴 거시라고 해따. 나는 유명해지는 것에는 크게 관심이 업따. 나는 다른 사람들처럼 똑똑캐지고 시플 뿐이고 그러면 나와 같은 만은 친구들을 사귈 수 잇쓸 거시다.

오늘 그들은 내게 먹을 걸 하나도 주지 안아따. 나는 도대채 먹는 것과 똑똑캐지는 것이 무슨 상관인지 잘 모르개따. 배고프다. 니머 교수님은 내 초꼴랫 캐이크를 가져가 버려따. 니머 교수님은 정말 짜증난다. 케이크는 수술이 끝난 뒤에 돌려받을 수 있다고 스트라우스 박사님이 말한다. 수술 저내는 아무거또 머거서는 안 돼요. 치즈도 안 돼요.

경과보고서 7

3월 11일

수술은 아프지 안아따. 내가 잠들어 잇는 사이에 스트라우스 박사님이 수술해따. 수술하는 것을 보지 못태서 어떠캐 수술을 햇는지를 모른다. 머리와 두 눈에 삼 일 동안 붕대를 감꼬 잇써서 오늘에야 나는 경과보고서를 쓸 수 이따. 날씬한 간호사가 와서 내가 쓰는 것을 보더니 내가 "경과"를 "경가"라고 잘못 썼다고 말해꼬 "보고서"와 "3월"도 똑바로 쓰는 법을 정화키 알려주어따. 꼭 기어캐둬야게따. 나는 기엉녁이 나빠서 철자법을 틀린다. 어쨌든 오늘 사람들이 두 눈에서 붕대를 풀어주어꼬 그래서 이제 난 경과보고서를 쓸 수 이따. 그러치만 머리에는 아직도 붕대를 감고 이따.

사람들이 들어와서 이제 수술을 해야 할 시간이라고 말해서 난 덜컥 겁이 나따. 사람들은 내가 누워잇떤 침대에서 바퀴가 달린 다른 침대로 내 몸을 옴겨꼬 그들은 내 침대를 밀고 병실 바끄로 나가 복도를 따라 〈수술실〉이라고 써잇는 문으로 대리고 갔다. 나는 정말 놀라따. 사방에 벽이 녹색인 큰 방이어꼬 노픈 곳에서는 수마는 의사들이 수술을 지켜보면서 빙 둘러 안자잇써따. 나는 이러캐 무대 위의 쇼와 갓틀 것이라고는 저녀 생각을 모태따.

탤래비전 쇼에 나오는 것처럼 옷은 전부 하야캐 입꼬 얼굴에 하얀 천을 두르고 양손에 고무장갑을 낀 한 남자가 탁자로 다가와따. 그가 말해따 찰리 진정해요 나야 스트라우스 박사. 그래서 나는 말해따 안녕하새요 박사님 저는 무서워요. 그러자 박사님이 말해따 찰리 아무거또 겁낼 꺼 업써 넌 잠들게 될 거야. 그래서 나는 말해따 그게 무서워요. 박사님은 내 머리를 톡톡 두드려꼬 그러자 하얀 마스크를 쓴 두 남자가 와서 내 두 손과 발을 무꼬 그래서 나는 꼼짝또 할 수 업써서 너무 무서워따. 위가 긴장해서 토할 것 가타찌만 토하지는 안아따. 약간 신물이 올라와서 옷이 조금 젓저쓸 뿐이었다. 나는 울려고 해찌만 그들은 내 얼굴 위에 고무를 씌워꼬 숨을 들이마시개 했는대 거기에서 이상한 냄새가 나따. 스트라우스 박사님이 큰 소리로 수술에 관해 모두들에게 자기가 앞으로 무엇을 할 꺼신지를 말하는 개 개속 들려따. 하지만 나는 아무거또 알아드찌 못해꼬 아마도 수술한 뒤에 똑똑캐지면 박사님이 말하는 것을 전부 이해할 수 잇쓸 거라고 생가카고 잇써따. 그래서 나는 숨을 기피 들이마셔꼬 그러자 갑자기 피고내져서 나는 그만 잠드러 버려따.

잠에서 깨어쓸 때 나는 다시 내 침대 위에 누워잇어꼬 박끈 무척 어두워따. 아무거또 보이지 아나찌만 누군가가 말하는 소리가 들려따. 버트와 간호사여꼬 나는 어찌된 일이냐고 왜 불을 켜지 안냐고 수술은 언제 할 거냐고 물어따. 그러자 버트와 간호사가 우서꼬 버트가 말해따 찰리 다 끈나써. 지금 눈아피 깜깜한 건 너가 두 눈에 붕대를 감고 잇끼 때문이야.

신기하다. 잠든 사이에 수술을 해버리다니.

버트는 내 채온이며 혈압이며 그 바깨 여러 가지 것들을 기록하기 위해 매일 날 보려고 온다. 그는 과학적인 방법으로 한다고 말한다. 그들은 무슨 일이 일어나는지를 기로캐둬야 한다고 해따. 그래야 그들이 워날 때 그것을 다시 할 수 이따고 해따. 나를 다시 수술하는 개 아니라 나처럼 똑똑카지 안은 다른 사람들을 말하는 거다.

그거 때문에 나도 경과보고서를 써야 한다. 버트는 보고서도 실험의 일부라고 하면서 그들이 보고서들로 통개를 내서 내 마음 속에서 벌어지는 일을 알 수 이쓸 거라고 해따. 나는 그들이 어떠캐 보고서를 보고 내 마음 속에서 벌어지는 일을 알 수 있다는 거신지를 나는 모르개따. 쓴 걸 읽고 또 읽어보지만 내 마음 속에서 무슨 일이 일어나고 잇는지 또 그들은 어떠캐 알 쑤 이따는 거신지 모르개따.

하지만 어째뜬 그개 과학이고 나는 다른 사람들처럼 똑똑캐지려고 노려캐야 한다. 내가 똑똑캐지면 그들이 내게 말을 걸 꺼시고 나는 함께 안자서 이야기를 들을 꺼시고 마치 조 카프와 프랭크와 짐피가 중요한 거뜰에 관해 말하고 의논할 때처럼 그럴 꺼시다. 그들은 일하면서 이야기를 하는데 하느님에 관해 말하거나 대통령이 쓰는 돈에 문제가 이따고 하거나 민주당과 공화당에 관한 이야기들이다. 그러면 그들은 마치 싸움판을 벌일 것처럼 흥분하고 그러면 도너 사장님이 와서 자리로 돌아가서 빵 굽는 일을 하라고 말해따. 그러치 안으면 그들의 조합을 모조리 통조림으로 만들어버리거나 업애버리개따고 해따. 나도 그런 이야기를 하고 십따.

똑똑카다면 함께 이야기를 나눌 친구들을 마니 사귈 것이고 절대로 쓸쓸하지는 안을 꺼시다.

경과보고서에 내게 이러난 일을 모두 적는 것도 물론 조치만 내가 어떠캐 느끼고 무엇을 생가카며 예전의 일은 어떠캐 기어카는지를 더 마니 적어야 한다고 니머 교수님이 말했다. 그래서 생가카고 기어카는 법을 모른다고 해떠니 교수님이 더 노려캐보라고 말해따.

내 두 눈에는 항상 붕대가 감겨이써꼬 나는 생가캐내고 기어캐내려고 애를 써찌만 아무 일도 일어나지 안아따. 나는 무엇을 생가카고 기어캐야 할찌를 모르개따. 만약 내가 니머 교수님에게 물어보면 생가카는 법을 내게 말해줄 꺼시다 이잰 내가 똑똑캐져쓰니까. 똑똑칸 사람들은 뭘 생가카고 기어칼까. 분명이 머찐 거뜨릴 거다. 나도 어서 멋진 거뜨를 알아쓰면 조캐따.

3월 12일

니머 교수님이 전에 쓰던 경과보고서를 가져가서 새로 쓰게 됐는데 맨 위에 "경과보고서"라고 매일 안 적어도 된다. 그냥 날짜만 적어도 된다. 시간을 아낄 수 이따. 조은 생각이다. 나는 침대에 안자서 창

바깨 풀과 나무들을 내다볼 수 이따. 날씬한 간호사는 이름이 힐다인데 내게 무척 잘해준다. 힐다는 머글 꺼슬 가따 주고 침대를 정리해주는데 저들이 내 머리에 손대게 하다니 무척 겁이 업따고 말하고 자기라면 귀하다는 중국차를 전부 다 준다고 해도 머리에는 절대 손대지 모타게 할 거라고 해따. 나는 힐다에게 말해따 중국차 때문에 수술한 개 아니에요. 똑똑캐지려고 수술한 거예요. 그러자 힐다가 말하기를 그 사람들이 날 똑똑카게 만드는 게 주재넘은 짓일지도 모른다고 해꼬 하느님이 내가 똑똑캐지기를 원해따면 그러캐 태어나게 해쓸 꺼시기 때문이라고 해따. 아담과 이브가 지식의 나무에 열린 선악과를 따먹고 죄를 지꼬 타라카지 안앗냐. 그러니까 아마 니머 교수님과 스트라우스 박사님도 손을 대서는 안 되는 것에 함부로 손을 댄 걸지도 모른다고 해따.

힐다는 무척 날씬하고 말할 때마다 얼굴이 온통 빨개진다. 힐다는 하느님에게 그 사람들이 내게 저지른 짓을 용서해달라고 기도하는 편이 더 나을 거라고 말한다. 나는 사과는 먹지 안아꼬 죄가 될만한 일은 하지 안아따고 해따. 그런데 이잰 문득 겁이 난다. 힐다가 말한 대로 수술이 하느님의 뜻에 어긋나는 일이라면 그들이 뇌를 수술하게 놔두지 말아써야 할지도 모른다. 하느님을 화나게 하고 십찌는 안타.

3월 13일

오늘 그들은 나를 돌봐주던 간호사를 바꾸었다. 이번에 온 간호사는 예쁘다. 이름은 루실이다. 루실은 내게 경과보고서를 쓸 때 철자를 틀리지 안캐 쓰는 법을 알려주어꼬 노란색 머리칼과 파란 두 눈을 지녀따. 루실에게 힐다는 어디에 있냐고 물어떠니 더 이상 이쪽에서는 일하지 안캐 되어따고 해따. 말이 많아도 괜찮은 산부인과 병동에서 아기들을 돌보게 되어따고 한다.

루실에게 산부인과 병동이 어떤 곳이냐고 묻자 아기가 태어나는 곳이라고 했다. 그래서 나는 루실에게 어떠캐 하면 아기를 가질 수 있냐고 묻자 루실은 힐다처럼 얼굴이 불거지더니 다른 환자의 채온을 재러 가야한다고 해따. 아무도 내게 아기에 관한 이야기를 한 적이 업따. 아마 내가 똑똑캐진다면 알아낼 수 잇쓸 꺼다.

오늘 키니언 선생님이 날 보려고 와꼬 선생님이 말해따 찰리 얼굴이 좋아 보여요. 나는 한결 나아진 거 가찌만 아직 똑똑캐진 거 가찌는 안타고 선생님에게 말해따. 난 수술이 끈나고 두 눈에서 붕대를 풀면 내가 바로 똑똑캐지고 마는 것들을 알고 있어서 글을 일꼬 다른 사람들처럼 중요한 것들에 관해 이야기를 나눌 수 있을 거라고 생가캐따.

키니언 선생님이 말해따 찰리 지능이 그러캐 금방 노파지지는 안아요. 천천히 노파지고 똑똑캐지려면 아주 마니 노려캐야 해요.

나는 미처 몰라따. 제가 열씨미 노려캐야 한다면 수술은 왜 받아야 해떤 거죠. 키니언 선생님도 확실히는 알 수 업찌만 수술을 하면 지능이 유지가 될 꺼시고 예전처럼 금방 사라지지는 아늘 거라고 말해따.

난 키니언 선생님에게 말해따 음 그 말을 들으니 기분이 좀 안 조아요 제가 바로 똑똑캐져서 빵가게에 돌아가서 같이 일하는 동료들에게 제가 얼마나 똑똑캐졌는지를 보여주고 어쩌면 조수 제빵사가 될 수 있을지도 모른다고 생가캐꺼든요. 그런 뒤에 엄마와 아빠를 찾아볼 거예요. 부모님은 똑똑캐진 내 모습을 보고 놀랄 거예요. 엄마는 항상 내가 똑똑캐지기를 원해끼 때문이에요. 아마 내가 얼마나 똑똑칸지를 안다면 부모님은 더 이상 날 멀리 때어노치 아늘 꺼예요. 난 말해따 키니언 선생님 난 똑똑캐지기 위해서 최선을 다해 열심히 노력할 거예요. 키니언 선생님은 내 손을 토닥토닥 두드려꼬 말해따 찰리가 해낼 꺼슬 나는 알아요. 찰리, 선생님은 찰리를 믿어요.

3월 15일

퇴원해찌만 아직 빵가게엔 나가지 안는다. 아무 일도 일어나지 안는다. 나는 시험을 수업시 마니 쳐꼬 앨저넌과 여러 가지 시합도 해따. 난 저 쥐가 실타. 앨저넌은 항상 날 이긴다. 니머 교수님은 내가 저 시합들을 해야 하며 내가 저 시험을 몃 뻔이고 다시 봐야 한다고 말한다.

미로차끼는 바보짓이다. 저 그림들도 바보짓이기는 마찬가지이다. 남자와 여자가 나오는 그림을 그리는 것은 조치만 사람들에 대한 거짓말을 지어내는 것은 실타.

퍼즐도 잘 못하개따.

너무 마니 생가카고 기어카려고 해서 머리가 아푸다. 그럴 때 스트라우스 박사님은 날 도와주개따고 약속만 하고 그러캐 하지는 안아따. 박사님은 무엇을 생각해야 하는지와 언제 내가 똑똑캐질 것인지를 말하지 안는다. 박사님은 소파에 나를 누펴노코 말을 시킬 뿌니다.

키니언 선생님도 날 보러 하꾜에 와따. 난 선생님에게 말해따 아무 일도 일어나지 안아요. 언제 제가 똑똑캐져요? 키니언 선생님이 말해따 찰리 인내심을 가지고 기다려야죠 이런 일들은 시간이 걸리는 법이니까요. 변화가 아주 천처니 일어나서 미처 알지도 못할 거에요. 내가 잘 따라오고 이따고 버트가 말해따고 한다.

앨저넌과 시합을 하고 시험을 보는 건 바보짓인 것 같고 이런 경과 보고서를 쓰는 것도 바보짓인 것 가따.

3월 16일

대학식당에서 버트와 점심을 머것다. 온갓 조은 음식들이 잇써고 난 돈을 안 내도 된다. 난 안자서 대학교에 다니는 남자들과 여자들을 지켜보는 것이 조아따. 대학생들은 빈둥거릴 때도 있지만 보통은 도너 빵가게에서 일하는 제빵사들처럼 온갖 이야기들을 나눈다. 버트는 예술과 정치와 종교에 관한 이야기라고 말한다. 나는 그런 것들이 도대채 무엇인지 모르개찌만 종교는 하느님에 관한 것이라는 사실은 안다. 엄마는 예전에 내게 하느님에 대해서 또 하느님이 세상을 만들기 위해 한 일들을 말하곤 해따. 항상 하느님을 사랑해야 하고 하느님에게 기도드려야 한다고 엄마가 말해따. 하느님에게 기도하는 법을 이저버려찌만 엄마는 내가 어려쓸 때 하느님께 기도를 마니 올리게 해따. 내가 더 나아지고 아프지 안토록 말이다. 난 내가 얼마나 아팠는지는 기억나지 안는다. 내가 똑똑카지 안아서 그래떤 거라고 생가칸다.

어째뜬 버트 말로는 실험이 재대로 이루어진다면 나도 학생들이 나누는 저 이야기들을 모두 이해할 수 이쓸 꺼라고 한다. 그래서 나는 말해따 내가 저 대학생들처럼 똑똑캐질 거라고 생각하나요. 그러자 그는 웃더니 저 녀석들은 그리 똑똑하지 않다고 해꼬 내가 저들을 쉽게 뛰어넘을 거라고 해따.

버트는 수만흔 학생들에게 나를 소개해꼬 학생들 중 몇몇은 날 우습게 쳐다보아따. 대학생도 아니면서 여기앤 왜 있냐는 눈낄로 말이다. 난 전에 주의받은 것을 이저버린 채 학생들에게 나도 여러분처럼 무척 똑똑캐질 거라고 말해따. 그러자 버트가 황급히 내 말을 가로막더니 학생들에게 나는 심리학부 연구실을 청소하고 이따고 말해따. 나중에 버트는 자신들의 실험은 외부로 알려지면 안 된다고 내게 말해따. 비밀이라는 뜨시다.

도대채 실험을 왜 비밀로 해야 하는지를 난 정말 모르개따. 버트가 말한다 니머 교수는 만에 하나 실험이 실패할 경우에 모든 사람들이, 특히 프로잭트를 진행할 수 있도록 교수에게 돈을 지원한 웰버그 재단 사람들에게서 비웃음을 사고 십찌 안키 때문이죠. 난 말해따 사람들이 날 비웃어도 괜차나요. 만흔 사람들이 날 보고 우찌만 전부 다 내 친구들이고 우리는 즐거운 시간을 보내니까요. 버트가 내게 어깨동무를 하더니 말해따 니머 교수가 걱정하는 건 당신이 아니에요. 사람들이 자기를 비웃지 안키를 바라는 거예요.

니머 교수님이 대하꾜에서 일하는 과학자인데 사람들이 설마 비우찌는 아늘 꺼라고 나는 생가캐찌만 버트 말로는 과학자는 동료들과 대학원 학생들에게는 그리 대단한 사람이 아니라고 해따. 버트는 대학원생이고 그는 실험실 문 위에 적힌 이름대로 심리학 소령[6]이다. 대학에도 소령이 있는지는 미처 몰라따. 군대에만 있는 줄 알아따.

어째든 어서 똑똑캐져쓰면 조캐따 대학에 다니는 남학생들이 아는 거처럼 세상에 있는 모든 것들을 배우고 십끼 때문이다. 예술과 정치와 신에 대한 것 전부 다 말이다.

---

6 원문은 major. 찰리는 '전공'이라는 뜻의 major를 '소령'으로 오해하고 있다.

3월 17일

오늘 아침에 일어나쓸 때 곧바로 난 똑똑캐져쓸 거라고 생가캤는데 결국 그게 아니어따. 아침마다 난 똑똑캐져 있을 거라고 생가카지만 아무 일도 일어나지 안는다. 아마 실험이 제대로 이루어지지 안았나 보다. 아마도 난 똑똑캐지지 아늘지도 모르고 나는 워렌 보호소에서 살아야 할지도 모른다. 난 테스트도 실코 미로도 실코 앨저넌도 실타.

내가 쥐보다도 멍청한지를 전혀 몰라따. 경과보고서도 더 이상 쓰기 실타. 난 여러 가지를 이저버리고 심지어 내가 공책에 저글 때조차도 난 내 글을 못 일깨꼬 무척 어렵다. 키니언 선생님은 인내심을 가지라고 말하지만 난 진절머리가 나고 지친다. 그리고 온종일 머리가 아프다. 빵가게에 돌아가서 일하고 십꼬 경과보고서는 더 이상 쓰고 십찌 안타.

의식과 잠재의식

3월 20일

빵가게로 다시 돌아가게 되어따. 스트라우스 박사님은 니머 교수님에게 내가 다시 돌아가서 일하는 편이 더 나따고 말해따 그래도 내가 수술을 왜 받앗는지를 누구에게도 말하면 안 되고 매일 일 끈나면 밤에 실험실에 와서 태스트를 두 시간 동안 바꼬 이런 바보 가튼 보고서도 개속 써야 한다고 해따. 그들은 아르바이트처럼 매주 내게 돈을 주개따고 해꼬 웰버그 재단에서 돈을 밧을 때 그러캐 하기로 정해따고 해따. 난 그 웰버그 머시기가 도대채 무엇인지 아직도 잘 모르개따. 키니언 선생님이 내게 설명해줬지만 난 아직도 잘 모르개따. 내가 똑똑캐지지 아나따면 그들은 왜 나보고 이런 바보 같은 것을 적개 할까. 그들이 돈을 준다면 물론 나는 할 것이다. 그러치만 글쓰기가 무척 힘들다.

나는 빵가개에서 하던 일과 내 친구들과 즐거워떤 일들이 모두 그리워끼 때문에 돌아가개 되어서 기쁘다.

스트라우스 박사님은 나보고 기억할 것들을 적어두려면 주머니에 늘 공책을 가지고 다녀야 한다고 말한다. 경과보고서를 매일 작성할 필요는 업꼬 뭔가 특별한 일이 생길 때만 적으라고 해따. 나는 박사님에게 말해따 특별한 일이 하나도 일어나지 아나요 그리고 이런 특별한 실험이 또 있을 것 가찌도 안아요. 박사님은 말한다 찰리 실망하지 마라요 시간이 오래 걸리는 일이고 천처니 진행되니까 바로 깨닫지는 모탈 꺼예요. 박사님은 앨저넌의 경우에는 전에 비해서 새 배 더 똑똑캐지는 데 굉장히 오래 걸려따고 설명해따.

앨저넌이 미로차끼에서 시합을 벌이면 항상 날 이기는 이유가 수술을 받아끼 때문이라고 해따. 수술한 뒤에도 놉픈 지능을 유지한 최초의 동물이라서 특별한 쥐라고 해따. 난 앨저넌이 특별한 쥐인지를 몰라따. 그개 바로 차이를 만든 거다. 보통 쥐와 미로차끼 시합을 하면 내가 더 빨리 할 수 잇쓸지도 모른다. 아마 언잰가는 내가 앨저넌을 이길 거다. 아, 그럼 정말 멋질 탠대. 스트라우스 박사님 말로는 앨저넌이 지금까지는 똑똑칸 지능을 유지했는데 나와 또까튼 수술을 받아끼 때문에 조은 징조라고 해따.

3월 21일

오늘 빵가게에서 재미난 시간을 보내따. 조 카프가 말해따 이봐 찰리가 수술받은 대를 좀 봐 사람들이 찰리에게 뭔 짓을 한 거야 찰리 머리에 뇌라도 좀 집어너엇나. 나는 조에게 나 이제 똑똑캐질 거라고 말하려고 했는데 니머 교수님이 말하지 말라고 한 게 생각나따. 그러자 프랭크 라일리가 말해따 찰리 도대체 뭘 해써 머리를 열어보라고 해떠니 아예 구멍을 내버려짜나. 그 말이 너무 우껴따. 다들 내 친구들이고 날 정말 좋아한다.

할 일이 잔뜩 싸여이따. 빵가게를 청소할 사람이 따로 업썻는대 그개 바로 내 일이어끼 때문이다. 하지만 늘 내가 하던 심부름을 시키려고 어니라는 소년이 새로 들어와따. 도너 사장님은 어니를 당분간 해고하지 안캐따고 해꼬 그러니까 나보고 쉬엄쉬엄 일하라고 해따. 도너 사장님에게 난 괜찬타고 말해꼬 심부름도 하고 늘 하던 대로 청소도 할 수 있다고 해찌만 도너 사장님은 그 소년을 개속 둘 꺼라고 말해따.

나는 말해따 그럼 전 이제 뭘 하죠. 그러자 도너 사장님은 내 어깨를 토닥토닥 두드리더니 말한다 찰리 너 몃 쌀이지. 나는 사장님에게 서른두 살이고 다음 생일에는 서른세 살이 될 거라고 말해따. 그러면 넌 여기에 얼마나 오래 이써찌 사장님이 말해따. 난 사장님에게 모른다고 말해따. 사장님이 말해따 넌 여기에 십칠 년 전에 와써. 네 삼촌인 허먼이 주여 그의 영혼을 고이 잠들게 하소서 내 가장 친한 친구여찌. 허먼이 널 여기애 대려와꼬 너가 여기서 일할 수 있게 했고 되도록 잘 돌봐달라고 내게 부탁해따다. 2년 뒤에 허먼이 주거쓸 때 니 엄마는 널 워렌 보호소에 마껴꼬 난 그들에게 네가 바깨서 일하면서 지낼 수 있도록 푸러달라고 한 거란다. 찰리 십칠 년이나 지나꾸나 빵가게 사정이 그리 조치는 안타는 걸 너가 알아쓰면 조캐따 하지만 내가 늘 말해찌만 넌 평생 이곳에서 일할 수 있단다. 그러니 내가 너 대신에 다른 사람을 쓸까 봐 걱정하지는 마라. 넌 워렌 보호소에 돌아갈 필요가 전혀 업쓰니까.

나는 전혀 걱정하지 안는다. 다만 내가 항상 물건들을 잘 나르는데 어니가 여기에서 물건을 나르거나 할 일이 무엇이 잇쓸까 의문이 든다. 사장님은 말한다 찰리 저 소년은 돈이 필요해 그래서 난 저 애를 조수로 개속 대리고 있으면서 재빵 기술을 가르쳐줄 거야. 넌 그 애의 조수가 될 수 있고 그 애가 원할 때 너가 그 애의 심부름을 도울 수 잇써.

난 조수여떤 적은 한 번도 업써따. 어니는 아주 똑똑카지만 빵가개에서 일하는 다른 사람들은 어니를 그리 조아하지 안는다. 그들은 모두 내 조은 친구들이고 우리는 여기에서 농담을 마니 주고받고 웃는다.

이따금 누군가 이러캐 말할 것이다 어이 프랭크 이것 봐봐. 아니면 프랭크 대신에 조나 짐피를 부를 수도 이따. 이번앤 완저니 찰리 고든 저리 가라자나. 그런 말을 왜 하는지는 모르지만 그들은 항상 우서꼬 나도 우서따. 오늘 아침은 짐피가 총괄 재빵사이고 그는 발이 성하지 아나꼬 다리를 절뚝거렸다. 짐피는 어니에게 고함을 지를 때 내 이름을 들머겨따. 왜냐하면 어니가 생일 캐이크를 일어버려끼 때문이다. 짐피가 말해따 어니 이런 젠장 찰리 고든이 되려고 작정한 거야. 짐피가 왜 그런 말을 하는지 난 모르개따. 난 물건이라곤 일어버린 적이 업따.

도너 사장님에게 나도 어니처럼 조수 제빵사가 될 수 있도록 배울 수 있는지를 물어보아따. 기회를 주면 나도 배울 수 있다고 사장님에게 말해따.

도너 사장님은 어이업따는 눈으로 날 한참 쳐다보아따. 왜냐하면 대개 나는 그러캐 말을 만이 하지 안키 때문이다. 프랭크가 내 말을 듣더니 개속 우서대꼬 도너 사장님은 프랭크에게 입 닥치고 가서 오븐이나 살펴보라고 했다. 도너 사장님이 내게 말해따 찰리 아프로 배울 시간은 충분히 이써. 재빵사의 일은 아주 중요하고 아주 복짜파니까 넌 그런 것들을 걱정할 필요는 업써.

도너 사장님과 다른 사람들에게도 전부 내가 받은 진짜 수술에 대해 말하고 시퍼따. 어서 수술 효과가 나타나서 다른 사람들처럼 똑똑캐질 수 이쓰면 조캐따.

3월 24일

원래 연구실에 오기로 해노코 왜 안 오는지를 알아보기 위해 니머 교수님과 스트라우스 박사님이 오늘 밤 내 방에 와따. 더 이상 앨저넌과 시합을 하고 십찌 안타고 두 분에게 말해따. 니머 교수님은 당분간 시합하지 안아도 괜찬치만 어쨰뜬 연구실에는 와야 한다고 말해따. 교수님은 선물을 하나 가져왔는데 완전히 주는 게 아니라 잠시 빌려주는 거라고 해따. 탤래비전처럼 작동하는 것으로 학습기개라고 해따. 말이 나오고 화면을 보여주는 그 기개를 잠들기 바로 전에 켜야 한다고 해따. 나는 지금 날 놀리는 거냐고 해따. 잠들기 전에 왜 탤래비전을 켜야 하죠. 하지만 니머 교수님이 똑똑캐지고 십따면 자기가 말한 대로 해야 한다고 말해따. 그래서 나는 어쨰뜬 저는 똑똑캐지긴 틀린 거 같아요라고 교수님에게 말해따.

그러자 스트라우스 박사님이 다가와서 내 어깨에 손을 올리고 말해따 찰리는 아직 느끼지 못하개찌만 항상 점점 더 똑똑캐지고 잇써요. 당분간 느끼지 못할 거에요 시침바늘이 움직이는 걸 눈치 못 채는 것처럼 말이죠. 바로 그런 식으로 찰리 안에서 지금 변화가 일어나고 잇써요. 아주 느리게 변화가 일어나서 알지 못하는 거죠. 하지만 우리는 태스트들과 경과보고서와 찰리의 말과 행동을 보고 변화를 추저칼 수 잇써요. 그는 말해따 찰리는 우리를 미꼬 자기 자신을 믿어야 해요. 수술 효과가 일시적이지 안을지는 장담할 수 업찌만 우리는 찰리가 곧 무척 똑똑칸 절믄이가 될 거라고 확시내요.

난 말해따 알개씁니다 그러자 니머 교수님이 사실은 탤래비전이 아닌 그 기개를 어떠캐 작동하는지를 내게 보여주어따. 나는 물어따 이게 뭘 하는 거시죠. 처음에 니머 교수는 언짜는 표정을 지었는대 왜냐하면 내가 그에게 설명해달라고 요구해끼 때문이고 교수는 나는 그냥 자기 말대로만 하면 된다고 해따. 하지만 스트라우스 박사님은 니머 교수님에게 내게 설명을 해줘야 한다고 해따. 권위를 지닌 상대에게 내가 질문을 던지기 시자칸다는 이유여따. 그개 무슨 말인지 모르개찌만 니머 교수님은 화가 나서 입술을 깨물려는 것처럼 보여따. 그러더니 니머 교수님은 그 기계가 내 마음에 만흔 것들을 한다고 내게 아주 천처니 설명해따. 내가 잠들기 바로 전에 아주 졸릴 때 내게 여러 가지 것들을 가르치고 잠시 후에 내가 잠들기 시작한 뒤에도 화면은 보지 못해도 기개에서 나오는 대화는 여전히 들린다. 밤에는 내가 꿈을 꾸개 하고 오래전에 내가 아주 어려쓸 때 일어난 만흔 일들을 기억나개 한다고 교수님이 말해따.

무섭따.

아 마자 잊어버리고 잇써따. 성인 교육원에서 열리는 키니언 선생님 수업에 언재 돌아갈 수 잇냐고 니머 교수님에게 물어떠니 키니언 선생님이 곳 대하꾜 태스트 샌터에 와서 내개 특별수업을 할 거라고 해따. 나는 기뻐다. 수술을 한 뒤로 키니언 선생님을 보지 모태찌만 선생님은 조은 부니다.

3월 25일

저 미친 탤래비전 때문에 밤을 새버려따. 밤새도록 내 귀에 미친 거뜰을 소리 지르는데 잠을 어떠캐 잘 수 이쓸까. 그리고 미친 화면들. 우와. 깨어이쓸 때에도 기개가 하는 말을 못 알아듣는대 잠자는 동안에 과연 어떠캐 알 쑤 잇쓸까. 버트에게 물어보아떠니 괜찬타고 한다. 내가 잠들기 전에도 내 두뇌들은 배우는 중이라고 해꼬 키니언 선생님이 태스트 샌터에서 수업할 때에도 내게 도움이 될 꺼라고 버트가 말해따. 태스트 샌터는 생가캐떤 곳과 다른 곳이어따. 동물병원이 아니라 과학 연구를 하는 실험실이다. 나는 도대채 과학이 무엇인지 모르개찌만 내가 이 실험을 통해 도움을 주고 있다는 거 하나는 알고 이따.

어째뜬 난 탤래비전을 전혀 모른다. 아무래도 미친 거 가따. 잠에 들 때 똑똑캐질 수 잇따면 사람들은 왜 학교에 가는 걸까. 나는 저게 효과가 잇쓸 거라고 생가카지 안는다. 밤늦은 시간에 쇼를 본 적이 이꼬 잠들기 전에 아주 늦은 밤에 쇼를 본 적이 이찌만 그러타고 해서 날 똑똑카게 만들지는 안아따. 아마 몃몃 영화들은 똑똑카게 만들찌도 모른다. 예컨대 퀴즈쇼들은 그럴찌도 모르개따.

3월 26일

저 몹쓸 기개 때문에 밤새도록 잠을 못 자면 낮에 어떠캐 일하지. 한밤중에 난 잠에서 깨어찌만 기개가 기억해··· 기억해··· 기억해··· 라고 개속 말해서 다시 잠들 수 업써따. 그래서 난 뭔가를 기억한 것 가따. 정확히 기억나지는 안치만 키니언 선생님에 관한 것이고 내가 일끼를 배워떤 하꾜에 관한 것이다. 그리고 내가 어떠캐 거기에 가개 되었는지도.

아주 오래전에 나는 조 카프에게 어떠캐 일끼를 조아하는지를 또나도 혹시 배울 수 있는지를 물어본 적이 있다. 조 카프는 내가 뭔가 재미난 이야기를 할 때 늘 그래떤 것처럼 웃떠니 말한다 찰리 왜 시간을 낭비해 아무거또 업는 곳에 뇌를 집어너을 수는 업써. 하지만 패니 버든은 내 말을 드꼬 비크맨 대학교에 다니는 자기 사촌에게 물어꼬 그래서 비크맨 대학교에서 열리는 저능한 성인들을 위한 센터를 내게 말해주어따.

패니 버든이 종이에 내 이름을 적어주어꼬 프랭크가 웃으며 말해따. 가서 먹물깨나 들어서 니 오랜 친구들애개는 말도 안 거는 거 아니야. 난 말해따 걱정 마 내가 일꼬 쓸 수 이따고 해도 난 항상 내 친구들을 떠나지 안을 꺼니까. 그는 웃어꼬 조 카프도 웃어찌만 짐피가 들어오더니 돌아가서 빵을 만들라고 해따. 다들 내갠 조은 친구들이다.

일이 끝난 뒤에 나는 여섯 블록을 걸어서 하꾜에 갔는데 난 겁이 나따. 일는 법을 배운다는 생각에 난 너무 기뻐서 집에 가져가려고 신문을 한 장 사꼬, 배운 다음에 일글 생각이다.

내가 도착해쓸 때 그곳에는 크고 기다란 복도에 사람들이 마니 이써따. 난 누군가에게 뭔가 틀린 말을 할까 봐 겁이 나서 지브로 가기 시자캐따. 하지만 나도 이유는 모르개찌만 몸을 돌려 건물 안으로 다시 들어가따.

다들 바끄로 나가고 빵가게에 있는 거와 비슷한 커다란 시계 옆을 지나가는 몃 사람만 나마 이쓸 때까지 기다려따가 아가씨에게 내가 일꼬 쓰는 법을 배울 수 있는지를 물어보아꼬 신문에 저킨 모든 거뜰을 일꼬 십끼 때문이라고 하면서 나는 아가씨에게 신문을 보여주어따. 그녀가 바로 키니언 선생님이어찌만 그때 난 미처 몰라따. 키니언 선생님이 말해따. 내일 다시 와서 등로카면 일는 법을 가르쳐줄깨요. 하지만 아주 오래 아마도 몃 년은 걸린다는 점을 명심하새요. 나는 선생님에게 말해따 그러캐 오래 걸릴지는 몰라찌만 어쨌뜬 배우고 시퍼요 왜냐하면 여러 번 사람들을 속여끼 때문이애요. 그러니까 내 말은 사람들에게 내가 일글 쫌 아는처캐찌만 사실 모르고 그래서 배우고 십따는 뜻이애요.

선생님은 나와 악수를 해꼬 말해따 만나서 반가워요 고든 군. 재가 가르칠 거예요. 재 이름은 키니언이애요. 이러캐 해서 나는 거기에 배우려고 가꼬 키니언 선생님을 만나개 된 거시다.

생가카기와 기어카기란 어렵꼬 이제 난 밤에 더 이상 잠을 잘 못 잔다. 저 탤래비전이 너무 시끄럽따.

3월 27일

이잰 내가 꿈을 꾸고 기억을 하니까 스트라우스 박사님에게서 치료를 받아야 한다고 니머 교수님이 말한다. 니머 교수님은 상담이라는 것은 기분 나쁠 때 말해서 털어놓으면 더 나아지는 거라고 해따. 나는 기분이 나쁘지 안타고 니머 교수님에게 말해꼬 온종일 말을 정말 마니 했는대 상담을 왜 받으러 가야 하냐고 물어찌만 교수님은 화를 내며 어째뜬 가야 한다고 말한다.

상담이라는 개 뭐냐 하면 스트라우스 박사님이 내 엽패 노인 의자에 안자이쓰면 나는 소파 위에 누워서 머리에 떠오른 건 뭐든지 말하는 거다. 할 말이 아무거또 생각나지 안아서 한참동안 난 아무 말도 하지 안아따. 그러다가 나는 박사님에게 빵가게에 대해 말해꼬 거기에서 사람들이 하는 일들을 말해따. 하지만 박사님의 연구실에 가서 소파에 누워 말하는 게 바보처럼 느껴진다. 어째뜬 경과보고서에 적으면 박사님이 일글 수 이끼 때문이다. 그래서 오늘 나는 경과보고서를 가져가서 박사님이 내가 쓴 것을 일는 동안 나는 소파에 누워 잠깐 잠을 잘 수 이따고 말해따. 저 탤래비전 때문에 밤새도록 나는 잠을 못 자서 무척 피곤해따. 하지만 박사님은 그런 방식으로 하는 개 아니라고 해따. 어째뜬 내가 말을 해야 해따. 그래서 이야기를 시작해찌만 소파에 누워 말하던 중간에 나는 그만 잠에 빠져버려따.

3월 28일

머리가 아프다. 이번에 아픈 건 저 탤래비전 때문이 아니다. 스트라우스 박사님이 소리 줄이는 법을 알려줘서 이젠 잘 수 이따. 아무 소리도 들리지 안는다. 그러치만 난 여저니 저 탤래비전이 무슨 말을 하는지를 모르개따. 아침에 나는 잠들기 전에 배운 걸 차자내려고 몇 번이나 돌려보아찌만 저 말들이 무슨 말인지 모르개따. 아마 외국어일찌도 모르개따. 그러치만 대부분 영어로 들리긴 하지만 너무 빨리 말한다.

나는 스트라우스 박사에게 물어따 깨어있을 때 똑똑카고 싶은데 자고 있을 때 똑똑카면 무슨 소용이에요. 박사님은 두 가지가 다른게 아니라고 해꼬 내 마음에는 두 가지가 있다고 해따. 그건 바로 의식과 잠재의식이며 (이거시 정확히 표기한 거시고) 서로 무엇을 하는지를 알 수 업꼬 말도 나누지 안는다고 해따. 바로 그러키 때문에 내가 꿈을 꾼다고 해따. 그런데 정말 이상한 꿈들만 개속 꾼다. 우와. 그날 밤 탤래비전을 본 뒤로는 그러타. 밤에 아주 느깨 느깨 느깨 느깨 느깨 하는 영화를 보고 나서 그러타.

스트라우스 박사님에게 나만 그런 것인지 아니면 다른 사람들도 나처럼 마음이 두 개인지 뭇는 거슬 그만 깜박했다.

(스트라우스 박사님이 주신 사전에서 단어를 차자보아따. 잠재의식. 형용사. 정신적인 작용 중에서 아직 의식에 존재하지 않는 것. 이를테면 잠재의식에서의 욕구들의 충돌.) 더 저켜이찌만 난 그게 무슨 뜨신지를 모르개따. 나처럼 저능한 사람들이 보기에 아주 조은 사전은 아니다.

어째뜬 파티 때문에 머리가 아프다. 조 카프와 프랭크 라일리가 퇴근한 뒤에 할로란스 바에 술 한잔하러 가치 가자고 해따. 난 위스키를 마시는 게 내키지 안아찌만 조 카프와 프랭크 라일리가 정말 재미이쓸 꺼라고 말해따. 나는 즐거운 시간을 보내따. 우리는 개임을 해꼬 내가 머리에 전등갓을 쓰고 카운터 위에서 춤을 춰떠니 다들 우서따.

그때 조 카프는 내가 빵가게에서 화장실 청소를 어떠캐 하는지를 아가씨들에게 보여줘야 한다고 말하면서 내게 대걸레를 가따 주었다. 내가 청소하는 걸 보여주면서 도너 사장님이 나보고 지금까지 두어떤 사람들 중에서 최고의 심부름꾼이자 청소부라고 말해따고 해꼬 나는 내가 하는 일을 조아하고 그래서 그 일을 잘 해내고 수술받아쓸 때를 빼고는 하루도 늦거나 빼먹은 적이 업써따고 하자 다들 웃어대따.

키니언 선생님이 찰리는 일을 잘하고 있으니까 자신이 하는 일을 자랑스럽게 생각해요라고 항상 내게 말해따고 나는 사람들에게 말해따.

다들 우서꼬 프랭크가 그 키니언 선생이라는 분 좀 마시 간 거 아냐 하필이면 찰리를 조아하다니 말이야 해꼬 조가 찰리 그럼 너 키니언 선생이라는 분과 잘 해봐라고 말해따. 난 그개 무슨 뜨신지 모르개따고 말해따. 그들은 내개 술을 잔뜩 먹여꼬 조가 말해따. 찰리는 취하면 아주 우낀 노미라고 말해따. 다들 날 조아한다는 뜻이라고 생가칸다. 함께 재미있는 시간을 보내서 조치만 난 하루라도 어서 재일 친한 친구 조 카프와 프랭크 라일리처럼 똑똑캐지고 십따.

술자리가 끄태 어떠캐 되었는지가 기억나지 안는대 친구들은 나보고 바끄로 나가서 모퉁이를 돌아가 비가 오는지를 보고 오라고 해꼬 자리에 돌아와쓸 때 거기앤 아무도 업써따. 아마 친구들은 날 차즈러 갓나 보다. 난 아주 느깨까지 사사치 친구들을 차자따. 하지만 난 그만 길을 일어꼬 그것 때문에 나 자신에게 화가 나따. 왜냐하면 앨저넌이라면 분명히 내가 장담하는데 저 거리들을 아무리 여러 번 오르락 내리락해도 나처럼 길을 일치는 아늘 거시기 때문이다.

잘 기억나지 안치만 어느 친절한 경찰관이 날 지배 대려다주어따고 플린 부인이 말했다.

그날 밤에 엄마와 아빠가 나오는 꿈을 꿨는데 엄마 얼굴이 잘 보이지 안아따. 온통 하얀색이고 엄마가 희미해끼 때문이다. 커다란 백화점에 갔는데 난 길을 일코 엄마 아빠도 보이지 안아서 울고 잇써따. 나는 복도를 따라 위아래로 뛰어다녀꼬 카운터란 카운터는 전부 다녀따. 그때 한 남자가 오더니 나를 의자들이 노여있는 큰 방에 대려가꼬 막대사탕을 하나 주면서 엄마와 아빠가 날 차즈러 오실 거시니까 나처럼 큰 소년은 울면 안 된다고 해따.

어째뜬 그개 꾸미고 나는 머리가 아파꼬 내 머리앤 커다란 호기 나이써꼬 온몸앤 검푸른 멍 자국이 들어이써따. 조 카프는 내가 넘어져꺼나 아니면 경찰이 날 두들겨 팬 모양이라고 말해따. 경찰이 그런 지슬 해쓸 꺼라곤 생가카지 안는다. 하지만 어째뜬 아프로 위스키는 더 이상 마시지 안을 거다.

3월 29일

앨저넌을 이겨따. 버트 샐던이 말해준 뒤에야 내가 이겨따는 것을 비로소 깨달아따. 그런 뒤에 한 번 더 시하블 했는대 너무 흥분한 나머지 내가 지고 말아따. 하지만 그 뒤에 난 앨저넌을 여덜 뻔 더 이겨따. 앨저넌처럼 똑똑칸 쥐를 이기다니 난 점점 똑똑캐지고 있는 개 틀림업따. 하지만 내가 더 똑똑캐진 것처럼 느껴지지는 안는다.

난 앨저넌과 더 시하파고 시퍼찌만 버트가 오늘은 충분하니까 그만 시하패도 된다고 말해따. 버트는 내가 앨저넌을 일 분 동안 자블 수 이깨 허라캐주어따. 앨저넌은 멋진 쥐이다. 털은 솜처럼 부드럽다. 눈을 깜박이는대 눈을 뜨면 눈동자는 검정색이고 둘레가 분홍색이다.

앨저넌에게 먹이를 줘도 좆냐고 난 버트에게 물어따. 왜냐하면 그를 이겨서 난 기분이 좋지 아나꼬 상냥하게 대하고 친구가 되고 시퍼끼 때문이다. 버트는 안 된다고 해따. 앨저넌은 나처럼 수술을 바든 무척 특별한 쥐라고 해따. 앨저넌은 노픈 지능을 그토록 오랫동안 유지한 최초의 동물이라고 버트가 말해꼬, 아주 똑똑해서 밥을 먹으러 안으로 들어갈 때마다 문재를 풀어야 하는데 자물쇠의 비밀번호가 앨저넌이 들어갈 때마다 바뀌기 때문에 앨저넌이 뭔가 새로운 것을 배워야 음식을 먹을 수 있다고 해따. 버트의 말을 드꼬 난 슬펐는대 앨저넌이 뭔가를 배우지 모타면 먹을 수 업써서 배고플 거시기 때문이다.

시험을 통과해야만 먹을 수 있는 건 올치 안타고 생가칸다. 버트라면 입장을 바꿔서 뭔가를 머글 때마다 시험을 치고 시플까. 난 앨저넌과 친구가 될 생각이다.

뭔가 생각난다. 스트라우스 박사님은 내게 꿈과 생가칸 것들을 전부 다 적어야 하며 연구실에 와서 말할 수 이써야 한다고 말했다. 아직 생가카는 법을 모른다고 해떠니 박사님이 하는 말이 자기가 생가기라고 부른 것은 내가 엄마와 아빠에 대해 적은 것과 키니언 선생님 수업을 드끼 시자캤을 때에 적은 것과 어떤 것이든 수술을 하기 전에 일어나떤 일을 적은 것을 말하는 것이고 내가 경과보고서에 적은 거라고 해따.

나도 생가글 하고 기어글 하고 이써따는 사실을 몰라따. 아마도 그것은 내 안에서 어떤 일이 일어나고 이따는 뜻이다. 난 별로 달라진 것처럼 느껴지지 안치만 너무 흥분해서 잠자리에 들 수가 업써따.

스트라우스 박사님은 내가 잠을 푹 잘 수 있도록 분홍색 알약을 며 깨 주어따. 박사님은 내가 잠을 마니 자야한다고 했다. 왜냐하면 잠을 잘 때 내 뇌에서 마는 변화들이 일어나기 때문이다. 그 말은 틀림업따. 허먼 삼촌은 일이 끝난 뒤에는 우리 집 거실에 있는 날근 소파에서 온종일 잠을 자곤 해끼 때문이다. 허먼 삼촌은 뚱뚱해서 사람들의 집을 페인트칠할 때 사다리를 아주 느리게 오르내려꼬 그래서 일을 구하기가 힘들어따.

예전에 내가 허먼 삼촌처럼 화가가 되고 십따고 엄마에게 말해쓸 때 여동생 노마가 말해따 그래 찰리 오빠는 우리 집안에서 예술가가 될 거야. 그러자 아빠가 동생의 뺨을 때리면서 오빠에게 그러캐 말하지 말라고 해따. 난 예술가가 무엇인지 모르지만 노마가 한 말 때문에 따귀를 마자따면 그 말은 그리 조은 뜻은 아닌 것 가따. 노마가 내게 밉살맞은 행동을 해서 따귀를 맞을 때 난 항상 기분이 조치 안아따. 똑똑캐지면 노마를 만나러 갈 꺼시다.

나를 믿어주는 사람

3월 30일

오늘밤 일이 끈난 뒤에 키니언 선생님이 실험실 근처에 있는 교실로 직접 와따. 선생님은 나를 만나서 기쁜 거 가타찌만 어딘가 불안해 보여따. 선생님은 기억해떤 것보다 나이가 어려 보인다. 난 선생님에게 똑똑캐지기 위해서 아주 열심히 노력하고 이따고 말해따. 선생님이 말해따. 찰리 저는 찰리에게 미드믈 가지고 이써요. 어느 누구보다 일꼬 쓰기를 잘하려고 그토록 노려카는 모습을 보고 말이죠. 저는 찰리가 해낼 줄 알고 이써서요. 최악의 경우에도 찰리는 잠까니나마 똑똑캐져서 지능이 떠러지는 다른 사람들에게 무슨 도움이라도 될꺼에요.

우리는 무척 어려운 책을 일끼 시자캐따. 그토록 어려운 책은 한 번도 일거본 적이 업따. 로빈슨 크루소라는 책이었는대 무인도에 가쳐서 오도 가도 모 타는 한 남자의 이야기여따. 그는 똑똑캐서 온갓 거뜰을 알아내고 그래서 집도 먹을 것도 구할 수 있는 데다가 수영도 잘한다. 다만 혼자 살고 친구가 업따는 저미 안타까울 뿐이다. 하지만 우스꽝스러운 우산을 쓴 그가 발자국들을 처다보는 그림이 이끼 때문에 섬에는 분명히 다른 사람이 있는 개 틀림업따고 생가칸다. 친구가 생겨서 외롭찌 아나쓰면 조캐따.

3월 31일

키니언 선생님은 내가 좀 더 맞춤법에 맞도록 글 쓰는 법을 가르친다. 단어를 눈으로 한 번 본 뒤에 두 눈을 감고 여러 번 반복해서 말하다 보면 단어를 기억하게 될 거라고 말한다. 난 through라는 단어가 어렵다. THREW라고 발음하는 걸 보면 단어에서 ough는 EW로 발음이 나야한다. 하지만, enough를 ENEW라고 하지 않고 tough를 TEW라고 하지 않는다. ENUFF와 TUFF라고 소리를 내야 한다. 내가 똑똑해지기 전에는 글을 저렇게 썼다. 난 헷갈리지만 키니언 선생님은 맞춤법에는 논리가 없으니까 걱정하지 말라고 한다.

4월 1일

빵가게 사람들이 전부 오늘 내가 반죽기 옆에서 새로운 일을 시작하는 것을 보러 왔다. 어떻게 된 일이냐 하면 이렇다. 올리버가 반죽기를 돌리는데 어제 일을 그만두었다. 예전에 나는 올리버를 도와서 반죽기에 넣을 밀가루 포대를 가져왔다. 어쨌든 나는 반죽기 작동법을 알고 있었지만 내가 알고 있다는 사실을 나는 모르고 있었다. 반죽기를 다루는 법은 무척이나 어려워서 올리버는 제빵 학교에 가서 일 년을 배우고 난 뒤에야 조수 제빵사가 될 수 있었다.

하지만 내 친구 조 카프가 말했다. 찰리 올리버가 하던 일을 맡아서 하는 게 어때. 작업장에서 일하던 사람들이 주위에 모이더니 다들 웃고 있었고 프랭크 라일리가 말했다 그래 찰리 넌 여기에 충분히 오래 있었잖아. 어서 해봐. 짐피는 지금 여기에 없으니까 네가 반죽기를 돌리려고 한 것도 알지 못할 거야. 난 두려웠다. 짐피는 총괄 제빵사인데 다칠 수 있기 때문에 나보고 반죽기 근처에는 얼씬도 하지 말라고 했기 때문이다. 다들 해보라고 말했다. 패니 버든만 말할 뿐이었다. 그만해 왜 불쌍한 사람을 내버려두지 않는 거야.

프랭크 라일리가 말했다. 입 닥쳐 패니 오늘은 만우절이고 혹시 찰리가 반죽기를 작동할 수 있다면 찰리가 완전히 고치려고 할지도 모르고 그러면 우리는 하루 쉴 수 있을 거야. 난 기계를 고칠 수는 없지만 내가 돌아온 뒤로 올리버가 작동하는 것을 봤기 때문에 조정할 수 있다고 했다.

난 반죽기를 작동했고 다들 놀랐지만 누구보다 놀란 사람은 프랭크 라일리였다. 패니 버든은 흥분했다. 올리버가 반죽을 섞는 법을 배우려고 2년 동안이나 제빵 학교를 다녔다고 말한 사람이 바로 패니였기 때문이다. 반죽기를 돌리는 것을 돕던 버니 베이트는 내가 올리버보다 더 빠르고 능숙하게 했다고 말했다. 아무도 웃지 않았다. 짐피가 돌아왔을 때 패니는 내가 반죽기를 작동해서 그가 내게 화가 났다고 했다.

하지만 그녀가 말했다. 찰리가 어떻게 하는지를 한번 봐. 만우절이라고 다들 찰리를 놀렸는데 정작 사람들이 찰리에게 당했지 뭐야. 짐피는 보았고 나는 그가 내게 잔뜩 화났다는 것을 알았는데 왜냐하면 그는 니머 교수님처럼 사람들이 자기가 시킨 대로 하지 않으면 싫어하기 때문이다. 하지만 그는 내가 반죽기를 작동하는 것을 보았고 머리를 긁으면서 보고도 못 믿겠다고 말했다. 그런 뒤에 그는 도너 사장님을 불렀고 도너 사장님이 볼 수 있도록 나보고 한 번 더 작동을 해보라고 말했다.

짐피가 화가 나서 내게 고함을 지를까 봐 겁이 났다. 그래서 반죽기의 작동을 마친 뒤에 말했다. 이제 제가 원래 하던 일을 해도 될까요. 내가 하던 일은 카운터 뒤의 빵가게 현관을 빗자루로 쓰는 일이었다. 도너 사장님은 우습다는 듯이 나를 한참 쳐다보았다. 그러더니 사장님이 말했다. 이건 틀림없이 너희들이 짜고 만우절 농담을 한 거야. 속셈이 뭐지.

짐피가 말했다. 저도 그렇게 생각했어요 일종의 속임수가 아닌가 하고 말이죠. 짐피는 다리를 절뚝거리면서 기계 주위를 걸어다녔고 도너 사장님에게 말했다. 저도 이해가 가지 않지만 찰리는 기계를 다루는 법을 알고 있고 올리버보다 더 잘한다는 사실을 인정하지 않을 수가 없군요.

다들 주위에 모여 서서 내가 반죽기를 작동한 것에 대해서 이야기를 나누고 있었는데 사람들이 나를 이상한 눈으로 쳐다보았고 흥분을 하고 있어서 나는 무서워졌다. 프랭크가 말했다 내가 말했잖아 요즘 찰리에게 뭔가 이상한 게 있다고. 그러자 조 카프가 말한다 그래 나도 네가 무슨 말을 하는지 알아. 도너 사장님은 다들 일하던 곳으로 돌려보냈고 그는 나를 가게 앞으로 데리고 나갔다.

사장님은 말했다. 찰리 네가 어떻게 그 일을 해냈는지는 모르겠지만 네가 마침내 뭔가를 배운 것 같구나. 네가 조심해서 일하고 최선을 다했으면 좋겠구나. 네게 새 일거리를 주고 주급도 5달러를 올려주마.

나는 쓸고 닦는 것을 좋아하고 물건을 나르고 친구들을 위해 뭔가를 하는 것을 좋아하기 때문에 새로운 일을 원하지 않는다고 했지만 도너 사장님은 말했다. 네 친구들은 신경 쓰지 마. 난 이 일을 하는 데 있어서 네가 필요해. 승진을 싫어할 거라고 생각하지 않아.

나는 말했다. 승진이 무슨 뜻이에요. 사장님은 머리를 긁더니 안경 너머로 나를 쳐다보았다. 찰리 그 말은 신경 쓰지 마. 지금부터 저 반죽기는 네가 맡아. 그게 승진이야.

그래서 이제 물건들을 나르고 화장실을 청소하고 쓰레기를 버리는 대신 나는 반죽기를 맡게 되었다. 그게 승진이다. 내일 나는 키니언 선생님에게 말할 것이다. 키니언 선생님은 기뻐할 것 같지만 프랭크와 조가 내게 왜 화가 났는지는 나는 모른다. 패니에게 물어보자 이렇게 대답했다. 그런 바보들을 신경 쓰지 마. 오늘은 만우절이라서 네게 농담을 했던 건데 오히려 역효과를 내고 자기들이 당해서 그런 거니까.

나는 조에게 역효과를 낸 농담이 뭐냐고 말했더니 내게 말했다. 가서 호수에나 뛰어 들어가. 내 생각에 그들이 내게 화가 난 이유는 내가 기계를 작동해서 그들이 생각했던 대로 하루를 쉬지 못했기 때문에 화가 난 것 같다. 그게 바로 내가 똑똑해지고 있다는 뜻일까.

4월 3일

로빈슨 크루소를 다 읽었다. 난 그에게 무슨 일이 일어났는지를 더 알고 싶었지만 키니언 선생님은 책에 적힌 게 전부라고 했다. 왜 그럴까.

4월 4일

키니언 선생님 말로는 내가 빨리 배우고 있다고 한다. 선생님이 내가 쓴 경과보고서를 좀 읽어보더니 날 좀 이상한 눈으로 쳐다보았다. 선생님은 내가 좋은 사람이고 그래서 사람들에게 전부 다 보여줄 거라고 했다. 나는 왜냐고 물었다. 선생님이 말했다. 신경 쓰지 마 사람들이 찰리가 생각한 것처럼 전부 다 좋은 사람은 아니라는 걸 알게 되어도 언짢아하지는 마. 선생님이 말했다. 하느님이 찰리에게 그렇게 적은 능력밖에 주지 않았는데도 똑똑한 수많은 사람들보다 더 많은 걸 했잖아. 사람들은 그런 머리를 지니고 태어나도 쓰지도 않는데 말이지. 나는 말했다. 내 친구들은 모두 똑똑하고 착해요. 친구들은 나를 좋아하고 제게 나쁜 짓을 한 적은 한 번도 없어요. 내가 그렇게 말하자 선생님은 눈에 뭐가 들어가서 여자 화장실로 얼른 뛰어가야 했다.

교실에 앉아서 선생님이 돌아오기를 기다리면서 나는 키니언 선생님이 얼마나 다정한 아가씨인가 예전의 엄마가 그랬던 것처럼 말이야라고 생각하며 놀라고 있었다. 엄마가 내게 착한 사람이 되어야 하고 사람들에게 다정하게 대하라고 했던 게 기억난다. 엄마가 말했다. 그런데 항상 조심해라 어떤 사람들은 널 이해하지 못하고 네가 말썽을 일으키려고 애를 쓴다고 생각할지도 모르니까.

그러자 엄마가 멀리 가야 했고, 사람들이 나를 옆집에 사는 러로

이 부인에게 맡겨두었어야 할 때가 기억난다. 엄마는 병원에 갔다. 아빠 말로는 엄마가 아파서가 아니라 내게 아기 여동생이나 남동생을 데려오려고 간 것이라고 했다. (사람들이 어떻게 그럴 수 있는지를 아직도 잘 모르겠지만) 나는 사람들에게 함께 놀 수 있는 아기 남동생이 있으면 좋겠다고 말했고 왜 사람들이 남동생이 아니라 여동생을 데려왔는지를 모르겠지만 여동생은 인형처럼 예뻤다. 그런데 여동생은 온종일 울기만 했다.

나는 동생을 아프게 한 적이 한 번도 없었고, 아무 짓도 하지 않았다.

부모님은 동생을 아기침대에 눕힌 다음 부모님이 쓰는 방에 두었고 걱정 마 찰리는 동생을 해치지 않을 거야라고 아빠가 말하는 것을 들었다.

동생은 온통 분홍색인데 팔다리가 느슨해서 힘이 없었고 이따금씩 비명을 질러서 난 잠들 수가 없었다. 그리고 내가 잠이 들었을 때 동생은 밤중에 날 깨웠다. 한번은 가족들이 부엌에 있었고 내가 침대에 누워있는데 동생이 울고 있었다. 나는 일어나서 엄마처럼 동생을 아기침대에서 꺼내서 조용히 하도록 달래려고 동생을 붙잡았다. 하지만 그때 엄마가 소리를 지르면서 방에 들어오더니 동생을 홱 낚아챘다. 더군다나 엄마가 내 뺨을 너무 세게 때린 바람에 나는 그만 침대 위로 넘어졌다.

그때 엄마가 고함을 지르기 시작했다. 한 번만 더 손대기만 해봐라.

넌 동생을 다치게 할 거야. 동생은 아직 갓난아기인데. 넌 동생에게 손댈 자격이 없어. 그때 난 몰랐지만 이제는 알 것 같은데 엄마는 내가 너무 멍청해서 무슨 짓을 하는지를 모르기 때문에 동생을 다치게 할 거라고 생각했던 것이다. 난 절대로 동생을 아프게 하지 않았을 것이기 때문에 이제 와서 보니 내 마음이 아프다.

스트라우스 박사님의 연구실에 가면 그에게 말해야겠다.

4월 6일

오늘, 나는, 쉼표를, 배웠다, 이것이, 쉼표(,)이고, 마침표에, 꼬리가 하나, 달려있고, 키니언 선생님이, 말한다, 쉼표는, 글을 더 나아지도록, 만들기 때문에, 중요해, 선생님이 말했다, 쉼표를, 제대로, 찍지 않으면, 많은, 돈을, 잃어버릴 수 있다고, 했다, 나는 돈을 좀, 가지고 있고, 내가 일하면서, 저축한 돈과, 재단이 준 돈인데, 그리 많지는, 않고, 나는 쉼표가, 어떻게, 돈을 잃어버리지 않도록, 하는지를 모르겠다,

하지만, 선생님이 말한다, 다들, 쉼표를 쓴다고, 그러니까 나 역시도, 쉼표를, 사용할 거다,,,,

4월 7일

나는 쉼표를 잘못 사용하고 있었다. 쉼표는 구두점이다. 긴 단어들은 사전에서 찾아보고 철자를 익히라고 키니언 선생님이 내게 말했

다. 나는 말했다. 어쨌든 읽을 수만 있으면 되지 무슨 차이가 있나요. 선생님이 말했다. 찾아보는 것도 공부야 그래서 이제부터 나는 철자에 자신이 없는 단어들은 전부 찾아볼 것이다. 이렇게 글을 쓰니까 시간이 오래 걸리지만 내가 점점 더 많이 기억한다고 나는 생각한다.

어쨌든 그래서 나는 구두점이라는 단어를 똑바로 알게 되었다. 사전에 그렇게 쓰여있다. 키니언 선생님이 말한다. 마침표도 구두점이야, 그리고 앞으로 배우게 될 다른 문장부호들도 많단다. 나는 선생님에게 말했다. 저는 선생님이 마침표들도 전부 꼬리를 달고 쉼표라고 불러야 한다고 말한 줄 알았어요. 하지만 선생님이 아니라고 했다.

선생님이 말했다; 넌, 저것들을! 문장에 넣어서 써야. 해: 선생님이 내게" 문장에 넣어서! 쓰는 법을, 보여주었다? 그리고 이젠! 나도-글을, 쓸! 때 온갖? 종류의 구두점을 넣을 수 있다. 배워야 할? 규칙들이; 많다 하지만. 난 내 머릿속에 집어'넣을 것이다.

내가 친애하는 키니언 선생님께: (업무, 편지에서는 이런, 식으로? 쓴다 혹시 내가 업무 보는 일을 할 수 있다면?) 한 가지 좋은 점은, 내가-물을 때 항상; 내게' 이유를" 알려준다는 점이다. 선생님"은 천'재다! 나도 선생님처럼-똑똑해질-수 있다면 조캐따;

구두점, 은? 재미있다!

4월 8일

난 얼마나 바보인가! 선생님이 뭘 말하고 있는지도 몰랐다. 어젯밤에 읽은 문법책에 전부 설명이 되어있었다. 그때 나는 키니언 선생님이 내게 똑같은 방식으로 알려주려고 애를 쓰고 있다는 것을 알았지만, 내가 이해하지를 못했던 것이다. 나는 자다가 한밤중에 일어났고 내 마음 속에서 모든 것이 말끔하게 정리되었다.

키니언 선생님은 텔레비전이 효과가 있다고 했고, 내가 막 잠들기 전과 밤에도 내내 나를 돕는다고 했다. 선생님은 내가 학습고원[7]에 도착했다고 했다. 그것은 언덕 위의 평평한 정상과 비슷하다.

내가 구두점이 어떤 역할을 했는지를 이해한 다음에 나는 오래전에 쓴 경과보고서들을 처음부터 전부 꼼꼼히 읽어보았다. 이런 세상에, 철자법과 구두점을 이토록 엉망진창으로 쓰다니! 보고서들을 다시 점검하고 틀린 부분을 고쳐야 한다고 나는 키니언 선생님에게 말했더니, 선생님이 말했다. "안 돼요, 찰리, 니머 교수님이 그대로 두기를 원하세요. 교수님이 경과보고서를 복사하고 돌려주면서 찰리가 계속 적어나갈 수 있게 한 것도 바로 그 때문이에요. 찰리가 자신이 얼마나 발전했는지를 알 수 있도록 하기 위해서죠. 찰리는 빠른 속도로 잘해나가고 있어요."

---

7 학습이 일정한 수준에 도달해서 반응변화에 별 진전이 없는 시기.

그 말을 듣고 나는 기분이 좋아졌다. 수업을 받은 뒤에 나는 지하로 내려가서 앨저넌과 함께 놀았다. 우리는 더 이상 시합은 하지 않는다.

4월 10일

난 아프다. 몸이 아픈 게 아니라, 가슴속이 텅 빈 것처럼 느껴진다, 주먹으로 맞은 것 같기도 하면서, 가슴앓이도 하는 것 같다.

나는 이것에 관해서 쓰지 않으려고 했지만 아무래도 써야겠다. 중요하니까. 오늘은 처음으로 일하러 가지 않고 집에 머물렀다.

어젯밤에 조 카프와 프랭크 라일리가 나를 파티에 초대했다. 아가씨들이 많이 있었고 짐피도 있었고 어니도 있었다. 나는 지난번에 내가 술을 많이 마셔서 아팠던 것을 기억했고 그래서 나는 조에게 나는 아무것도 마시고 싶지 않다고 말했다. 조는 내게 일반 콜라를 시켜주었다. 맛이 이상했지만, 난 내 입맛이 이상해서 그런 거라고 생각했다.

우리는 잠시 동안 재미있게 놀았다.

"앨런과 춤을 춰." 조가 말했다. "앨런이 스텝을 알려줄 거야." 그런 뒤에 조는 눈에 뭐가 들어간 것처럼 앨런에게 눈을 깜빡했다.

앨런이 말했다. "왜 찰리를 혼자 내버려두지 않아요?"

조는 내 등을 철썩 때렸다. "이분이 찰리 고든이야. 내 친구지. 찰리는 평범한 분이 아니야. 반죽기를 작동하도록 승진하신 귀한 몸이라고. 난 단지 네가 찰리와 함께 춤추면서 좋은 시간을 보내기를 바랄 뿐이야. 그게 뭐 잘못인가?"

조는 나를 앨런에게 떠밀었다. 그래서 앨런은 나와 춤을 추었다. 나는 세 번 넘어졌고 나는 이유는 모르겠지만 나와 앨런을 제외하고 다른 사람들은 춤을 추고 있지 않았다. 그리고 다른 사람의 발이 항상 튀어나와 있어서 항상 나는 남의 발을 밟고 있었다.

그들은 빙 둘러서서 우리가 스텝을 밟는 모습을 보고 웃었다. 그들은 내가 넘어질 때마다 더 심하게 웃었고, 그 모습이 재미있어서 나도 웃었다. 하지만 제일 마지막에 내가 넘어졌을 때 나는 웃지 않았다. 내가 몸을 일으키자 조는 다시 나를 밀었다.

그때 나는 조의 얼굴 표정을 보았고 그러자 배에서 이상한 느낌이 들었다.

"재미있는 사람이네요." 한 아가씨가 말했다. 그러자 다들 웃었다.

"오, 프랭크, 네 말이 맞았어." 앨런이 가까스로 말을 했다.

그러더니 앨런이 말했다. "찰리, 여기, 과일 좀 먹어봐." 그녀는 내게 과일을 주었는데 내가 한입 베어 물었을 때 나는 과일 모형이라는 것을 알게 되었다.

그때 프랭크가 낄낄 웃으며 말했다. "거봐, 내가 뭐랬어? 찰리라면 먹을 거라고 했지. 밀랍으로 만든 과일 모형을 먹을 정도로 바보가 또 누가 있겠어?"

조가 말했다. "할로란네 술집에서 모퉁이로 가서 비가 내리는지 보고 오라고 하고 찰리를 버리고 간 날 밤 이후로 이렇게 웃어본 적은 또 없었는데 말이지."

그때 나는 마음속에서 기억하고 있던 한 장면이 보였다. 내가 어렸을 때 동네 아이들은 숨바꼭질을 할 때 나를 끼워주었고 내가 술래였다. 내가 손가락으로 몇 번이고 열까지 센 다음에 나는 아이들을 찾으러 갔다. 나는 계속 아이들을 찾아 다녔지만, 그만 춥고 어두워져서 나는 집에 가야만 했다.

나는 아이들을 전혀 찾을 수 없었고 왜 그런지도 알 수 없었다.

프랭크가 한 말을 들으니까 그 일이 떠올랐다. 할로란네 술집에서 있었던 일과 똑같았다. 그게 바로 조와 다른 이들이 내게 하는 짓이었다. 나를 비웃는 것이다. 숨바꼭질을 하던 아이들도 나를 속이고 있었던 것이고 나를 비웃고 있었던 것이었다.

파티에 있던 사람들의 얼굴이 흐릿했고, 다들 나를 내려다보며 비웃고 있었다.

"찰리를 좀 봐. 얼굴이 빨개졌어."

"얼굴이 빨개졌대요. 찰리 얼굴이 빨개졌대요."

"이봐, 앨런, 찰리에게 무슨 짓을 한 거야? 난 찰리 얼굴이 빨개진 것은 한 번도 본 적이 없는데."

"이런 세상에. 앨런 때문에 찰리가 흥분한 게 틀림없어."

나는 뭘 해야 할지, 또 어디로 가야 할지 알지 못했다. 앨런이 다가

와 내게 몸을 문지르자 나는 묘한 느낌이 들었다. 다들 날 보며 웃고 있었고 난 갑자기 벌거벗은 것처럼 느껴졌다. 나는 다른 사람들이 볼 수 없도록 숨어버리고 싶었다. 나는 아파트 밖으로 뛰쳐나갔다. 그것은 복도가 많은 커다란 아파트였고 나는 계단으로 가는 길을 찾을 수 없었다. 승강기가 있다는 사실은 전혀 기억하지 못하고 있었다. 그러다가 나는 계단을 찾았고 거기로 뛰어나가서 오랫동안 걷다가 나는 방에 돌아왔다. 조와 프랭크와 다른 사람들이 나를 곁에 두기를 좋아했던 이유가 단지 날 그냥 놀리기 위해서라는 것을 예전에는 전혀 몰랐다.

이제 나는 사람들이 "찰리 고든 짓을 했다"고 할 때, 그게 무슨 뜻인지를 안다.

나는 부끄럽다.

그리고 하나 더. 꿈속에서 나는 앨런 아가씨와 춤을 췄는데, 아가씨가 내게 몸을 비볐고 깨어나 보니 침대 시트가 온통 젖은 채로 더럽혀져 있었다.

돌려주지 않은 밸런타인 펜던트

4월 13일

아직 나는 빵가게에 돌아가지 않았다. 나는 안주인 플린 부인에게 도너 사장님께 전화해서 내가 아프다고 말해달라고 했다. 요즘 플린 부인은 나를 겁내는 눈으로 쳐다본다.

사람들이 날 비웃고 있다는 것을 알게 된 것은 잘된 일이라고 생각한다. 나는 그 이유를 많이 생각했다. 내가 너무나 바보이기 때문에 또 내가 뭔가 바보짓을 할 때도 그런 줄을 모르고 있기 때문이다. 사람들은 자신들과는 달리 바보가 어떤 것을 못할 때 우습다고 생각한다.

어쨌든 이제는 매일 내가 조금씩 똑똑해진다는 것을 안다. 나는 맞춤법도 알고 맞춤법에 맞게 글을 쓸 수 있다. 나는 사전에서 어려운 단어들을 찾아보고 외우는 것을 좋아한다. 그리고 나는 경과보고서를 아주 조심스럽게 적으려고 노력하지만 이는 어렵다. 이제 나는 책을 많이 읽고 키니언 선생님은 내가 아주 빨리 읽는다고 말한다. 그리고 나는 내가 읽은 많은 것들을 이해하고 내가 이해한 것들은 내 마음속에 있다. 내가 두 눈을 감고 내가 읽었던 책의 페이지를 생각하면 사진을 보는 것처럼 머리에 떠오를 때가 있다.

하지만 다른 생각들도 머리에 떠오른다. 두 눈을 감으면 어떤 장면이 생생하게 떠오를 때가 있다. 오늘 아침처럼. 잠에서 막 깨어났을 때, 나는 두 눈을 뜬 채 침대에 누워있었다. 내 마음의 벽에 커다란 입구가 열리는 것 같았고 나는 그 입구를 지나 걸어 들어갈 수 있었다. 내 생각에 그 입구는 아주 오래전과 이어진 것 같았다. 내가 도너 빵가게에서 처음 일하기 시작할 때. 빵가게가 있는 거리가 보인다. 처음 봤을 때 흐릿하지만 뭔가 덧입혀져서 바로 여기 내 앞에 있고, 다른 것들은 여전히 흐릿하지만, 확실하지는 않다···.

왜소한 체구의 노인 앞에는 유모차를 개조해서 만든 손수레에 화로가 실려있고, 군밤 냄새가 나고, 땅에는 눈이 쌓여있다. 마른 체구의 젊은이가 겁에 질린 얼굴에 휘둥그레 눈을 뜨고 가게 간판을 올려다보고 있다. 뭐라고 쓰여있지? 글자가 흐릿해서 이해가 가지 않는다. 지금은 "도너네 빵가게"라고 쓰인 것을 알겠지만, 기억 속에서 그의 눈으로 보면 글자들을 읽을 수가 없다. 간판들은 전부 이해가 되지 않는다. 겁먹은 표정을 한 저 사람이 나라는 생각이 든다.

밝은 네온 불빛. 크리스마스 나무들과 보도 위의 행상인들. 사람들은 외투의 깃을 세워 몸을 감싸고 목도리를 둘렀지만 그는 장갑이 없다. 그의 두 손이 시리고 그는 무거운 갈색 종이 가방들을 한 꾸러미 내려놓는다. 그는 조그만 장난감을 보려고 멈춰 서있다. 행상인이 나사를 돌리자 곰이 재주를 넘고, 개가 펄쩍 뛰어오르고, 물개가 코끝으로 공을 돌린다. 재주를 넘기도 하고, 뛰어오르기도 하고, 돌리기도 하는 저 장난감들을 모두 가질 수 있다면, 그는 아마 세상에서 가장 행복할 것이다.

그는 얼굴이 불그스름한 저 행상인에게 갈색 면장갑 구멍 밖으로 튀어나온 손가락으로 저 재주를 넘는 곰을 잠깐 만질 수 있는지를 묻고 싶지만, 겁이 난다. 그는 종이가방 꾸러미를 들어 올려 어깨에 짊어진다. 그는 비쩍 말랐지만 여러 해 고된 일을 해서 힘이 세다.

"찰리! 찰리! 멍텅구리 찰리!"

아이들이 찰리를 비웃고 놀리면서 주위를 빙빙 도는데, 그 모습이 마치 찰리의 발을 물려고 하는 강아지들처럼 보인다. 찰리는 아이들에게 미소 짓는다. 찰리는 꾸러미를 내려놓고 아이들과 함께 놀고 싶지만, 찰리가 그 생각을 할 때 등이 가려웠고 형들이 자신에게 뭔가를 던지는 것을 느낀다.

빵가게에 돌아오자 찰리는 소년들이 어두운 복도 문에 서있는 것을 본다.

"이봐, 찰리야!"

"이봐, 찰리. 여긴 웬일이야? 크랩스[8] 좀 해보려고?"

"이리 와. 우린 널 해치지 않을게."

하지만 출입구에 뭔가가 있고, 웃음소리를 듣자 찰리는 다시 소름이 돋았다. 그는 그것이 무엇인지 알려고 애를 쓰지만 찰리가 기억하는 것은 옷에 온통 똥오줌이 묻어있었다는 사실이고, 온통 오물을 뒤집어쓰고 집에 온 찰리를 보고 허먼 삼촌이 고함을 지르며 망치를 손에 들고 찰리에게 못된 짓을 한 소년들을 찾아 달려 나갔던 것뿐이다. 찰리는 출입구에서 웃으면서 서있는 소년들을 보고 뒤로 물러났고, 보따리를 떨어뜨렸다. 보따리를 다시 집어 들고 안으로 달려간다.

"찰리, 왜 이렇게 오래 걸렸어?" 짐피가 출입구에서 빵가게 뒤까지 다 들리도록 소리친다.

찰리는 쌍여닫이문을 열고 빵가게 뒤쪽까지 가서 무거운 짐을 끌 때 바닥에 까는 목재판 위에 보따리를 내려놓는다. 찰리는 주머니에 양손을 찔러 넣고 벽에 기댄다. 찰리는 펜던트 목걸이를 가지고 있었으면 좋겠다고 생각한다.

찰리는 빵가게 뒤편의 이곳을 좋아한다. 그을음이 묻은 벽과 천장에 비해 바닥은 밀가루 때문에 하얗다.

하얀 밀가루는 발목 위까지 오는 구두의 두꺼운 밑창에도 내려앉

8 주사위 두 개로 하는 도박의 일종.

아 있고, 바느질선과 신발 끈을 거는 고리에도 있고, 손톱 밑에도 있고, 트고 갈라진 손바닥 피부에도 있다.

찰리는 이곳에서 벽에 기댄 채 D라고 쓰인 야구 모자를 눈앞까지 푹 눌러쓰고 웅크리고 앉아서 쉰다. 찰리는 밀가루와 달콤한 반죽과 빵과 케이크와 롤빵 굽는 냄새를 좋아한다. 오븐에서는 빵이 구워지면서 탁탁 소리가 들려오고 찰리는 잠이 온다.

달콤하고··· 따뜻하고··· 졸리고···

갑자기 넘어져서 몸의 균형을 잃고 벽에 머리를 부딪친다. 누군가 밑에서 찰리의 다리를 걷어찬 것이다.

그게 내가 기억하는 전부다. 전부 분명히 볼 수 있지만 그런 일이 왜 일어났는지는 모르겠다. 마치 예전에 영화를 보러 갔을 때와 비슷하다. 처음에는 전혀 이해하지 못했다. 화면이 너무 빨리 지나갔기 때문이다. 하지만 서너 번 보자 그들이 하는 말을 이해할 수 있었다. 스트라우스 박사님에게 물어봐야겠다.

4월 14일

어제처럼 떠오르는 기억들은 잊지 않고 적어두는 게 중요하다고 스트라우스 박사님이 말한다. 그러면 연구실을 방문할 때, 내가 적은 것들에 대해 이야기를 나눌 수 있다고 한다.

스트라우스 박사님은 정신과 의사이자 신경외과 의사이다. 나는 몰랐다. 평범한 의사라고만 생각했다. 하지만 오늘 아침 그의 사무실에 갔을 때, 내가 가진 문제들을 이해하려면 자신에 대해서 배우는 게 무척 중요하다고 박사님이 말했다. 내게는 아무런 문제가 없다고 말했다.

스트라우스 박사님은 웃더니 의자에서 일어나 창가로 갔다.

"찰리, 찰리가 더 똑똑해질수록 더 많은 문제들을 가지게 될 거예요. 지능이 감정을 훨씬 앞질러서 빠르게 성장할 거예요. 앞으로 찰리의 지능이 더 향상될수록 찰리가 내게 말하고 싶은 것들이 많이 있을 거라고 생각해요. 찰리가 도움이 필요하면 여기에 찾아올 수 있다는 점을 기억해두기를 바라요."

도대체 무슨 이야기를 하는 것인지 모르겠지만, 박사님이 말했다. 비록 지금은 내가 꿈과 기억들을 이해하지 못하고, 왜 그런 꿈을 꾸는지를 몰라도, 앞으로 언젠가는 그 모든 것들이 연결될 것이고, 그러면 나는 자신을 더 많이 알 수 있을 거라고. 기억 속의 저 사람들이 무슨 말을 하는지를 알아내는 게 중요하다고 스트라우스 박사님이 말했다. 전부 내 어린 시절과 관련된 것이기 때문에 무슨 일이 있었는지를 기억해야 한다고 했다.

예전에는 이런 것들을 전혀 몰랐다. 내가 똑똑해진다면, 내 마음속의 말들을 모두 이해할 수 있고, 복도에 서있는 저 소년들과 허먼 삼촌과 부모님도 모두 알 수 있을 것 같다는 느낌이 든다. 하지만 그때 스트라우스 박사님이 말한 뜻은 내가 그 모든 일들 때문에 감정이 상해서 마음에 병이 들지도 모른다는 것이었다.

그래서 이제 나는 일주일에 두 번 스트라우스 박사님의 연구실에 가서 날 불편하게 하는 것들을 말해야 했다. 내가 연구실에 앉아서 이야기하면 스트라우스 박사님이 듣는다. 그게 상담이라고 하는 것이고, 불편한 것들을 이야기하면 기분이 나아지기 때문에 하는 것이다. 날 불편하게 하는 것들 중 하나가 여자라고 박사님에게 말했다. 이를테면 앨런과 함께 춤을 추면 나는 흥분이 된다고 했다. 우리는 그것에 관해 이야기를 나누었고 나는 말하는 동안 한기가 들고, 식은땀이 흐르고, 머릿속이 윙윙 울려서 토할 것 같은 이상한 느낌을 받았다. 아마도 그런 것들이 더럽고, 이야기하는 게 나쁜 짓이라고 내가 항상 생각해왔기 때문일지도 모른다. 하지만 스트라우스 박사님은 파티 뒤에 내게 일어난 일은 몽정이라는 것인데 남자아이들은 으레 자연스럽게 겪기 마련이라고 말했다.

그래서 내가 똑똑해지고 새로운 것들을 많이 배운다고 해도 여전히 여자와의 관계에 있어서는 소년에 지나지 않는다고 박사님은 생각한다. 헷갈리기는 하지만 나는 내 삶에 관한 것들을 모두 알아낼 것이다.

4월 15일

요즘 책을 많이 읽는 중이며 읽은 것은 대부분 기억에 남아있다. 역사와 지리학과 수학 외에도 키니언 선생님은 내가 외국어들을 배워야 한다고 말한다. 니머 교수님은 내가 잠잘 동안 틀어놓을 수 있도록 테이프를 몇 개 더 주었다. 나는 아직 의식과 무의식이 어떻게 작용하는지를 잘 모르지만, 스트라우스 박사님은 아직 걱정 말라고 한다. 스트라우스 박사님은 몇 주 뒤에 대학 과정을 공부하기 시작할 때 심리학과 관련된 책들은 읽지 않겠다는 약속을 내게서 받아냈고, 나는 허락받기 전에는 읽지 않기로 했다. 박사님의 말에 따르면 심리학을 다룬 책을 읽다 보면 내가 혼란스러울 것이고 나의 생각과 느낌보다는 심리학 이론을 더 생각하게 될 것이라고 했다. 그렇지만 소설을 읽는 것은 괜찮다고 했다. 이번 주에 나는 『위대한 개츠비』『미국의 비극』『천사여, 집 쪽을 보아라』를 읽었다. 남자와 여자가 그런 것을 하는지는 전혀 몰랐다.

4월 16일

오늘은 기분이 훨씬 좋지만, 그래도 사람들이 항상 날 비웃고 놀린다는 사실이 아직도 여전히 화가 난다. 니머 교수님이 말한 대로 내가 똑똑해지면, 지금 내 아이큐가 70인데 두 배보다 훨씬 더 좋아진다면, 그땐 아마도 사람들이 날 좋아할 것이고 내 친구가 될 것이다.

아이큐란 게 도대체 뭔지 나는 잘 모르겠다. 네가 얼마나 똑똑한지를 측정하는 것이라고 니머 교수님이 말했고 마치 약국에서 파운드를 재는 저울과 같다고 했다. 하지만 스트라우스 박사님은 니머 교수님과 논쟁을 크게 벌였고 아이큐가 지능을 측정하지는 못한다고 말했다. 아이큐는 얼마나 많은 지능을 얻을 수 있는지를 보여줄 뿐이라고 말했고, 계량컵 겉에 적힌 숫자와 같은 거라고 했다. 컵 안의 내용물은 여전히 채워야 했다.

내가 버트 셀던에게 물었더니 스트라우스 박사와 니머 교수 둘 다 틀렸다고 보는 사람도 있을 거라고 말했고 자신이 읽고 있는 글에 따르면 아이큐라는 것은 수많은 여러 가지 다른 것들을 측정하는데 거기에는 이미 배운 것들도 포함되기 때문에 지능을 측정하기에는 사실 좋은 측정방법이 아니라고 한다.

그래서 나는 아직도 아이큐가 무엇인지 모른다. 그리고 다들 아이큐가 다르다고 말한다. 내 아이큐는 이제 100 정도이고, 곧 150이 넘을 것이지만, 그래도 그들은 더욱 많은 내용물로 계속 나를 채워야 할 것이다. 나는 아무 말도 하고 싶지 않았지만 아이큐가 무엇이며, 어디에 있는지를 그들이 모른다면 얼마나 되는지는 과연 어떻게 알 수 있는 것인지를 나는 잘 모르겠다.

니머 교수님은 모레에는 내가 로르샤흐 테스트를 받아야 한다고 말한다. 그게 뭔지 나는 궁금하다.

4월 17일

어젯밤에 난 악몽을 꾸었고, 오늘 아침에 잠에서 깨었을 때, 나는 스트라우스 박사님이 알려준 대로 자유연상을 하면서 꿈을 기억해보았다. 꿈을 생각하면서 마음이 가는 대로 내버려두었더니 다른 생각들이 떠오른다. 그것을 계속했더니 머릿속이 텅 빈다. 스트라우스 박사님의 말로는 그것은 내 의식이 기억하지 못하도록 내 잠재의식이 가로막는 지점에 도착했다는 것을 뜻한다고 한다. 그것은 과거와 현재를 나누는 벽이다. 벽이 그대로 있을 때도 있지만 이따금 무너져 내릴 때도 있어서 벽 뒤에 무엇이 있는지를 난 기억할 수 있다.

오늘 아침처럼 말이다.

꿈에서 키니언 선생님이 나왔고 내가 쓴 경과보고서를 읽는 중이었다. 꿈에서 나는 앉아서 글을 쓰려고 하지만 나는 더 이상 글을 쓰거나 읽을 수 없다. 모두 하얗게 잊어버렸다. 나는 겁이 나서 빵가게의 짐피에게 나를 위해 글을 써달라고 부탁한다. 하지만 키니언 선생님은 내가 쓴 보고서를 읽고 화를 내면서 보고서에 더러운 말들이 적혀 있다면서 보고서를 갈기갈기 찢어버린다.

집에 돌아왔을 때 니머 교수님과 스트라우스 박사님은 나를 기다리고 있었고 그들은 경과보고서에 더러운 말들을 적었다며 나를 매로 때린다. 그들이 나를 떠날 때 나는 찢긴 경과보고서들을 집어 올렸지만 보고서들은 피가 묻어있는 레이스가 달린 밸런타인 카드들로 변한다.

그것은 무서운 꿈이었지만 나는 침대에서 나와 그 꿈을 전부 적어 두었고 나는 자유연상을 시작했다.

빵가게··· 빵굽기··· 주전자··· 누군가 나를 찬다···. 넘어지고··· 온통 피범벅이 되고··· 글쓰기··· 빨간 밸런타인 카드에 놓인 긴 연필··· 금으로 만들어진 작은 심장··· 자물쇠··· 사진이 들어가는 목걸이··· 쇠사슬··· 모두 피로 덮여있고··· 그리고 그는 나를 비웃는다···.

사슬은 목걸이에 달려있던 것이고··· 빙빙 돌리고··· 햇빛을 받아서 반짝이는 사슬이 내 두 눈에 들어온다. 그리고 나는 사슬이 돌아가는 것을 보기를 좋아하고··· 사슬을 보고··· 어린 소녀가 날 지켜보고 있다.

그녀의 이름은 키니, 그러니까 해리엇이다.

"해리엇··· 해리엇··· 우린 모두 해리엇을 사랑해."

그리고 그때 그곳에는 아무것도 없다. 다시 텅 비어있다.

어깨 너머로 내가 쓴 경과보고서들을 읽고 있는 키니언 선생님.

그때 우리는 저능한 사람들을 위한 성인교육원에 있고, 선생님은 내가 작문을 할 때, 어깨 너머로 읽고 있다.

학교는 제13공립학교로 바뀌고 나는 11살이고 키니언 선생님도 11살이고, 그런데 이제 보니 키니언 선생님이 아니다. 보조개가 있고, 긴

곱슬머리를 지닌 어린 소녀이고, 이름은 해리엇이다. 우리는 모두 해리엇을 사랑한다. 오늘은 밸런타인데이이다.

기억난다···.

제13공립학교에서 무슨 일이 있었고, 그들이 왜 나를 제222공립학교로 전학을 보냈는지가 기억난다. 해리엇 때문이었다.

11살이 된 찰리가 보인다. 찰리는 길에서 주운, 목걸이에 매달 수 있는 조그만 금색 펜던트를 가지고 있다. 목걸이 줄은 없지만, 찰리는 실에 펜던트를 매달고 있고, 펜던트를 손가락으로 빙빙 돌려서 감는 것을 좋아하고, 그런 다음에 다시 풀면은 햇빛에 반짝이면서 돌아가는 모습을 보기를 좋아한다.

이따금씩 아이들은 공놀이를 할 때, 찰리를 끼워주어서 한가운데에 서있게 했고 찰리는 다른 아이들보다 먼저 공을 잡으려고 애를 쓴다. 비록 공은 절대로 잡지 못하지만 찰리는 한가운데에 있기를 좋아한다. 그리고 한번은 하이미 로스가 실수로 공을 떨어뜨려서 찰리가 공을 집어 들었지만 아이들은 찰리가 공을 던지지 못하게 하고 한가운데로 다시 밀어넣었다.

해리엇이 지나가면 남자아이들은 놀이를 멈추고 보았다. 남자아이들은 모두 해리엇을 사랑한다. 해리엇이 머리를 흔들면 곱슬머리가 출렁이고, 해리엇은 보조개도 있다. 왜 남자아이들이 여자아이를 두고 그렇게 난리법석을 떠는지를 모르고, 왜 항상 해리엇에게 말을 걸고 싶어 하는지를 찰리는 모른다. (찰리는 여자아이에게 말을 거느니 차라리 공놀이를 하거나, 빈 깡통을 발로 차거나, 술래잡기를 하겠지만) 남자아이들은 모두 해리엇을 사랑하기 때문에 찰리도 역시 해리엇을 사랑한다.

해리엇은 다른 아이들과는 달리 절대 찰리를 놀리는 법이 없고, 찰리는 해리엇을 즐겁게 해주기 위해 장난을 친다. 선생님이 없을 때 찰리는 책상 위를 걷는다. 창문 밖으로 지우개를 던지고, 칠판과 벽에 낙서를 휘갈긴다. 그러면 해리엇이 항상 낄낄 웃으면서 소리를 지른다. "저기, 찰리를 봐. 웃기지 않니? 바보 아니야?"

밸런타인데이가 되자, 남자아이들은 해리엇에게 줄 선물을 이야기하고 있고, 찰리도 말한다. "나도 해리엇에게 밸런타임을 줄 거야."

남자아이들이 웃자 배리가 말한다. "밸런타인데이에 줄 선물을 어디에서 구할 거야?"

"예쁜 선물을 줄 거야. 두고 봐."

하지만 찰리는 선물을 살 돈이 없어서 해리엇에게 가게 유리창에서 볼 수 있는 밸런타인데이 선물들처럼 생긴, 하트 모양의 펜던트를 주기로 결심한다. 그날 밤 찰리는 엄마의 서랍에서 꺼낸 얇은 종이로 감싼 뒤에 붉은 리본으로 묶느라 한참 시간을 보낸다. 그런 다음에 다음 날 학교에서 점심시간에 하이미 로스에게 편지를 써달라고 부탁한다.

그는 하이미에게 이렇게 받아 적게 한다. "해리엇에게, 네가 세상에서 가장 예쁜 소녀라고 생각해. 난 너를 아주 좋아하고 난 널 사랑해. 네가 내 밸런타임이 되었으면 해. 네 친구, 찰리 고든."

하이미는 종이 위에 큰 글씨로 무척 정성을 들여서 적고, 내내 웃으면서 찰리에게 말한다. "이봐, 이걸 보면 놀라서 해리엇의 눈이 튀어나올 거야."

찰리는 겁이 나지만, 해리엇에게 저 펜던트를 주고 싶어서 해리엇의 집까지 따라가고 해리엇이 집에 들어갈 때까지 기다린다. 그때, 찰리는 복도를 몰래 들여다보다가 선물 꾸러미를 대문 안쪽 손잡이에 걸어둔다. 찰리는 벨을 두 번 누른 뒤에 뛰어서 길을 건너서 나무 뒤편에 숨는다.

해리엇이 내려와서 벨을 누가 눌렀는지를 둘러본다. 그때, 선물 꾸러미가 해리엇의 눈에 들어온다. 해리엇은 그것을 가지고 위층으로 올라간다. 찰리는 학교에서 집으로 가고 엄마의 서랍에서 말도 없이 얇은 종이와 리본을 가져갔다고 해서 혼이 난다. 하지만 찰리는 조금도 신경 쓰지 않는다. 내일이면 해리엇이 펜던트를 목에 걸 것이고 모든 남자아이들에게 찰리가 줬다고 말할 것이기 때문이다. 그러면 다들 알게 될 것이다.

다음날 찰리는 학교까지 헐레벌떡 달려갔지만 너무 이른 시간이다. 해리엇은 아직 학교에 오지 않았고, 찰리는 기대에 차있다.

하지만 해리엇은 교실에 들어올 때 찰리를 쳐다보지도 않는다. 해리엇은 목걸이를 하고 있지도 않는다. 그리고 해리엇은 화난 것처럼 보인다.

그는 잰슨 선생님이 보고 있지 않을 때 여러 가지 일들을 한다. 웃긴 표정을 짓는다. 큰 소리로 웃는다. 의자 위에 서서 엉덩이를 흔든다. 심지어 해럴드에게 분필조각을 던진다. 하지만 해리엇은 한 번도 찰리를 쳐다보지 않는다. 아마 잊어버렸나 보다. 내일은 목걸이를 할지도 모른다. 해리엇이 복도를 지나가지만, 찰리가 물어보려고 다가갔을 때, 해리엇은 한마디 말도 없이 찰리를 밀치고 지나가버린다.

저 아래 운동장에서는 해리엇의 덩치가 커다란 두 오빠가 찰리를 기다리고 있다.

오빠 거스가 찰리를 밀친다. "이 새끼, 네 놈이 우리 여동생에게 이런 더러운 쪽지를 썼어?"

찰리는 더러운 쪽지는 쓰지 않았다고 말한다. "저는 그냥 밸런타임 카드를 주었을 뿐이에요."

오스카는 졸업하기 전에 축구부에 있었는데 찰리의 셔츠를 잡더니 단추 두 개를 뜯어버렸다. "동생 근처에는 얼씬도 하지 마, 이 병신아. 넌 어쨌든 이 학교 학생도 아니잖아."

오스카는 찰리를 거스 쪽으로 밀쳤고 거스는 찰리의 멱살을 잡았다. 찰리는 겁을 먹고 울기 시작한다.

그러더니 그들은 찰리를 때리기 시작한다. 오스카는 찰리의 코를 주먹으로 쳤고 거스는 찰리를 땅에 쓰러뜨리더니 옆구리를 발로 찬다. 그러고는 둘 다 찰리를 발로 찬다. 한 사람씩 번갈아가면서. 그러면 운동장에 있는 찰리의 친구들 중 몇몇이 달려와서 소리를 지르고 박수를 친다. "싸워라! 싸워라! 저 오빠들이 찰리를 두들겨 패고 있어요!"

찰리는 옷이 찢어지고 코피가 흐르고 이빨 하나가 부러지고, 거스와 오스카가 멀리 간 뒤에 그는 보도에 앉아서 운다. 입에서는 시큼한 피 맛이 느껴진다. 다른 아이들은 그냥 웃으면서 소리를 친다.

"찰리는 호되게 얻어맞았대요! 찰리는 호되게 얻어맞았대요!" 그리고 그때 와그너 수위 아저씨가 와서 아이들을 쫓아버렸다. 와그너 아저씨는 찰리를 남자 화장실에 데리고 가서 집에 돌아가기 전에 그에게 얼굴과 두 손에 묻은 피와 흙먼지를 닦으라고 말한다···.

사람들이 나에게 말한 걸 곧이곧대로 믿다니 나도 참 바보였다는 생각이 든다. 하이미든 누구든 믿지 말았어야 했다.

나는 전에는 이런 일들을 하나도 기억하지 못했지만, 꿈에 대해 생각하자 머릿속에 떠올랐다. 그것은 내가 쓴 경과보고서를 읽는 키니언 선생님에게 느끼는 감정과 관계가 있다. 어쨌든, 이제는 다른 사람에게 날 위해 글을 써달라고 부탁하지 않아도 되어서 기쁘다. 이제 난 글을 나 혼자 힘으로 쓸 수 있다.

그런데 문득 생각난 게 있다. 해리엇은 내 펜던트 목걸이를 돌려주지 않았던 것이다.

2부

혼돈

나는 적의를 느낄 수 있다

4월 18일

나는 로르샤흐가 무엇인지 알아냈다. 그것은 잉크자국을 이용한 테스트이며, 내가 수술 전에 받았던 것이다. 잉크자국을 보는 순간, 나는 덜컥 겁이 났다. 버트가 내게 잉크자국을 보고 그림들을 찾아내라고 할 것이라는 것을 알았고, 그럼에도 나는 찾지 못한다는 것도 알았기 때문이다. 거기에 어떤 그림들이 숨겨져 있는지를 알 길은 없을까, 나는 계속 생각하고 있었다. 어쩌면 거기엔 그림이라고는 하나도 없을지도 모른다. 어쩌면 내가 원래 없는데 뭔가를 계속 찾을 정도로 바보인지를 알아보기 위해 날 속인 것인지도 모른다. 그런 생각이 들자 나는 버트에게 화가 치밀어 올랐다.

"좋아, 찰리." 버트가 말했다. "이 카드들을 전에 본 적이 있어요, 기억나죠?"

"물론이죠. 기억나요."

내 목소리를 듣고 버트는 내가 화가 났다는 것을 알아차렸고, 나를 놀란 눈으로 올려다보았다.

"찰리, 뭔가 잘못됐나요?"

"아니요. 잘못된 것은 아무것도 없어요. 저 잉크자국을 보니까 화가 나서요."

버트는 미소 짓는 얼굴로 고개를 가로저으며 말했다. "화낼 것은 아무것도 없어요. 이것은 전형적인 성격 테스트 중의 하나일 뿐이니까요. 자, 이제 이 카드를 보세요, 찰리. 이것은 무엇일까요? 이 카드에서 무엇을 보죠? 사람들은 이런 잉크자국들에서 온갖 것들을 보죠. 이것을 보면 무엇이 떠오르는지를 제게 말해보세요."

나는 충격을 받았다. 나는 카드를 노려보았고 그런 뒤에 버트를 노려보았다. 버트가 그런 말을 할 것이라고는 꿈에도 생각하지 못했다.

"그러니까 이 잉크자국들에는 아무런 그림도 숨겨져 있지 않다는 말인가요?"

버트는 인상을 찡그리면서 안경을 벗고 말했다. "뭐라고요?"

"그림들 말이에요! 잉크자국들 안에 숨겨져 있다고 했잖아요! 모두들 그림을 볼 수 있으니까 나도 그림을 찾기를 바란다고 지난번에 제게 말했잖아요."

"아니, 찰리, 내가 그런 말을 했을 리가 없어요."

“그게 무슨 뜻이죠?” 나는 버트에게 소리를 질렀다. 잉크자국에 공포를 느끼자 나 자신에게도, 버트에게도 화가 났다. “제게 그렇게 말했어요. 대학에 들어갈 정도로 똑똑하다고 해서 저를 조롱해도 된다는 뜻은 아니에요. 다들 날 비웃는 데 아주 진절머리가 난단 말이에요.”

이전에는 이토록 화가 치밀어 오른 적이 없었다. 버트에게 화가 난 것이라고는 생각하지 않지만, 갑자기 모든 것이 폭발했다. 나는 로르샤흐 테스트 카드들을 테이블 위로 던지고 걸어 나왔다. 마침 니머 교수님이 복도를 지나가고 있었고, 내가 인사도 하지 않은 채 교수님 옆을 급히 지나가자 교수님은 무엇인가가 잘못되었다는 것을 알아챘다. 엘리베이터를 타고 내가 아래로 막 내려가려고 하는데, 니머 교수님과 버트가 나를 붙잡았다.

“찰리.” 니머 교수님이 내 팔을 붙잡으면서 말했다. “잠깐만. 이게 다 무슨 일인가?”

나는 팔을 뿌리쳤고, 턱짓으로 버트를 가리키면서 말했다. “저는 사람들이 저를 놀리는 데 아주 진절머리가 나요. 그뿐이에요. 전에는 제가 잘 알지 못했지만, 지금은 저도 알고, 저는 그게 싫단 말이에요.”

“찰리, 여기에서는 아무도 자네를 놀리지 않네.” 니머 교수님이 말했다.

“그럼 잉크자국은요? 지난번에 버트가 제게 잉크 안에 그림들이 있다고 말했어요. 그래서 저는—”

"여보게, 찰리, 버트가 정확히 뭐라고 물었고, 또 자네가 뭐라고 대답했는지를 듣고 싶나? 우리는 진행했던 검사들은 테이프에 녹음해 두었어. 다시 들려줄 테니 정확히 뭐라고 했는지 한번 들어보게."

나는 니머 교수님과 버트와 함께 심리학 사무실로 다시 들어갔고 머리가 혼란스러웠다. 나는 그들이 날 놀리고 있다고 확신하고 있었고, 내가 너무 무지해서 알 수 없을 때에는 나를 속인다고 확신하고 있었다. 분노는 내게 자극적이고, 짜릿한 느낌을 주어서 쉽게 가라앉힐 수 없었다. 나는 싸울 준비가 되어있었다.

니머 교수님이 테이프를 가져오기 위해 보관 케이스로 갔을 때, 버트가 설명했다. "지난번에도 오늘과 거의 똑같은 단어들을 사용했어요. 이런 테스트들을 매번 시행할 때마다 똑같은 과정으로 진행되어야 하니까요."

"그 말은 직접 들어보고 믿을게요."

니머 교수님과 버트는 눈짓을 주고받았다. 나는 피가 얼굴로 몰려서 확 달아오르는 것처럼 느껴졌다. 두 사람은 나를 비웃고 있었다. 하지만 그때 나는 내가 방금 전에 했던 말을 깨달았고, 내 목소리를 들으면서 두 사람이 눈짓을 주고받는 이유를 이해했다. 그들은 웃고 있지 않았다. 그들은 내게 어떤 일이 일어나고 있는지를 알고 있었다. 내가 새로운 단계에 접어들었으며, 분노와 의심이 내 주위의 세상을 향한 첫 번째 반응이었던 것이다.

버트의 목소리가 녹음기에서 울려 나왔다.

"이제 이 카드를 보세요, 찰리. 이것은 무엇일까요? 이 카드에서 무엇을 보죠? 사람들은 이런 잉크자국들에서 온갖 것들을 보죠. 이것을 보면 무엇이 떠오르는지를 제게 말해보세요···."

몇 분 전의 실험실에서와 똑같은 말이었고, 어조도 거의 비슷했다. 그리고 그때 나는 내가 했던 대답을 들었는데 어린아이처럼 말도 안 되는 대답을 하고 있었다. 나는 니머 교수님의 책상 옆에 있는 의자에 맥없이 주저앉았다. "저게 정말 저란 말인가요?"

나는 버트와 실험실로 다시 돌아갔고, 우리는 로르샤흐 테스트를 계속 진행했다. 우리는 카드를 천천히 넘겨 보았다. 이번에는 나도 다른 반응들을 보였다. 잉크자국에서 여러 가지 것들이 "보였다". 서로 끌어당기는 한 쌍의 박쥐들. 칼싸움을 벌이는 두 남자. 나는 온갖 종류의 것들을 상상했다. 하지만 그런 와중에도 나는 더 이상 버트를 완전히 믿지 않는 나 자신을 발견했다. 나는 카드들을 계속 이리저리 뒤집었고, 카드 뒤에 혹시 눈에 띄는 뭔가가 있는지를 확인했다.

버트가 기록을 하고 있는 동안에 나는 흘끗 엿보았다. 그렇지만 아래처럼 전부 다 암호로 적고 있었다.

WF+A DdF−Ad orig. WF−A SF+obj

테스트는 여전히 이해가 가지 않는다. 누구라도 실제로 보지 않은 것을 본 것처럼 지어낼 수 있는 것 같았기 때문이다. 그렇다면 내가 실제로 상상한 것들을 말하면서 자신들을 속이고 있지는 않다는 것을 그들은 도대체 어떻게 알 수 있단 말인가?

아마 나중에 내가 심리학 책들을 읽어도 좋다고 스트라우스 박사님이 허락하면 이것을 이해할 수 있을지도 모른다. 사람들이 내가 쓴 글을 읽을 것을 알기 때문에 내 생각과 느낌을 온전히 적는 것이 점점 더 힘들어진다. 아마 내가 잠시나마 이 보고서들을 비공개로 적을 수 있다면 더 나을지도 모른다. 스트라우스 박사님에게 물어볼 것이다. 왜 갑자기 이런 것이 신경 쓰이는 것일까?

4월 21일

나는 빵가게의 반죽기를 수리할 수 있는 새로운 방식을 알아냈다. 도너 사장님은 찰리가 노동경비를 줄이고 이익을 늘릴 것이라고 말한다. 그는 내게 보너스로 50달러를 주었고 주급을 10달러 올려주었다.

나는 승진을 축하하기 위해 조 카프와 프랭크 라일리와 함께 밖에서 점심을 먹고 싶었다. 하지만 조는 아내를 위해 뭔가를 사야 했고, 프랭크는 점심시간에 사촌을 만나기로 했다. 내게 일어난 변화에 그들이 익숙해지려면 시간이 걸릴 것 같다.

다들 나를 무서워한다. 내가 짐피에게 가서 뭔가를 물어보려고 어깨를 건드렸을 때, 그는 펄쩍 뛰어올랐고 커피를 온몸에 쏟아버렸다. 짐피는 내가 보고 있지 않다고 생각할 때 나를 노려본다. 빵가게에서는 아무도 내게 더 이상 말을 걸지 않고, 아이들도 전처럼 내 주위에 있지 않는다. 그래서 일하는 게 외롭고 적적하게 느껴진다.

그런 생각을 하니까 내가 서서 잠이 들었을 때 프랭크가 내 다리를 걷어찼을 때가 생각난다. 따스한 온기와 달콤한 냄새, 하얀 벽들, 프랭크가 반죽의 자리를 옮기기 위해 오븐을 열 때 나던 소리.

갑자기 넘어지면서··· 몸을 뒤틀다가··· 발밑에 있던 것들이 전부 빠져나가고 벽에 머리를 세게 부딪친다.

그건 나이지만 저기에 누워있는 다른 사람은 찰리이기도 하다. 그는 혼란스럽다···. 머리를 문지르고, 키가 크고, 빼빼한 프랭크를 노려보고, 그 다음에는 근처에 있는 짐피를 본다. 우람하고, 털이 많이 나고, 창백한 얼굴을 지닌 짐피는 푸른 두 눈이 짙은 눈썹에 가려서 거의 보이지 않는다.

"찰리를 가만 내버려 둬." 짐피가 말한다. "이런 젠장, 프랭크. 왜 항상 찰리를 괴롭혀?"

"아무것도 아니야." 프랭크가 웃는다. "안 아프다니까. 잘 알지도 못하잖아. 안 그래, 찰리?"

찰리는 머리를 문지르고 몸을 움츠린다. 찰리는 무슨 짓을 했기에 이런 벌을 받는지를 모르지만, 항상 벌을 더 많이 받을 가능성이 있다.

"하지만 너는 더욱 잘 알잖아." 짐피가 교정화를 신으며 말한다. "그래서 도대체 뭣 때문에 넌 찰리를 항상 괴롭히는 거야?" 키 큰 프랭크와 우람한 짐피는 긴 탁자에 앉아서 반죽으로 롤 모양을 만들고 있는데, 주문이 들어와서 저녁에 나가야 할 롤빵을 구울 반죽이었다.

두 사람은 한동안 말없이 일했다. 문득 프랭크가 손을 멈추더니 하얀 작업모를 뒤로 젖혀 쓰며 말했다. "이봐, 짐피, 찰리가 롤빵을 만드는 걸 배울 수 있다고 생각해?"

짐피는 작업 테이블에 팔꿈치를 기댄다. "찰리는 좀 내버려두자고."

"아니, 짐피, 난 진지하게 말하는 거야. 난 그가 빵을 만드는 정도의 간단한 것은 배울 수 있다는 데 내기를 걸지."

그 생각은 짐피에게도 흥미를 불러일으키고 찰리를 보기 위해 고개를 돌린다. "네 말이 맞을지도 몰라. 이봐, 찰리, 잠깐만 이리 와봐."

사람들이 그에게 말할 때, 그는 보통 그러지만, 찰리는 머리를 아래로 숙이고 신발 끈을 노려본다. 그는 신발 끈을 묶는 법을 안다. 그는 빵 만드는 법도 안다. 그는 반죽을 치고, 돌리고, 꼬아서 작고 동그란 도넛을 빚는 법도 안다.

프랭크는 그를 믿음이 가지 않는다는 눈으로 본다. "아마 우린 그렇게 하지 말았어야 해. 잘못된 일인지도 몰라. 만약 어떤 멍청한 녀석이 배울 수 없다면 우리는 그런 녀석하고는 아무것도 하면 안 돼."

"이건 내게 맡겨둬." 프랭크의 생각을 눈치챈 짐피가 말한다. "내 생각에 그는 아마 배울 수 있을지도 몰라. 찰리, 내 말 잘 들어. 넌 뭔가를 배우고 싶지? 넌 나나 프랭크가 롤빵을 만드는 법을 네게 가르쳐주었으면 좋겠지?"

찰리는 그를 노려보고 얼굴에서 미소가 사라진다. 그는 짐피가 원하는 것을 이해하지만 걱정도 된다. 그는 짐피를 기쁘게 해주고 싶지만 배우다와 가르치다라는 단어에는 뭔가가 있고, 심하게 벌을 받을 때처럼 기억해야 할 뭔가가 있다. 하지만 그는 그것이 무엇인지를 떠올리지 못한다. 단지 가늘고 하얀 손이 위로 올라가 있고, 그가 이해할 수 없는 것을 배울 수 있도록 그를 때린다는 점만 떠오를 뿐이다.

찰리는 뒷걸음치지만 짐피는 그의 팔을 붙잡는다. "이봐, 꼬마, 진정하라고. 우리는 널 해치지 않을 테니까. 저기 찰리가 몸을 떠는 거 좀 봐. 몸이 망가질 것 같은데. 이것 봐, 찰리. 난 네가 가지고 놀만한 멋지고, 새롭고, 반짝이고, 행운을 주는 조각을 가지고 있어." 짐피가 내민 주먹 안에는 황동 목걸이가 있다. 반짝이는 황동 원판이 있고 원판에는 "스타 브라이트 금속 광택제"라고 쓰여있다. 그는 목걸이의 한쪽 끝을 잡고, 반짝이는 황금색 원판을 천천히 돌린다. 형광등 불빛을 붙잡아서 반사한다. 펜던트 목걸이가 매우 밝았다고 기억하지만 왜 또는 무엇이 그랬는지는 모른다. 찰리는 손을 내밀지는 않는다.

찰리는 다른 사람들의 물건에 손대면 벌을 받는다는 사실을 안다. 만약 누군가 그것을 손에 놓은 것이라면 괜찮다. 하지만 그렇지 않으면 그것은 아니다. 짐피가 그것을 그에게 주는 것을 볼 때, 그는 고개를 끄덕이고 다시 미소를 짓는다.

"이제 찰리도 알아." 프랭크가 웃으며 말한다. "찰리에게 뭔가 밝게 빛나는 것을 줘." 짐피가 대신 찰리에게 실험을 하도록 한 프랭크는 흥분한 얼굴로 몸을 앞으로 기울인다. "만약에 찰리가 저 고철 조각을 정말 원한다면 반죽으로 도넛 모양을 만드는 법을 배우면 얻을 수 있다고 네가 찰리에게 말하면 먹힐지도 몰라."

제빵사들이 찰리를 가르치려고 할 때, 빵가게에 있던 다른 사람들도 주위에 모였다. 프랭크는 사람들 사이의 탁자를 치웠고, 짐피는 찰리가 작업할 수 있도록 중간 크기의 반죽을 떼어놓았다. 찰리가 둥근 빵을 만들 수 있을까를 두고 내기하는 말소리가 들린다.

"우리가 하는 걸 똑똑히 봐." 짐피가 말한다.

테이블 위에 찰리가 볼 수 있는 곳에 펜던트를 올려놓는다.

"우리가 하는 것을 보고 그대로 따라해. 만약 네가 롤빵을 만드는 법을 배운다면, 넌 이 반짝거리는 행운을 가져다주는 물건을 가질 수 있으니까."

찰리는 걸상에 앉은 채로 몸을 구부리고 짐피가 칼을 뽑아 들어서 반죽을 자르는 모습을 열심히 보았다. 짐피는 반죽을 손바닥으로 굴려서 길게 늘인 다음에 반죽을 여러 덩어리로 나누고 꼬아서 둥글리며 때때로 하던 동작을 멈추고 밀가루를 뿌린다. 그 사이에 찰리는 짐피의 동작들을 하나하나 익힌다.

"이제 날 봐." 프랭크가 말한다. 그리고 프랭크는 짐피가 했던 동작을 반복한다. 찰리는 헷갈린다. 두 사람의 동작에는 다른 점이 있다. 짐피는 반죽을 밀어서 펼 때 팔꿈치를 내민다. 마치 새의 날개처럼. 하지만 프랭크는 팔꿈치를 옆구리에 붙이고 있다. 짐피는 반죽을 주무를 때 엄지손가락을 다른 손가락들과 붙인다. 하지만 프랭크는 손바닥으로 일하고 엄지손가락을 위로 들어 올리고 다른 손가락과 떨어뜨려놓는다.

찰리는 두 사람의 다른 점들을 고민하느라 짐피가 "어서 한번 해봐"라고 말했을 때 몸을 움직일 수 없다.

찰리는 고개를 가로젓는다.

"이봐, 찰리, 난 천천히 다시 할 거야. 이제 넌 내가 하는 모습을 보고 한 번에 하나씩 나를 따라하는 거야. 알았지? 그렇지만 전부 다 기억하려고 노력해. 그래야 앞으로는 너 혼자서도 할 수 있으니까. 이제 한번 해봐. 이렇게 말이야."

짐피가 반죽을 뜯어내어서 둥글게 굴리는 모습을 찰리는 눈썹을 찡그린 채 유심히 본다. 찰리는 잠시 머뭇거리다가 칼을 집어 들고 반죽을 조각내어서 그것을 탁자의 중앙에 내려놓는다. 짐피가 하듯이 천천히 팔꿈치를 밖으로 내밀면서 찰리는 반죽을 굴려서 덩어리를 만든다.

찰리는 자신의 손과 짐피의 손을 보고, 그는 손가락을 똑같은 방식으로 하려고 주의한다.

엄지손가락을 나머지 손가락과 붙여서 컵 모양을 만든다. 찰리는 짐피가 원하는 방식으로 똑바로 한다. 찰리의 마음 안에서는 이런 말들이 메아리친다. '똑바로 해. 그래야 저들이 널 좋아할 거야.' 찰리는 짐피와 프랭크가 자기를 좋아해주기를 바란다.

짐피가 반죽을 굴려서 공을 만드는 것을 마치고 난 뒤에 뒤로 물러섰고, 찰리도 똑같이 했다. "이봐, 멋진데. 프랭크, 이것 봐. 찰리가 반죽을 굴려서 동그랗게 만들었어."

프랭크는 고개를 끄덕이고 미소를 짓는다. 찰리는 한숨을 쉬고, 긴장한 나머지 온몸을 부르르 떤다. 찰리는 어떤 일을 성공한 적이 매우 드물다.

"좋아." 짐피가 말한다. "이제 둥근 빵을 만들어야지." 찰리는 어색하기는 하지만 조심스럽게 짐피의 동작을 하나하나 따라한다. 때때로 손과 팔에 경련이 일어나서 찰리가 하던 일을 망쳐놓기는 했지만 얼마 뒤에 찰리는 반죽의 일부를 떼어내어서 그것으로 둥근 빵을 빚었다. 짐피 옆에서 일하면서 그는 여섯 개를 빚었고, 그 위에 밀가루를 뿌린 뒤에 찰리는 짐피가 만든 반죽 옆에 조심스럽게 내려놓았다. 밀가루가

뿌려진 커다란 판 위에.

"찰리, 좋았어." 짐피의 얼굴은 진지하다. "이제 네가 혼자 할 수 있는지를 한번 보자. 처음부터 네가 했던 모든 일들을 기억해. 자, 한번 해봐."

찰리는 거대한 반죽을 노려보았고, 짐피가 손에 쥐어준 칼을 쳐다보았다. 한 번 더 공포가 밀려왔다. 짐피가 제일 먼저 뭘 했지? 짐피가 어떻게 손을 잡았지? 손가락들은? 짐피는 어떻게 반죽을 동그랗게 말았지? 천 가지의 생각들이 찰리의 마음속에 동시에 떠오르고 찰리는 미소를 지으며 서있다. 찰리는 그것을 해내고 싶고, 프랭크와 짐피를 행복하게 만들고 싶고, 프랭크와 짐피가 자기를 좋아하면 좋겠고, 짐피가 성공하면 주겠다고 약속했던 반짝이는 행운을 가져다주는 저 물건을 가졌으면 좋겠다. 찰리는 부드럽고 무거운 반죽을 탁자 위에서 이리저리 돌리지만 선뜻 시작하지 못한다. 찰리는 반죽을 자르지 못한다. 왜냐하면 자신이 실패할 것이라는 사실을 알고 그 사실이 겁났기 때문이다.

"벌써 잊어버렸잖아." 프랭크가 말했다. "기억이 얼마 가지 않아."

찰리도 기억이 오래갔으면 좋겠다. 찰리는 인상을 찡그리고 기억해내려고 애를 쓴다. 먼저 반죽 한 조각을 잘라낸다. 그런 뒤에 반죽을 동그랗게 빚는다. 하지만 어떻게 저 오븐 트레이에 놓인 동그란 빵처럼 만들 수 있을까? 저것은 또 다른 문제이다. 찰리에게 시간을 주면 그는 기억할 것이다. 희미한 기억이 사라지면 그는 기억을 해낼 것이다. 단지 몇 초만 있으면 기억해낼 수 있다. 찰리는 자신이 배운 것을 잠시라도 기억하고 싶다. 찰리는 그렇게 하기를 간절히 원한다.

"좋아, 찰리." 짐피가 한숨을 내쉬며 말하고는 찰리의 손에서 칼을 가져간다. "괜찮아. 걱정할 거 없어. 어차피 네 일이 아니니까."

1분만 더 시간을 주면 찰리는 기억해낼 수 있을 텐데. 저 사람들이 재촉하지만 않는다면. 왜 모든 일들을 그렇게 서둘러서 해야 하지?

"찰리, 계속해. 저기 가서 앉아서 네 만화책을 봐. 우리는 돌아가서 일을 해야 하니까."

찰리는 고개를 끄덕이고 미소를 지으며 뒷주머니에서 만화책을 꺼낸다.

찰리는 만화책을 반듯하게 펴서 머리 위에 모자처럼 쓴다. 프랭크가 웃으니 짐피도 결국 미소를 짓는다.

"가봐, 덩치만 큰 아기야." 짐피가 코웃음을 친다. "도너 사장님이 널 찾을 때까지 저기 가서 앉아있어."

찰리는 짐피를 보며 웃고 나서 구석의 반죽기 근처에 밀가루 포대들이 쌓인 곳으로 되돌아간다. 찰리는 바닥에 책상다리를 하고 만화책을 볼 때 밀가루 포대에 기대기를 좋아한다. 찰리가 페이지를 넘기기 시작할 때, 울컥 울음이 터질 것 같았지만 왜 그런지는 잘 모른다. 만화책에서 슬프다고 느낄 게 뭐가 있지? 눈앞이 뿌옇게 흐려지다가 괜찮아지다가 하지만 이제 찰리는 이미 삼사십 번 읽은 만화책의 밝게 색칠된 그림을 보면서 즐거움을 느끼고 싶다. 찰리는 만화책에 나오는 인물들을 모두 안다. 인물들의 이름을 (만나는 거의 모든 사람들에게) 몇 번이고 물어보았다. 그리고 인물들 위에 그려진 저 하얀 풍선 안에 적힌 이상한 모양의 글자들과 단어들로 등장인물들이 어떤 말을 하고 있다는 것을 찰리도 안다. 찰리는 풍선들 안에 적힌 것들을 읽는 법을 배울 수 있을까? 사람들이 찰리에게 넉넉히 시간을 준다면, 재촉하거나 빨리 하라고 강요하지만 않는다면 찰리도 할 수 있을 텐데. 하지만 다들 그런 여유가 없다.

찰리는 두 발을 당기고 앉아서 만화책을 펼쳐서 첫 장을 본다. 첫 장에서 배트맨과 로빈은 빌딩 옆의 긴 밧줄을 타고 위로 올라가고 있다. 찰리는 결심한다. 언젠가는 글을 읽기로. 그때 그는 이야기를 읽을 수 있을 것이다. 찰리는 누군가 어깨에 손을 올려놓는 것을 느끼고 위를 올려다본다. 황동 원판이 달린 목걸이를 내미는 사람은 다름 아닌 짐피이다. 짐피가 황동 목걸이를 이리저리 흔들자 목걸이가 빛을 받아 반짝인다.

"자, 여기 가져." 짐피는 무뚝뚝하게 말하면서 찰리의 무릎에 황동 목걸이를 툭 던져놓고는 다리를 절뚝거리며 멀어져 간다.

나는 그 일에 대해서 한 번도 생각해본 적이 없다. 하지만 짐피가 그런 행동을 하다니 멋지다. 짐피는 왜 그랬을까? 어쨌든 그게 내가 기억하는 시간이고 내가 전에 겪었던 것보다 더 뚜렷하고 더 완전하다. 아직 채 아침이 밝지 않았을 때 부엌 창문으로 밖을 보는 것과 같다. 나는 그때로부터 먼 길을 걸어왔지만, 이것은 전부 다 스트라우스 박사님과 니머 교수님 덕분이다. 그리고 비크맨 대학교에 있는 다른 사람들 덕분이기도 하다. 하지만 지금은 프랭크와 짐피가 나의 바뀐 모습을 보고 어떻게 느낄까?

4월 22일

빵가게 사람들이 날 대하는 태도가 달라지고 있다. 나를 무시하는 것에 그치지 않는다. 나는 적의를 느낄 수 있다. 도너 사장님은 내가 제빵사의 조합에 가입할 수 있도록 해주었고, 승진도 시켜줬다. 가장 빌어먹을 점은 다른 사람들이 내게 화를 내기 때문에 모든 즐거움이 사라졌다는 점이다. 어떤 점에서 나는 그들을 비난하지는 않는다. 사람들은 내게 일어난 일을 이해하지 못하고, 난 그들에게 말할 수 없다. 사람들은 내가 기대했던 방식으로 날 자랑스러워하지는 않는다. 전혀.

그렇지만 난 이야기를 할만한 사람이 있다. 나는 키니언 양에게 내일 밤에 같이 영화를 보러 가자고 말할 것이다. 내가 용기를 낼 수만 있다면.

제가 왜 상처를 받죠?

4월 24일

니머 교수님도 마침내 스트라우스 박사님과 나의 의견을 받아들였다. 연구실 사람들이 내 글을 바로 읽는다는 것을 알면서도 내가 모든 일을 빠짐없이 적는 것은 불가능하다고 말해왔던 터였다. 지금까지는, 그게 누구든지 상관없이, 그 사람에 대해 솔직하게 있는 그대로 적으려고 노력했다. 그렇지만 다른 사람들에게는 비밀로 해두어야 쓸 수 있는 것들이 있다. 비록 잠시 동안일지라도.

이제는 좀 더 사적인 기록들은 공개하지 않아도 괜찮지만 그래도 웰버그 재단에 최종적으로 보고하기 전에는 니머 교수님이 전부 다 읽고 검토해서 그중에서 어느 부분을 공개할지를 결정할 것이다.

오늘 실험실에서는 무척 당혹스러운 일이 있었다.

저녁에 나는 연구실에 일찍 들렀다. 스트라우스 박사님이나 니머 교수님께 과연 내가 앨리스 키니언 선생님에게 함께 영화 보러 가자고

데이트 신청을 해도 괜찮은지를 여쭤보기 위해서였다. 그런데 막 노크를 하려는 순간, 두 분이 서로 말다툼하는 소리가 들려왔다. 사실은 문 앞에 서서 그렇게 듣고 있지 말았어야 했지만 사람들이 하는 말을 듣는 습관을 바로잡기란 무척 어려운 일이다. 사람들은 항상 내가 마치 그 자리에 없는 것처럼, 아니 내가 엿듣는 것은 전혀 신경 쓰지 않는다는 투로 대화를 나누거나 행동했기 때문이다.

책상을 쾅 내리치는 소리가 나더니 니머 교수님이 고함치는 소리가 들렸다.

"논문을 시카고에서 발표하겠다고 학회위원회에 벌써 연락해두었단 말이야."

그러자 이번에는 스트라우스 박사님의 목소리가 들렸다. "안 돼, 니머 교수. 앞으로 6주 뒤라도 너무 일러. 찰리는 지금도 변화해가고 있다고."

그러자 니머 교수님이 말했다. "여태까지의 패턴은 우리의 예상과 정확히 들어맞았잖아. 중간 보고서를 작성할 근거는 충분하다고. 스트라우스 박사, 내 말 잘 들어. 걱정할 일은 하나도 없어. 우린 성공했으니까! 확실해. 이제 와서 일이 잘못될 리가 없다고."

스트라우스 박사님이 말했다. "서둘러서 성급하게 결과를 발표해서는 안 돼. 우리 모두에게 너무나 중요한 문제니까. 당신은 지금 권한을 휘두르고 있다고···."

니머 교수님이 말했다. "이 프로젝트를 진행하는 데 있어서 내가 자네보다 선임자라는 사실을 잊어버린 모양이군."

그러자 스트라우스 박사님이 말했다. "그러는 당신은 당신뿐만 아니라 학자로서의 내 명예도 걸린 문제라는 사실을 잊어버린 모양이군. 지금 이 시점에서 너무 앞서 나가는 주장을 한다면, 우리가 세운 가설은 전부 비판을 받게 될 거라고."

니머 교수님이 말했다. "퇴행이 일어날까 봐 염려하진 않아. 모든 것을 확인하고 또 확인했으니까. 중간보고를 한다고 해서 우리에게 해가 되는 일은 없을 거야. 이제 와서 일이 잘못되진 않을 거라고 나는 확신해."

말다툼은 그런 식으로 오갔다. 스트라우스 박사님은 니머 교수님이 홀스턴의 심리학 교수 자리에 눈독을 들인다고 비난했고, 니머 교수님은 스트라우스 박사님이 자신의 심리연구 덕을 보려 한다고 맞받아쳤다. 그러자 스트라우스 박사님은 이 프로젝트가 니머 교수의 이론만큼이나 자신의 신경외과 기술과 효소-주입 방법에 많이 기대고 있으며 앞으로 전 세계 수천 명의 신경외과 의사들이 스트라우스 박사님 자신의 기술을 사용하게 될 것이라고 했다. 그러자 니머 교수님은 자신의 이론이 없었다면 그런 혁신적인 기술도 절대로 나오지 못했을 것이라고 다시 한번 지적했다.

두 사람이 기회주의자라느니, 회의주의자라느니, 심성이 꼬여있느니 하면서 서로를 비난하는 말을 듣고 있으니까 무서워졌다. 더 이상 연구실 문 앞에 서서 몰래 엿들을 권리가 내게는 없다는 생각이 문득 들었다. 지능이 낮아서 무슨 일이 벌어지고 있는지를 미처 몰랐을 때에는 내게 신경도 쓰지 않았겠지만 이제는 두 분의 말을 이해하기 때문에 내가 듣는 것을 원하지 않을 것이다. 끝까지 듣지 않고 나는 발걸음을 돌렸다.

날이 어두워졌고, 한참을 터벅터벅 걸으면서 왜 그렇게 겁이 났는지를 곰곰이 생각했다. 그건 아마도 처음으로 두 분의 본 모습을 있는 그대로 보았기 때문일 것이다. 두 분은 전능한 신도 아니고, 영웅도 아니고, 다만 자신의 일에서 무엇인가를 얻어내려고 전전긍긍하는 두 인간에 지나지 않았다. 하지만 니머 교수님 말대로 실험이 성공이라면 무슨 상관일까? 앞으로 할 일도, 계획도 산더미처럼 많아질 텐데.

월급이 오른 것을 축하하기 위해 키니언 선생님과 영화를 보러 가도 괜찮은지는 기다렸다가 내일 두 분께 다시 여쭤봐야겠다.

4월 26일

실험실에서 일을 마친 뒤에 대학교 주위를 돌아다니면 안 된다는 사실은 알고 있지만, 젊은 남녀 학생들이 책을 들고 걸어 다니는 모습과 수업에서 배우고 있는 것들에 관해서 이야기를 나누는 것을 들으면 무척 신이 난다. 학생들이 캠퍼스의 작은 식당에 모여서 읽은 책들과 정치와 사상을 토론할 때, 나도 함께 앉아서 커피를 마시면서 이야기를 나누고 싶다. 학생들이 시와 과학과 철학에 관해, 셰익스피어와 밀턴에 관해, 뉴턴과 아인슈타인과 프로이드에 관해, 플라톤과 헤겔과 칸트에 관해 나누는 이야기를 들으면 매우 흥미롭고, 그 밖의 다른 이름들도 마치 교회의 거대한 종처럼 내 마음에 울린다.

가끔씩 나는 내 주위의 여러 테이블에서 나누는 대화를 엿듣고, 실은 내가 그들보다 더 나이가 많지만 나도 대학생인 척을 한다. 나도 책 몇 권을 들고 다니고, 담배도 피우기 시작했다. 어리석은 짓이지만, 실험실에 속해있기에 나도 이 대학교의 일부라고 생각한다. 아무도 없는 저 적적한 방을 생각하면 집에 가는 길이 나는 아주 싫다.

4월 27일

나는 캠퍼스에서 남학생들을 몇 명 사귀었다. 그들은 셰익스피어가 그의 작품으로 알려진 작품들을 실제로 썼는지에 대해 논쟁을 벌이고 있었다. 그중 한 명은—땀에 젖은 얼굴을 한 뚱뚱한 학생이었는데—셰익스피어의 작품들을 실은 말로[1]가 썼다고 했다. 하지만 레니는—작은 키에 검은 안경을 썼는데—말로에 관한 일은 믿지 않았고, 프랜시스 베이컨 경이 희곡들을 썼다는 사실을 다들 알고 있다고 했으며, 셰익스피어는 대학에 간 적도 없고 작품에 드러나는 교육도 전혀 받은 적이 없기 때문이라고 했다. 바로 그때, 비니라는 신입생이 말을 꺼냈

1 크리스토퍼 말로(Christopher Marlowe, 1564–1593). 영국의 극작가 · 시인.

는데 남자 화장실에서 몇몇 남학생들이 셰익스피어의 희곡들은 실제로는 여자가 쓴 것이라고 말했다고 했다.

학생들은 정치와 예술과 하느님에 관해 대화를 나누기도 했다. 나는 하느님은 없을지도 모른다고 누군가 말하는 것을 전에는 한 번도 들어본 적이 없었다. 그 말을 듣자 나는 무서워졌는데, 처음으로 하느님이 무엇을 뜻하는지를 생각해보기 시작했기 때문이다.

대학에 가서 교육을 받는 이유 중에서 중요한 한 가지는 우리가 평생 살아오면서 믿었던 것들이 사실이 아니라는 것과 겉으로 보이는 것이 실제와 똑같지 않다는 것을 배우기 위한 것임을 이제 나도 알겠다.

학생들이 말하고 논쟁하는 내내, 나는 가슴이 벅차오르는 것을 느꼈다. 이게 바로 내가 원했던 것이었다. 대학에 가서 사람들이 중요한 문제들에 관해 말하는 것을 듣는 것이다.

이제 나는 여가 시간을 대부분 도서관에서 책을 읽고 지식을 흡수하면서 보낸다. 나는 특정 주제에 집중하고 있지 않으며, 다만 수많은 소설들을—도스토옙스키, 플로베르, 디킨스, 헤밍웨이, 포크너가 쓴 소설들을—무엇이든 채울 수 없는 허기를 느끼면서 허겁지겁 손에 잡히는 대로 읽고 있다.

4월 28일

어젯밤 꿈에서 나는 엄마가 아빠와 제13공립초등학교 선생님에게 소리를 지르는 것을 들었다. (제222공립초등학교로 전학가기 전에 다녔던 내 첫 학교였다.)

"찰리는 정상이에요! 찰리는 정상이라고요! 찰리는 다른 사람들처럼 자랄 거예요. 다른 사람들보다 더 뛰어날 거예요!" 엄마는 선생님을 할퀴려고 했지만, 아빠가 엄마를 붙잡았다. "찰리는 언젠가 대학에 갈 거예요. 훌륭한 사람이 될 거라고요!" 아빠가 붙잡은 손을 놓도록 할퀴면서 엄마는 계속 소리를 질렀다. "찰리는 언젠가 대학에도 가고 훌륭한 사람이 될 거예요!"

우리는 교장실에 있었고 많은 사람들이 당황한 얼굴이었다. 교감은 미소를 짓고 있었지만, 고개를 돌리고 있어서 아무도 그 모습을 보지 못했다.

꿈에 나온 교장 선생님은 긴 수염을 길렀고, 방을 이리저리 미끄러지듯이 걷다가 나를 가리키면서 말했다. "찰리는 특수학교에 가야 할 겁니다. 워렌 주립보호소 & 직업학교에 넣으세요. 우리는 저 아이를 여기에 둘 수 없습니다."

아빠는 엄마를 교장실에서 끌어내고 있었고, 엄마는 소리를 치며 울고 있었다. 나는 엄마의 얼굴을 보지 못했지만, 엄마의 굵은 피눈물 방울들이 내 위로 후드득 계속 떨어지고 있었다.

오늘 아침에 그 꿈이 기억났는데, 이제 보니 그게 전부가 아니다. 흐릿하지만 거슬러 올라가서 내가 여섯 살 때 그 일이 일어난 게 기억난다. 노마가 태어나기 바로 얼마 전에 일어난 일이다. 엄마가 보인다. 말랐고 머리가 검은색이며 말을 너무 빨리하고 손을 너무 많이 쓴다. 항상 그렇듯이 엄마는 얼굴이 희미하다. 엄마는 머리를 올려서 쪽을 지었는데 손을 위로 가져가서 쪽 지은 머리를 만지고 살짝 두드리는 모습이 마치 쪽 지은 머리가 아직 거기에 있는지를 확인하려는 것 같다. 내 기억에 엄마는 항상 크고 하얀 새처럼 퍼덕거리고 있었고—아빠 옆에서—아빠는 몸이 너무나 무겁고 지쳐서 엄마가 부리로 쪼는 것을 피하지 못했다.

찰리가 부엌 한가운데에 서서 목걸이를 가지고 노는 모습이 보이고 밝은 색깔의 구슬과 반지들이 실에 엮여있다. 찰리가 한 손으로 줄을 위로 올려 반지들을 돌리니 밝은 불빛들을 내면서 그것들이 감겼다가 풀렸다가 한다. 찰리는 목걸이를 쳐다보면서 오랜 시간을 보낸다. 누가 찰리를 위해 목걸이를 만들었으며, 지금은 어떻게 되었는지는 모르지만, 찰리가 그곳에 서서 줄이 풀리면서 반지들이 돌아가는 모습에 매혹된 것을 본다.

엄마는 찰리에게 안 된다고 고함을 지르고 있다. 엄마는 아빠에게 고함을 지르고 있다. "나는 찰리를 데려가지 않을 거야. 찰리에게 잘못된 것은 없어!"

"로즈, 잘못된 게 아무것도 없는척해 봤자 좋을 게 없어. 로즈, 찰리를 봐. 6살인데, 아직—"

"찰리는 바보가 아니야. 정상이라고. 찰리도 다른 사람들과 같을 거야."

아빠는 목걸이를 돌리는 아들의 모습을 슬픈 눈으로 보고 찰리는 미소를 지으며 목걸이가 돌아갈 때 얼마나 예쁜지를 보여주기 위해 들어 올린다.

"저리 내려놓지 못해!" 엄마는 고함을 지르며 찰리의 손에서 목걸이를 홱 잡아채더니 부엌 바닥에 던져버린다. "가서 네 알파벳 블록을 가지고 놀아."

찰리는 갑자기 화를 내는 엄마에게 놀라서 거기에 서있다. 찰리는 엄마가 무엇을 할지 몰라서 몸을 움츠린다. 찰리의 몸이 떨리기 시작한다. 엄마와 아빠는 말싸움을 하고, 두 사람의 목소리는 찰리를 안에서 짓누르고 극심한 공포감을 준다.

"찰리, 화장실에 가. 네 바지에다가 볼일을 보지 말고."

찰리는 엄마의 말을 따르고 싶었지만, 두 발이 너무 부드러워서 움직일 수가 없다. 날아오는 주먹을 막기 위해 찰리의 두 팔이 위로 올라간다.

"이런 세상에, 로즈. 찰리를 내버려둬. 로즈, 지금 찰리에게 겁을 주고 있잖아. 당신은 항상 찰리에게 이러잖아. 불쌍한 애한테 말이야."

"그러면 나를 도와주는 게 어때? 나 혼자 전부 다 해야 하잖아. 매일같이 찰리를 가르치려고 나 혼자 애를 써야 하잖아. 찰리가 다른 애들을 따라갈 수 있도록 도우려고 말이지. 찰리는 그냥 느릴 뿐이고, 그게 다야. 하지만 찰리는 다른 사람들처럼 배울 수 있어."

"로즈, 당신은 자신을 속일 뿐이야. 우리에게도 찰리에게도 힘든 일이라고. 찰리가 정상인 척을 하는 것은 말이지. 동물에게 묘기를 가르치듯이 몰아붙이면서 말이지. 찰리를 혼자 내버려두는 게 어때?"

"왜냐하면 찰리가 다른 아이들과 같기를 바라기 때문이야."

두 사람이 말싸움을 할수록, 찰리의 배 속을 움켜잡는 느낌은 더욱 커진다. 찰리는 금방이라도 똥이 나올 것 같고 화장실에 가야 한다는 사실을 안다. 엄마가 찰리에게 그렇게 자주 말했듯이. 하지만 찰리는 걸을 수 없다. 찰리는 부엌 그곳에 바로 주저앉고 싶다. 하지만 그것은 잘못된 것이고 엄마는 찰리를 때릴 것이다.

찰리는 구슬 목걸이가 있었으면 했다. 목걸이가 있어서 돌아가는 것을 보면, 찰리는 자신을 조절할 수 있을 것이고 바지에 볼일을 보지도 않을 것이다. 하지만 목걸이는 다 부서져서 반지들은 탁자 밑에, 싱크대 아래에 여기저기 있고, 줄은 스토브 가까이에 있다.

정말 이상하게도 두 사람의 목소리는 또렷하게 기억할 수 있지만, 얼굴은 여전히 희미해서 윤곽선밖에 보이지 않는다. 아빠는 우람한 몸집에 기운이 없었지만, 엄마는 날씬하고 행동이 재빠르다. 부모님은 몇 년 동안이나 말싸움을 해왔기에 지금도 들리는 것처럼 느껴지며, 나는 부모님께 이렇게 소리를 지르고 싶은 충동을 느낀다. "찰리를 봐요. 저기, 저 밑을 말이에요! 찰리를 봐요. 찰리는 화장실에 가야 한다니까요!"

두 사람이 찰리를 두고 말싸움을 벌일 때, 찰리는 붉은 체크무늬 셔츠를 손으로 꽉 붙잡고 잡아당기면서 서있다. 화가 난 두 사람 사이로 말들이 화살처럼 오갔고, 찰리는 그와 같은 감정이 분노인지 아니면 죄책감인지 파악할 수가 없었다.

"돌아오는 9월에 찰리는 제13공립초등학교에 돌아가게 될 거야. 그리고 다시 학기를 시작할 거야."

"당신은 왜 진실을 보지 못해? 선생님은 찰리가 정규 수업을 따라가지 못한다고 하잖아."

"그년이 선생이라고? 아, 그년에게 선생보다 더 어울릴만한 이름을 나는 알고 있지. 한 번만 더 그딴 헛소리로 내 성질 건드리기만 해봐. 교육위원회에 편지 보내는 걸로 끝내진 않을 테니까. 그 더러운 창녀의 눈깔을 뽑아버릴 테다. 찰리, 왜 그렇게 몸을 배배 꼬고 있지? 화장실에 가. 혼자 가. 화장실 가는 법은 너도 아니까."

"당신은 찰리가 화장실에 데려가 달라고 원하는 것을 몰라? 찰리는 지금 겁에 질렸어."

"당신은 여기에서 빠져. 찰리는 혼자서도 얼마든지 화장실에 갈 수 있어. 그게 찰리에게 자신감과 성취감을 준다고 책에 적혀있다고."

차가운 타일 바닥에서 공포에 질려 기다리는 시간이 찰리를 짓눌렀다. 그는 화장실에 혼자 가는 것이 무섭다. 찰리는 엄마 손을 잡으려고 손을 뻗으면서 운다. "화장· · · 화장· · ·" 그리고 그녀는 그의 손을 뿌리친다.

"더 이상은 안 돼." 엄마는 엄한 목소리로 말한다. "넌 이제 다 컸으니까. 혼자서도 갈 수 있어. 저 화장실로 가서 내가 가르쳐준 대로 바지를 내려. 경고하는데 바지에 볼일을 보면, 넌 엉덩이를 맞을 테니까."

이젠 나도 거의 느낄 수 있다. 엄마와 아빠가 찰리 앞에 서서 찰리가 어떻게 할 것인지를 지켜보고 있을 때, 찰리의 장이 늘어나고, 꼬이는 느낌을. 갑자기 찰리가 더 이상 어쩔 수 없게 되자 칭얼거리는 소리는 낮은 울음소리로 바뀌고, 옷을 입은 채로 볼일을 보게 되자 찰리는 그만 얼굴을 두 손에 묻는다.

똥은 부드럽고 따뜻해서 찰리는 마음이 놓이면서도 공포를 느낀다. 똥은 찰리의 것이지만, 언제나 그랬던 것처럼 엄마가 빼앗아 가버릴 것이다. 엄마가 빼앗아 가서 혼자 독차지할 것이다. 그러면서도 엄마는 찰리를 때릴 것이다. 엄마는 찰리에게 다가오고, 찰리에게 말썽쟁이라고 고함을 지르고, 찰리는 도움을 청하기 위해 아빠에게 달려간다.

갑자기 엄마 이름이 로즈이고 아빠 이름이 매트라는 게 기억난다. 부모님의 이름을 잊어버리다니 이상한 일이다. 그런데 노마는 어떻게 되었지? 그렇게 오랫동안 가족들 생각을 하지 않다니 이상하다. 지금 매트의 얼굴을 볼 수 있다면 좋을 텐데, 그때 뭘 생각하고 있었는지도 알 수 있고. 엄마가 나를 찰싹 때리자 매트 고든이 몸을 돌려 아파트 밖으로 나갔던 것밖에 기억나지 않는다.

두 분의 얼굴을 좀 더 똑똑히 볼 수 있다면 좋을 텐데.

5월 1일

앨리스 키니언 선생님이 얼마나 아름다운지를 나는 왜 미처 알지 못했을까? 선생님은 비둘기처럼 부드러운 갈색 눈을 지녔고 목이 파인 곳에는 갈색 머리카락이 깃털처럼 내려앉았다. 선생님이 미소를 지을 때, 선생님의 입술은 마치 토라진 것처럼 보인다.

우리는 영화를 보러 갔고 그런 뒤에 저녁을 먹으러 갔다. 나는 영화의 첫 장면을 집중해서 보지 못했다. 왜냐하면 나는 선생님이 내 옆에 앉아있는 것이 너무나 신경이 쓰였기 때문이다. 두 번 선생님의 팔이 팔걸이 위에 놓인 내 팔에 닿았고, 두 번 선생님이 화를 낼까 봐 겁이 나서 나는 몸을 뒤로 당겼다. 내가 생각할 수 있는 것은 고작 몇 센티미터 떨어진 선생님의 부드러운 피부였다. 그때 나는 두 줄 앞의 좌석에서 한 젊은이가 여자친구의 어깨에 팔을 두르고 있는 모습을 보았고, 나도 키니언 선생님에게 팔을 두르고 싶었다. 그런데 무섭다. 하지만 내가 천천히 팔을 두른다면, 우선 처음에는 내 팔을 선생님의 의자 등받이 위에 올려놓은 다음에 아주 조금씩 위로 천천히 움직여서 선생님의 어깨 가까이와 등 뒤에 놓는 거다. 자연스럽게···.

나는 신경 쓰지 않았다.

내가 할 수 있는 최선은 선생님의 의자 뒤에 내 팔을 올려놓는 것이었지만, 내가 영화관에 도착했을 때, 나는 내 얼굴과 목에서 땀을 닦아내기 위해서 자세를 바꾸어야 했다.

한 번 더, 선생님의 발이 내 발에 우연히 닿았다.

너무나 힘들고 고통스러워서 나는 선생님 생각을 하지 않기 위해 애를 써야 했다. 첫 번째 영화는 전쟁 영화였고, 내 시선을 끈 것은 미군이 목숨을 구해준 여자와 결혼하기 위해 유럽으로 되돌아가는 마지막 장면뿐이었다. 하지만 두 번째로 본 영화는 재미있었다. 겉보기에는 사랑하는 것처럼 보이지만, 사실은 서로를 망가뜨리는 어느 부부가 나오는 심리물이다. 남편이 아내를 죽이려고 하지만, 마지막 순간에 아내가 악몽을 꾸면서 내뱉는 말을 듣자 문득 어렸을 때 있었던 일이 떠오른다. 갑작스럽게 떠오른 기억을 통해 남편은 아내를 향한 자신의 증오가 사실은 성질이 못된 가정교사가 유도한 것임을 알게 된다. 가정교사가 무서운 이야기들로 공포심을 심어주었고 남자의 성격에 장애를 남겼던 것이다. 남편은 이 사실을 발견하고 흥분한 채로 기뼘의 함성을 지르고 그 소리에 아내는 잠에서 깬다. 남편이 두 팔로 아내를 끌어안는 장면은 그가 지녔던 문제들이 모두 풀렸다는 것을 보여준다. 영화의 결말이 억지스럽고, 싸구려 티가 나서 나는 화난다는 표시를 해야 했다. 키니언 선생님이 영화의 어떤 점이 잘못되었는지를 알고 싶어 하기 때문이기도 했다. "저것은 거짓말이에요." 복도로 함께 걸어 나가면서 나는 설명했다. "저런 식으로 일이 일어나진 않아요."

"물론 아니죠." 선생님이 웃으며 말했다. "영화는 현실과 다르니까요."

"아, 아니에요! 그런 말을 하려던 게 아니에요." 나는 주장했다. "아무리 현실이 아니라고 해도 나름의 법칙이 있어야만 해요. 이야기의 각 부분들이 일관되고 하나에 속해있어야 해요. 이런 종류의 영화는 거짓말이에요. 시나리오 작가나 감독이나 누군가 다른 사람들이 뭔가 어울리지 않는 것들을 억지로 맞추기 때문이에요. 그래서 보고 났을 때 이건 아니다 싶은 거죠."

우리가 뉴욕의 타임스퀘어의 밝은 불빛 아래로 걸어갈 때, 선생님은 나를 주의 깊게 보았다. "찰리는 빨리 따라오고 있어요."

"혼란스러워요. 더 이상은 제가 뭘 아는지를 모르겠어요."

"그건 신경 쓰지 말아요." 선생님이 강하게 말했다. "찰리는 보는 것들을 이해하고 있으니까요."

7번가를 가로질러 갈 때 선생님은 주위의 네온과 반짝이는 빛들을 손으로 가리켰다.

"찰리는 사물의 겉모습 뒤에 무엇이 있는지를 보기 시작하는 중이에요. 부분들이 하나에 속해있어야 한다고 했는데, 꽤 좋은 통찰력이에요."

"에이, 그러지 마세요. 저는 제가 뭔가를 이루고 있다고 느끼지 않아요. 저는 제 자신이나 저의 과거를 이해하지 못해요. 심지어 부모님이 어디에 계신지도 어떻게 생기셨는지도 모르고요. 선생님은 알아요? 제가 스쳐가는 기억이나 꿈속에서 부모님을 볼 때 부모님의 얼굴이 희미한 것을요. 저는 부모님의 얼굴 표정을 보고 싶어요. 제가 부모님의 얼굴을 볼 수 없다면 어떤 심정을 하고 계신지 저는 알 수 없어요."

"찰리, 진정해요." 사람들이 노려보기 시작하고 있었다. 키니언 선생님은 내게 팔짱을 끼고 바짝 끌어당기며 나를 말렸다.

"진정해요. 다른 사람들이 평생에 걸쳐서 이루는 것을 단 몇 주 만에 이루고 있다는 점을 잊지 말아요. 찰리는 지식을 흡수하는 거대한 스펀지와 같아요. 곧 사물들을 연결하기 시작할 것이고 학문의 다른 영역들이 모두 어떻게 연결되는지를 알게 될 거예요. 찰리, 모든 단계들은 거대한 사다리 계단을 오르는 것과 같아요. 그리고 찰리는 내 주위의 세상을 더 많이 보기 위해서 더욱 높이 올라갈 거예요."

우리가 45번가 거리의 카페에 들어가서 접시를 들었을 때, 선생님은 명랑한 목소리로 말했다. "평범한 사람들은" 선생님이 말했다. "조금 밖에 보지 못해요. 평범한 사람들은 많이 변하지 못하고 원래 자신보다 더 높이 올라갈 수 없어요. 하지만 찰리는 천재예요. 찰리는 계속 더 위로 올라갈 것이고, 더욱더 많이 볼 거예요. 그리고 하나씩 올라갈 때마다 찰리에게 전혀 몰랐던 세상이 드러나게 될 거예요."

줄을 서있던 사람들은 선생님의 목소리를 듣고 고개를 돌려 나를 노려보았고, 내가 선생님의 옆구리를 쿡쿡 찌르면서 눈치를 주자 선생님은 비로소 목소리를 낮추었다. "내가 하느님에게 바라는 것은 단지" 선생님이 속삭였다. "찰리가 상처를 받지 않는 것이에요."

그 말을 듣고 나서 나는 잠시 아무 말도 할 수 없었다. 우리는 계산대에서 음식을 주문했고 음식을 가지고 테이블에 가서 말없이 먹었다. 침묵이 흘러서 나는 신경이 쓰였다. 나는 선생님의 공포가 무엇인지를 알았고, 그래서 나는 농담조로 말했다.

"제가 왜 상처를 받죠? 수술을 받기 전보다 더 나빠질 리는 없어요. 앨저넌도 여전히 똑똑해요, 그렇지 않나요? 앨저넌이 저기에 있는 한, 저도 좋은 상태를 유지할 거예요." 선생님은 칼로 버터 조각에 둥근 자국을 만들었고, 그 동작은 내게 최면을 걸었다. "게다가 말이죠." 나는 선생님에게 말했다. "제가 몰래 들은 말이 있어요. 니머 교수님과 스트라우스 박사가 말싸움하는 것을 말이죠. 니머 교수님은 아무것도 잘못되지 않을 거라고 확신한다고 했어요."

"나도 그러기를 바라요." 선생님이 말했다. "혹시 일이 잘못될까 봐 내가 얼마나 마음을 졸였는지를 찰리는 꿈에도 모를 거예요. 나도 부분적으로 책임이 있으니까."

선생님은 내가 칼을 노려보는 것을 보더니 접시 옆에 살며시 내려놓았다.

"선생님이 없었다면 저는 절대로 수술을 하지 않았을 거예요." 나는 말했다.

선생님이 웃자 내 마음이 떨렸다. 그때 나는 선생님의 두 눈이 밝은 갈색인 것을 보았다. 선생님은 얼른 테이블보를 내려다보더니 얼굴을 붉혔다.

"고마워요, 찰리." 선생님이 그렇게 말하더니 내 손을 잡았다.

누군가 내 손을 잡은 것은 그때가 처음이었고, 그래서인지 나는 더욱더 용기가 생겼다. 나는 몸을 앞으로 내밀어서 선생님의 손을 잡았고, 나도 모르게 그 말이 나와버렸다. "저는 선생님을 아주 좋아해요." 말을 해놓고 나서 나는 선생님이 웃을까 봐 걱정했지만 선생님은 고개를 끄덕이더니 미소를 지었다.

"찰리, 나도 찰리를 좋아해요."

"그러니까 단지 좋아하는 것 이상이에요. 그러니까 제 말은··· 아, 이런! 저도 제가 무슨 말을 하는지를 모르겠어요." 내가 얼굴을 붉히고 있다는 것을 알고 있었고, 그래서 나는 눈을 어디에 두어야 할지를 알지 못했고, 내 두 손으로 무엇을 해야 할지를 몰랐다. 나는 포크를 떨어뜨렸고, 포크를 주우려고 하다가 컵을 쓰러뜨려서 선생님의 옷에 물을 엎질렀다. 별안간 나는 행동이 둔해지고 어색해졌고, 사과를 하려고 할 때, 갑자기 혀가 굳어서 말이 안 나오는 것을 발견했다.

"찰리, 괜찮아요." 선생님은 날 안심시키려고 애를 썼다. "그냥 물이에요. 이런 일로 화내지 말아요."

택시를 타고 집에 오면서 오랫동안 우리는 아무 말도 하지 않았고, 그때 선생님은 핸드백을 내려놓고 넥타이를 똑바로 다시 매주었고, 주머니에 꽂은 포켓 손수건을 매만졌다. "찰리, 오늘 밤 무척 화가 났군요."

"난 무척 바보처럼 느껴져요."

"내가 그것에 관해 말해서 화나게 만들었어요. 찰리가 그 일을 의식하게 만들었어요."

"그렇지 않아요. 제가 화가 난 건 느낀 걸 말로 전할 수 없기 때문이에요."

"이런 감정은 찰리에게 처음이에요. 느낀 걸 모두 꼭 말로 할 필요는 없어요."

나는 선생님에게 더 가까이 다가가서 손을 잡으려고 했지만, 선생님은 손을 빼냈다. "아니, 찰리. 내 생각에 이것은 찰리에게 좋지 않다는 생각이 들어요. 난 오늘 찰리의 마음을 상하게 했고, 혹시 찰리에게 부정적인 영향을 미칠지도 몰라요."

선생님이 나를 밀어내자 나는 무척 어색했고 동시에 내 자신이 우스꽝스럽게 느껴졌다. 자신에게 화가 난 나는 내 쪽 창가로 옮겨 앉아서 창밖을 내다보기만 하였다. 전에는 누구를 미워한 적이 한 번도 없었는데 나는 선생님이 미웠다. 건성으로 대답하고 마치 엄마인 양 잔소리를 하는 선생님이. 나는 선생님의 따귀를 때리고 싶었고, 바닥에 쓰러뜨린 다음에 두 팔로 꼭 끌어안고 입을 맞추고 싶었다.

"찰리, 화나게 했다면 미안해요."

"잊어버려요."

"하지만 찰리는 무슨 일이 일어나고 있는지를 이해할 필요가 있어요."

"네, 저도 이해해요." 나는 말했다. "그리고 난 그것에 관해서 말하고 싶지 않아요."

택시가 77번가에 있는 선생님의 아파트에 도착할 때쯤에 나는 완전히 절망적이었다.

"찰리, 내 말 좀 들어봐요." 선생님이 말했다. "다 내 잘못이에요. 오늘 밤에 찰리와 함께 밖에 나오는 것이 아니었는데."

"네, 이제 보니 그런 것 같아요."

"내 말은 그러니까 우리가 이런 일을 개인적으로 감정적인 것으로 받아들일 필요는 없다고 생각해요. 찰리는 할 일이 많아요. 내가 하필이면 이런 때에 찰리의 삶에 들어갈 권리는 없어요."

"그것은 제가 걱정해야 할 문제가 아닌가요?"

"그렇지 않나요? 찰리, 이것은 더 이상 찰리의 개인적인 문제가 아니에요. 찰리는 이제 권리가 있어요. 니머 교수님과 스트라우스 박사님에게 뿐만 아니라 찰리가 걸어간 길을 뒤따를지도 모를 수백만 명의 사람들에게 말이에요."

선생님이 그런 식으로 말할수록 나는 더욱 기분이 안 좋아졌다. 선생님은 나의 서툶을 강조했고, 어떤 말을 해야 하고 어떤 행동을 해야 하는지를 모른다는 점을 보여주었다. 선생님의 눈에 나는 실수하는 청소년일 뿐이었고, 선생님은 날 진정시키려고 노력하고 있었다.

우리가 선생님의 아파트 문에 서있을 때, 선생님은 몸을 돌려서 내게 미소를 지었고 잠시 동안 나는 선생님이 나를 안으로 초대할 것이라고 생각했다. 하지만 선생님은 다만 속삭일 뿐이었다. "찰리, 잘 자요. 멋진 저녁을 보내게 해줘서 고마워요."

나는 선생님께 잘 자라고 입을 맞추고 싶었다. 나는 전에 입 맞추는 일을 걱정했었다. 여자는 입을 맞추기를 원하지 않는가? 소설에서 읽었고 영화에서 봤었는데 남자가 항상 여자를 이끌었다. 어젯밤에 나는 선생님에게 입을 맞추기로 결심했다. 하지만 나는 계속 생각했다. 혹시 그녀가 나를 거절한다면?

나는 선생님에게 더욱 가까이 다가갔고 선생님의 어깨를 잡으려고 손을 뻗었지만 선생님은 나보다 더 빨랐다. 선생님은 날 멈추게 했고, 두 손으로 내 손을 잡았다.

"찰리, 우리는 이런 식으로 잘 자라고 작별 인사를 나누는 편이 더 좋겠어요. 개인적인 일로 받아들이지는 말고요. 아직은 말이에요."

그러고는 내가 거부하기 전에, 혹은 '아직은 말이에요'라는 말이 무슨 뜻인지를 묻기 전에 선생님은 안으로 들어가기 시작했다. "찰리, 잘 자요. 너무나 좋은 시간을 보내게 해줘서 한 번 더 고마워요." 그러고는 문을 닫았다.

나는 선생님에게 화가 났고, 나 자신에게 화가 났고, 온 세상에 화가 났지만, 내가 집에 도착했을 때, 나는 선생님이 옳았다는 사실을 깨달았다. 이제 나는 선생님이 날 보살폈던 건지 아니면 내게 그냥 친절했던 건지 모르겠다. 선생님은 내 안에서 무엇을 본 것일까? 어색해진 분위기는 예전에는 전혀 느껴보지 못했던 것이다. 사람은 어떻게 다른 사람을 대하는 법을 배울까? 남자는 여자를 대하는 법을 어떻게 배울까?

책은 내게 많은 도움이 되지 않는다.

하지만 다음번에는 선생님께 잘 자라는 작별 인사로 키스를 할 것이다.

지금은 나도 누군가를 사랑해야 한다

5월 3일

나를 헷갈리게 하는 것들 중 하나는 나의 과거에서 뭔가가 나타날 때, 그것이 정말 그런 식으로 생겨난 것인지 아니면 그때 단지 그렇게 보였던 것인지 아니면 내가 단지 지어낸 것인지를 절대로 알 수 없다는 점이다. 나는 마치 평생을 비몽사몽간에 보내며 잠에서 완전히 깨어나기 전에 내가 어떤 사람이었는지를 알아내려고 애를 쓰는 것 같았다. 모든 것이 느리게 흘러가고 희미하다.

나는 어젯밤에 악몽을 꾸었고, 잠에서 깨어났을 때 뭔가가 기억났다.

처음에 꾼 꿈은 악몽이었다. 나는 긴 복도를 따라 달리고 있었고, 모래바람이 회오리쳐서 앞이 잘 보이지 않았다. 가끔 나는 앞으로 달렸고 그럴 때면 주위를 둥둥 떠다니다가 뒤로 달리는 것 같았다.

하지만 나는 걱정된다. 왜냐하면 나는 내 주머니 안에 뭔가를 숨기고 있기 때문이다. 나는 그것이 무엇인지를 또 어디에서 구했는지를 모른다. 하지만 나는 그들이 그것을 내게서 빼앗아 가기를 원하는 것을 알고, 그 점은 날 두렵게 한다.

벽이 무너지고 문득 붉은 머리를 한 소녀가 내게 손을 내밀었다. 소녀의 얼굴은 텅 빈 마스크이다. 소녀는 나를 자신의 품 안으로 이끌고, 입을 맞추고, 껴안고, 나는 소녀를 단단히 잡기를 원하지만 나는 또한 두렵다. 소녀가 날 더욱 많이 만질수록 나는 더욱 겁이 난다. 왜냐하면 나는 소녀에게 절대로 손도 대어서는 안 되기 때문이다. 그때, 소녀의 몸이 내 몸에 문질러 올 때 나는 내 안에 이상한 거품이 부글부글 끓어오르는 것이 느껴졌고 그것은 나를 따뜻하게 했다. 하지만 내가 고개를 들어 올리자 소녀의 두 손에 피 묻은 칼이 보인다.

나는 달리면서 소리를 치려고 애를 썼지만, 내 목에서는 아무 소리도 나오지 않았고, 내 주머니들은 텅 비어있었다. 나는 내 주머니 안을 뒤져보았지만 나는 내가 잃어버린 것이 무엇인지를 또 왜 내가 그것을 숨겼는지를 모른다. 나는 단지 그게 없어졌다는 사실만 안다. 내 두 손에도 피가 묻어있었다.

잠에서 깬 나는 키니언 선생님이 생각났고, 꿈속에서 느꼈던 공포를 느꼈다. 나는 무엇이 두려운가? 뭔가 칼과 관련된 것 같다.

나는 커피를 한 잔 마셨고 담배를 한 대 피웠다. 그런 꿈을 꾼 적은 처음이었지만, 나는 그것이 키니언 선생님과 보낸 저녁과 관련되어있다는 것을 알았다. 나는 키니언 선생님을 다른 방식으로 생각하기 시작했다.

그래도 자유연상은 여전히 어려운데 생각의 방향을 정하지 않기란 어렵기 때문이다. 단지 마음을 열고 어떤 것이든지 마음속으로 흘러들어오게 하기··· 거품 목욕을 하는 것처럼 표면으로 생각들이 떠오르는 것··· 한 여자가 목욕을 하고 있고··· 한 소녀가··· 노마가 목욕을 하고 있고··· 나는 열쇠 구멍으로 이를 보고 있고··· 노마가 몸을 말리기 위해 욕조 밖으로 나올 때 나는 노마의 몸이 나와 다른 것을 보게 된다. 뭔가가 없다.

복도를 따라 달려가자··· 누군가 날 쫓아오고··· 그런데 사람이 아니라 커다란 부엌칼이고··· 그리고 나는 겁이 나 울고 있지만 아무런 목소리도 나오지 않는다. 왜냐하면 목이 잘려서 피를 흘리고 있기 때문이다.

"엄마, 찰리가 열쇠 구멍으로 날 몰래 보고 있어."

노마는 왜 다른가? 노마에게 무슨 일이 생겼을까? 피··· 피가 흐르고··· 어두운 작은 방···.

눈먼 쥐 세 마리··· 눈먼 쥐 세 마리
쥐들이 뛰어가는 걸 봐! 쥐들이 뛰어가는 걸 봐!
농부의 아내들은 모두 쥐들을 뒤쫓아 뛰어가지.

그런데 농부의 아내가 부엌칼로 꼬리를 잘라버렸어.

살면서 그런 광경을 본 적 있어?

눈먼··· 쥐··· 세 마리를?

이른 아침에 부엌에 혼자 있는 찰리. 다들 잠자고 있고, 찰리는 목걸이를 가지고 혼자 놀고 있다. 찰리가 몸을 굽히자 셔츠에서 단추가 하나 떨어져서, 복잡한 선이 그려진 부엌의 리놀륨 바닥을 가로질러 굴러간다. 단추가 화장실 쪽으로 굴러가고 찰리가 쫓아가지만 그만 잃어버린다. 단추가 어디 있지? 찰리는 단추를 찾으러 화장실에 들어간다. 화장실에는 벽장이 있고 거기에는 빨래 바구니가 있고 찰리는 옷들을 전부 꺼내서 보기를 좋아한다. 아빠 옷과 엄마 옷과··· 노마 치마가 있다. 찰리는 노마 옷들을 한번 걸쳐보고 싶고 노마인 척을 해보고 싶지만, 예전에 한번 그랬다가 엄마에게 심하게 혼난 적이 있다. 빨래 바구니에서 찰리는 노마의 속옷에 피가 묻어서 말라붙어 있는 것을 발견한다. 노마가 뭘 잘못했지? 찰리는 무섭다. 누군지 몰라서 찰리를 찾아올지도 모른다···.

어린 시절의 그런 기억은 왜 그토록 생생하게 남아있는 걸까? 그리고 왜 지금에 와서 나를 두렵게 하는 걸까? 혹시 키니언 선생님에 대한 나의 감정 때문일까?

지금 와서 생각해보니 내가 왜 여자에게서 멀리 떨어지도록 교육받았는지를 알 수 있다. 키니언 선생님에게 내가 감정을 표현하는 것은 잘못된 일이었다. 여자를 그렇게 생각할 자격이 내게는 없다. 아직은 그렇다.

하지만 이 글을 적으면서도 내 안의 무엇인가가 그게 전부가 아니라고 소리친다. 나도 사람이다. 수술용 칼이 지나간 뒤에 나는 달라졌다. 지금은 나도 누군가를 사랑해야 한다.

5월 8일

지금도 나는 도너 사장님의 뒤편에서 벌어지는 일들을 알게 된 것이 믿기지 않는다. 이틀 전에 한창 붐비는 시간에 나는 뭔가 잘못된 것을 눈치챘다. 짐피는 계산대 뒤에 있었고 단골손님 한 분의 생일 케이크를 싸고 있었다. 케이크 가격은 3.95달러였다. 하지만 짐피가 금전등록기의 키를 눌러 어떤 금액이 나오게 했을 때, 등록기에는 단지 2.95달러라고 밖에 뜨지 않았다. 나는 짐피에게 실수로 잘못 계산하고 있다고 말하려 했지만, 카운터 뒤에 있는 거울에서 손님이 짐피에게 윙크와 함께 미소를 짓는 것을 보았다. 그리고 짐피의 얼굴에서 이에 대답하는 미소도 보았다. 그리고 그 남자가 잔돈을 가져갔을 때, 나는 커다란 은화가 짐피의 손에 남아있는 것을 보았고, 짐피는 주먹을 쥐기 전에 재빠른 동작과 함께 주머니 안에 은화를 집어넣었다.

"찰리?" 내 뒤에 있는 어느 여자 손님이 말했다. "크림이 채워진 에클레어가 더 있어요?"

"가게 뒤편으로 가서 한번 찾아보겠습니다."

나는 여자 손님이 중간에 끼어들어서 기뻤다. 왜냐하면 그것은 내게 내가 본 것을 생각할 틈을 주었기 때문이다. 확실히 짐피는 실수를 하지는 않았다. 짐피는 일부러 낮은 가격으로 케이크를 팔았고, 짐피와 손님 사이에는 암묵적인 이해가 있었다.

나는 어떻게 해야 할지를 몰라서 힘없이 벽에 기대어 있었다. 짐피는 도너 사장님을 위해서 15년이 넘도록 일을 해왔다. 도너 사장님은 직원들을 항상 가까운 친구들이나 친척들처럼 대했다. 도너 사장님은 여러 번 짐피의 가족을 초대해서 저녁 식사를 대접했다. 도너 사장님은 밖으로 나가야 할 때 짐피에게 자주 가게를 맡겨놓았고 나는 도너 사장님이 짐피에게 병원비로 낼 돈을 주었다는 이야기를 여러 번 들었다.

그토록 잘해준 사장님에게서 돈을 훔치다니 도저히 믿기지가 않았다. 다르게 설명할 수도 있다. 짐피가 금전등록기에 가격을 입력할 때 실수를 했다거나 50센트가 팁일 수도 있다. 어쩌면 도너 사장님이 정기적으로 크림 케이크를 사는 이 손님에게는 특별히 낮은 가격으로 팔라고 시켰을 수도 있다. 짐피가 돈을 훔친 게 아닐 수도 있다. 짐피는 항상 내게 친절했다.

나는 더 이상 알고 싶지 않았다. 나는 에클레어를 쟁반에 담아서 꺼내 올 때 금전등록기에게서 다른 데로 일부러 시선을 돌렸고 쿠키와 번과 케이크를 골라냈다.

하지만 키가 작고 머리카락이 붉은 여자가 가게에 들어왔을 때, 나는 문득 그녀가 도너 사장님이 점심을 먹으러 밖으로 나가고 짐피가 계산대를 보고 있을 때 자주 왔다는 사실을 깨달았다. 그녀는 항상 내 뺨을 꼬집고 내 여자친구를 찾아보겠다는 농담을 했다. 짐피가 시켜서 나는 그녀의 집에 자주 배달을 갔다.

나도 모르게 마음속으로 계산해보니 부인이 내야 할 돈은 4달러 53센트였다. 그렇지만 나는 짐피가 금전등록기에 얼마라고 입력하는지를 보지 않으려고 고개를 돌렸다. 나는 진실을 알고 싶었지만, 한편으로는 내가 알게 될지도 모를 사실이 두려웠다.

"휠러 부인, 2달러 45센트입니다." 짐피가 말했다.

금전등록기가 울리는 소리. 잔돈을 세는 소리. 등록기를 철커덕 닫는 소리. "휠러 부인, 감사합니다." 나는 고개를 돌려서 그가 돈을 주머니에 넣는 것을 놓치지 않고 보았다. 희미하게 쨍그랑 동전 소리가 들렸다.

짐피는 얼마나 여러 번 부인에게 꾸러미를 전달하도록 날 이용했을까? 부인에게 값을 적게 불러서 나중에 부인과 짐피가 차액을 남길 수 있도록 말이다. 지난 몇 년 동안 짐피는 자기가 도둑질하는 것을 돕도록 날 이용했던가?

나는 짐피가 계산대 뒤에서 발로 쿵쾅거리고 그의 종이모자 밑으로 땀이 흘러내리는 모습에서 눈을 뗄 수 없었다. 짐피는 겉으로는 활기차고 친절해 보였지만, 고개를 들어서 나와 눈이 마주치자마자 인상을 쓰면서 내게서 고개를 돌려버렸다.

나는 짐피를 때리고 싶었다. 나는 계산대 뒤로 가서 그의 얼굴을 두들겨 패고 싶었다. 예전에 누군가를 그토록 증오했었는지는 기억나지 않지만, 오늘 아침에는 짐피가 죽도록 미웠다.

조용한 내 방에서 이 모든 일들을 종이 위에 적어보아도 분노가 가라앉지 않는다. 짐피가 도너 사장님에게서 도둑질을 하고 있다고 생각할 때마다 나는 뭔가를 부수고 싶다. 다행히 나는 내가 폭력을 행사하고 있다고 생각하지 않는다. 나는 살면서 누군가를 때려본 적이 없다.

하지만 나는 여전히 어떻게 해야 할 것인지를 결정해야 한다. 도너 사장님께 사장님이 믿었던 직원이 수년 동안 돈을 훔쳐왔다고 말할까? 짐피는 아니라고 할 것이고, 나도 그것이 사실임을 증명하지는 못할 것이다. 그렇다면 도너 사장님에게 말하는 게 무슨 소용이 있을까? 내가 어떻게 해야 할지를 모르겠다.

5월 9일

나는 잠이 오지 않는다. 이것이 내게 일어난 일이다. 나는 도너 사장님에게 은혜를 많이 입어서 짐피가 돈을 훔치는 것을 옆에 서서 그냥 보고만 있을 수가 없다. 내가 말을 하지 않으면 나도 공범자가 되는 것이다. 그렇기는 하지만 내가 사장님께 알려도 될까? 내 마음을 가장 불편하게 한 것은 그가 내게 배달을 시키며 도너 사장님에게서 돈을 훔치도록 나를 이용했던 점이다. 그 사실을 몰랐을 때에는 내가 가게를 비웠다는 점이 잘못은 아니었다. 하지만 이제 내가 그 사실을 알기 때문에 내가 입을 다물면 나는 그와 공범의 입장에 놓이게 되는 것이다.

하지만 짐피는 동료인 데다가 자식도 셋이나 있다. 도너 사장님이 그를 해고하면 그는 무엇을 할까? 짐피는 의족을 했기 때문에 다른 일은 구하지 못할지도 모른다.

이게 과연 내가 걱정하는 것일까?

어떻게 하는 것이 옳은 일일까? 나의 모든 지능이 이런 문제에 있어서, 내가 문제를 푸는 데 있어서 도움을 주지 못하다니 아이러니하다.

5월 10일

니머 교수에게 이 문제를 묻자 그저 옆에서 지켜본 나는 아무런 잘못이 없으며 괜히 말썽이 될 일에 끼어들 이유가 없다고 주장한다. 니머 교수는 내가 중간에 이용당한 사실이 아무렇지도 않게 느껴진 모양이다. 내가 그 일이 일어나고 있을 때 상황을 몰랐다면, 그것은 중요하지 않다고 니머 교수는 말한다. 사람을 찔렀을 때 칼을 탓하거나, 사고가 일어났을 때 자동차를 탓하는 것과 같다고 그는 말한다.

"하지만 저는 무생물이 아니에요." 나는 주장했다. "저도 사람이라고요."

니머 교수는 잠시 당황한 것처럼 보였고 웃었다. "물론, 찰리. 하지만 나는 지금 현재를 말하는 것이 아니야. 내 말은 수술 전을 말하는 것이지."

점잔 빼고, 거만하구나···. 나는 니머 교수도 때려주고 싶었다. "수술 전에도 저는 사람이었어요. 혹시 잊어버렸을까 봐 하는 말이지만요."

"그래, 물론, 찰리. 오해하지는 마. 하지만 그때와는 상황이 다르니까···." 그러더니 그는 실험실에서 몇몇 차트를 확인해야 한다는 것을 생각해냈다.

심리상담 진료를 받을 때 스트라우스 박사님은 말을 많이 하지 않는다. 그런데 오늘 내가 짐피 이야기를 꺼내니까 도너 사장님께 말씀을 드릴 도덕적 의무가 있다고 박사님이 말했다. 하지만 내가 그 문제에 대해 생각할수록 더욱 간단해졌다. 나는 문제를 해결할 누군가가 필요했고, 머릿속에 떠오른 사람은 키니언 선생님뿐이었다. 마침내 열시 반이 되자 나는 더 이상 그 문제를 붙잡고 있을 수가 없었다. 전화를 걸었지만, 매번 중간에 신호가 끊어져서 다시 걸었다. 네 번째 전화를 걸었을 때 신호가 끊어지지 않았고 겨우 선생님의 목소리를 들을 수 있었다.

키니언 선생님은 처음에는 나를 만날 생각을 하지 않았다. 하지만 선생님께 전에 함께 저녁을 먹었던 카페에서 보자고 간절히 애원했다.
"선생님은 제게 항상 좋은 충고를 해주셔서 저는 선생님을 믿어요."
선생님이 망설일 때, 나는 계속 애원했다.

"선생님은 절 도와주셔야 해요. 부분적으로 책임이 있으니까요. 직접 그렇게 말씀하셨잖아요. 선생님이 계시지 않았다면, 저는 아마 이 일에 뛰어들지 않았을 거예요. 지금처럼 저를 피하기만 할 수는 없어요."

선생님은 긴급한 상황이라는 것을 눈치챈 모양인지 나를 만나기로 했다. 나는 전화를 끊고 전화기를 노려보았다. 나는 선생님이 무슨 생각을 하고 어떻게 느끼는지를 아는 것이 왜 그렇게 중요할까? 성인교육원에서 1년이 넘도록 가장 중요했던 것은 선생님을 기쁘게 하는 것이었다. 무엇보다도 바로 그 이유 때문에 내가 처음에 수술을 받겠다고 동의했던 것이 아닌가?

나는 카페 앞을 천천히 왔다 갔다 했고 그런 나를 경찰관이 수상한 눈으로 보기 시작했다. 그래서 나는 카페 안에 들어가서 커피를 샀다.

다행히도 지난번에 앉았던 탁자가 비어있었다. 선생님은 저 카페 뒤에서 날 찾아보려고 했을 것이다.

선생님은 나를 보자 내게 손을 흔들었다. 선생님은 탁자로 오기 전에 먼저 커피를 사기 위해 계산대 앞에 잠시 멈춰 섰다. 선생님이 웃었다. 내가 지난번과 똑같은 탁자를 골랐기 때문에 그랬다는 것을 알았다. 유치하지만, 낭만적인 의사표현이랄까.

"늦은 시간에 죄송해요." 나는 사과했다. "하지만 솔직히 말씀드리면 미쳐버릴 것 같아서요. 선생님께 꼭 말씀드려야 했어요."

선생님은 커피를 한 모금 마시며 짐피가 어떻게 사기를 쳤는지를 내가 알아냈으며, 어떻게 반응했고, 실험실에서 얻은 조언들이 어떻게 상반되었는지를 설명하는 것을 조용히 들었다. 말을 마치자 선생님은 의자에 등을 기대더니 고개를 흔들었다.

"찰리, 당신은 정말 놀라워요. 어떤 면에서는 굉장히 발전했지만 아직 결정을 내리는 데 있어서는 어린아이에 불과해요. 찰리, 제가 대신 결정을 내릴 순 없어요. 이런 문제를 해결할 방법은 책에서 찾을 수도 없고, 그렇다고 해서 다른 사람들에게 물어볼 수도 없어요. 평생 아이로 남아있기를 원한다면 그렇게 하겠지만. 마음속으로 자신이 옳다고 느껴지는 해답을 찾아야만 해요. 찰리, 자신을 믿는 법을 배워야만 한다고요."

처음에 나는 선생님이 길게 설명을 늘어놓아서 화가 났지만, 문득 선생님의 말이 이해가 되기 시작했다. "그러니까 선생님 말은 제가 정해야 한다는 거죠?"

선생님은 고개를 끄덕였다.

"사실" 나는 말했다. "이제 와서 생각해보니 제 생각에는 이미 몇 가지는 결정한 것 같아요. 저는 니머 교수님과 스트라우스 박사님 두 분 다 틀렸다고 생각해요."

선생님은 흥분에 찬 얼굴로 나를 주의 깊게 쳐다보고 있었다. "찰리, 찰리에게는 뭔가 어떤 일이 일어나고 있어요. 찰리가 찰리의 얼굴을 볼 수 있다면 찰리도 바로 알 수 있을 텐데."

"선생님 말이 맞아요. 어떤 일이 일어나고 있어요. 내 눈앞에 구름이 걸려있었는데, 선생님이 단번에 훅 불어서 멀리 보냈어요. 간단하네요. 자기 자신을 믿어라. 전에는 한 번도 그런 생각을 하지 못했어요."

"찰리, 찰리는 굉장해요."

나는 선생님의 손을 붙잡았다. "아니에요. 굉장한 건 선생님이에요. 바로 선생님이 제가 그 문제를 꿰뚫어 볼 수 있게 해주셨어요."

선생님은 얼굴을 붉히더니 손을 잡아 뺐다.

"지난번에 여기에 왔을 때," 나는 말했다. "제가 선생님을 좋아한다고 말했었죠. 선생님을 사랑한다고 말할 수 있도록 제 자신을 믿어야 했어요."

"아니, 찰리, 아직 아니에요."

"아직 아니라고요?" 나는 소리쳤다. "그게 선생님이 지난번에 하신 말씀이잖아요. 왜 아직 아니에요?"

"쉿··· 찰리, 진정해요. 먼저 공부를 끝내요. 그런 뒤에 찰리가 어디로 갈 것인지를 한번 보자고요. 찰리는 너무 빨리 변하고 있어요."

"그게 공부와 무슨 상관이 있죠? 제가 더 똑똑해진다고 해도 선생님에 대한 제 감정은 변하지 않을 거예요. 저는 선생님을 더욱더 사랑할 거예요."

"하지만 찰리의 감정도 변할 거예요. 특별한 의미에서 저는 찰리가 아는 첫 번째 여자에요. 그러니까 이런 점에서 말이죠. 지금까지 저는 찰리의 선생님이었어요. 찰리가 도움이나 충고가 필요할 때 찾을 수 있는. 찰리는 틀림없이 나를 사랑하고 있다고 생각할 거예요. 다른 여자를 찾아봐요. 좀 더 시간을 가지고요."

"선생님의 말은 어린 소녀들은 항상 선생님들과 사랑에 빠지며 그래서 감성적인 면에서 제가 아직 어린 소년이라는 것이죠."

"찰리는 내 말을 꼬아서 듣고 있어요. 아니에요, 나는 찰리를 소년으로 생각하지 않아요."

"그럼 감정적으로 저능한 것이겠죠, 뭐."

"그런 것도 아니에요."

"그렇다면 이유가 뭐죠?"

"찰리, 내게 강요하지 말아요. 저도 이유는 모르겠어요. 이미 찰리는 지적인 능력에 있어서 저를 넘어섰으니까요. 몇 달 뒤, 아니 몇 주 뒤에 찰리는 다른 사람이 되어있을 거예요. 찰리가 지적으로 성숙할수록 우리는 대화가 통하지 않을 수도 있어요. 찰리가 정서적으로 성숙할수록, 찰리는 심지어 나를 원하지 않을 수도 있어요. 찰리, 나도 생각을 좀 해봐야겠어요. 찰리, 시간을 두고 천천히 생각해봐요. 서두르지 말고."

선생님은 적절한 충고를 하고 있었지만, 나는 귀를 기울이지 않았다. "지난 밤에―" 나는 간신히 말을 꺼냈다. "선생님은 제가 그 데이트를 얼마나 바랐는지를 몰라요. 저는 제정신이 아니었어요. 어떻게 행동해야 할지, 무엇을 말해야 할지, 가장 좋은 인상을 주기를 바라는데, 선생님이 화를 낼만한 말을 할까 봐 걱정하면서 말이죠."

"찰리는 나를 화나게 하지 않았어요. 나는 기분이 좋았다고요."

"그러면 언제 제가 선생님을 다시 만날 수 있죠?"

"난 찰리를 이 일에 끌어들일 자격이 없어요."

"하지만 저도 관련이 있잖아요!" 내가 고함을 지르자 사람들이 무슨 일인가 싶어서 고개를 돌리는 모습을 보고 나는 목소리를 낮추었지만 분노에 차서 목소리가 떨렸다. "저도 사람이고, 남자이고요, 책들과 테이프와 전기가 흐르는 미로들로만 살아갈 수는 없다고요. 선생님은 '다른 여자를 찾아봐'라고 말씀하시지만 다른 여자를 모르는데 어떻게 그럴 수 있어요? 제 안의 뭔가가 타오르고 있고요, 그게 당신을 생각나게 한다는 점이 제가 아는 전부예요. 책을 읽다가도 선생님의 얼굴이 떠오르지만 예전의 제 가족들처럼 희미하지 않고 분명하고 생생해요. 책장에 손을 대고 선생님의 얼굴이 사라지면 저는 그만 책을 찢어서 멀리 내던져 버리고 싶어요."

"찰리, 제발···."

"한 번 더 선생님을 만날 수 있게 해주세요."

"그럼 내일 실험실에서."

"제 말이 그런 뜻이 아니라는 것은 선생님도 아시잖아요. 실험실에서 벗어나서요. 대학교에서도 말이죠. 단둘이 만나요."

선생님도 그러자고 말하고 싶어 한다는 것을 나도 알 수 있었다. 내가 강하게 요구하자 선생님도 놀랐고, 나도 내 모습에 놀랐다. 선생님에게 만나달라고 애원하는 것을 멈출 수 없다는 것을 나도 알았다. 그렇지만 선생님께 애원할 때 나도 등줄기가 서늘해졌고, 내 두 손은 축축해졌다. 혹시 선생님이 "아니"라고 말할까 봐 걱정했던가? 아니면 "그래"라고 할까 봐 걱정했던가? 만약 선생님이 내게 대답함으로써 긴장을 없애지 않았다면 나는 정신을 잃을지도 모른다고 생각했다.

"좋아요, 찰리. 실험실과 대학교에서 벗어나서 만나요. 하지만 단둘이는 안 돼요. 우리가 단둘이 만나서는 안 된다고 생각해요."

"선생님이 말하는 곳이면 어느 곳이든 다 괜찮아요." 나는 헐떡이며 말했다. "그렇게 해서 단지 선생님과 같이 있을 수 있고 시험이며, 통계며, 질문이며, 대답이며 생각하지 않을 수 있다면 말이죠."

선생님은 잠시 인상을 찡그렸다. "좋아요. 센트럴파크에서 무료 공연이 열려요. 다음 주에 찰리는 그 공연들 중 하나에 저를 데리고 가도록 해요."

우리가 선생님 집의 현관에 도착했을 때 선생님은 몸을 돌리더니 내 뺨에 입을 맞추었다. "잘 자요, 찰리. 전화해줘서 기뻐요. 실험실에서 봐요." 선생님은 문을 닫았고 나는 밖에 서서 선생님 방의 유리창의 불빛이 꺼질 때까지 쳐다보았다.

이젠 틀림없다. 나는 사랑에 빠진 것이다.

어둠 속의 소년

5월 11일

여러 생각과 고민 끝에 나는 키니언 선생님이 한 말이 옳다는 것을 깨달았다. 나의 직관을 믿어야만 한다. 빵가게에서 나는 짐피를 더욱 주의 깊게 쳐다보았다. 오늘은 짐피가 물건값을 적게 부르고 차액을 주머니에 넣는 것을 세 번 보았다. 짐피는 몇몇 정해진 손님들에게 팔 때만 그랬기 때문에 이 사람들도 짐피와 공범자라는 생각이 문득 들었다. 손님들이 동의를 하지 않았다면 이런 일은 일어날 수 없기 때문이다. 그렇다면 왜 짐피가 희생양일까?

그때 나는 타협하기로 마음먹었다. 완벽한 결정은 아닐지도 모르지만, 내가 내린 결정이고 지금 상황에서는 가장 좋은 해결책인 것 같았다. 짐피에게 내가 아는 것을 말하고 그만두라고 경고하기로 했다.

나는 화장실 뒤로 짐피만 따로 불러냈고, 내가 다가가자 짐피는 놀라서 물러났다. "할 말이 있어. 중요한 일이야." 내가 말했다. "친구가 곤란을 겪고 있는데 네 충고가 필요해서. 한 동료가 사장을 속이는 것을 알게 되었는데 어떻게 해야 할지를 모르겠다고 해서. 사장에게 일러바쳐서 동료를 곤란에 빠트리고 싶어 하지는 않아. 하지만 그렇다고 해서 사장을—둘 다에게 잘 대해준 사장을—속이는 것도 옆에서 계속 보고 싶지 않다고 해."

짐피는 나를 뚫어져라 쳐다보았다. "그래서 네 친구는 어떻게 할 건데?"

"그게 바로 문제야. 친구는 어떻게도 하고 싶어 하지 않아. 도둑질을 그만둔다면 굳이 어떤 조치를 취할 필요도 없으니까. 아마 친구는 그것을 잊어버릴 거야."

"네 친구는 남의 일에 끼어들지 말아야 해." 짐피는 목발을 옮기면서 말했다. "그는 그런 일에는 눈을 감아야 하고 친구가 더 가깝다는 것을 알아야 해. 사장은 사장이고, 일하는 사람들은 함께 뭉쳐야 한다고."

"내 친구는 그렇게 생각하지 않아."

"네 친구와는 상관없는 일이야."

"내 친구는 동료가 도둑질을 한다는 사실을 아는 것만으로도 책임이 있다고 느껴. 동료가 도둑질을 그만둔다면, 아무 말도 하지 않기로 결심했대. 그래도 계속 도둑질을 한다면, 그가 전부 다 이야기를 할 거야. 난 네 의견을 묻고 싶어. 넌 이런 상황이라면 도둑질을 멈출 거라고 생각해?"

짐피는 화가 나는 것을 간신히 감추고 있었다. 나는 짐피가 날 한 대 치고 싶어 한다는 것을 알 수 있었다. 그렇지만 짐피는 주먹을 꽉 쥐고 있을 뿐이었다.

"자네 친구에게 그 동료도 달리 선택의 여지가 없다고 말해."

"좋아." 나는 말했다. "그러면 내 친구는 아주 행복할 거야."

짐피는 뛰쳐나가기 시작했는데, 잠시 걸음을 멈추더니 뒤돌아서 말했다.

"네 친구 말인데··· 네 친구도 혹시 끼고 싶어 해? 혹시 그런 건 아니야?"

"아니, 친구는 전부 그만두기를 바라."

짐피는 나를 노려보았다. "해둘 말이 있는데, 넌 너와 관계없는 일에 참견하게 된 걸 후회하게 될 거야. 난 항상 네 편에 섰는데 말이지. 나도 내 머리를 진찰을 받았어야 했는데 말이지." 그렇게 말한 뒤에 짐피는 다리를 절뚝거리며 가버렸다.

어쩌면 도너 사장님에게 전부 이야기를 해서 짐피가 해고를 당하도록 내버려두어야 했던 것일지도 모른다. 나도 모르겠다. 이런 식으로 일을 처리하면 뭐라고 말하겠지. 이제 다 끝난 일이다. 하지만 짐피처럼 다른 사람을 저런 식으로 이용하는 사람들이 세상에는 얼마나 많을까?

5월 15일

공부가 아주 잘된다. 대학교 도서관이 이젠 내 집이나 마찬가지이다. 도서관 사람들은 내게 따로 방을 마련해주어야 했다. 책에 적힌 내용을 흡수하는 데 몇 초밖에 걸리지 않는 내가 신기한 모양인지 책장을 넘기고 있으면 호기심에 찬 학생들이 주위에 언제나 몰려들기 때문이다.

지금 가장 나의 관심을 끄는 것은 고대어의 어원학과 변분법에 관한 새로운 연구들과 힌두 역사이다. 각각의 분야들이 서로 관련이 없어 보이지만 함께 다루어지는 것은 놀랍다. 나는 안정기에 접어들었고, 이제 다양한 분야들의 흐름이 더욱 가까워지고 하나의 원천에서 샘솟는 것 같다.

대학교의 카페에 앉아서 대학생들이 역사와 정치와 종교에 관해 토론을 벌이는 것을 듣고 있으니 이상하게도 그것들이 모두 어린애들이 노는 것처럼 느껴졌다.

나는 그런 기초 수준에서 사상들에 관해 토론을 나누는 것이 더 이상 즐겁지 않다. 문제가 가진 복잡성에 접근하지 않는 점을, 그러니까 표면의 물결들 너머에 무엇이 있는지를 모른다는 점을 보여주면 사람들은 화를 낸다. 지능이 높아져도 여전히 좋지 않은 점이 있고, 나는 이런 것들에 관해서 비크맨 대학교의 교수들과 토론하려는 시도도 포기했다.

버트는 교수 식당에서 나를 어느 경제학과 교수에게 소개했다. 이자율에 영향을 미치는 경제적 요인들에 관한 저서로 유명한 분이었다. 나는 전부터 책을 읽다가 문득 떠오른 몇몇 생각들에 관해서 경제학자와 이야기하기를 원했다. 평화 협정을 맺은 시기에 군사적으로 봉쇄시키는 것이 과연 도덕적으로 정당한가 하는 문제가 나를 괴롭혔다. 나는 교수에게 미국에 반대하는 몇몇 더 작은 국가들을 상대로 1, 2차 세계대전에서처럼 흑표를 발행하거나 또는 통과증이 있어야 봉쇄 해역을 통과할 수 있도록 통제를 강화하는 전략을 써야 한다고 주장하는 몇몇 상원의원의 제안에 대해서 어떻게 생각하는지를 물었다.

그는 허공을 응시하며 내 이야기에 조용히 귀를 기울였고, 그래서 나는 그가 대답하기 위해 생각을 정리하고 있다고 생각했다. 하지만 몇 분 뒤에 교수는 헛기침을 하더니 고개를 흔들었다. 그러더니 그는 사죄하는 목소리로 그 문제는 자신의 전문 영역이 아니라고 했다. 교수는 자신의 관심은 이자율이었고 군사경제에 관해서는 미처 많이 생각해보지 못했다고 했다. 교수는 내게 위세이 박사를 만나보기를 권했다. 위세이 박사는 2차 대전 중에 전시 무역협정에 관한 논문을 썼다. 그가 나를 도울지도 모른다고 했다.

내가 다른 말을 꺼내기도 전에, 교수는 내 손을 덥석 붙잡더니 악수를 했다. 그는 나를 만나서 반갑지만 강의준비를 하러 가봐야 한다고 했다. 그렇게 말한 뒤에 그는 가버렸다.

미국문학 전공자와 초서[2]에 관해 토론하려고 했을 때에도 똑같은 일이 벌어졌다. 동양학자에게 트로브리안드 제도에 관해 물었을 때에도 그랬고, 청소년의 행동에 관한 공공의견을 전공한 사회심리학자와 자동화에 따르는 실업문제에 대해서 집중적으로 말하려고 했을 때에도 그랬다. 질문을 받은 사람들은 늘 빠져나갈 변명을 찾으려 했고, 자신들의 지식이 좁은 영역에 국한되어있다는 사실을 밝히기 두려워했다.

지금 와서 보면 교수들이 얼마나 달라 보이는지. 교수들을 지식에 있어서 거인이라고 늘 생각했던 내가 얼마나 어리석었던가. 교수들도 사람이며, 세상이 자신들의 어리석음을 들추어낼까 봐 두려워한다. 그리고 키니언 선생님도 사람이고 여자일 뿐 여신은 아니다. 내일 선생님을 콘서트에 데려갈 것이다.

5월 17일

날이 밝아오는데 밤새도록 잠이 오지 않는다. 어젯밤 공연장에서 있었던 일을 생각해봐야겠다.

저녁 데이트는 순조롭게 시작했다. 센트럴파크의 야외 음악당은 일찍부터 사람들로 붐벼서 키니언 선생님과 나는 풀밭 위의 수많은 커플들 사이를 뚫고 지나가야 했다. 마침내 우리는 오솔길 저 뒤편에서 주위에 아무도 없는 나무를 하나 발견했는데 가로등 불빛에서 떨어져

2 제프리 초서(Geoffrey Chaucer, 1343–1400). 작품으로 『캔터베리 이야기』가 있다.

있었다. 어두웠기에 앙탈을 부리는 여자의 웃음소리를 듣고 담배 불빛을 보고 나서야 다른 커플들이 있다는 것을 알 수 있었다.

"여기가 좋을 것 같아요." 선생님이 말했다. "연주단 위에 앉을 이유는 없으니까요."

"지금 연주하는 곡이 뭐죠?" 내가 물었다.

"드뷔시의 《라 메르》예요. 좋아요?"

나는 선생님 옆에 앉았다. "이런 음악은 잘 몰라요. 한번 생각해봐야겠어요."

"생각하려고 하지 말아요." 선생님이 속삭였다. "느끼려고 해봐요. 이해하려고 하지 말고 밀려오는 파도에 몸을 맡기는 것처럼 해봐요." 선생님은 풀밭에 등을 대고 누웠고 음악이 나오는 쪽으로 머리를 돌렸다.

나는 선생님이 내게서 무엇을 기대하는지를 도무지 알 수 없었다. 이것은 문제를 명확히 해결하거나 지식을 체계적으로 습득하는 방식과는 거리가 멀었다. 손에서 땀이 나고, 가슴이 답답하고, 선생님의 어깨에 팔을 두르고 싶은 욕구는 단지 생물학적인 반응일 뿐이라고 나는 계속 나 자신에게 말하고 있었다. 나는 심지어 신경의 패턴과 거기에다가 나의 소심함과 흥분을 일으키는 반응을 되짚었다. 그렇지만 모든 것이 흐릿하고 불확실했다. 내가 선생님에게 팔을 둘러야 할까? 아니면 그렇게 하면 안 되는 것일까? 선생님은 내가 그렇게 하도록 기다리는 것일까? 선생님은 화를 낼까? 나는 내가 여전히 청소년처럼 행동한다는 것을 알 수 있었고 바로 그 점 때문에 나는 화가 났다.

"저···" 나는 목이 메었다. "좀 더 편하게 있는 게 어때요? 제 어깨에 기대세요." 선생님은 자기 어깨에 내가 팔을 두를 수 있도록 했지만 날 쳐다보지는 않았다. 선생님은 음악에 너무 몰입한 바람에 내가 무엇을 하는지를 미처 깨닫지 못한 것 같았다. 선생님은 내가 그렇게 잡고 있기를 원했던 걸까? 아니면 싫지만 차마 말하지 못하고 참고 있는 것일까? 내가 어깨에서 허리로 손을 떨어뜨렸을 때, 선생님이 떨고 있는 게 느껴졌지만, 선생님의 시선은 여전히 연주단을 향해있었다. 선생님은 음악에 집중하는척하고 있어서 내게 특별히 반응할 필요가 없었던 것이다. 선생님은 어떤 일이 벌어지고 있는지를 알고 싶어 하지 않았다. 먼 곳을 바라보면서 음악에 귀를 기울이고 있으면 내가 가까이에 있으며 팔을 두르고 있다는 사실을 모른척할 수 있고 굳이 그런 것을 허락했다는 표시도 할 필요가 없기 때문이다. 선생님이 더욱 고상한 음악에 집중하는 사이에 나는 섹스 하기를 원했다. 나는 거칠게 손을 뻗어 선생님의 고개를 내 쪽으로 돌렸다. "저를 쳐다보는 게 어때요? 선생님은 제가 곁에 없는척하시는 건가요?"

"아니, 찰리." 선생님이 낮은 목소리로 말했다. "내가 존재하지 않는척하고 있는 거예요."

내가 선생님의 어깨를 건드리자 선생님의 몸이 뻣뻣해지더니 떨었다. 하지만 나는 선생님을 내 쪽으로 끌어당겼다. 바로 그때였다. 양쪽 귀에서 윙윙 울리는 소리가 들리기 시작했는데 마치 멀리서 전기톱 소리처럼 들려오는 것 같았다. 그런 다음에 추위가 느껴졌다. 팔다리가 따끔거렸고 손가락이 저려왔다. 문득 누군가 날 지켜보고 있다는 느낌을 받았다.

뭔가 시야가 선명하게 바뀌는 것이 느껴졌다. 나무 뒤쪽의 어둠 속에서 우리 두 사람이 서로에게 안겨있는 모습이 보였다.

나는 고개를 들었고, 열대여섯 정도 된 소년이 근처에서 몸을 구부리고 있는 모습을 보았다. "이봐!" 나는 고함을 질렀다.

소년이 일어나자, 벌거벗은 몸에 바지가 내려져 있는 것이 보였다.

"무슨 일이에요?" 선생님은 숨이 턱 막혔다.

나는 벌떡 일어났다.그러자 소년은 어둠 속으로 사라졌다. "저 아이를 봤어요?"

"아니요." 선생님이 말했고, 불안하게 치마를 쓸어내리고 있었다. "아무도 못 봤어요."

"바로 여기에 서있었어요. 우리를 보면서 말이죠. 선생님을 만질 수 있을 만큼 가까운 곳에 있었어요."

"찰리, 어디를 가는 거예요?"

"아직 아주 멀리는 못 갔을 거예요."

"찰리, 내버려둬요. 별일 아니에요."

하지만 내게는 중요한 일이었다. 나는 어둠 속을 달렸고, 깜짝 놀란 커플들에게 발이 걸려서 넘어졌다. 하지만 그 소년이 어느 쪽으로 가 버렸는지는 전혀 알 길이 없었다.

소년을 생각하면 할수록 기절하기 전처럼 어지럽고 울렁거림이 더욱 심해졌다. 드넓은 황야에 나 혼자 외따로 떨어진 느낌이었다. 나는 다시 정신을 차리고, 키니언 선생님이 앉아있는 곳으로 되돌아갔다.

"소년을 찾았나요?"

"아니요, 하지만 저기에 있었어요. 제가 봤어요."

선생님은 나를 이상하다는 눈으로 쳐다보았다. "괜찮아요?"

"네, 괜찮아질 거예요. 잠시 뒤에요. 제 귀에 저 빌어먹을 윙윙 울리는 소리만 빼면 말이죠."

"아무래도 이만 가는 게 좋을 것 같아요."

선생님의 아파트로 돌아오는 내내, 소년이 어둠 속에서 웅크리고 있었고, 비록 잠깐이지만 나도 소년이 보던 것을—나와 키니언 선생님이 서로 끌어안고 있는 모습을—보았다는 사실이 마음에 걸렸다.

"들어올래요? 제가 커피를 내릴게요."

나도 그러고 싶었지만, 무엇인가가 경고를 하는 느낌이 들었다. "그냥 가는 편이 좋을 것 같아요. 오늘 밤에 할 일이 많아서요."

"찰리, 혹시 내가 한 말이나 행동 때문에 그런 거예요?"

"아니에요. 그냥 우리를 지켜보던 꼬마 때문에 화가 났을 뿐이에요."

선생님은 내 앞에 가까이 서서 내가 입맞추기를 기다렸다. 하지만 내가 선생님을 끌어안았을 때, 한 번 더 그런 일이 일어났다. 얼른 여기를 벗어나지 않으면, 정신을 잃을 것 같았다.

"찰리, 안색이 좋지 않아요."

"키니언 선생님, 그 소년을 봤어요? 사실은 말이죠···"

키니언 선생님이 머리를 흔들었다. "아니요. 너무 어두웠어요. 하지만 분명히–"

"가봐야겠어요. 전화할게요." 선생님이 미처 붙잡기도 전에 나는 걸음을 옮겼다. 모든 게 무너져 내리기 전에 그 건물을 벗어나야 했다.

지금 생각해보면 그것은 분명히 헛것이었다. 스트라우스 박사님은 내가 감정적으로 여전히 청소년기에 있기 때문에 여자를 가까이하거나 섹스를 생각만 해도 불안하고, 긴장하며, 심지어 헛것까지 보는 것 같다고 했다. 박사님은 내가 지적으로 빨리 성장했기 때문에 정서적으로도 다른 사람들처럼 평범하게 살아갈 수 있다고 착각한 것 같다고 했다. 하지만 내가 이런 성과 관련된 상황에서 공황장애를 느끼는 것이 정서적인 측면에서 아직 성적으로 완전히 성숙하지 않은 청소년기에 머물러있기 때문이라는 사실을 받아들여야만 한다. 내 생각에 박사님의 말은 내가 아직 앨리스 키니언 선생님과 같은 여자와 사귈 준비가 되지 않았다는 뜻인 것 같다. 아직은 말이다.

5월 20일

나는 빵가게에서 해고되었다. 지나간 일에 매달리는 것은 어리석은 일이란 것을 알지만 오븐에서 나온 열기 때문에 누렇게 된 저 하얀 벽돌 벽에는 뭔가가 있다···. 내게는 집이나 마찬가지니까. 내가 도대체 무슨 짓을 했기에 다들 날 그렇게 미워할까?

도너 사장님을 탓할 수는 없다. 사장님도 빵가게를 유지해야 하고 다른 종업원들도 생각해야 하니까. 그럼에도 도너 사장님은 내게는 아버지보다 가까운 존재였다.

도너 사장님은 나를 사무실 안으로 불렀고, 접이식 뚜껑이 달린 책상 옆에 있는 의자에 놓인 명세서와 영수증들을 치우더니 나를 쳐다보지도 않고 말했다. "안 그래도 네게 이야기를 하고 싶었는데, 지금이 가장 좋겠다 싶구나."

지금 돌아보면 바보 같지만, 거기 의자에 앉아서 사장님을 노려보고 있을 때-작은 키에, 통통하고, 밝은 갈색의 덥수룩한 콧수염이 윗입술에 드리워진 모습이 웃겼는데-마치 우리 둘이, 그러니까 예전의 찰리와 새로운 찰리가 함께 의자에 앉아서 나이 든 도너 사장님이 뭐라고 말할지를 기대하면서도 무척 겁먹고 있었던 것 같다.

"찰리야, 네 삼촌 허먼은 좋은 친구였지. 난 허먼과 했던 약속을 지켰어. 경기가 좋든 좋지 않든 널 가게에서 일하게 했어. 네가 1달러가 없어 아쉬운 일이 없도록 내가 챙겨주었고, 저 집에서 쫓아내지 않고 잘 곳을 마련해주었지."

"이 가게는 제 집이나 마찬가지예요."

"게다가 나는 조국을 위해 목숨을 바친 우리 아들처럼 널 대했지. 허먼이 죽었을 때, 네가 몇 살이었지? 열여덟 살? 내가 장담하지만··· 솔직히 일곱 살에 더 가까웠지만. 내가, 이 아서 도너가 다짐했지. 빵가게 주인으로 장사를 할 동안은 너를 돌보겠다고. 찰리는 일할 곳과 잠잘 곳과 먹을 빵을 가지게 될 거라고 다짐했단다. 사람들이 너를 워렌 보호소에 맡겨버렸을 때, 나는 사람들에게 네가 날 위해 일할 것이고, 나도 널 돌보겠다고 했지. 넌 워렌 보호소에서는 하룻밤도 보내지 않았어. 난 네게 방을 마련해주고 돌보았지. 자, 이제 난 엄숙하게 맹세했던 약속을 지킨 셈이지?"

나는 고개를 끄덕였지만, 도너 사장님이 계산서를 접었다가 폈다가 하는 모습에서 뭔가 문제를 가지고 있다는 것을 알 수 있었다. 그리고 나는 그 원인을 알고 싶지 않았지만, 나는 이미 알고 있었다. "저는 최선을 다해 일했어요. 열심히 일했어요···."

"찰리, 나도 알아. 찰리는 아무 잘못이 없어. 그런데 찰리에게 어떤 일이 일어나고 있는데 나는 그게 뭔지를 모르겠어. 나뿐만이 아니야. 다들 그것에 대해 이야기하고 있어. 지난 몇 주 동안 여기에서 그런 일이 수십 번은 더 있었을 거야. 사람들이 다들 화가 났어. 찰리, 난 널 내보내야 해."

나는 사장님을 말리려고 애를 썼지만, 고개를 가로저을 뿐이었다.

"어젯밤에는 나를 보기 위해서 직원들이 대표단까지 만들어서 찾아왔어. 찰리, 빵가게를 계속 하려면."

도너 사장님은 자신의 두 손을 노려보면서, 전에 적어둔 것은 없지만 뭐라도 나오기를 바라는 것처럼 종이를 넘기고 또 넘겼다. "미안하구나, 찰리야."

"하지만 저는 이제 어디로 가죠?"

우리가 도너 사장님의 비좁은 사무실에 들어온 이후로 그는 처음으로 나를 뚫어지게 보았다. "너도 나만큼 잘 알고 있잖니. 네가 여기에서 더 이상 일하지 않아도 된다는 것을 말이야."

"도너 사장님, 저는 여기 말고 다른 곳에서는 한 번도 일해본 적이 없어요."

"이것 하나는 분명히 하자. 넌 17년 전에 여기에 왔던 찰리가 아닐 뿐만 아니라 네 달 전의 찰리도 아니야. 넌 그런 일에 대해서 아무 말도 하지 않았지. 그런 건 네 사생활이니까. 아마 뭔가 기적이 일어난 것일지도 모르지. 또 누가 알겠어? 너는 똑똑한 청년으로 바뀌었어. 그리고 반죽기를 조종하거나 빵을 배달하는 일은 너처럼 똑똑한 청년이 할만한 일이 아니야."

물론 사장님 말이 옳지만 사장님이 생각을 바꾸기를 바랐다.

"도너 사장님, 제가 머물 수 있게 해주세요. 한 번 더 기회를 주세요. 사장님은 말씀하셨죠. 허먼 삼촌에게 제가 필요로 할 때까지 이곳에서 일하게 해주겠다고 약속하셨잖아요. 그러니까 저는 아직 여기가 필요해요. 도너 사장님."

"찰리, 넌 여기가 필요 없어. 만약 네가 그렇게 한다면 나는 저들에게 저들의 청원을 신경 쓰지 않겠다고 말하는 셈이나 다름없어. 그리고 나는 저들의 말은 모두 무시하고 자네 편을 들겠다고 말하는 셈이 된다니까. 하지만 지금으로서는 다들 자네를 너무나 무서워하고있어. 나도 내 식구들을 생각해야 하니까."

"혹시 저들이 마음을 돌린다면 어떨까요? 제가 설득해볼게요." 나는 사장님이 예상했던 것보다 상황을 더 어렵게 만들고 있었다. 그만해야 한다는 것을 나도 알고 있었지만, 나도 내 자신을 통제할 수 없었다. "제가 이해시켜볼게요." 나는 애원했다.

"할 수 없지." 결국은 도너 사장님도 한숨을 쉬며 말했다. "가서 한번 말해봐. 그래 봤자 너만 상처를 받게 될 거야."

내가 사무실을 나올 때, 프랭크 라일리와 조 카프가 내 옆을 지나갔고, 나는 사장님의 말씀이 옳다는 것을 알았다. 주변에서 나와 마주치는 것만으로도 그들은 부담을 느꼈다. 모두들 나를 불편하게 여겼다.

프랭크는 트레이를 막 집어 들었고, 내가 부르자 프랭크와 조는 몸을 돌렸다. "이봐, 찰리, 난 바빠. 나중에 시간이 되면—"

"안 돼." 나는 요구했다. "지금, 지금 당장 얘기해. 너희 둘 다 나를 피하고 있잖아. 왜지?"

말주변이 좋아서 여자들에게 인기도 많고, 빵가게에서 작업 준비를 담당하는 프랭크는 잠시 찬찬히 나를 살펴보더니 탁자 위에 트레이를 올려놓고 말했다. "왜냐고? 내가 왜 그런지 말해주지. 네가 갑자기 주목을 받으니까 그런 거야. 모르는 게 하나도 없고, 얼마나 똑똑한지! 이젠 천재 학자가 나셨어 그래. 항상 책을 끼고 다니고, 모르는 게 없고 말이지. 내 말 똑똑히 들어. 넌 네가 여기에 있는 우리들보다 더 낫다고 생각하지? 그래, 그러면 다른 곳으로 가버리라고."

"하지만 도대체 내가 너희들에게 무슨 짓을 했다고 그러는 거야?"

"네가 뭘 했냐고? 조, 들었어? 고든 양반, 당신이 무슨 짓을 했는지를 말해주지. 자네는 여기서 자네의 생각들과 제안들을 강요하고 우리를 마치 멍청이나 얼간이처럼 보이게 만들지. 하지만 네게 뭔가 말해줄게. 내 눈에 넌 여전히 바보야. 내가 책에 나오는 거창한 말들과 책 이름들은 이해하지 못해도, 너보다 떨어지진 않아. 아니, 더 낫지."

"그래." 조가 고개를 끄덕이며 몸을 돌려 내 등 뒤에 와있던 짐피에게 그 점을 강조했다.

"난 너희들에게 내 친구가 되어주기를 원하는 게 아니야." 내가 말했다. "아니면 나와 함께 뭘 하자는 게 아니야. 다만 내가 일을 계속할 수 있도록 해줘. 그게 너희들에게 달렸다고 도너 사장님이 그랬어."

짐피는 날 노려보며 증오하는 표정으로 고개를 세차게 가로저었다.

“배짱 하나는 있군!” 짐피는 내게 고함을 질렀다. “그걸로 지옥에나 꺼져버려!” 그렇게 말한 뒤에 그는 몸을 돌렸고, 절뚝거리며 무거운 발걸음을 옮겼다.

결국 그렇게 되었다. 대부분 조와 프랭크와 짐피와 똑같은 생각을 가지고 있었다. 그들이 나를 비웃고 그러면서 자기들이 잘났다고 생각하는 것은 괜찮았다. 하지만 이제 그들은 그 바보보다도 열등하다고 느끼고 있었다. 내가 놀랍게 성장한 바람에 그들은 위축되었고 자신들의 무능력함이 드러났다고 생각했다. 내가 저들을 배신했고, 그것 때문에 저들은 나를 증오했다.

내가 쫓겨나야 한다고 생각하지 않은 사람은 패니 버든뿐이었다. 다른 종업원들이 압력을 가하고 위협해도, 패니 버든만 유일하게 청원서에 서명을 하지 않았다.

“그런데 말이지.” 패니가 한마디했다. “찰리, 네가 뭔가 아주 이상하다는 생각이 드는 건 사실이야. 네가 변한 방식 말이야! 나도 모르겠어. 예전에 넌 착하고, 믿을 수 있는 사람이었어. 아주 똑똑하지는 않았을지 모르지만, 평범하고 솔직했어. 그런데 갑자기 똑똑해지려고 네 자신에게 무슨 짓을 한 건지 모르겠어. 다들 그렇게 얘기해. 그건 옳지 않다고 말이야.”

“하지만 더 똑똑해지고, 지식을 얻고, 자신과 세상을 이해하기를 원하는 게 도대체 뭐가 잘못이야?”

"찰리, 성경책을 읽어보면, 너도 알 거야. 처음에 하느님이 알 수 있도록 하는 것보다 더 많이 아는 것은 인간의 권리를 넘어선 것이라는 사실을 말이지. 지식의 나무에 열린 선악과는 인간에게 금지된 열매야. 찰리, 만약 네가 뭔가 하면 안 되는 일을 했다면, 그러니까 네가 악마와 뭔 짓을 했거나 무슨 다른 짓을 했다면 말이지. 늦지 않았으니까 지금이라도 그만둬. 아마 넌 예전처럼 착하고 평범한 사람으로 돌아갈 수 있을 거야."

"패니, 돌아가진 않을 거야. 내가 잘못한 일은 없어. 난 장님으로 태어났지만 빛을 볼 기회를 얻은 사람과 같다고. 그건 죄가 될 수 없어. 곧 온 세상에는 나와 같은 사람들이 수백만 명은 있게 될 거야. 과학이 그렇게 할 수 있어, 패니."

패니는 장식하고 있던 웨딩 케이크의 신랑과 신부를 노려보았고 입술을 거의 움직이지 않고 나직이 말했다. "아담과 이브가 지식의 나무에 열린 선악과를 따먹은 것은 죄악이야. 서로의 벌거벗은 몸을 보고 욕정과 부끄러움을 처음으로 알게 된 것은 악이야. 그래서 에덴동산에서 쫓겨났고 문이 닫혀버린 거라고. 그런 일이 없었다면 우리들 중 아무도 늙고, 병들고, 죽지 않았을 거야."

패니나 다른 사람들에게 더 이상 할 말이 없었다. 누구도 내 눈을 들여다보려고 하지 않았다. 여전히 내게 적의를 가지고 있다는 것이 느껴졌다. 예전에 그들은 날 비웃었고, 내가 게으르고 무식하다고 나를 무시했다. 이제 그들은 내게 지식과 이해력이 있다고 미워한다. 왜? 하느님의 이름으로 그들이 내게 원하는 것은 무엇일까?

내가 알았고, 사랑했던 사람들과의 관계에 나의 지적능력이 쐐기를 박았다. 결국 나를 빵가게 밖으로 몰아냈다. 이제 나는 그 어느 때보다 혼자가 되었다. 사람들이 앨저넌을 다른 쥐들과 함께 커다란 우리에 넣어놓으면 어떤 일이 벌어질지 궁금하다. 다른 쥐들도 앨저넌에게서 등을 돌릴까?

빵가게 창문으로 보이는 과거

5월 25일

그래서 사람은 자신을 혐오하게 되고 잘못된 짓을 하는 줄 알면서도 멈출 수가 없다. 나는 원하지 않았지만 키니언 선생님의 아파트로 발걸음을 옮기고 있었다. 선생님은 놀랐지만 나를 들여보내 주었다.

"온통 젖었어요. 얼굴에도 물이 흘러내리고 있어요."

"비가 와요. 비는 꽃에게 좋죠."

"들어와요. 제가 수건을 가져올게요. 폐렴에 걸리겠어요."

"선생님은 제가 말할 수 있는 유일한 사람이에요." 나는 말했다. "여기 있게 해주세요."

"스토브에 커피를 내려놨어요. 가서 몸을 말려요. 그런 뒤에 얘기해요."

선생님이 커피를 가지러 간 사이에 나는 주위를 둘러보았다. 선생님의 아파트에 들어온 것은 처음이었다. 나는 일종의 기쁨을 느꼈지만,

방에는 뭔가 이상한 점이 있었다.

모든 것이 깨끗하게 정돈되어있었다. 석고 모형들은 창문틀에 한 줄로 진열되어있었고 모두 같은 방향을 보고 있었다. 그리고 소파의 장식용 쿠션은 아무렇게나 던져져 있지 않았고 소파의 덮개를 보호하는 플라스틱 덮개 위에 고르게 떨어져 있었다. 소파 옆에 놓인 두 개의 작은 탁자 위에는 잡지들이 있었고, 정리해서 쌓아놓아 제목이 분명히 보였다. 한쪽 탁자 위에는 《리포터》《새터데이 리뷰》《뉴요커》가, 다른 쪽 탁자 위에는 《마드모아젤》《하우스 뷰티플》《리더스 다이제스트》가 놓여있었다.

소파를 가로질러 저 멀리 떨어진 벽에는 피카소의 "모자상" 모작을 화려한 액자에 넣어 걸어놓았다. 그리고 정반대 편 소파 위에는 그림이 하나 걸려있었는데 르네상스 시대의 한 늠름한 궁중 신하가 가면을 쓴 채 한 손에는 칼을 들고 있었고, 놀라서 얼굴이 붉게 상기된 소녀를 보호하고 있었다. 종합해보았을 때, 잘못되었다. 마치 키니언 선생님은 자신이 누구이며, 어떤 삶을 살고 싶은지를 정하지 못한 것 같았다.

"찰리는 며칠 동안 실험실에 안 갔던데요." 선생님이 부엌에서 소리쳤다. "니머 교수가 걱정해요."

"그분들의 얼굴을 볼 낯이 없었어요." 내가 말했다. "부끄러울 이유가 없다는 건 알지만 매일 일하는 곳에 갈 수 없게 되니까 공허함이 밀려왔어요. 가게와 오븐과 사람들을 볼 수 없으니까요. 제게는 너무 큰 일이에요. 어젯밤과 그 전날 밤에는 물에 빠져 죽는 꿈을 꿨어요."

키니언 선생님이 쟁반을 커피 테이블 한가운데에 놓았다. 냅킨은 삼각형으로 접혀있고, 쿠키들은 원처럼 놓여있었다. "찰리, 너무 심각하게 받아들이지 말아요. 찰리와 아무런 관계가 없으니까요."

"내게 그렇게 말해도 아무 소용이 없어요. 이 사람들은 최근 수년 동안 내 가족이었어요. 집에서 쫓겨난 셈이라고요."

"바로 그거예요." 키니언 선생님이 말했다. "찰리가 어렸을 때 겪은 경험을 상징적으로 반복하는 거예요. 부모님에게서 거절당하고··· 멀리 보내지고···."

"아, 제발. 그럴싸한 꼬리표 따윈 갖다 붙일 필요 없어요. 이 실험에 참여하기 전에는 친구들이 있었고, 나를 신경 쓰는 사람들도 있었다는 게 중요하죠. 하지만 이제 나는 두려워요."

"찰리에게는 여전히 친구들이 있어요."

"똑같지 않아요."

"두려움은 정상적인 반응이에요."

"그것뿐만이 아니에요. 두려운 일은 이전에도 있었죠. 노마에게 양보하지 않는다고 매 맞지 않을까 두려웠고, 호웰 거리를 지날 때, 깡패들이 구석으로 나를 데리고 가서 괴롭히지 않을까 두려웠죠. 그리고 나는 리비 선생님도 두려웠는데, 내 두 손을 묶어서 책상 위의 물건들을 만지작거리지 못하게 했거든요. 하지만 그런 일들은 실제로 있었던 일들이고, 내가 두려워하는 것도 당연해요. 하지만 빵가게에서 쫓겨나면서 느낀 공포는 불명확해서 나도 이해할 수 없다고요."

"진정해요."

"선생님은 그런 공포를 느끼지 못하시죠."

"하지만, 찰리, 그런 일은 예상할 수 있는 일이에요. 찰리는 수영을 처음 배울 때, 뗏목에서 물속으로 뛰어내려야 하는데 발밑에 단단히 디디고 서있던 나무판이 없어질까 봐 두려워하는 거라고요. 도너 사장님이 찰리에게 잘 대해주었기 때문에 그동안 무사히 지낼 수 있었던 거예요. 그래서 빵가게에서 이런 식으로 쫓겨나는 일이 찰리에게 예상보다 더 큰 충격을 준 거예요."

"머리로 이해하는 건 아무런 도움이 되지 않아요. 방에 더 이상 혼자 앉아있지 못하겠어요. 밤낮으로 온종일 거리를 이리저리 쏘다녔어요. 뭘 찾고 있는지도 모르는 채 말이죠. 그렇게 걷다가 결국 길을 잃었는데··· 발걸음을 멈추니 빵가게 앞이었어요. 어젯밤 나는 워싱턴 광장에서 센트럴파크까지 걸어갔어요. 그런 뒤에 공원에서 잠들었어요. 제가 뭘 찾고 있었던 거죠?"

이야기를 하면 할수록 선생님이 더 화를 냈다. "찰리, 내가 찰리를 도와주려면 뭘 해야 하죠?"

"저도 모르겠어요. 마치 제가 멋지고 안전한 우리에서 쫓겨난 애완

동물처럼 느껴져요."

선생님이 소파 위 내 옆에 앉았다. "저 사람들이 찰리를 너무 몰아붙이고 있어요. 찰리는 지금 당황스러운 거예요. 찰리는 어른이 되고 싶지만, 내면에는 여전히 소년이 있어요. 혼자 겁에 질려 있죠." 선생님은 내 머리를 자신의 어깨에 올려놓았고 나를 진정시키려고 애쓰고 있었다. 선생님이 내 머리카락을 쓸어내릴 때, 내가 선생님을 원하듯 선생님도 날 원한다는 것을 알았다.

"찰리," 선생님이 잠시 뒤에 속삭였다. "찰리가 원하는 것이 무엇이든··· 날 두려워하지는 말아요···."

나는 선생님에게 공황상태가 곧 들이닥칠지도 모른다고 말하고 싶었다.

찰리는 예전에 빵 배달을 하다가 어느 중년 여자가 목욕을 마치고 나와서 옷을 벗고 자신의 몸을 드러내면서 즐거워하는 모습을 보고 정신을 잃을뻔한 적이 있었다. 벌거벗은 여자의 몸을 한 번도 본 적이 없었던가? 섹스를 하는 법을 알았던가? 겁에 질린 찰리가 흐느끼는 소리를 듣고 그녀는 무서웠던 게 틀림없는데, 옷깃을 여미더니 찰리에게 25센트를 주면서 방금 전의 일을 잊어버리라고 했기 때문이다. 다만 찰리를 한번 떠본 것이고, 정말 착한 아이인지를 확인하려고 했던 것이라면서 굳은 목소리로 말했다.

찰리는 그 중년의 아줌마에게 착한 아이가 되려고 노력하겠다고 말했고, 되도록 여자들을 쳐다보지 않으려고 애를 썼다. 엄마는 바지 속에서 그게 서기만 하면 찰리를 때리곤 했기 때문이다….

이제 찰리는 엄마가 분명히 기억났다. 엄마는 가죽 허리띠를 손에 들고 찰리에게 소리를 질렀고, 아빠는 엄마를 말리려고 애쓰고 있었다. "로즈! 됐으니까 그만해! 그러다 애를 죽이겠어! 애를 혼자 내버려 두라고!" 엄마는 찰리를 때리려고 몸을 기울였고, 찰리는 매를 맞지 않기 위해 바닥에 몸을 구부리며 비틀고 있었다. 벨트는 휙 소리를 내며 찰리의 어깨를 지나갔다.

"재를 좀 봐요!" 로즈가 날카롭게 소리를 질렀다. "읽을 줄도 쓸 줄도 모르는데 발랑 까져가지고 여자애를 저런 눈으로 본다니까요. 두들겨 패서 저런 추잡한 것을 마음속에서 몰아낼 거예요."

"고추가 서는 것은 어쩔 수 없잖아. 지극히 정상적인 반응이야. 찰리가 뭔 짓을 한 것도 아니잖아."

"찰리는 여자애들을 저런 식으로 생각하면 안 돼요. 여동생의 친구가 집에 찾아오는데, 저런 식으로 생각한다고 해봐요! 찰리가 절대 잊어버리지 않도록 제가 가르칠 거예요. 내 말 들려? 만에 하나 네가 여자애를 건드리면, 난 너를 평생 동안 우리에 처넣을 거야. 개처럼 말이지. 내 말 알겠어?"

아직도 엄마 목소리가 들린다. 그런데 나는 벌써 놓여났던 것인지도 모른다. 공포와 메스꺼움은 더 이상 내가 빠질 정도로 깊은 바다가 아니라, 다만 현재와 함께 과거를 비추는 물웅덩이에 불과한 것인지도 모른다. 과연 나는 벗어난 것일까?

내가 제시간에 키니언 선생님에게 먼저 닿을 수만 있다면—그것을 생각하지 않고, 그게 날 덮치기 전에—그러면 아마도 그 공황상태가 나타나지 않을지도 모른다. 내가 마음을 완전히 비울 수만 있다면. 나는 가까스로 말을 뱉어냈다. "당신이··· 당신이 잡아요! 날 붙잡아줘요!" 그리고 내가 그녀가 무엇을 하고 있는지를 알기도 전에 그녀는 내게 입을 맞추고 있었고, 나를 그 어느 때보다도, 그 누구보다도 꼭 껴안아주었다. 하지만 내가 절정에 이르려는 순간에 그 일이 일어났다. 윙윙 울리는 소리가 들려오고, 몸은 부들부들 떨리고, 속이 메스꺼웠다. 나는 그녀에게서 얼굴을 돌리고 말았다.

키니언 선생님은 나를 달래려고 했다. 그런 것은 중요하지 않으며, 나 스스로를 비난할 이유는 없다고 말해주려고 애를 썼지만 창피하게도 나는 더 이상 불안을 가라앉힐 수 없어서 흐느껴 울기 시작했다. 그녀의 두 팔에 안겨 울다가 잠이 들었는데, 그림 속에 있던 궁중 신하와 발그레한 뺨을 지닌 하녀가 나오는 꿈을 꾸었다. 하지만 꿈에서 칼을 든 사람은 바로 하녀였다.

6월 5일

거의 2주째 아무런 경과보고서를 제출하지 않아서 니머 교수가 화났다. (내가 따로 일을 구할 필요가 없도록 웰버그 재단에서 연구 장학금의 일부를 내게 정기적으로 주기 시작했기 때문에 교수가 화를 내는 것도 당연하다.) 시카고에서 열리는 국제 심리학회가 일주일 앞으로 다가왔다. 니머 교수는 자기의 예비보고서에 앨저넌과 나에 대한 기록이 최대한 갖춰지기를 바라는데, 이는 그의 발표를 뒷받침하는 중요한 증거자료이기 때문이다.

니머 교수와의 관계가 점점 불편해지고 있다. 니머 교수가 나를 일종의 실험실 표본으로 취급할 때 나는 화가 난다. 니머 교수의 말을 듣고 있으면 실험에 참여하기 전의 나는 정말 인간도 아니었다는 생각이 든다.

내가 누구이며 어떤 사람인지를 이해하려고 애쓰는 동안, 생각하고 책을 읽고 내 자신을 파헤치는 일에 지나치게 열중하는 데다 글을 쓰는 과정이 너무 느려서 내 생각들을 써 내려가려니 짜증이 치밀어 오른다고 스트라우스 박사에게 말했다. 나는 타자기 사용법을 배우라는 스트라우스 박사의 제안을 따랐고, 그래서 이제 나는 1분에 75단어 정도를 칠 수 있어서 종이 위에 적는 것보다 간편하다.

스트라우스 박사는 사람들을 이해시키기 위해서는 글을 쓰고 말을 할 때 간단하고 직설적으로 해야 한다고 한 번 더 내게 일러주었다.

언어가 이해를 돕기보다는 오히려 가로막는 장벽이 될 수도 있다는 점을 내게 다시 알려준다. 지능의 차이가 만드는 장벽의 반대편에 내가 놓이다니 무척 아이러니하다.

나는 가끔 키니언 선생님을 만나지만, 우리는 지난 일을 이야기하지 않는다. 우리는 정신적으로 연애를 하는 관계이다. 빵가게를 떠난 뒤 3일 동안 나는 악몽을 꾸었다. 벌써 2주가 지났다니 믿기지가 않는다.

밤에는 텅 빈 거리에서 유령처럼 보이는 존재들에게 쫓긴다. 빵가게로 달려갈 때마다 문은 항상 잠겨있고 빵가게 안에 있는 사람들은 고개를 돌려 나를 쳐다보는 법이 절대 없다. 창문을 통해 보면, 웨딩케이크 위에 서있는 신랑과 신부가 나를 손가락으로 가리키며 웃고 있고 -주위는 온통 웃음소리로 가득차서 도저히 견딜 수 없으며-두 큐피드가 불꽃이 타오르는 화살을 휘두르고 있다. 나는 비명을 지른다. 문을 주먹으로 쾅쾅 두드려보지만, 아무 소리도 들리지 않는다. 안에서 찰리가 나를 노려보는 것이 보인다. 그건 유리창에 비친 내 모습일 뿐일까? 무엇인가가 내 다리를 덥석 움켜잡고 빵가게에서 끌어내어 골목의 그늘 밑으로 끌고 가고 그것이 내 온몸에 스며들기 시작할 때 나는 잠에서 깨었다.

빵가게 창문으로 과거에 일어났던 일이 보이고 내가 창문을 통해 다른 사물과 사람들을 볼 때도 있다.

나날이 기억력이 좋아져서 무척 놀랍다. 아직은 기억력을 완전히 통제할 수 없지만, 책을 읽을 때나 문제를 풀 때면 머릿속이 맑고 또렷하게 느껴진다.

그것이 잠재의식에서 보내는 경고라는 것을 알고 있고, 이제는 기억이 떠오르기를 기다리지 않고 두 눈을 감고 기억을 직접 찾아 나선다. 언젠가는 이렇게 기억해낼 수 있는 능력을 완전히 통제할 수 있으며, 나의 지난 모든 경험들뿐만 아니라 한 번도 사용하지 않은 마음의 능력까지도 통제할 수 있게 될 것이다.

지금도 그것을 생각할수록 정적이 느껴진다. 빵가게 창문이 보이고··· 손을 뻗어서 창문을 만지면··· 차갑고 떨리며, 그러면서 유리가 따뜻해지고··· 뜨거워지면서··· 손가락들이 불에 타는 것 같다. 내 모습을 비추는 유리창이 밝아지고, 유리창이 거울로 바뀌면 어린 찰리 고든이 보인다. 열네 살 아니 열다섯 살, 집에 있는 창문 너머로 내가 보이고, 그때의 내가 지금과 얼마나 다른지를 알면 정말 이상한 느낌이 든다.

찰리는 여동생이 학교에서 돌아오기를 기다리고 있고, 여동생이 모퉁이를 돌아서 마크스 거리로 접어들면 찰리는 손을 흔들면서 여동생을 부르고 여동생을 맞이하려고 현관을 뛰어나간다.

노마는 보란 듯이 시험지를 흔든다. "역사 시험에서 A를 받았어요. 전부 다 맞았어요. 배핀 선생님이 전교에서 가장 잘 본 시험이라고 했어요."

노마는 얼굴이 예쁘고 밝은 갈색의 머리를 조심스럽게 땋아서 머리 주위에 왕관처럼 감았다. 노마가 오빠의 얼굴을 올려다보자 미소는 사라지고 얼굴을 찡그린 채 총총 뛰어가 버린다. 오빠를 뒤로한 채, 노마는 계단을 쏜살같이 뛰어 올라가서 집 안으로 쏙 들어가 버린다.

찰리도 웃으면서 동생을 따라 들어간다.

엄마와 아빠는 부엌에 있다. 찰리는 노마의 새롭고 좋은 소식을 듣고 기쁜 나머지 어쩔 줄 몰라서 미처 노마가 말하기 전에 불쑥 말해버린다.

"노마가 A를 받았어요! 노마가 A를 받았어요!"

"안 돼!" 노마가 비명을 지른다. "내가 말할 거야. 오빤 말하지 마. 이건 내가 받은 점수니까, 내가 말할 거야."

"아 잠깐, 우리 공주님." 매트는 신문을 내려놓고 노마를 굳은 얼굴로 쳐다본다. "오빠한테 그런 식으로 말하면 안 돼."

"오빤 말할 자격이 없어."

"그렇게 신경을 곤두세울 필요는 없단다." 매트가 눈을 부릅뜨고 노마를 노려보았다. "오빠가 무슨 악의가 있어서 그렇게 말한 건 아니니까. 하지만 오빠한테 그렇게 소리치면 안 돼."

노마는 편을 들어달라고 엄마에게 달려간다. "난 A를 받았어요. 우리 반에서 높은 점수를 받았어요. 이제 개를 키워도 괜찮아요? 엄마, 약속했잖아요. 시험을 잘 보면 그렇게 해주겠다고 했잖아요. 그리고 전 A를 받았잖아요. 하얀 점들이 찍힌 갈색 개를 키우고 싶단 말이에요. 그리고 이름을 나폴레옹이라고 지을 거예요. 왜냐하면 시험에서 가장 대답을 잘 적어낸 문제가 나폴레옹에 관한 문제였기 때문이에요. 나폴레옹은 워털루 전투에서 졌어요."

로즈는 고개를 끄덕인다. "현관에 가서 찰리와 놀아라. 오빠는 한 시간이 넘도록 네가 학교에서 돌아오기를 기다리고 있었단다."

"난 오빠랑 놀기 싫어."

"현관에 가서 오빠랑 놀아라." 매트가 말한다.

노마는 아빠를 보고, 그 다음에 찰리를 본다. "그럴 필요 없어요. 엄마가 그랬어요. 오빠와 놀기 싫으면 꼭 놀지 않아도 된다고 말이에요."

"그럼, 우리 공주님." 매트는 의자에서 일어나서 노마에게 다가온다. "오빠에게 사과해야지."

"그럴 필요 없어요!" 노마는 엄마가 앉아있는 의자 뒤편으로 달려가면서 빽 소리를 지른다. "오빠는 아기와 마찬가지란 말이에요. 모노폴리도 할 줄 모르고, 체커스도 할 줄 모르고, 할 줄 아는 게 없어요. 오빠는 모든 것을 다 뒤죽박죽 섞어버린단 말이에요. 난 더 이상 오빠랑 놀지 않을 거예요."

"그러면 네 방에 가!"

"엄마, 이제 개를 키워도 돼요?"

매트는 주먹으로 식탁을 내려친다. “공주님, 버르장머리를 고치지 않으면 이 집에서는 절대 개를 못 키운다.”

“노마에게 학교에서 잘하면 개를 키워도 좋다고 약속했어요.”

“하얀 점박이 갈색 개를 키울 거예요!” 노마가 덧붙였다.

매트는 벽 근처에 서있는 찰리를 손가락으로 가리킨다. “당신은 우리가 방이 없고, 개를 봐줄 사람도 없어서 당신 아들에게 개를 키울 수 없다고 말한 걸 잊었어? 기억나? 찰리가 개를 키우고 싶다고 했을 때 말이야. 당신 그러면 찰리에게 한 말도 취소할 수 있어?”

“하지만 제 개는 제가 돌볼 수 있어요,” 노마가 고집을 부렸다. “먹이 주고, 씻기고, 산책도 데리고 나가고···.”

찰리는 탁자 근처에 서서 실 끝에 달린 붉은 단추를 가지고 놀다가 갑자기 버럭 소리를 질렀다.

“노마가 개를 돌볼 때 저도 도울 거예요! 저도 노마가 먹이 주고, 털을 솔질하는 거 도울 거고, 다른 개들이 물지 못하게 할 거예요!”

하지만 매트나 로즈가 미처 대답하기 전에 노마는 비명을 지른다. “안 돼! 그 개는 내 거야. 내 거라니까!”

매트는 고개를 끄덕인다. “저렇게 고집 부리는 걸 보라니까.”

로즈는 노마 옆에 앉아서 땋아 내린 머리를 쓰다듬으며 진정시킨다.

“그렇지만 얘야, 우리는 가진 걸 함께 나눠야 해. 네가 개를 돌보는 것을 찰리도 도울 수 있고.”

"싫어요! 개는 내 것이니까요! 역사 시험에서 A를 받은 사람은 오빠가 아니라 나라고요! 오빠는 저처럼 좋은 성적을 받은 적이 한 번도 없어요. 왜 오빠가 개를 돌보는 일을 도와야 해요? 그러면 개는 나보다 오빠를 더 좋아하게 되고, 내 것이 아니라 오빠 개가 되잖아요. 안 돼요! 내가 독차지할 수 없다면 개도 필요 없어요."

"그럼 됐네." 매트는 신문을 집어 들고, 다시 의자에 앉으면서 말한다. "개는 키우지 않기로 하자."

노마는 갑자기 소파에서 벌떡 일어나더니 몇 분 전만 해도 그렇게 열심히 들고 오던 역사 시험지를 잡았다. 그러더니 노마는 시험지를 갈기갈기 찢어서 찰리의 놀란 얼굴 위로 시험지 조각들을 던진다. "난 오빠가 정말 싫어! 오빠가 정말 싫다고!"

"노마, 그만두지 못해!" 로즈가 붙잡았지만 노마는 뿌리쳤다.

"그리고 학교도 싫어! 학교도 싫다고! 공부도 그만두고, 나는 오빠처럼 바보가 될 거야. 내가 배운 것들을 모두 잊어버릴 거야. 그러면 나는 오빠랑 똑같아지겠지." 노마는 비명을 지르면서 방을 뛰어나간다. "안 그래도 벌써 그렇다고. 다 잊어버린다고··· 잊어버려··· 배운 것을 죄다 잊어버린단 말이야!"

로즈는 겁에 질린 얼굴로 노마를 쫓아간다. 매트는 무릎 위에 놓인 신문을 노려보면서 앉아있다. 찰리는 히스테리와 비명으로 겁에 질린 채 의자에 앉아서 조용히 흐느낀다. 찰리는 무엇을 잘못했는가? 바지가 축축해지면서 다리를 따라 흘러내리는 오줌이 느껴지자 찰리는 의자에 앉아서 엄마가 돌아오면 매를 맞을 것이라고 생각한다.

기억 속의 장면이 흐릿해지고, 그때부터 노마는 방과 후의 자유 시간을 친구들과 보내거나 자기 방에서 혼자 놀았다. 노마는 방문을 걸어 잠그고, 허락 없이는 자기 방에 들어오지 못하게 했다.

한번은, 노마와 친구들이 방에서 노는 것을 듣고 있는데, 노마가 소리친다. "찰리는 내 친오빠가 아니야. 그냥 안됐다고 느껴서 우리 집에서 그냥 받아준 거야. 엄마가 나한테 그랬고, 오빠가 내 친오빠가 아니라고 다른 사람들에게 말해도 된다고 했어."

이런 기억이 사진이라면 좋을 텐데 갈기갈기 찢어서 동생 얼굴에 휙 뿌려버릴 텐데. 나는 수년을 거슬러 올라가 동생을 다시 불러내어서 네가 개를 키우는 것을 방해하고 싶은 생각은 전혀 없었다고 말하고 싶다. 동생은 개를 자기 혼자만 가질 수 있었을 것이고, 나는 먹이를 주지도 않았을 것이고, 솔질을 하지도 않았을 것이며, 함께 놀지도 않았을 것이고, 절대로 개가 동생보다 나를 더 좋아하게 하지도 않았을 것이다. 나는 동생이 예전처럼 나와 함께 놀기를 바랄 뿐이었다. 동생에게 상처 줄 생각은 정말 조금도 없었다.

3부

고독

나는 왜 벌을 받고 싶었던 걸까?

6월 6일

오늘 처음으로 키니언 선생님과 크게 싸웠다. 내 잘못이다. 키니언 선생님을 보고 싶었다. 종종 마음을 심란하게 하는 기억이나 꿈이 떠오른 뒤에 키니언 선생님에게 털어놓으면—그냥 같이 있는 것만으로도—기분이 한결 나아진다. 하지만 키니언 선생님을 데리러 교육원까지 찾아간 게 잘못이었다.

수술을 받은 뒤에는 저능한 성인들을 위한 교육원에 다시 나가지 않아서 교육원을 다시 본다는 생각에 기대에 부풀어있었다. 교육원은 5번가의 동쪽, 23번 거리의 오래된 학교 건물을 쓰고 있었다. 비크맨 대학교 클리닉이 5년 동안 실험교육 센터로—장애인들을 대상으로 하는 특수학습센터로—사용하던 곳이었다. 복도 바깥쪽에 걸린 표지판에는 반짝이는 놋쇠 철판에 "비크맨 대학교 부속 C. R. A.[1]"라고만 적

1 The Center for Retarded Adults(지적장애성인센터)의 약자.

혀있을 뿐이었다.

키니언 선생님의 수업은 8시에 끝나지만, 나는 불과 얼마 전까지만 해도 간단한 읽기와 쓰기와 1달러를 잔돈으로 바꾸는 법을 배우느라 애썼던 교실을 보고 싶었다.

건물 안으로 들어가서 살며시 문 쪽으로 다가가 학생들 눈에 띄지 않게 유리창을 통해 들여다보았다. 앨리스 선생님은 책상에 앉아있었고 그 옆에 놓인 의자에 얼굴이 갸름한 여자가 있었지만 누구인지 알아볼 수 없었다. 그녀는 당혹감을 감추지 않은 채 인상을 쓰고 있었고, 나는 앨리스 선생님이 무엇을 설명하는 중인지가 궁금했다.

칠판 근처에는 마이크 도르니가 휠체어에 앉아있었고, 찰리가 늘 앉던 제일 앞자리의 첫 번째 자리에는 레스터 브라운이 앉아있었다. 키니언은 레스터가 학생들 중에서 가장 똑똑하다고 말했다. 내가 힘겨워하는 것을 레스터는 쉽게 배웠지만, 자기가 오고 싶을 때만 수업에 왔다. 그렇지 않으면 바닥을 닦으면서 돈을 버느라 결석했다. 레스터가 조금이라도 신경을 썼다면—나만큼 중요하게 생각했다면—그들은 레스터를 대상으로 실험했을 텐데. 내가 모르는 새로운 얼굴들도 있었다.

마침내 나는 용기를 내서 교실 안으로 들어갔다.

"찰리잖아!" 마이크가 휠체어를 돌리면서 말했다.

나는 마이크에게 손을 흔들었다.

예쁜 금발에 멍한 눈을 뜬 버니스가 나를 올려다보고 바보 같은 미소를 지었다. "찰리, 어디 있었던 거야? 옷 멋진데."

날 기억하는 사람들이 손을 흔들었고 나도 답례로 손을 흔들었다. 갑자기, 나는 키니언 선생님의 표정에서 선생님이 화가 났다는 것을 알아챘다.

"8시가 다 되었군요." 선생님이 말했다. "이제 마칠 시간이에요."

각자 맡은 분필과 지우개, 종이와 연필, 책과 공책, 그림물감, 발표 자료를 치웠다. 각자 자기 할 일을 알고 있었고 그 일을 잘 해내는 것에서 자부심을 느끼고 있었다. 다들 맡은 일을 시작했다. 하지만 버니스만 나를 뚫어져라 쳐다보고 있었다.

"찰리는 왜 학교에 안 와?" 버니스가 물었다. "찰리, 무슨 일이야? 이제는 학교에 다시 올 거지?"

다른 학생들이 나를 올려다보았다. 나는 키니언 선생님을 쳐다보며 날 대신해서 대답해주기를 기다렸다. 하지만 침묵이 흐를 뿐이었다. 내가 뭐라고 말해야 학생들이 상처를 받지 않을까?

"학교는 그냥 잠깐 들른 거야." 내가 말했다.

여학생들 중에서 한 명이 킥킥 웃었다. 프란신이었는데, 키니언 선생님은 늘 프란신을 걱정했다. 프란신은 열여덟 살이 될 무렵에 아이를 셋이나 낳았고, 프란신의 부모는 자궁절제술을 시켰다. 프란신은 예쁘지 않았다. 버니스만큼도 매력적이지 않았다. 하지만 프란신은 뭔가 예쁜 것을 사다 주거나, 영화를 보여주는 수십 명의 남자들에게 쉬운 표적이 되었다. 프란신은 워렌 주립보호소에서 외부 수습 직원에게 주어지는 하숙집에서 살았고, 저녁에는 교육원에 와도 좋다는 허가를 받았다. 프란신은 교육원을 두 번 빠졌는데—학교로 오던 중에—남자들이 중간에 그만 데려가 버린 것이고 그래서 이제 프란신은 동행이 있을 때에만 외출이 허락되었다.

"이젠 자기가 중요한 사람이라도 된 것처럼 말하는데." 프란신이 킥킥 웃으며 말했다.

"자," 키니언 선생님이 날카롭게 끼어들면서 말했다. "수업이 끝났어요. 내일 밤 여섯 시에 봐요."

학생들이 집에 갔을 때, 나는 볼 수 있었다. 키니언 선생님이 물건들을 사물함 안에 던져 넣는 모습을 보고 선생님이 화가 났다는 것을 알 수 있었다.

"미안해요." 내가 말했다. "아래층에서 선생님을 기다리려고 했는데 문득 교실이 궁금해졌어요. 제 모교니까요. 저는 유리창을 통해서 보고 싶었을 뿐이에요. 그런데 저도 모르게 그만 교실에 들어와 버렸어요. 어떤 점이 선생님을 성가시게 했나요?"

"아니, 아무것도 아니에요."

"그러지 말고 말해주세요. 지금 일어난 일에 비해 선생님은 너무 크게 화내고 있어요. 뭔가 마음에 걸리는 일이 있어요."

선생님은 손에 들고 있던 책을 내리쳤다. "좋아요. 알고 싶어요? 찰리는 완전히 다른 사람이에요. 변했다고요. 아이큐를 말하는 게 아니에요. 사람들을 대하는 찰리의 태도를 말하는 것이에요. 사람 자체가 변해버렸다고—"

"에이, 그건 아니에요! 오해—"

"내 말 아직 안 끝났어요!" 선생님의 목소리에 담긴 분노가 나를 움찔 물러나게 했다. "정말이에요. 전에는 찰리 안에 뭔가가 있었어요. 나도 모르겠어요··· 따뜻하고, 솔직하고, 다정해서 다들 찰리를 좋아했고, 찰리가 주위에 있는 걸 좋아했어요. 이젠 머리가 똑똑해지고 지식이 늘더니 달라졌어요···."

나는 도저히 가만히 듣고 있을 수 없었다. "그럼 제가 어떤 모습이기를 바랐던 거죠? 제가 여전히 순종하는 강아지처럼 지내면서 꼬리를 흔들고 나를 걷어차는 발을 핥기를 바라는 거예요? 분명히 이 모든 것은 나를 바꿔놓았고 내가 나 자신을 생각하는 방식도 바꿔놓았죠. 더 이상 사람들이 내게 건네준 쓰레기를 받아먹을 필요가 없다고요."

"사람들이 찰리에게 그렇게 심하게 대하진 않았어요."

"선생님이 뭘 알아요? 잘 들어요. 그중에서 가장 나은 사람들도 잘난체하면서 자비라도 베푸는 것처럼 생색을 냈죠. 자신들이 우월해 보이면서 부족한 점은 감출 수 있도록 저를 써먹으면서 말이죠. 누구든지 바보 옆에 있으면 자신이 똑똑한 것처럼 느껴지죠."

말을 끝내자 나는 선생님이 내 말을 오해할 거라는 사실을 알았다.

"찰리도 나를 그런 사람들처럼 취급하는 것 같군요."

"말도 안 되는 소리 하지 마세요. 선생님은 잘 알고 있잖아요. 제가—"

"물론, 한편으론 찰리 말이 맞는 것 같아요. 찰리 옆에 있으면 내가 머리가 좀 나쁜 것 같으니까요. 요즘엔 우리가 만난 뒤에 헤어져서 집에 돌아갈 때마다 내가 느리고 멍청하다고 생각하면서 비참한 기분으로 집에 가니까요. 나는 했던 말을 돌아보고, 미처 말하지 못했던 밝고 재미난 이야기들을 떠올리고, 그럴 때면 우리가 함께 있을 때 그 말을 하지 않은 나 자신이 때리고 싶을 정도로 미워져요."

"그건 다른 사람들도 모두 겪는 일이에요."

"전에는 한 번도 생각하지 않았던 방식으로 찰리에게 좋은 인상을 주고 싶어 하는 나 자신을 발견하게 돼요. 하지만 찰리와 함께 있으면 내 자존감이 무너져 내려요. 이젠 내가 왜 그러고 싶어 할까 스스로에게 묻게 되고, 내가 하는 일도 모두 의문이 든다고요."

나는 화제를 돌리려고 애를 썼지만, 키니언 선생님은 똑같은 주제로 계속 돌아올 뿐이었다. "보세요. 저는 선생님과 말싸움하려고 온 것이 아니에요." 나는 마침내 입을 열었다. "제가 선생님을 집에 바래다주어도 될까요? 누군가 말할 사람이 필요해요."

"나도 그래요. 하지만 요즘에는 찰리에게 뭐라고 말을 못하겠어요.

내가 할 수 있는 건 그냥 찰리의 말을 듣고 고개를 끄덕이면서 문화적 변형들이니, 신-볼리안 수학이니, 후기 기호 논리학이니 하는 것들을 전부 이해하는척하는 것이고, 그러고 있으면 점점 더 나 자신이 바보처럼 느껴지고, 찰리가 아파트를 떠나고 나면 난 거울을 노려보면서 이렇게 소리를 질러야 한다고요. '아니야, 매일 점점 더 멍청해지는 것은 네가 아니야. 지능이 떨어지고 있는 것은 네가 아니라니까. 노망이 들거나 바보가 되는 것은 네가 아니야. 찰리가 빠르게 앞으로 달려나가는 바람에 네가 뒤로 미끄러지는 것처럼 느껴질 뿐이야'라고 말이죠. 찰리, 나는 자신에게 그렇게 말하지만 우리가 만날 때마다, 찰리가 뭔가를 말하고 그런 조급한 태도로 날 볼 때마다, 찰리가 날 비웃고 있다는 거 알아요."

"그리고 찰리가 이런저런 것들을 설명할 때, 난 기억을 못해요. 찰리는 그게 내가 흥미가 없거나 문제에 부딪히고 싶지 않아서라고 생각하겠죠. 하지만 찰리가 가고 난 뒤에 내가 자신을 얼마나 괴롭히는지를 몰라요. 비크맨 대학교에서 책과 씨름하고, 앉아서 강의를 듣느라 얼마나 애쓰는지를 찰리는 모른다고요. 하지만 내가 뭔가를 말할 때마다 마치 어린애 말을 듣는 것처럼 얼마나 조급해하는지를 나는 알아요. 찰리가 똑똑해지기를 바랐어요. 찰리를 돕고 싶었고, 함께 나누고 싶었어요. 하지만 이제 난 찰리의 인생에서 밀려났어요."

키니언 선생님의 말을 들으면서 나는 상황의 심각성을 깨달았다.

너무 나 자신과 내게 일어난 일에만 빠져있어서 키니언 선생님에게 일어난 일에 관해서는 전혀 생각하지 않았다.

우리가 학교 문을 나설 때 키니언 선생님은 소리 없이 울고 있었고, 나는 할 말을 잃었다. 버스를 타고 오는 내내, 나는 얼마나 상황이 뒤바뀌었는지를 생각했다. 선생님은 날 두려워하고 있었다. 내 마음의 파도가 나를 휩쓸어 저 대양으로 옮겨놓았고, 우리 사이의 얼음은 갈라졌으며, 나와 선생님 사이는 더욱 멀어졌다.

나와 함께하면 괴로워서 더 이상 같이 있기 싫다는 선생님의 말이 옳았다. 우리는 더 이상 아무런 공통점이 없었다. 짧은 대화도 껄끄럽고 불편해졌다. 그리고 이제 우리 사이에는 어두운 방에서의 어색한 침묵만 흐르고 채울 수 없는 욕망만 느껴질 뿐이었다.

"찰리는 매우 진지해요." 키니언 선생님이 자신의 기분을 풀고 나를 올려다보면서 말했다.

"우리에 관한 일이니까요."

"그렇게 심각하게 생각할 일은 아닌데. 화나게 하고 싶지는 않아요. 안 그래도 커다란 시련을 겪고 있으니까요." 선생님은 미소를 지으려고 애쓰고 있었다.

"하지만 그렇잖아요. 다만 뭘 해야 할지 모를 뿐이에요."

버스 정류장에서 선생님의 아파트로 가는 길에 선생님이 말했다. "찰리와 함께 발표장에 가지는 않을 거예요. 오늘 아침에 니머 교수에게 전화해서 말했어요. 거기에는 흥미로운 사람들이 많고, 할 일도 아주 많을 거예요. 잠시 주목을 받는 짜릿함도 느끼겠죠. 거기에서 내가 방해가 되고 싶진 않아요."

"키니언 선생님."

"이제 찰리가 뭐라고 말하든지 간에 난 그런 내 기분을 알아요. 그러니까 찰리만 괜찮다면, 난 분열하는 자아에 매달릴 거예요. 아주 고맙게도 말이죠."

"하지만 선생님은 지금 문제를 크게 만들고 있어요. 확실한 건 말이죠. 만약 선생님이–"

"찰리가 안다고요? 확실하게 아는 게 뭐죠?" 선생님은 고개를 돌려 아파트 건물로 들어가는 첫 번째 계단에서 나를 노려보았다. "찰리가 견딜 수 없이 싫어요. 내 기분이 어떤지 찰리가 어떻게 알죠? 찰리는 다른 사람들의 마음을 제멋대로 말하고 있잖아요. 내가 무엇을, 어떻게, 왜 그렇게 느끼는지를 찰리는 알 수 없어요."

선생님이 아파트 안으로 들어가려다가 날 뒤돌아보고 떨리는 목소리로 말했다. "찰리가 돌아오면 저는 여기에 있을 거예요. 그냥 화났을 뿐이고, 우리가 꽤 멀리 떨어져 있는 동안에 각자 곰곰이 생각해볼 기회를 가지기를 원해요."

몇 주 만에 처음으로 키니언 선생님은 내게 안으로 들어오라고 하지 않았다. 나는 닫힌 문을 노려보았고, 내 안에서 분노가 끓어오르는 것을 느꼈다. 한바탕 소란을 피우고 싶었고, 문에 쾅 부딪쳐 부숴버리고 싶었다. 건물을 송두리째 불태워 버리고 싶을 만큼 분노를 느꼈다.

하지만 계속 걸어갈수록 당장 폭발할 것 같은 분노가 식고 마침내 마음이 가라앉았다. 나는 빠르게 걸음을 옮겼고 거리를 따라 마냥 정처 없이 걸었다. 여름밤에 시원하게 불어오는 산들바람이 뺨으로 느껴졌다. 문득 자유롭다는 느낌이 든다. 내가 배우는 것들에 떠밀려 키니언 선생님에 대한 나의 감정이 점점 뒤로 물러났고 숭배에서 사랑으로, 애정으로, 감사와 책임감으로 바뀌고 있다는 것을 이제 나는 깨닫는다. 키니언 선생님에 대한 나의 혼란스러운 감정이 그동안 나를 붙잡았고, 홀로 떨어져 나가서 정처 없이 떠돌아다닐지도 모른다는 공포 때문에 선생님에게 매달려 있었던 것이다.

하지만 자유와 함께 슬픔도 느껴졌다. 나는 선생님과 함께 사랑을 나누기를 원했다. 내가 성에 대해 느끼는 공포도 극복하고 싶었고, 결혼하고, 아이를 갖고, 정착하고 싶었다.

이젠 불가능하다. 아이큐가 70이었을 때만큼 아이큐가 185인 지금도 나는 키니언 선생님에게서 멀리 떨어져 있다. 이번에는 두 사람 다 그것을 알고 있다.

6월 8일

나를 아파트 밖으로 나오게 해서 도시를 이리저리 배회하게 만드는 것은 무엇일까? 나는 홀로 거리를 헤맨다. 여름밤을 느긋하게 걸어 다니는 것이 아니라 어딘가를 서둘러 급히 가는 것일까? 좁은 골목길을 따라 내려가고, 출입문을 들여다보면서, 반쯤 닫힌 유리창을 몰래 들여다보면서 누군가에게 말을 걸고 싶지만 한편으로는 누군가와 마주칠까 봐 두렵다. 끝없는 미로 속에서 이 길을 따라 올라갔다가, 저 길을 따라 내려오며 나 자신을 도시의 네온 불빛의 우리 안에 던져 넣었다. 뭘··· 찾으려고 하는 걸까?

센트럴파크에서 한 여자를 만났다. 호수 근처의 벤치에 앉아있던 그녀는 더위에도 불구하고 코트를 단단히 여미고 있었다. 여자는 미소를 지으며 자기 옆에 앉으라고 손짓을 했다. 우리는 센트럴파크 남쪽의 밝은 지평선을 보았다. 뒤편의 어둠을 배경으로 밝은 불빛들이 벌집 모양을 이루고 있었고, 나는 그것들을 전부 빨아들이고 싶었다.

네, 저는 뉴욕에서 왔어요. 나는 그녀에게 말했다. 아니요, 버지니아주의 뉴포트 뉴스에는 한 번도 가본 적이 없어요. 그녀는 뉴포트 뉴스 출신으로, 그곳에서 바다에 나가있는 선원과 결혼했다. 하지만 지난 2년 반 동안 그를 보지 못했다.

그녀는 손수건을 꼬아서 매듭을 묶었고 이따금씩 손수건으로 이마에 맺히는 땀방울을 닦아냈다. 호수에 반사된 희미한 빛으로도 그녀가 두껍게 화장했다는 것을 알 수 있었지만, 검정 머리를 양쪽 어깨로 길게 늘어뜨린 모습은 매력적이었다. 얼굴은 자다가 깬 것처럼 푸석하고 부어있었다. 그녀는 자기 이야기를 하고 싶어 했고 나는 듣고 싶었다.

선박회사에 다니는 돈 많은 아버지는 하나뿐인 딸에게 좋은 집이며 교육이며 모든 것을 주었지만, 딸을 용서하지는 않았다. 선원과 함께 도망간 딸을 아버지는 절대 용서하려 하지 않았다.

그녀는 말하면서 내 손을 잡고 내 어깨에 머리를 기대었다. "그날 밤 나는 게리와 결혼했죠." 그녀가 속삭였다. "처녀였던 나는 겁에 질려있었어요. 그러자 그는 노발대발했죠. 먼저, 그는 손바닥으로 날 철썩 때리고 두들겨 패야 했어요. 그리곤 애무나 포옹도 하지 않고 그냥 해치워 버렸어요. 그게 마지막이었어요. 다시는 그가 내 몸에 손을 대지 못하게 했죠."

내 손이 떨려서 그녀는 내가 놀란 것을 알 수 있었을 것이다. 그녀의 이야기는 내 귀에는 너무나 폭력적이면서도 사적이고 은밀하게 들렸다. 내 손이 떨리는 것을 느끼자, 그녀는 내 손을 더욱 꽉 잡았다. 마치 내가 가버리기 전에 이야기를 끝내야 한다는 듯이 말이다. 그것은 그녀에게 중요했고, 나는 조용히 앉아있었다. 마치 손에 놓인 모이를 먹고 있는 새 앞에 앉아있듯이 나는 조용히 앉아있었다.

"남자를 싫어하는 것은 아니에요." 그녀는 눈을 크게 뜨고 분명히 해두려는 것처럼 내게 말했다. "나는 다른 남자들과 함께 있었어요.

게리는 아니지만, 다른 많은 남자들과 말이죠. 남자들은 대부분 다정하고, 여자에게 부드럽게 대해요. 그들은 천천히 사랑을 나누고, 포옹하고, 먼저 입을 맞춰요." 그녀는 나를 의미심장한 눈으로 쳐다보았고, 내 손바닥을 앞뒤로 문질렀다.

바로 내가 듣고, 읽고, 꿈꾸던 것이었다. 나는 그녀의 이름을 몰랐고, 그녀도 내 이름을 묻지 않았다. 그녀는 다만 단둘이 있을 수 있는 곳으로 내가 그녀를 데려가기를 원했다. 나는 키니언 선생님이라면 어떻게 받아들일 것인지 궁금했다.

그녀를 어색하게 끌어안았고 머뭇거리며 입을 맞추자, 그녀가 나를 올려다보았다. "무슨 문제가 있어요?" 그녀가 속삭였다. "뭘 생각하고 있어요?"

"당신이요."

"우리가 갈만한 곳이 있나요?"

한 걸음씩 내딛을 때마다 주의를 기울여야 했다. 어느 지점에서 바닥이 갈라져 공황장애의 구렁텅이에 빠지게 될지 짐작할 수 없기 때문이다. 무엇인가가 날 계속 앞으로 나아가게 했고 내가 발을 디디고 서 있는 곳을 확인하도록 했다.

"혹시 따로 갈 곳이 없으면 53번가에 있는 맨션 호텔은 값이 그리 비싸지 않아요. 그리고 거기에 있는 사람들은 당신이 돈을 미리 지불하면, 짐을 옮겨준다면서 불편하게 하지도 않고요."

"제겐 방이 있어요."

그녀는 나를 존중하는 눈으로 쳐다보았다. "아, 그거 잘됐군요."

아직 아무 일도 일어나지 않았다. 그것만으로도 신기하다. 내가 공포에 짓눌리지 않고 얼마나 더 나아갈 수 있을까? 우리가 방에 단둘이 있을 때? 아니면 그녀가 옷을 벗었을 때? 아니면 내가 그녀의 벗은 몸을 보았을 때? 아니면 우리가 함께 누웠을 때?

내가 과연 다른 남자들처럼 행동할 수 있는지, 또 여자에게 함께 살자고 청할 수 있는지를 알아보는 것이 갑자기 중요한 일이 되었다. 지능과 지식을 가지고 있다는 것만으로는 부족했다. 나는 이런 것도 원했다. 해방감이 강하게 들면서 그런 것도 가능하다는 느낌이 강하게 들었다. 그녀에게 다시 입을 맞추었을 때, 다시 내게 밀려온 흥분이 전해졌고, 나는 그녀와 함께 있어도 정상일 수 있다고 확신했다. 그녀는 키니언 선생님과 달랐다. 그녀는 내 주위에 있던 그런 여자였다.

그때, 그녀의 목소리가 바뀌면서 주저하는 기색을 보였다. "우리가 자리를 옮기기 전에··· 한 가지 말해둘 게 있어요···." 그녀는 일어나서 내 쪽으로 한 걸음 더 나왔고, 가로등 불빛 아래에서 코트를 열어젖히자 어둠 속에서 바로 옆에 내내 앉아있을 때에는 전혀 생각도 못했던 그녀의 몸매를 볼 수 있었다.

"이제 5개월밖에 안 되었어요." 그녀가 말했다. "아무런 차이가 없어요. 신경 쓰지 않을 거죠, 그렇죠?"

코트 앞자락을 벌리고 서있는 그녀의 모습은 욕조에서 나와 찰리가 자신의 벗은 몸을 보도록 실내복을 벌리고 있는 어느 중년 여인과 이중노출 사진처럼 이미지가 겹쳤다. 그래서 나는 불경을 저지른 뒤에 벼락을 기다리듯, 그렇게 기다렸다. 나는 먼 곳으로 시선을 돌렸다. 꿈에도 예상치 못했지만, 그토록 무더운 여름날 밤에 코트를 꼭 껴입고 있는 모습에서 무엇인가가 잘못되었다는 사실을 진작 알아차렸어야 했다.

"제 남편의 아이는 아니에요." 그녀는 나를 안심시켰다. "지금까지 당신에게 한 말은 전부 사실이에요. 남편을 못 본 지는 몇 년이나 되었으니까요. 8개월 전에 만난 판매원이었어요. 함께 살았었죠. 더 이상 만나지는 않을 거지만, 아기는 키울 거예요. 우리는 다만 조심해야 해요. 거칠게 행동한다거나 그러면 안 돼요. 그것만 빼면 걱정할 일은 없어요."

내가 화난 것을 보자 그녀의 목소리는 점점 작아졌다. "더러운 짓이에요!" 내가 소리쳤다. "부끄러운 줄 알아야 해요."

그녀는 뒤로 물러났고, 아기를 보호하려는 듯 코트로 재빨리 몸을 감쌌다.

그녀가 방어하는 몸짓을 했을 때, 두 개의 상이 한 번 더 보였다. 엄마, 여동생을 가져서 몸이 무거운 엄마였다. 엄마는 이전만큼 날 붙잡지도 않았고, 따뜻한 말과 손길로 대하지도 않았으며, 저능하다고 말하는 사람에게서 날 보호하지도 않았다.

그녀의 어깨를 내가 손으로 잡은 것 같았고—나도 확실하지 않지만—그녀는 비명을 지르고 있었고 나는 위험하다는 느낌이 들면서 정신을 차려 현실로 돌아왔다. 그녀를 해칠 생각은 없다고 말하고 싶었다. 그녀뿐만 아니라 그 누구라도 상처 줄 생각은 없었다. "제발, 비명을 지르지 마세요!"

하지만 그녀는 비명을 지르고 있었고, 어둠이 깔린 길을 뛰어오는 발소리가 들렸다. 다른 사람들은 이런 상황을 이해하지 못할 것이다. 나는 어둠 속을 내달려 공원의 비상구를 찾기 위해 오솔길을 가로질러 갈지자로 뛰어다녔다. 나는 공원을 잘 알지 못했고, 갑자기 뭔가에 부딪쳐 뒤로 튕겨났다. 철망 울타리였고, 막다른 곳이었다. 그때 그네와 미끄럼틀이 보여서 그곳이 놀이터이고, 밤이라서 잠가놓았다는 사실을 깨달았다. 나는 울타리를 따라 거의 뛰다시피 하면서 뒤틀린 뿌리 위로 넘어지기도 하면서 계속 나아갔다. 놀이터를 굽이감는 근처 호수에서 나는 걸음을 돌려 다른 길을 찾아냈고, 작은 다리를 건넌 후에 뒤로 돌아가서 밑으로 숨었다. 비상구는 없다.

"뭐죠? 무슨 일이죠, 부인?"

"미친 사람인가요?"

"괜찮으십니까?"

"어느 길로 갔어요?"

나는 출발했던 곳으로 되돌아왔다. 나는 바위가 거대하게 튀어나온 곳 뒤로 미끄러졌고, 검은 딸기나무로 몸을 가린 다음, 배를 땅에 대고 바짝 엎드렸다.

"경찰을 부릅시다. 꼭 필요할 때에는 경찰이 없다니까."

"무슨 일이죠?"

"덜떨어진 놈이 부인을 강간하려고 했어요."

"이봐요, 저 아래의 어떤 사람이 그놈을 쫓고 있어요. 저기 그놈이 간다!"

"서둘러요! 공원을 벗어나기 전에 그놈을 잡아야 해요!"

"조심해요! 그는 칼과 총을 가지고 있을지도 몰라요· · ·."

사람들이 고함을 질러서 주위를 돌아다니던 사람들을 쫓아낸 게 분명했다. "저기 그가 간다!"라고 외치는 소리가 내 뒤에서 계속 메아리쳤고, 바위 뒤에서 내다보니 혼자 달리기를 하던 사람이 쫓겨서 가로등이 켜진 길을 따라서 뛰다가 어둠 속으로 들어가는 모습이 눈에 들어왔기 때문이다. 잠시 뒤에 다른 사람이 바위 앞을 지나갔고 어둠 속으로 사라졌다. 이런 흥분한 군중들에게 붙잡혀 두들겨 맞고 갈가리 찢기는 장면을 상상해보았다. 나는 그런 벌을 받아 마땅했다. 벌을 달게 받고 싶었다.

나는 일어났고, 옷에 묻은 흙과 낙엽을 털어냈고, 내가 온 길을 따라 천천히 내려갔다. 매순간 쫓아오는 사람들이 뒤에서 나를 붙잡아서 오물과 어둠 속으로 끌어내릴 것 같았지만, 나는 곧 59번가의 밝은 빛을 발견했고, 공원 밖으로 나왔다.

이제 와서 다시 생각해보니, 안전한 내 방에서 나는 벌거벗은 느낌이 들어서 온몸이 떨린다. 엄마가 내 여동생을 낳기 전에 나를 어떻게 보았는지를 떠올리는 것은 무서운 일이다. 하지만 더욱 무서운 것은 그 사람들에게 붙잡혀서 얻어맞고 싶다는 느낌이다. 나는 왜 벌을 받고 싶었던 걸까? 지나간 과거의 그림자가 나의 다리를 붙잡고, 나를 끌어내린다. 입을 크게 벌리고 비명을 지르고 싶지만, 목소리가 나오지 않는다. 두 손이 부들부들 떨리고, 춥고, 저 멀리서 윙윙거리는 소리가 귓가에 들린다.

배울수록 이상한 점

6월 10일

우리는 시카고행 제트기를 타고 있고 이제 막 이륙하려고 한다. 이 경과보고서를 적을 수 있는 것은 버트 덕분인데, 내가 트랜지스터 테이프 녹음기에 한 말을 시카고에서 공공 속기사가 받아 적게 하자는 기발한 생각을 그가 해냈다. 니머 교수도 이런 아이디어를 좋아한다. 사실, 니머 교수는 아예 발표 직전까지 내가 녹음기를 계속 사용하기를 원한다. 발표 끝에 가장 최근에 녹음한 테이프를 틀 수 있다면 보고서 내용이 추가될 수 있다고 생각하기 때문이다.

그래서 내가 여기에 있고, 시카고로 향하는 제트기 전용좌석에 혼자 앉아서, 생각을 큰 소리로 말하고 내 목소리에 익숙해지려는 노력을 하고 있다. 타자수가 "음" "어" "아"와 같은 군소리들을 모두 뺀 나머지를 종이 위에 자연스럽게 정리해줄 것이라고 생각한다. (내가 지금 하는 말을 수백 명의 사람들이 들을 거라고 생각하니 머리가 멍해진다.)

머릿속이 텅 비어있다. 지금은 내 감정이 무엇보다 중요하다.

공중에 올라간다는 것은 생각만 해도 겁이 난다.

내가 기억하는 한, 수술하기 전만 해도 비행기가 어떤 건지 전혀 이해하지 못했다. 나는 영화와 텔레비전의 클로즈업된 화면에 나오는 비행기들과 머리 위로 보는 것들을 전혀 연결하지 못했다. 이륙하기 직전이라서 추락하면 어떤 일이 벌어질까라는 생각밖에 나지 않는다. 으스스한 느낌과 죽고 싶지 않다는 생각이 든다. 하느님에 관한 토론들이 머리에 떠오른다.

최근 몇 주 동안 죽음에 대해서는 자주 생각했지만 하느님은 전혀 생각한 적이 없다. 이따금씩 엄마가 나를 교회에 데려가긴 했지만 내 기억 속에서 교회에 갔던 일을 하느님과 연결한 적은 한 번도 없었다. 엄마는 하느님을 매우 자주 언급하고 나는 밤마다 그분께 기도를 해야 했지만 그분에 대해서 전혀 깊이 생각하지 못했다. 나는 하느님을 허먼 삼촌으로 기억했다. 옥좌에 앉아있고, 수염을 길게 기른. (마치 백화점의 커다란 의자에 앉아있는 산타클로스처럼 말이다.) 무릎을 꿇고 앉은 너를 일으켜 세운 뒤에 만약 네가 착한 아이라면, 자기가 무엇을 주었으면 좋겠냐고 묻던. 엄마는 하느님을 무서워했지만, 어쨌든 호의를 요청했다. 아버지는 한 번도 하느님 이야기를 입에 올린 적이 없었다. 마치 하느님을 얽히고 싶지 않은 로즈의 친척들 중 한 명이라고 여기는 것 같았다.

"손님, 곧 이륙할 예정입니다. 안전벨트를 매는 것을 도와드릴까요?"

"꼭 매야 하나요? 줄에 꽁꽁 묶이고 싶진 않아서요."

"일단 이륙한 뒤에는 벨트를 푸셔도 됩니다."

"꼭 필요하지 않다면, 벨트를 매고 싶지 않은데요. 줄에 묶이는 것에 대한 공포가 있어서요. 아마 토할지도 몰라요."

"손님, 규정이라서 어쩔 수 없습니다. 제가 도와드릴게요."

"아니요! 제가 직접 할게요."

"아니··· 줄이 이쪽을 지나가야 합니다."

"잠깐, 아··· 좋습니다."

바보 같기는. 무서워할 것은 아무것도 없다. 안전벨트는 꽉 조이지 않고 아프지도 않다. 그런데 저 빌어먹을 안전벨트를 매는 것이 왜 그토록 무서울까? 이제 비행기가 이륙하면서 흔들린다. 상황에 걸맞지 않게 불안하다··· 무언가 다른 원인이 있는 게 틀림없다···. 무엇일까? 하늘 위로 올라가서 어두운 구름 속으로 들어가는 것··· 벨트를 꽉 매어라··· 끈으로 묶여서··· 앞으로 몸을 기울여서··· 땀에 젖은 가죽 냄새··· 양쪽 귀에서는 진동과 함께 시끄러운 소리가 들려온다.

창밖으로—구름 속에—찰리가 보인다. 나이는 가늠하기 어렵지만,

5살 정도 된 것 같다. 노마가 태어나기 전에···.

"둘 다 아직 멀었어?" 찰리의 아버지가 출입문에 나타난다. 몸이 무거워 보이고, 얼굴과 목에는 살이 축 늘어져 있다. 피곤한 얼굴이다. "준비되었냐고 물었잖아."

"잠깐만요." 로즈가 대답한다. "모자를 쓰는 중이에요. 찰리가 셔츠 단추를 채웠는지, 신발 끈은 묶었는지를 한번 봐줘요."

"이리 오렴. 이것부터 먼저 끝내자."

"어디 가?" 찰리가 묻는다. "찰리··· 어디··· 가?"

아버지는 찰리를 보자 인상을 쓴다. 매트 고든은 아들의 질문에 어떻게 반응해야 하는지를 전혀 모른다.

로즈가 침실의 문간에 나타나는데, 모자에서 반쯤 흘러내린 베일을 바로잡고 있다. 로즈는 새와 같은 여자이고, 팔꿈치를 바깥쪽으로 향한 채 두 팔을 머리 위로 올리자 날개처럼 보인다. "우리는 네가 똑똑해지도록 도와줄 박사에게 갈 거란다."

베일은 마치 엄마가 망으로 된 창문으로 찰리를 내려다보는 것처럼 보이게 했다.

찰리는 부모님이 이렇게 외출하기 위해 차려 입으면 항상 겁에 질렸다. 왜냐하면 찰리는 자신이 다른 사람들을 만나야 할 것이고, 그러면 엄마가 결국 화를 내리라는 것을 알기 때문이다.

찰리는 도망가고 싶지만, 도망갈 곳이 없다.

"찰리에게 왜 그런 말을 해야 하지?" 매트가 말했다.

"사실이니까요. 과리노 박사는 찰리를 도울 수 있어요."

매트는 희망을 포기한 사람처럼 마루를 터벅터벅 걷지만, 마지막으로 이해하려고 노력할 것이다. "어떻게 알아? 이 의사에 관해 당신이 뭘 알아? 혹시 뭔가 할 수 있는 일이 있었다면, 의사들이 벌써 오래전에 우리들에게 말했을 거야."

"그런 말 하지 말아요!" 엄마가 비명을 지른다. "그들이 할 수 있는 일은 아무것도 없다고 내게 말하지 마요." 엄마는 찰리를 붙잡고, 머리를 가슴에 꼭 안아준다. "찰리는 정상으로 돌아갈 거예요. 무슨 수를 써서라도 말이죠. 돈이 얼마나 들어도 말이죠."

"내가 말하는 건 찰리예요. 당신 아들이고요··· 당신의 하나뿐인 자식이라고요." 엄마는 찰리를 좌우로 흔들고, 이젠 거의 히스테리에 가깝다. "나는 그 말을 듣지 않을 거예요. 그들은 아무것도 모르기 때문에 할 수 있는 일이 아무것도 없다고 말하는 거예요. 과리노 박사가 내게 모두 설명했어요. 그들은 찰리를 치료하는 데 지원하지 않을 거라고 그가 말했어요. 왜냐하면 그들이 틀렸다는 것이 밝혀질 테니까요. 다른 과학자들처럼, 파스퇴르나 제닝스나 그 밖의 다른 사람들처럼 말이죠. 당신이 믿는 그 잘난 의사들은 진보를 두려워한다고 그가 말했단 말이에요."

이런 식으로 매트의 말을 맞받아치면서, 엄마는 느긋해지고 자신감을 되찾는다. 엄마가 찰리를 놓아주자 찰리는 구석에 가서 겁에 질린 채 몸을 떨면서 벽을 보며 선다.

"봐요," 엄마가 말한다. "당신이 찰리를 다시 화나게 만들었어요."

"내가?"

"당신은 꼭 애 앞에서 이런 일들을 벌인다고."

"이런, 젠장! 이리 와, 이 지긋지긋한 일을 끝내버리자고."

과리노 박사의 사무실로 가는 길에 그들은 대화를 피했다. 버스에서도 내내 말이 없고, 버스에서 내려서 과리노 박사의 사무실이 있는 중심가 건물로 가는 길에서도 내내 말이 없다. 15분쯤 뒤에 과리노 박사는 대기실에서 부모님을 맞는다. 박사는 뚱뚱하고 대머리이며, 하얀 실험실 가운에서 불쑥 튀어나온 것만 같다. 찰리는 텁수룩한 하얀 눈썹과 하얀 콧수염이 씰룩씰룩 움직일 때마다 신기하게 쳐다본다. 콧수염이 먼저 움직이고, 양쪽 눈썹이 올라갈 때도 있지만, 양쪽 눈썹이 먼저 올라가고, 콧수염이 뒤따라 움직일 때도 있다.

과리노 박사가 안내한 커다란 하얀 방은 최근에 페인트칠을 한 냄새가 나고, 거의 텅 비어있다. 방 한쪽에 책상 두 개가 있고, 다른 쪽에는 거대한 기계가 있는데, 번호판과 기다란 팔처럼 생긴 것이 네 개가 달려서 꼭 치과에서 볼 수 있는 기계처럼 생겼다. 옆에는 검정가죽이

쓰인 진찰대가 있고, 팔다리를 묶는 데 쓰는 굵은 끈들이 달려있었다.

"자, 자, 자," 두 눈썹을 들어 올리면서 과리노 박사가 말한다. "자, 네가 찰리구나." 박사는 찰리의 두 어깨를 꽉 붙잡는다. "우리 앞으로 친하게 지내자꾸나."

"과리노 박사님, 전에 이런 치료를 해본 적이 있나요? 저희는 돈이 많이 없습니다."

과리노 박사가 인상을 쓰자 두 눈이 아래로 닫힌다. "고든 씨, 제가 뭘 할 수 있다고 말씀드린 게 혹시 있나요? 먼저 진찰을 해야 할 것 아닙니까? 뭔가를 할 수 있을 수도 있고, 뭔가를 하지 못할 수도 있죠. 먼저 병리현상의 원인을 파악하기 위해서 신체검사와 지능검사를 해야 합니다. 예후에 대해서는 나중에도 이야기를 나눌 시간이 충분히 있을 것입니다. 사실, 요즘 제가 매우 바쁩니다. 이 사례를 조사해보겠다는 것에 동의만 했을 뿐입니다. 왜냐하면 이런 종류의 신경 지적장애에 관한 특별 연구를 제가 진행하고 있기 때문이죠. 물론, 염려는 되겠지만요, 아마도···."

박사의 목소리는 슬프게 줄어들고, 그는 고개를 돌린다. 로즈 고든은 팔꿈치로 남편의 옆구리를 찌른다. "남편이 무슨 뜻이 있어서 그런 말을 한 것은 아니에요, 과리노 박사님. 남편은 말이 많은 편이죠." 로즈는 눈을 부릅뜨고 매트를 노려보면서 그에게 사과를 하라고 경고한다.

매트는 한숨을 쉰 후에 말한다. "만약 박사님이 찰리를 도울 방법이 있다면, 저희는 무엇이든지 하겠습니다. 요즘에 저희 형편이 좋지는 않습니다. 저는 이발소에 물건을 납품하고 있습니다. 하지만 뭐든지 제가 가지고 있는 것이라면, 뭐든지 기꺼이—"

"한 가지만 꼭 말씀드리고 싶습니다." 과리노 박사가 말한다. 마치 결정을 내리려는 것처럼 입술을 꼭 다물고. "일단 치료를 시작하면 계속해야 합니다. 이런 경우에는 결과가 갑자기 나타날 수가 있습니다. 제가 뭔가 성공하겠다고 약속하는 것은 아니라는 점을 명심하세요. 확실한 것은 아무것도 없습니다. 하지만 아버님께서는 치료를 할 수 있는 기회를 주어야 합니다. 그렇지 않다면 아예 시작하지 않는 편이 낫지요."

박사는 인상을 써서 부모가 자신의 경고를 충분히 인식하도록 했고, 하얀 눈썹 아래의 푸른 두 눈으로 노려보았다. "이제, 두 분은 잠깐 물러나 계세요. 제가 아이를 진찰해보겠습니다."

매트는 찰리를 박사와 단둘이 남겨두는 것이 마음에 걸리지만, 과리노는 고개를 끄덕인다. "이것이 최선입니다." 그가 말한다. 매트와 로즈를 대기실로 안내한다. "심리입증[2] 테스트를 할 때는 항상 환자와 의사가 단둘이 있었을 때의 결과들이 매우 중요합니다. 외부에서 주의

2 확인할 수 있는 증거를 제시함으로써 진실을 보여주는 것. 또는 사실임을 증명하는 마음이나 정신적 과정.

를 흩트리면 작게 구분한 점수들에 악영향만 미칠 뿐이죠."

로즈는 남편에게 보란 듯이 미소를 지었고, 매트는 로즈를 따라 순순히 밖으로 나간다.

찰리와 단둘이 남았을 때, 과리노 박사는 찰리의 머리를 두드린다. 과리노 박사는 상냥한 미소를 짓는다.

"그래, 얘야. 진찰대 위로 올라가렴."

찰리가 대답을 하지 않자, 의사는 찰리를 부드럽게 안아서 들어 올린 다음에 가죽을 씌운 탁자 위에 눕힌다. 그리고 찰리를 무거운 가죽 띠로 단단히 묶는다. 탁자에서는 찌든 땀 냄새와 가죽 냄새가 섞여서 난다.

"엄마!"

"엄마는 밖에 있단다. 찰리, 걱정 마라. 조금도 아프지 않을 테니까."

"엄마, 보고 싶어!" 찰리는 이런 식으로 저지를 당하니 혼란스럽다. 무슨 짓을 당할지 도무지 알 수 없었고, 부모님이 나간 뒤에는 더 이상 그리 친절하지 않은 의사들도 있었기 때문이다.

과리노 박사는 찰리를 진정시키려고 애를 쓴다. "얘야, 진정하렴. 아무것도 두려워할 것 없단다. 여기 커다란 기계가 보이지? 내가 저 기계로 뭘 할 것인지 아니?"

찰리는 겁이 나서 몸을 움츠리고, 그런 뒤에 엄마가 한 말을 기억해낸다. "날 똑똑하게 하는 거."

"그래, 맞아. 적어도 네가 왜 여기에 온지는 아는구나. 이제, 내가 이 스위치를 켜는 동안에 그냥 두 눈을 감고 긴장을 풀고 있으면 돼. 스위치를 켜면 커다란 소리가 날 거야. 비행기처럼 말이지. 하지만 널 아프게 하지는 않을 거란다. 그리고 우리는 널 지금보다 더 똑똑하게 만들 수 있는지를 살펴볼 거란다."

과리노 박사가 스위치를 올리자 거대한 기계에서 웅웅 돌아가는 소리가 난다. 붉은빛과 푸른빛이 꺼졌다가 켜졌다가 한다. 찰리는 공포에 질린다. 찰리는 몸을 움츠리고 떨면서 자신을 진찰대 위에 묶어놓은 줄을 힘주어 당긴다.

찰리가 비명을 지르기 시작하자 과리노 박사가 얼른 찰리의 입에 헝겊을 밀어 넣는다. "자, 자, 찰리. 그런 짓을 하면 안 되지. 착한 아이가 되어야 한다. 그것이 아프게 하지 않을 거라고 내가 말했지?"

찰리는 한 번 더 비명을 지르려고 하지만 소리 죽인 신음 소리만 흘러나올 뿐이고 구토를 하고 싶다. 찰리는 다리 부분에 축축하고 끈적끈적한 것을 느낀다. 그리고 그 냄새는 엄마가 찰리에게 바지에 볼일을 본 것 때문에 벌을 줄 것이라는 사실을 생각나게 했다. 구석에 서서 벌을 받는 것. 찰리도 어쩔 수 없었다. 찰리가 궁지에 몰렸다고 느낄 때마다 찰리는 자제력을 잃고 그만 그 자리에서 볼일을 보았다. 숨막히고··· 토하고··· 구역질 나고··· 그런 뒤에 모든 것이 어둠 속으로 사라진다···.

얼마나 오랜 시간이 흘렀는지는 알 길이 없지만, 찰리가 두 눈을 뜨니, 입안에는 더 이상 헝겊이 없고 줄도 사라졌다. 과리노 박사는 냄새를 맡지 못한척한다. "자, 저 기계는 널 조금도 아프게 하지 않았어. 그렇지 않니?"

"네, 그래요."

"그래, 그러면 도대체 왜 그렇게 온몸을 부들부들 떠는 거야? 내가 한 것이라곤 저 기계를 사용해서 널 더 똑똑하게 만드는 게 전부인데 말이지. 전보다 더 똑똑해진 기분이 어때?"

방금 전의 공포를 잊어버린 채, 찰리는 두 눈을 크게 뜨고 기계를 째려본다. "제가 똑똑해졌어요?"

"그럼, 물론 그렇지. 음, 저기 뒤에 한번 서보렴. 기분이 어떠니?"

"축축해요. 볼일을 본 것 같아요."

"그래, 다음번에는 안 그럴 테지? 그렇지 않니? 이젠 저게 널 아프게 하지 않는다는 것을 알았으니까 더 이상 겁먹거나 하지는 않겠지. 이제 난 네가 엄마에게 네가 얼마나 똑똑해졌다고 느끼는지를 말했으면 한다. 그러면 엄마는 너를 일주일에 두 번 이곳에 데리고 올 거야. 단파 뇌 재생을 위해서 말이지. 그러면 너는 더 똑똑해지고, 똑똑해지고, 똑똑해질 것이란다."

찰리는 미소를 짓는다. "저는 뒤로 걸을 수 있어요."

"걸을 수 있다고? 어디 보자." 과리노 박사가 말한다. 폴더를 접으면서 짐짓 기대하는 것처럼 말이다. "어디 보자."

천천히, 많은 노력을 기울여서, 찰리는 몇 걸음을 뒤로 걷다가 진찰대에 부딪쳐서 비틀거린다. 과리노 박사는 미소를 지으며, 고개를 끄덕인다. "지금 그게 내가 말했던 거야. 놀랍지 않아? 아, 잠깐 기다려. 우리가 너와 헤어질 때쯤에 넌 네가 사는 동네에서 가장 똑똑한 아이가 될 거야."

찰리는 칭찬에다가 주목까지 받자 기뻐서 얼굴이 붉게 달아오른다. 사람들이 찰리에게 미소를 짓고 찰리에게 뭔가를 잘했다고 말하는 것은 그리 흔한 일이 아니다. 심지어 기계와 진찰대에 묶인 채 누워있던 동안의 공포도 사라지기 시작한다.

"우리 동네 전체에서요?" 그런 생각만 해도 찰리는 흥분해서 아무리 애를 써도 숨이 차오른다. "하이미보다 말이에요?"

과리노 박사는 다시 미소를 지으면서 고개를 끄덕이며 말한다. "그래, 하이미보다도."

찰리는 감탄과 존경이 담긴 눈으로 다시 기계를 바라본다. 기계는 하이미보다 찰리를 더 똑똑하게 만들어줄 것이다. 하이미는 한 집 건너 옆집에 살고, 읽고 쓰는 법을 알고, 보이스카우트에도 가입되어있다. "저 기계는 의사 선생님 거예요?"

"아직 아니란다. 아직 은행이 가지고 있지. 그렇지만 머지않아 내 것이 될 것이고, 그리고 그때에는 너 같은 많은 소년들을 똑똑하게 만들 것이란다." 그는 찰리의 머리를 토닥토닥 쓰다듬으며 말한다. "너는 엄마들이 내가 자기 아이들의 아이큐를 올려주어서 천재로 만들 수 있기를 바라면서 여기에 데려오는 다른 평범한 아이들에 비해 훨씬 낫단다."

"선생님이 그 애들의 눈[3]을 올리면 처언재[4]가 되나요?" 찰리는 두 손을 눈 위에 놓고 그 기계가 눈을 올리도록 뭔가를 하는지를 본다. "선생님은 절 처언재로 만들 건가요?"

과리노 박사는 찰리의 어깨를 누르면서 다정하게 웃으며 말한다. "아니, 찰리. 네가 걱정할 일은 아무것도 없어. 단지 못된 말썽쟁이 애들만 처언재가 되는 법이란다. 넌 지금 너 그대로일 거란다. 착한 아이로 말이지." 그렇게 말한 뒤에 의사는 좀 더 생각해보더니 말을 덧붙였다. "물론, 지금 너보다는 좀 더 똑똑하지."

의사는 열쇠로 잠가놓은 문을 열고 찰리를 부모님에게로 데려간다.

"자, 여기 아이를 데려왔습니다. 이런 걸 경험해본다고 해서 더 나빠지지는 않습니다. 착하지? 우리는 좋은 친구가 될 것 같구나. 찰리야, 그렇지 않니?"

찰리는 고개를 끄덕인다. 찰리는 과리노 박사가 자기를 좋아하기를

---

3 I.Q.'s를 eyes(두 눈)로 잘못 알아들음.

4 geniuses(천재들)를 jean-asses(청바지-당나귀들)로 잘못 알아들음.

바라는 반면에 엄마의 얼굴 표정을 보더니 겁에 질린다. "찰리! 무슨 짓을 했니?"

"고든 부인, 그건 그냥 사고일 뿐이에요. 찰리는 처음이라서 겁을 먹은 것입니다. 하지만 그렇다고 해서 찰리를 비난하거나 벌을 주지는 마세요. 저는 찰리가 여기에 오는 것과 벌을 연결하고 싶지는 않습니다."

하지만 로즈 고든은 당황해서 얼굴이 일그러진다. "정말 지긋지긋해요. 과리노 박사님. 저는 어찌할 바를 모르겠어요. 심지어는 집에서도 찰리는 잊어버려요. 그리고 집에 사람들이 있을 때도 그래요. 찰리가 그렇게 할 때, 저는 정말 부끄러워요."

일그러진 엄마의 얼굴을 보자 찰리는 떨기 시작한다. 잠시 찰리는 자신이 얼마나 나쁜 아이인지, 부모님에게 얼마나 큰 고통을 안겨주는지를 잊어버렸다. 찰리가 자신을 힘들게 한다고 엄마가 말할 때면 찰리는 겁에 질리고 어찌할 바를 모른다. 그리고 엄마가 찰리에게 고함을 치거나 비명을 지르면, 찰리는 벽으로 고개를 돌리고 혼자 구슬프게 운다.

"찰리에게 마음의 부담을 주지 마세요. 고든 부인, 걱정 마세요. 찰리를 화요일과 목요일에 같은 시간에 데려오세요."

"하지만 이것이 정말 효과가 있을까요?" 매트가 묻는다. "10달러는 액수가 너무—"

"매트!" 엄마는 매트의 소매를 잡아끈다. "꼭 이럴 때 돈 얘기를 해야겠어요? 당신의 피와 살을 나눈 자식인데 말이죠. 그리고 아마도 과리노 박사님은 찰리를 다른 아이들처럼 만들 거예요. 하느님이 도와주셔서 말이죠. 그런데 당신은 지금 돈 얘기만 하고 있잖아요!"

매트 고든은 뭐라고 변명하려고 하지만, 조금 더 생각해보더니 지갑을 꺼낸다.

"부디···" 과리노 박사는 돈을 보더니 당황한 듯이 한숨을 쉬며 말한다. "치료비는 데스크의 저희 직원이 안내를 할 것입니다. 고맙습니다." 과리노 박사는 로즈에게 반쯤 고개를 숙여서 인사를 하고, 매트의 손을 잡고 악수를 하고, 찰리의 등을 두드린다. "착한 아이구나. 아주 착하지." 그렇게 씽긋 미소를 지은 뒤에 문 뒤의 저 안쪽 사무실로 사라진다.

그들은 집으로 가는 길에 말싸움을 하고, 매트는 이발용품 매출이 떨어지고, 저축한 돈이 점점 줄어들고 있다고 불평한다. 로즈는 찰리를 정상으로 만드는 것이 다른 어떤 것보다 중요하다고 꽥 소리를 지른다.

아빠와 엄마가 싸우는 것을 보고 겁에 질린 찰리는 흐느낀다. 부모님의 목소리에 담긴 분노는 찰리에게 고통을 안겨준다. 집에 돌아가자마자 찰리는 저 혼자 부엌 구석으로 달려가서 문 뒤에 선다. 머리를 타일 벽에 누르고, 떨면서 흐느낀다.

엄마와 아빠는 찰리에게 관심을 두지 않는다. 찰리가 씻고 옷도 갈아입어야 한다는 사실을 그만 잊어버렸다.

"히스테리를 부리는 게 아니에요. 난 단지 당신이 매번 당신 아들을 위해 내가 뭔가 하려고 노력할 때마다 불평하는 게 지긋지긋할 뿐이에요. 당신은 무신경해요. 그냥 신경 쓰지 않을 뿐이에요."

"그렇지 않아! 하지만 우리가 할 수 있는 일이 없다는 걸 나는 알아. 당신이 찰리 같은 아이를 낳은 건 말이지 십자가 같은 거라고. 당신은 견딜 수 있고, 찰리를 사랑할 수 있겠지. 뭐, 나도 견딜 수는 있어. 하지만 난 당신의 어리석은 방식은 참고 볼 수가 없다고. 당신은 우리가 저축한 돈을 돌팔이 의사와 가짜에게 대부분 다 써버렸다고. 내 사업을 일으키는 데 쓸 수 있는 돈을 말이지. 그래. 그런 눈으로 날 쳐다보지 마. 왜냐하면 당신이 하수구에 처넣은 돈은 어쩔 수 없으니까. 나도 나만의 이발소를 차릴 수 있었어. 하루에 열 시간 동안 물건을 팔면서 마음을 썩이는 대신 말이지. 날 위해 일하는 사람들과 함께할 수 있는 나만의 공간 말이야!"

"소리 그만 질러요. 찰리를 봐요. 겁먹었잖아요."

"아무래도 상관없어. 여기에서 누가 멍청이인지 알겠어. 바로 나! 당신하고 참고 사는 나!" 매트는 뛰어나가면서 문을 쾅 닫는다.

"손님, 방해해서 죄송합니다만 몇 분 뒤에 착륙할 예정입니다. 안전벨트를 다시 매주셔야 합니다. 오, 손님. 벨트를 계속 하고 계시군요. 뉴욕에서 이륙할 때부터 지금까지 계속 벨트를 하셨군요. 거의 두 시간 내내 말이죠…."

"깜빡했어요. 착륙할 때까지 벨트를 그대로 둘게요. 이젠 더 이상 불편하지 않네요."

똑똑해지고 싶다는 흔치 않은 욕구를 강하게 지닌 나를 처음 본 사람들은 누구든지 무척 놀라워하는데, 그런 욕구가 어디서 생겨났는지를 이제는 나도 알 것 같다. 로즈 고든은 평생을 그것에 매달려 살았다. 찰리가 저능아라는 사실에서 공포와 죄책감과 수치심을 느꼈다. 문제를 해결하기 위해 뭔가를 할 수 있기를 간절히 바랐다. 누구의 잘못이었을까? 로즈의 잘못인가? 아니면 매트의 잘못인가? 이런 물음들이 따라다녔다. 노마를 낳은 뒤에야 로즈는 자신도 정상적인 아이를 낳을 수 있다는 것을 확인할 수 있었다. 내가 장애아라는 사실을 확인한 후에는 나를 바꾸려는 노력도 그만두었다. 그렇지만 정작 나는 엄마에게 사랑을 받기 위해 엄마가 바랐던 똑똑한 아이가 되고 싶다는 생각을 단 한 번도 그만둔 적이 없었던 것 같다.

과리노 박사에 대한 한 가지 재미난 사실. 그가 내게 했던 것에 대해, 로즈와 매트를 속인 것에 대해 나는 마땅히 그에게 화를 내야 하지만, 어쨌든 그렇게 하지 못하겠다. 첫날 이후로 그는 항상 나를 즐겁게 해주었기 때문이다. 항상 어깨를 토닥여주고, 미소를 지어주고, 용기를 주는 말을 했는데, 나는 그런 것들을 접할 기회가 드물었던 것이다.

과리노 박사는 그때 나를 한 인간으로 대했던 것이다.

배은망덕하게 들릴지 모르지만, 이곳에서 내가 화가 난 이유 중 하나는 바로 나를 실험동물로 취급하는 태도이다. 니머 교수는 자신이 지금의 나를 만들었다고 계속해서 언급하거나 언젠가 앞으로 나와 같은 사람이 있을 것이지만 진짜 인간이 될 것이라고 했다.

니머 교수가 나를 창조하지 않았다는 사실을 과연 어떻게 그에게 이해시킬 수 있을까?

그는 다른 사람들이 지적장애인을 보며 웃을 때와 똑같은 잘못을 저지른다. 그들은 인간의 감정이 개입된다는 것을 이해하지 못하기 때문이다. 니머 교수는 이곳에 오기 전에 이미 내가 한 사람의 인간이었다는 사실을 깨닫지 못했다.

나는 분노를 조절하고, 너무 성급하게 행동하지 않고, 때가 오기를 기다리는 법을 익히고 있다. 나는 성장하고 있는 것 같다. 날마다 나에 대해 더욱더 많이 알게 되고, 잔물결처럼 퍼지던 기억들은 이제 높은 파도가 되어 나를 덮친다….

6월 11일

우리가 혼란스러운 상황에 놓인 것은 시카고에 있는 차머즈 호텔에 도착했는데 호텔 측 실수로 다음 날 밤까지 빈 방이 없다는 사실을 알게 된 순간부터였다. 그때까지 우리는 근처에 있는 인디펜던스 호텔에 머물러야 할 판이었다. 니머는 노발대발했다. 그런 상황을 개인적인 모욕으로 받아들였고 사환부터 관리자까지 호텔의 지휘 체계에 있는 모든 사람들과 싸움을 벌였다. 두 호텔의 직원들이 각자 자신들의 상사를 찾아서 할 수 있는 일을 알아보는 동안에 우리는 로비에서 기다렸다.

여행 가방들이 밀려들어 와 로비에 어수선하게 쌓여있었고, 벨보이들이 정신없이 작은 카트를 앞뒤로 밀고 다녔으며, 한 해 동안 만나지 못했던 회원들이 서로를 알아보고 인사를 나누느라 한창 부산스러운 가운데, 니머 교수가 〈국제 심리학회〉에서 나온 관계자의 멱살을 잡으려고 하는 바람에 우리는 점점 더 당혹감을 느끼며 그곳에 서있었다.

결국, 어쩔 도리가 없다는 것이 분명해지고 나서야 니머 교수는 시카고에서의 첫날 밤을 인디펜던스 호텔에서 보낼 수밖에 없다는 사실을 받아들였다.

알고 보니, 젊은 심리학자들은 대부분 인디펜던스 호텔에 묵고 있었고, 첫날 밤의 커다란 파티도 바로 그곳에서 열렸다. 여기에서 사람들은 실험에 관해 들었고, 대부분은 내가 누구인지를 알고 있었다. 우리가 가는 곳마다 누군가 다가와서는 새로운 세금제도가 미칠 영향에서부터 핀란드에서 가장 최근에 밝혀진 고고학적인 발견들에 이르기까지 모든 것들에 대해서 내 의견을 물었다. 그런 질문들은 어려웠지만, 내 머리에 저장되어있던 일반적인 지식을 이용해서 나는 거의 모든 것에 대해 쉽게 말할 수 있었다. 하지만 잠시 후, 내가 주목을 받을 때마다 니머 교수가 불쾌해한다는 것을 알 수 있었다.

팰머스 대학에서 온 젊고 아름다운 임상의가 내게 지적장애가 일어난 원인을 설명할 수 있는지를 물었을 때, 나는 그 질문에 대답할 사람은 니머 교수라고 말했다.

자신의 권위를 보여주기 위해 기다리고 있었던 니머 교수에게 그것은 바로 기회였고, 우리가 서로 알게 된 이래 처음으로 내 어깨에 손을 올려놓으며 말했다. "우리는 찰리가 어렸을 때 앓았던 페닐케톤뇨증[5]의 정확한 원인은 모릅니다. 어떤 특수한 생화학적, 유전적인 환경 때문이었을 수도 있고, 태아가 이온화하는 방사능이나 자연적 복사선에

5 신생아에게 나타나는 유전성의 아미노산 대사 장애. 생후 1개월쯤부터 머리카락이나 피부의 색소 감소가 눈에 띄고, 지능 발달 장애나 경련 발작이 나타남.

노출되었거나, 심지어 바이러스의 공격을 받았을 가능성도 있죠. 무엇 때문에 그런 결과를 얻었든지 간에 결함이 있는 유전자가 소위 '이상 효소'라는 것을 만들어내는데, 이는 불완전한 생화학 반응들을 불러 일으킵니다. 그리고 새로 만들어진 아미노산들이 정상적인 효소들과 맞서면서 뇌손상을 초래하게 되는 것은 당연한 것이고요."

질문했던 임상의 아가씨는 눈살을 찌푸렸다. 강의 같은 답변을 듣게 될 것이라고는 기대하지 않았기 때문인데 니머 교수는 발언권을 놓지 않았고 같은 태도로 설명을 이어나갔다. "저는 그것을 효소반응의 길항적 억제[6]라고 부르고 싶군요. 그것이 어떻게 작용하는지 예를 하나 들어보겠습니다. 결함이 있는 유전자가 만들어낸 효소를 잘못된 열쇠라고, 즉 중추신경계라는 화학적 자물쇠의 열쇠구멍에 들어가기는 하지만 돌아가지는 않는 열쇠라고 생각해봅시다. 그런데 이 열쇠가 꽂혀있기 때문에 진짜 열쇠는, 즉 올바른 효소는 자물쇠에 들어가지도 못합니다. 막혀있으니까요. 그러면 어떤 결과가 생기냐고요? 두뇌 조직의 단백질이 파괴되며, 이는 되돌릴 수 없습니다."

"하지만 만약 되돌릴 수 없다면," 몇 명 안 되는 청중들 중에 있던 어느 심리학자가 끼어들어서 질문을 던졌다. "여기에 있는 고든 씨가 지적장애에서 벗어나는 것이 어떻게 가능하죠?"

"아!" 니머 교수가 자랑을 해댔다. "세포조직이 파괴되는 것은 되돌

6 서로 다른 미생물이 상반적인 작용에 의해서 상대편의 생리작용 등을 억제하는 현상.

릴 수 없지만, 파괴되는 과정 자체는 그렇지 않습니다. 많은 연구자들은 결함이 있는 효소와 결합하는 화학물질을 주입해서 그 과정을 거꾸로 돌릴 수 있습니다. 그렇게 해서 방해하는 열쇠의 분자 모양을 원래대로 바꿔놓지요. 이것은 우리의 핵심 기술이기도 합니다. 이와 달리 우리는, 먼저 뇌에서 손상된 부분을 제거한 다음, 화학적으로 재생된 뇌 조직을 이식해서 뇌 단백질을 초고속으로 생산할 수 있게 하-"

"잠깐만요, 니머 교수님." 장황한 설명이 최고조에 다다랐을 때, 나는 그의 말을 막으며 말했다. "그 분야에서 라하자마티의 논문은 어떻죠?"

교수는 어리둥절한 눈으로 나를 쳐다보았다. "누구를 말하는 것이죠?"

"라하자마티 말입니다. 그의 논문은 타니다의 효소융합이론을 비판했죠. 신진대사 경로에서 특정 단계를 막음으로써 효소의 화학구조를 바꾼다는 사고방식을 말이죠."

니머 교수가 인상을 썼다. "그 논문은 어디에서 번역되었지요?"

"아직 번역되지 않았어요. 며칠 전에 《힌두 정신 병리학 학술지》에서 읽었습니다."

그는 청중을 보며 잘 모르겠다는 태도로 어깨를 으쓱했다. "글쎄요. 저는 우리가 뭔가 걱정할 게 있다고 생각하지 않습니다. 실험 결과가 대신 말해주니까요."

"하지만 타니다가 조합을 통해서 이상 효소를 막는다는 이론을 먼저 제기했죠. 그가 지적한 바에 따르면-"

"아, 이봐요, 찰리. 처음 이론으로 주장했다고 해서 진행된 실험에 대한 최후의 결론까지 내릴 수 있는 것은 아닙니다. 여기 계신 모든 분들도 인도와 일본에 비해 미국과 영국에서 이루어진 조사가 훨씬 뛰어나다는 점에 동의할 거라고 생각해요. 우리는 전 세계에서 가장 좋은 실험실과 장비를 가지고 있으니까요."

"하지만 그런 말은 라하자마티의 지적에 대한 답변이 된 것 같지는 —"

"지금 그 질문을 좀 더 깊이 다루기에는 시간도 그렇고 알맞은 자리가 아닌 것 같군요. 내일은 그런 부분들을 제대로 다룰 수 있을 겁니다." 니머 교수는 오래된 대학 친구에 대해 말하기 위해 고개를 돌렸고, 나를 완전히 밀어냈으며, 나는 그곳에 바보처럼 서있었다.

나는 겨우 스트라우스 박사를 한쪽으로 데려올 수 있었고, 박사에게 질문하기 시작했다. "자, 좋아요. 박사님은 제가 교수님에게 너무 예민하다고 말씀하셨죠. 제가 한 말 중에 어떤 것이 교수님을 화나게 했죠?"

"찰리가 교수를 너무 무시하듯이 말해서 교수는 그 말을 받아들일 수 없는 거예요."

"저는 심각해요. 제발, 제게 있는 그대로 말씀해주세요."

"찰리, 이제 다들 찰리를 비웃을 거란 생각은 그만해요. 니머 교수가 그 논문에 대해 토론할 수 없었던 것은 그 논문들을 읽지 않았기 때문이에요. 니머 교수는 힌두어나 일본어로 쓰인 것은 읽지 못해요."

"힌두어와 일본어로 쓰인 것은 읽지 못한다고요? 참, 말도 안 돼요."

"찰리, 모든 사람들이 당신처럼 언어에 재능을 가지고 있는 것은 아니에요."

"그렇다면 이런 방법을 비판한 라하자마티와 이런 통제가 과연 타당한지 의문을 제기했던 타니다를 어떻게 반박하겠다는 거죠? 니머 교수도 그런 것들을 알아야죠."

"아니···" 스트라우스 박사는 생각에 잠긴 채로 말했다. "그 논문들은 최근에 발표된 게 틀림없어요. 아직 번역될 시간이 없었을 것이고."

"박사님도 그 논문들을 읽지 않았다는 말씀이신가요?"

박사는 어깨를 으쓱했다. "나는 니머 교수보다도 더 외국어를 못하는걸요. 하지만 최종 보고서를 제출하기 전에는 추가 자료를 모으기 위해 모든 논문들을 샅샅이 뒤져볼 거예요."

나는 뭐라고 말해야 할지를 몰랐다. 두 사람 모두 자신들의 분야임에도 불구하고 모든 걸 알지 못한다고 스트라우스 박사가 인정하는 말을 듣자 소름이 돋았다.

"박사님은 몇 가지 언어를 할 수 있으세요?" 나는 물었다.

"프랑스어, 독일어, 스페인어, 이탈리아어, 스웨덴어."

"러시아어, 중국어, 포르투갈어는 모르세요?"

스트라우스 박사는 정신과 의사이자 신경외과 의사로 일하면서 외국어를 배울 시간이 아주 적다는 점을 다시 상기시켜주었다. 그리고 고대 언어 중에서 그가 읽을 수 있는 것은 라틴어와 그리스어뿐이라고 했다. 고대 동양어는 전혀 모른다고 했다.

그가 그쯤에서 대화를 그만하고 싶어 하는 것을 알았지만, 어쨌든 그냥 넘어갈 수 없었다. 나는 스트라우스 박사가 얼마나 알고 있는지를 알아야만 했다.

나는 알아냈다.

물리학은 양자론 외에는 전혀 모름. 지질학은 지형학이나 층위학을 전혀 모르며, 암석학조차도 모름. 미시경제학이나 거시경제학에 관해서는 아무것도 모름. 기초적인 수준의 변분법 외에는 거의 아는 것이 없음. 바나흐 대수나 리만 다양체에 대해서는 아무것도 모름. 이 일을 통해 나는 다가오는 주말에 뜻밖의 일을 겪게 될 것이라는 어렴풋한 느낌을 처음으로 받았다.

나는 파티에 있을 수 없었다. 나는 슬그머니 빠져나와 걸으면서 곰곰이 생각해보았다. 사기꾼들, 둘 다 그렇다. 그들은 자신들이 천재인 척을 했다. 하지만 그냥 맹목적으로 일하는 평범한 사람들일 뿐이었고, 어둠 속에 빛을 가져올 수 있는척할 뿐이었다. 왜 사람들은 모두 거짓말을 할까? 내가 아는 사람들은 다 겉과 속이 다르다. 내가 모통

이를 돌려고 할 때, 버트가 나를 따라오는 모습이 눈에 들어왔다.

"무슨 일이죠?" 버트가 나를 따라잡았을 때 말했다. "저를 따라오고 있었어요?"

버트는 어깨를 으쓱하더니 어색한 웃음을 지었다. "증거물 제1호이고, 이번 쇼의 주인공이니까요. 시카고의 오토바이족에게 치이거나, 습격을 당해서 길에서 뒹굴게 할 수는 없죠."

"저는 보호나 관리를 받고 싶진 않아요."

버트는 두 손을 주머니에 깊숙이 찔러 넣은 채 옆을 따라 걸었고 내 시선을 피했다.

"찰리, 진정해요. 저 늙은이는 신경이 곤두서 있어요. 이번 발표는 그에게 아주 중요해요. 자기 명예가 걸려있으니까요."

"니머 교수와 그토록 가까운 사이인 줄은 미처 몰랐군요." 니머 교수가 편협한 데다가 무리한 요구를 한다고 늘 불평했던 버트를 떠올리면서 나는 비아냥거렸다.

"가깝지는 않죠." 반박을 하는 눈빛으로 그는 나를 보며 말했다. "하지만 그는 자기 인생을 여기에 바쳤어요. 니머 교수가 프로이드도, 융도, 파블로프도, 왓슨도 아니지만 뭔가 중요한 일을 하고 있고, 헌신적으로 연구하는 그를 존경해요. 어쩌면 위대한 사람들처럼 일을 해내려고 노력하는 평범한 사람에 지나지 않기 때문에 더욱 존경하는지도 모르죠. 위대한 사람들은 모두 폭탄을 만드느라 바쁜 사이에 말이죠."

"니머 교수 앞에서 평범한 사람이라고 말하는 걸 듣고 싶군요."

"교수가 자신을 어떻게 생각하는가는 별로 중요하지 않아요. 물론, 그는 이기적이죠. 그래서요? 한 사람이 이런 걸 시도하려면 그런 종류의 이기심 정도는 필요하니까요. 저는 니머 교수와 같은 사람들을 많이 봤기 때문에 거만과 과시는 불안함과 공포를 드러내는 좋은 지표라는 것을 알고 있어요."

"가짜에다 천박하고, 피상적인 사람이라는 뜻이기도 하겠죠." 내가 덧붙였다. "저는 그들의 실체를 알아요. 가짜들이죠. 니머 교수는 가짜라는 의심이 든다고요. 항상 뭔가 겁먹은 표정이거든요. 그렇지만 스트라우스 박사는 저를 놀라게 했죠."

버트는 잠시 생각해보더니 길게 한숨을 쉬었다. 우리는 커피를 마시러 간이식당에 들어갔다. 그의 얼굴을 보지 않고 목소리만 들어도 무척 화가 난 것을 알 수 있었다.

"제가 틀렸다고 생각하나요?"

"찰리, 당신은 먼 길을 그저 좀 빨리 왔을 뿐이죠." 버트가 말했다. "이제는 훌륭한 정신과 측정할 수 없을 만큼 뛰어난 지능을 가진 데다가 대부분의 사람들이 평생에 걸쳐 습득하는 것보다 많은 지식을 흡수했고요. 하지만 당신은 균형이 잡혀있지 않아요. 많은 것을 알고, 많은 것을 알아보죠. 그렇지만 이해라는 것을 발전시키지는 못했어요.

달리 말하자면, 이 단어를 꼭 써야겠는데, 관용이 부족해요. 찰리는 그들을 가짜라고 부르지만, 그들이 한 번이라도 자신들을 완벽하다거나 초인이라고 주장한 적이 있었나요? 그냥 평범한 사람들일 뿐이에요. 그렇지만 당신은 천재라고요."

버트는 자신이 내게 훈계를 하고 있다는 사실을 문득 깨닫고 어색하게 말을 멈추었다.

"더 말해봐요."

"니머 교수의 아내를 만나본 적 있나요?"

"아니요."

"연구실 실험도 잘되고 강의도 잘하고 있는데 니머 교수가 매일같이 왜 긴장하는지를 알고 싶다면 버사 니머를 알아야 하죠. 니머 교수를 교수 자리에 앉힌 사람이 바로 그녀라는 것을 알고 있나요? 버사 니머가 아버지의 영향력을 이용해서 니머 교수가 웰버그 재단에서 연구비를 지원받도록 한 걸 알고 있나요? 지나치게 서둘러서 발표하도록 교수를 밀어붙이기까지 했다고요. 버사 니머 같은 여자의 손에 휘둘려보기 전에는 교수를 전혀 이해하지 못할 거예요."

나는 아무 말도 하지 않았고, 버트가 호텔로 돌아가고 싶어 하는 것을 알 수 있었다. 돌아오는 내내 우리는 아무 말도 하지 않았다.

나는 천재일까? 그렇지 않다고 생각한다. 어쨌든 아직은 아니다. 버트가 말한 것처럼 교육 용어의 완곡한 표현을 흉내 내서 말하자면 나는 이례적이다. 이례적이라는 말은 타고났다느니(똑똑하다는 뜻) 아니면 머리가 없다느니(발달이 늦다는 뜻)와 같은 빌어먹을 꼬리표를 피하기 위한 대중적인 표현으로 이례적이라는 말은 누군가에게 어떤 의미로 쓰이기 시작하면 사람들은 그 뜻을 바꿔버리고 말 것이다. 이런 생각은 마치 아무런 의미가 없을 때에만 그 표현을 사용하란 말 같다. 이례적이라는 것은 어떤 범위의 양쪽 끝을 뜻하며, 그러니까 지금까지 살면서 나는 항상 이례적이었던 것이다.

배울수록 이상한 점은 더 멀리 갈수록 미처 존재하는지조차 몰랐던 것을 더 많이 알게 된다는 거다. 좀 전에 나는 어리석게도 모든 것을—세상의 모든 지식을—배울 수 있다고 생각했다. 하지만 이제 나는 그런 지식들이 있다는 것을 알고, 아직은 일부분만이라도 이해할 수 있기를 바랄 뿐이다.

시간이 있을까?

버트는 내게 화가 나있다. 내가 조급하게 서두른다는 것을 그는 알고 있고, 다른 사람들도 분명히 똑같이 느낄 것이다. 그들은 내가 나아가는 것을 방해하고, 내 원래 자리에 붙잡아 두려고 애쓴다. 그런데 내 자리는 과연 어디인가? 지금 나는 과연 누구이며, 어떤 사람인가? 나는 내 인생을 모두 모아 만든 결과물인가, 아니면 지난 몇 달간의 삶만으로 이루어진 결과물인가? 아, 사람들과 그런 의문을 의논하려고 할 때, 사람들은 얼마나 짜증을 내는지. 그들은 자신들이 모른다는 사실을 인정하기를 싫어한다. 니머 교수처럼 평범한 사람이 주제넘게 다른 사람들을 천재로 만들기 위해 헌신한다는 것 자체가 모순이다. 니머 교수는 새로운 학습의 법칙을 발견한 사람, 심리학계의 아이슈타인으로 평가되기를 바란다. 게다가 니머 교수는 학생들이 자신보다 뛰어날지도 모른다는 두려움과 자신의 업적을 의심하고 나쁘게 평가하는 제자를 둘까 봐 스승이 느끼는 공포를 가지고 있다. (실제로 나는 니머 교수의 학생이나 제자가 아니다.)

자기가 거인들 틈에서 죽마나 타고 다니는 사람이라는 사실을 들킬까 봐 겁을 먹는 니머 교수의 심정은 이해가 간다. 이 시점에서 실패하면 그는 무너져 내릴 것이다. 모든 것을 다시 시작하기에 그는 나이가 많다.

내가 존경하며 올려다보던 사람들에 대한 진실을 발견하는 것은 충격적인 일이었다. 나는 버트가 옳다고 생각한다. 나는 사람들을 너무 재촉해서는 안 된다. 그들이 해낸 생각들과 뛰어난 작업들로 실험이 가능했다. 나는 이제 그들의 능력을 넘어섰기 때문에 나도 모르게 그들을 무시하는 태도를 조심해야 한다.

보고서를 읽는 사람들이 내 말을 이해할 수 있도록 알기 쉽게 말하고 쓰라는 충고를 교수와 연구원들에게서 계속 받았을 때, 보고서를 읽는 사람들에는 자신들도 포함되어있다는 것을 나는 알아야 한다. 하지만 내 운명이 예전에 내가 생각했던 것처럼 거인들이 아니라, 아는 것에 한계가 있어서 모든 것에 대답할 수 없는 사람들의 손에 달려있다는 것을 깨닫는 것은 무섭다.

나만의 공간

6월 13일

지금 나는 심한 스트레스를 받으면서 이것을 녹음하고 있다. 나는 모든 것을 뒤로 하고 걸어 나왔다. 혼자 뉴욕으로 돌아가는 비행기에 타있고, 일단 도착한 뒤에는 무엇을 할지 전혀 모르겠다.

나는 솔직히 처음에 과학자들과 학자들이 의견을 교환하기 위해서 모인 국제 학회에 참가한다는 생각에 겁을 집어먹었다. 이곳이 바로 모든 것이 실제로 일어난 곳이구나 하고 나는 생각했다. 이곳은 아무런 성과도 없는 대학교의 토론과는 다를 것이다. 왜냐하면 이 사람들이야 말로 심리학 연구와 교육에 있어서 가장 뛰어난 수준을 갖춘 사람들이기 때문이다. 과학자들은 책을 쓰고 강의를 하며 사람들이 인용하는 권위자들이었다. 니머 교수와 스트라우스 박사는 자신들의 능력 이상의 일을 하는 평범한 사람이겠지만, 여기에 온 사람들은 분명히 다를 것이란 생각이 들었다.

학회 발표시간이 되자 니머는 우리를 이끌고 엄청나게 크고 넓은 방으로 데리고 갔다. 그곳은 바로크 양식의 묵직한 가구들로 채워져 있었고, 거대한 대리석으로 만들어진 곡선 계단들이 놓여있었다. 우리는 빽빽하게 들어차 있는 아양을 떠는 사람들, 고개를 끄덕이는 사람들, 미소를 짓는 사람들을 뚫고 나아갔다. 오늘 아침에 시카고에 막 도착한, 비크맨 대학교 교수 두 명이 우리와 자리를 함께했다. 니머 교수와 스트라우스 박사 뒤로 화이트 교수와 클링거 교수가 오른쪽으로 한두 걸음 떨어져서 걸었으며, 그 뒤를 버트와 내가 따랐다.

모여든 사람들은 우리가 대연회장에 들어갈 수 있도록 길을 내주었고, 니머 교수는 겨우 세 달만에 지능 발달이 뒤진 성인에게 한 깜짝 놀랄만한 일을 가장 먼저 듣기 위해 찾아온 기자와 사진기자들에게 손을 흔들고 있었다.

니머 교수가 퍼블리시티 릴리즈[7]를 미리 보낸 게 틀림없었다.

학회발표에 제출된 심리학 논문들 중에서 인상적인 것도 있었다. 알래스카의 한 집단은 뇌의 다양한 영역에 자극을 주는 것이 어떻게 학습능력을 크게 발전시키는지를 보여주었고, 뉴질랜드의 한 집단은 지각능력을 조절하고 자극을 기억하는 뇌의 영역들을 정확히 보여주었다.

하지만 별로인 논문들도 있었는데 P. T. 젤러만의 경우는 하얀 쥐

7 관청, 기업 따위에서 언론 기관에 정보 제공 또는 취재 협력을 위하여 행하는 발표. 또는 그런 인쇄물.

가 미로에서 길을 익힐 때 모퉁이가 곡선일 때와 각이 졌을 때 걸리는 시간이 어떻게 다른지를 연구했고, 우르펠은 붉은털원숭이의 지능수준이 반응시간에 미치는 영향에 대해서 연구했다. 이런 논문들을 보면 화가 났다. 별로 중요하지 않은 문제들을 자세히 분석하느라 들어간 돈과 시간과 에너지. 이런 학자들과 달리 니머 교수와 스트라우스 박사처럼 중요하지만 결과가 불확실한 주제들을 헌신적으로 연구한 점을 버트는 높이 평가했는데, 그 점은 버트가 옳았다.

니머 교수가 나를 한 명의 인간으로 보기만 했어도 좋았을 텐데.

회장이 비크맨 대학교에서 발표할 차례라고 말했고, 우리는 연단에 놓인 기다란 탁자에 자리를 잡고 앉았다. 앨저넌은 버트와 나 사이의 우리 안에 들어있었다. 우리는 그날 저녁에 가장 큰 주목을 받았고, 우리가 자리를 잡고 앉았을 때 회장이 소개를 시작했다. 나는 그가 이렇게 큰 소리로 외치는 걸 참아야 하리라고 지레짐작하고 있었다. "시인사 수욱녀 여러분. 이 길로 바로 나오셔서 진풍경을 보시길 바랍니다! 과학계에서 한 번도 볼 수 없었던 광경입니다! 바로 여러분의 눈앞에서 쥐와 바보가 천재로 변합니다!"

여기에 내가 예민한 기분으로 온 것은 인정한다.

회장은 이렇게 말했을 뿐이다. "다음 발표는 따로 소개가 필요 없습니다. 비크맨 대학교에서 해낸 놀라운 실험에 관한 소식을 익히 들어서 모두 잘 알고 있으니까요. 비크맨 대학교의 심리학과 학과장인 니머 교수가 지휘하고, 같은 대학교의 신경정신병학센터에 있는 스트라우스 박사가 협력했으며, 웰버그 재단의 지원을 받아서 연구를 진행했습니다. 새삼스럽게 말할 필요도 없지만, 모두가 큰 관심을 가지고 기다려왔던 발표입니다. 이제 니머 교수와 스트라우스 박사에게 진행을 맡기겠습니다."

회장의 찬사가 섞인 소개에 니머 교수는 우아하게 고개를 끄덕였고, 그 순간 스트라우스 박사에게 승리에 찬 눈짓을 했다.

비크맨 대학교에서 나온 첫 번째 발표자는 클링거 교수였다.

나는 점점 불편하게 느껴졌고, 담배 연기와 웅성거리는 소리와 낯선 주위 환경 때문에 앨저넌이 혼란스러워하면서 우리 안을 이리저리 초조하게 움직이는 모습을 볼 수 있었다. 이상하게도 나는 앨저넌이 들어있는 우리를 열어서 앨저넌을 밖으로 내보내고 싶은 충동을 느꼈다. 그것은 정말 어처구니없는 생각이었기에—생각이라기보다는 근질근질한 욕구에 가까웠고—그것을 무시하려고 노력했다. 하지만 클링거 교수가 전형적인 학술논문인 "T자형 미로에서 도착지점이 왼편에 놓인 것과 오른편에 놓은 것이 결과에 미치는 영향"을 읽는 것을 들으며 앨저넌이 들어있는 우리의 자물쇠를 나도 모르게 만지작거리고 있었다.

잠시 뒤에 (스트라우스 박사와 니머 교수가 자신들의 최고의 업적을 공개하기 전에) 버트는 앨저넌에게 학습능력 테스트를 실시하고 지능을 관리해온 과정과 결과를 적은 보고서를 읽을 예정이었다. 그 뒤에는 앨저넌이 먹이를 구하기 위해 미로를 빠르게 통과하는 모습을 직접 청중들에게 보여주기로 되어있었다. (앨저넌이 먹이를 구하려고 문제를 푸는 것이 나는 늘 화가 났다!)

나는 버트와 사이가 나쁘거나 하지는 않았다. 버트는 항상 내게 있는 그대로 말해왔었다. 대부분의 다른 사람들보다 더욱 그랬다. 하지만 다른 사람들처럼 젠체하고 부자연스러웠다. 마치 버트도 자신의 은사들의 역할을 맡으려고 하는 것 같았다. 나는 다른 무엇보다도 버트와의 우정을 생각해서 더욱 참았다. 앨저넌을 풀어놓으면 학회장은 아수라장이 될 것인 데다, 무엇보다도 이 자리는, 버트가 치열한 경쟁이 벌어지는 학계의 일원으로 승격되는 데뷔 무대였기 때문이다.

나는 앨저넌이 들어있는 상자의 빗장에 손가락을 올려놓았다. 앨저넌이 내 손의 움직임을 분홍색 알사탕과 같은 눈으로 곁눈질을 할 때, 앨저넌도 내가 무슨 생각을 하고 있는지를 알고 있다고 확신했다. 그때, 버트는 시연을 하기 위해 상자를 들어 올렸다. 그는 자물쇠의 복잡한 구조와 자물쇠를 열 때마다 요구되는 문제해결 방식을 설명했다. (얇은 플라스틱 나사들을 여러 모양으로 배치하면 쥐는 그와 같은 순서로 여러 개의 레버를 눌러 나사를 조종해야 했다.) 앨저넌의 지능이 높아질수록 문제를 푸는 속도도 빨라졌다. 그 점은 아주 분명했다. 그런데 버트는 그때 내가 미처 몰랐던 사실을 공개했다.

지능이 가장 높아졌을 때, 앨저넌의 행동은 변화가 심했다. 버트의 보고에 따르면, 분명 배가 고파 보이는데도 문제 풀기를 거부할 때도 있었고 문제를 풀고 보상으로 주어진 음식을 먹지 않고 상자 우리의 벽을 향해 자기의 몸을 세게 부딪칠 때도 있었다고 했다.

청중 중에서 누군가가 이런 불규칙적인 행동이 바로 높아진 지능 때문에 일어난 것이라고 생각하는지를 버트에게 물었을 때, 버트는 대답을 회피하며 이렇게 말했다.

"제가 아는 바로는," 버트가 말했다. "그런 결론을 내리기에는 아직 증거가 부족합니다. 다른 가능성도 있습니다. 원래 시행했던 수술 때문에 높아진 지능과 이 정도의 이상 행동은 둘 다 생겨날 수 있으며, 한쪽이 다른 쪽의 원인이 아닐 수도 있습니다. 또한 이런 이상 행동이 앨저넌에게만 일어났을 가능성도 있습니다. 우리는 다른 어떤 쥐에서도 이런 증상을 발견하지 못했습니다. 그렇지만 앨저넌처럼 높은 수준의 지능을 가진 쥐도 없었고, 앨저넌처럼 오랫동안 유지한 쥐도 없었죠."

버트의 대답을 듣자마자 그 정보를 내게는 알려주지 않았다는 사실을 바로 알 수 있었다. 나는 사실을 숨긴 이유를 의심했고 화가 났다. 하지만 버트와 사람들이 나중에 자료영상을 보여주었을 때 내가 느꼈던 분노에 비하면 아무것도 아니었다.

실험실에서 내 행동과 테스트를 찍어두었다는 사실을 나는 전혀 알지 못했다. 화면 안에는 내가 있었다. 탁자 앞, 버트 옆에 앉아서 전기가 흐르는 철필을 들고 어리둥절한 표정으로 입을 벌린 채 나는 미로를 달리려고 노력했다. 충격을 받을 때마다 나는 우스꽝스럽고 깜짝 놀란 눈으로 앞을 응시했고, 바보 같은 미소를 다시 지었다. 내가 그럴 때마다 청중들은 웃었다. 시합에 시합을 거듭할수록 청중들은 반복해서 웃었고 그럴수록 점점 더 재미있어 했다.

그들이 경박한 호기심에 빠져 정신없이 쳐다보는 사람들이 아니라, 지식을 추구하는 과학자들이라고 나는 혼자 중얼거렸다. 그들이 그런 장면을 보고 웃는 건 당연했지만, 버트가 그런 분위기를 파악하고 자료영상에 재미있는 설명을 덧붙이자 나도 장난을 치고 싶다는 생각이 더 강하게 들었다. 앨저넌이 우리에서 도망치는 모습을 본다면, 그래서 여기 모인 사람들이 뿔뿔이 흩어지고 바닥을 기어 다니면서 두 손으로 조그맣고, 하얗고, 종종걸음으로 달려가는 천재를 다시 잡아넣으려는 모습을 본다면 훨씬 재미있을 것이다.

하지만 나는 충동을 억눌렀고, 스트라우스 박사가 연단에 올라섰을 때에는 그런 마음이 더 이상 들지 않았다.

스트라우스 박사는 주로 신경외과 이론과 기술을 다루었다. 호르몬 조절 센터들의 지도를 그린 선구적 연구들을 활용해서 호르몬 조절 센터들을 따로 떼어내어 자극할 수 있었으며 동시에 대뇌피질에서 호르몬 억제물질을 생산하는 부위를 어떻게 제거할 수 있었는지를 자세히 설명했다. 그는 효소저해이론을 설명했고, 계속해서 수술 전후의 나의 신체 상태를 설명했다. 박사는 청중들에게 사진을 보여주며, (나는 사진을 찍었는지도 몰랐다.) 설명을 덧붙였다. 나는 청중들이 고개를 끄덕이며 미소를 짓는 모습에서 대부분의 사람들이 스트라우스 박사의 의견에 동의한다는 것을 알 수 있었다. 나의 "굼뜨고 공허하게 보이는 얼굴 표정"이 "정신을 바짝 차린 지적인 모습"으로 바뀌었다는 사실에 동의했다. 게다가 박사는 상담 진료의 적절성에 관해 자세히 설명했는데, 특히 소파에서 자유연상을 할 때 나의 태도가 변한 것을 언급했다.

나는 과학적 연구보고의 증거자료로 왔기 때문에 사람들 앞에 전시될 것은 각오했었다. 하지만 모두들 내가 마치 과학계에 소개할 새로운 발명품인 양 계속 떠들어댈 것이라고는 예상하지 못했다. 이 학회장 안의 누구도 나를 사람으로, 그러니까 하나의 인격체로 여기지 않았다. "앨저넌과 찰리" 그리고 "찰리와 앨저넌"이라고 이름을 나란히 부르는 것은 그들이 우리 둘을 실험실 밖에서는 존재감이 없는 한 쌍의 실험동물로 생각한다는 것을 의미했다. 하지만 내 분노와는 별개로 무엇인가 잘못되었다는 생각은 지울 수 없었다.

마침내 니머 교수가 발표할 차례가 되었다. 프로젝트의 총책임자로서 정리를 하고, 이런 뛰어난 실험을 해낸 과학자로서 주목받기 위해서였다. 이것이 그가 기다리던 날이었다.

니머 교수가 연단 위에 올라서자 멋져 보였다. 그가 말하는 동안 진실이라고 생각되는 말들에 수긍하며 나도 모르게 고개를 끄덕였다. 검사, 실험, 수술과 수술 뒤의 나의 정신적인 발달이 마침내 묘사되었다. 그리고 그의 발표는 내가 쓴 경과보고서를 인용하면서 활기를 띠었다. 한 번 더 나는 뭔가 청중들을 향해 읽기에는 개인적이거나 어리석은 내용을 듣고 있는 나 자신을 발견했다. 키니언 선생님과 나 자신에 대한 자세한 이야기들은 나만의 기록으로 따로 적어둔 것이 천만다행이다.

그때, 니머 교수가 정리하면서 이렇게 말했다. "비크맨 대학교에서 이 프로젝트를 수행한 우리들은 우리의 신기술로 자연이 낳은 오류를 우수한 인간으로 창조해낸 사실을 알게 되어서 만족스럽습니다. 찰리가 우리에게 왔을 때 그는 사회에서 벗어나 있었고, 돌봐줄 친구나 친척도 없이 대도시에서 홀로 지내고 있었으며, 정상적인 삶을 살아갈 정신적 능력도 없었습니다. 과거도 기억하지 못했고, 현재와도 동떨어져 있었으며, 미래에 대한 희망도 없었습니다. 실험하기 전에는 찰리 고든이라는 사람은 없었다고 말할 수 있습니다…."

사람들이 나를 자기들의 개인금고에 넣어둔 새로운 귀중품처럼 취급할 때 왜 그토록 분노가 치밀어 올랐는지는 모르겠다. 하지만 그건, 확신하건대, 우리가 시카고에 도착한 그 순간부터 내 마음 한구석에서 계속 맴돌며 메아리치던 바로 그 생각이었다. 나는 자리에서 벌떡 일어나 모든 사람들에게 니머 교수가 얼마나 어리석은지 보여주고 싶었다. 그에게 소리치고 싶었다. '나도 사람이에요, 사람. 부모도 있고, 지난 일도 기억하고, 과거도 있어요. 그리고 당신들이 나를 저 수술실로 옮기기 전부터 난 존재했다고요!'

그와 동시에 스트라우스 박사가 자료를 설명하고 니머 교수가 더 자세히 설명했을 때, 분노가 들끓는 저 마음 깊숙한 곳에서 나를 불편하게 만든 상황을 꿰뚫어 볼 수 있는 엄청난 통찰력의 칼날을 벼리고 있었다. 그들은 오류를 범했다!

변화가 일시적이지 않다고 판단할 때 증거로 삼는 대기기간을 통계에 따라 평가하는 것은 지능발달과 학습 심리학 분야에서 지능이 낮은 동물과 높은 동물을 대상으로 하는 이전 실험들을 바탕으로 했다. 하지만 동물의 지능이 두세 배 늘어날 경우에는 대기기간도 늘어나야 한다는 것이 틀림없었다.

니머 교수의 결론은 아직 때 이른 것이었다. 앨저넌과 내가 이런 변화를 계속 유지하게 될지를 알려면 더욱 많은 시간이 필요하기 때문이다. 교수들은 오류를 범했지만 누구도 그것을 발견하지 못했다. 나는 벌떡 일어나서 그들에게 말하고 싶었지만 움직일 수 없었다. 앨저넌처럼 나도 그들이 내 주위에 둘러친 철망 안에 갇혀버린 것이다.

이제 곧 질의응답 시간이 될 것이고, 저녁 식사 전까지는 이 유명한 과학자들 앞에서 쇼를 해야 했다. 아니, 나는 그곳을 벗어나야만 했다.

"어떤 의미에서 그는 현대 심리학 실험의 결과입니다. 박약한 정신을 담은 육체를 가지고 저지르는 무책임한 행위로 인해 사람들이 두려워하는 사회의 짐이 되는 대신, 인간으로서의 존엄과 감수성을 지닌, 사회에 기여하는 한 구성원으로서의 역할을 맡을 준비가 된 사람이 여기 있습니다. 여러분, 이제 찰리 고든의 말을 들어보도록 합시다."

니머 교수에게 하느님의 저주가 내리기를. 교수는 자신이 무슨 말을 하고 있는지를 몰랐다. 그때, 충동이 나를 이끌었다. 손이 움직일수록, 나의 의지와는 관계없이, 앨저넌이 들어있는 우리의 빗장을 내리기 위해 움직이는 나의 손을 홀린 듯이 쳐다보았다. 내가 빗장을 열자, 앨저넌은 나를 올려다보더니 잠시 멈춰있었다. 그런 뒤에 앨저넌은 몸을 돌려서 쏜살같이 우리 밖으로 달려 나갔고, 기다란 탁자들 사이를 날쌔게 움직였다.

처음에는 하얀 다마스크 테이블보 위의 하얀 얼룩쯤으로밖에 보이지 않았다. 그러나 결국 한 여자가 식탁에서 비명을 지르며 벌떡 일어났고 의자가 뒤로 휙 넘어갔다. 여자 너머로 물주전자들이 넘어졌고, 버트가 소리쳤다. "앨저넌이 도망갔다!" 앨저넌은 테이블 밑으로 뛰어내려서 단상 위로 올라가더니 다시 바닥으로 뛰어내렸다.

"붙잡아라! 붙잡아!" 니머 교수가 소리를 질렀고, 우왕좌왕하던 청중들의 두 팔과 두 다리가 엉켰다. 여자들 몇 명은(실험학자들은 아니었지만?) 흔들거리는 접이의자들 위에 서있으려고 애를 썼고, 그 사이에 다른 여자들이 앨저넌을 구석으로 모는 것을 도우려고 애쓰다가 그 접이의자들을 그만 쓰러뜨리고 말았다.

"저 뒷문들을 닫아!" 앞문이 아니라 뒷문으로 향할 정도로 앨저넌이 똑똑하다는 것을 눈치챈 버트가 소리쳤다.

"도망쳐!" 나는 소리쳤다. "옆문으로 나가!"

"앨저넌이 옆문으로 도망쳐버렸어!" 누군가가 소리쳤다.

"앨저넌을 잡아!" 니머 교수가 애원했다.

사람들이 대연회장에서 복도로 쏟아져 나왔고, 앨저넌은 적갈색 카펫이 깔린 복도를 쪼르르 달려가면서 사람들을 따돌리며 고생시키고 있었다. 앨저넌은 루이 14세 탁자 밑으로 들어가더니 야자나무 화분을 돈 다음에 계단을 올라갔고 모퉁이를 돌아 다시 계단을 내려가 중앙복도를 달리면서 우리가 지나갈 때 다른 사람들을 따라가고 있었다. 사람들이 복도에서 우왕좌왕 뛰어다니며 대부분의 그들보다 똑똑한 하얀 쥐를 쫓아다니는 모습은 정말 오랜만에 보는 웃기고 재미난 광경이었다.

"그래, 계속 웃어봐!" 니머 교수가 콧방귀를 뀌며 말했고 하마터면 나와 부딪힐 뻔했다. "우리가 앨저넌을 찾지 못하면 실험 전체가 난관에 빠져."

나는 휴지통 밑을 보며 앨저넌을 찾는척했다. "그거 아세요?" 내가 말했다. "교수님은 실수를 저지르셨어요. 뭐, 오늘 이후로는 별로 문제가 되지는 않겠지만요."

잠시 후에 여섯 명의 여자들이 화장실에서 비명을 지르며 뛰쳐나와서는 스커트를 정신없이 꽉 붙잡고 있었다.

"저기 쥐가 있어요." 누군가가 소리쳤다. 하지만 잠시 동안 앨저넌을 찾던 군중들은 벽에 쓰인 손글씨에 주춤했다. 숙녀용. 나는 보이지 않는 장애물을 넘어 성스러운 문을 열고 들어간 첫 번째 사람이었다.

앨저넌은 세면기 위에 올라가 앉아있었고, 거울에 비친 자기 모습을 노려보고 있었다.

"이리 와." 나는 말했다. "함께 여기를 빠져나가자."

앨저넌은 내가 자신을 들어 올려도 가만히 있었고, 나는 앨저넌을 재킷 주머니 안에 넣었다.

"내가 너에게 말할 때까지 거기에 조용히 있어."

사람들이 회전문을 통과해서 쏟아져 들어왔다. 그들은 벌거벗은 여자들이 비명을 지르는 모습을 볼 것이라고 기대한 것처럼 죄책감을 느끼는 모습이었다. 사람들이 화장실을 뒤지는 동안 나는 밖으로 나가서 버트가 말하는 것을 들었다. "환풍기에 구멍이 나있어요. 앨저넌이 거기로 올라간 것 같습니다."

"어디로 연결되어있는지를 알아봐." 스트라우스 박사가 말했다.

"2층으로 가." 니머 교수가 스트라우스 박사에게 손짓하며 말했다.

"나는 지하실로 내려가지."

이때 사람들이 여자화장실 밖으로 우르르 몰려나와 두 무리로 갈라졌다. 그들이 환풍기가 어디로 이어져 있는지를 발견하려고 애를 쓰는 사이, 나는 스트라우스 박사가 이끄는 무리를 뒤따라 2층으로 올라갔다. 스트라우스 박사와 화이트 교수와 여섯 명의 제자들은 오른쪽으로 돌아서 B 복도로 내려갔고, 나는 C 복도로 올라가서 내 방까지 승강기를 타고 갔다.

방에 들어간 뒤에 나는 등 뒤로 문을 닫고, 주머니를 톡톡 두드렸다. 분홍 코에 하얀 솜털이 달린 앨저넌이 쑥 고개를 내밀더니 주위를 둘러보았다. "짐을 쌀 거야." 나는 말했다. "그런 다음에 여길 뜰 거야. 너와 나 둘이서만 말이야. 인간들이 만들어낸 천재들이 도망가다니."

나는 호텔 사환을 시켜서 가방들과 녹음기를 손님을 기다리던 택시에 싣게 하고, 숙박비를 내고 회전문 밖으로 걸어 나갔다. 사람들이 쫓던 앨저넌은 내 재킷 주머니 안에 있다. 나는 뉴욕으로 돌아가는 왕복 항공편 비행기 표를 사용했다.

나는 머물던 곳으로 돌아가지 않고 이곳에서 하루 이틀 정도 호텔에 머물 계획이다. 도심지역 어딘가에 가구가 딸린 아파트를 구할 동안 호텔을 작전기지로 사용할 것이다.

이런 것들을 전부 털어놓으니까 기분이 훨씬 나아졌다. 약간 바보같은 짓을 했다는 생각도 든다. 앨저넌을 구두상자에 담아 비행기 좌석 밑에 두고 함께 뉴욕으로 돌아오면서 생각해보니 내가 왜 그토록 화가 났는지, 도대체 무슨 짓을 한 건지 전혀 모르겠다. 공황상태에 빠지면 안 된다. 오류가 있다고 해서 반드시 심각한 것은 아니니까. 다만 니머 교수가 생각한 만큼 연구결과가 결정적으로 정확하지는 않다는 뜻일 뿐이다. 하지만 이제 나는 어디로 가야 할까?

먼저, 부모님을 만나봐야겠다. 되도록 빨리.

내가 생각했던 것보다 시간이 별로 없을지도 모른다·····.

6월 15일

어제 우리가 도망친 것을 각 신문사에서 크게 다루었고, 잡지에서도 신나게 떠들어댔다. 《데일리프레스》 2면에는 나의 옛날 사진과 하얀 쥐를 스케치한 것이 실렸다. 표제에는 이렇게 적혀있었다. "천재가 된 지적장애인과 쥐 난폭해지다." 보도에 따르면 니머 교수와 스트라우스 박사는 내가 극심한 스트레스를 받고 있으며, 틀림없이 곧 돌아올 것이라고 말했다. 앨저넌이 나와 함께 있는지 모르고, 앨저넌을 되찾는 데 오백 달러의 현상금을 걸었다.

5면에 실린 관련 기사로 넘겼을 때, 나는 엄마와 여동생 사진을 보고 놀랐다. 기자가 부지런히 발품을 판 게 틀림없다.

여동생, 천재가 된 지적장애 오빠의 행방을 몰라

(데일리프레스 특집기사)

뉴욕, 브루클린. 6월 14일—노마 고든 양, 모친 로즈 고든과 함께 뉴욕 브루클린 막스 거리 4136번지에서 살고 있으며, 오빠의 소재에 관해 전혀 아는 바가 없다고 답했다. "17년 넘도록 우리는 찰리를 보지 못했고, 소식도 듣지 못했어요"라고 고든 양이 말했다.

고든 양에 따르면 지난 3월에 비크맨 대학교의 심리학과장이 찰리를 실험에 쓸 수 있도록 허락을 받기 위해 자신에게 왔을 때까지만 해도 오빠가 죽은 줄 알았다고 했다.

"엄마는 오빠가 워렌에 보내졌다고 했어요." 고든 양이 말했다. "그리고 몇 년 뒤에 오빠가 거기서 죽었다고 했어요. 오빠가 아직까지 살아있을 줄은 정말 꿈에도 몰랐어요."

고든 양은 오빠의 행방을 아는 사람은 누구든 기사에 나온 집 주소로 찾아와 가족들에게 알려달라고 요청했다.

부친 매트 고든 씨는 현재 아내와 딸과 별거 중이며, 브롱크스에서 이발소를 운영하고 있다.

나는 뉴스기사를 잠시 뚫어지도록 응시하다가 시선을 옮겨 다시 사진을 들여다보았다. 가족들의 얼굴을 과연 어떻게 묘사할 수 있을까?

어머니의 얼굴은 기억난다고 말할 수 없다. 최근에 찍은 그 사진은 선명하지만, 나는 어린 시절의 희미한 기억을 통해 사진을 본다. 엄마를 알기는 했지만, 알지 못하기도 했다. 거리를 지나가다 마주쳤다면 알아보지 못했을 테지만, 이젠 저 사람이 나의 엄마라는 사실을 알기에 어렴풋이나마 세세한 부분들을 떠올릴 수 있다. 그렇다!

가느다란 선들이 점점 굵어진다. 뾰족한 코와 턱. 엄마가 지저귀거나 날카로운 새소리를 내는 것도 들리는 듯했다. 위로 올린 머리가 엄격해 보인다. 검은 두 눈으로 나를 꿰뚫어 본다. 엄마 품에 안겨 착한 아이라는 말을 듣고 싶으면서도 매를 맞지 않기 위해 시선은 돌리고 싶다. 엄마 사진을 보고 있으니 몸이 부르르 떨린다.

그리고 노마—노마도 갸름한 얼굴이다. 이목구비가 그리 날카롭지 않고, 예쁘지만, 어딘가 엄마를 무척 닮았다. 양쪽 어깨로 흘러내린 머리칼 때문에 인상이 부드러워 보인다. 두 사람은 거실 소파에 앉아있다.

어머니의 얼굴을 보자 무서운 기억들이 다시 떠올랐다. 어머니는 내게는 전혀 다른 두 사람처럼 느껴졌고, 언제 어머니가 어떤 모습을 보일 것인지는 도무지 알 수 없었다. 다른 사람들에게는 손짓을 하거나, 눈썹을 추켜세우거나, 인상을 씀으로써 신호를 주어서, 여동생은 미리 눈치채고 엄마가 버럭 화를 낼 때마다 손길 밖에 있었지만, 그런 것을 전혀 모르는 나는 항상 혼이 났다. 위로를 받으려고 다가가면, 엄마는 성난 파도처럼 내게 화를 풀곤 했다.

하지만 그렇지 않을 때에 엄마는 따뜻한 목욕물처럼 부드럽게 꼭 안아주고, 두 손으로 내 머리와 눈썹을 쓰다듬고, 어린 시절의 내 마음에 새겨지는 말들을 속삭여줬다.

우리 찰리는 다른 아이들과 다르지 않아.

착한 아이란다.

빛바랜 사진을 보고 있으니, 나는 예전으로 돌아가 아버지와 아기 침대 위로 몸을 기울이고 있다. 아버지는 내 손을 잡고 말한다. "저기 여동생이 있어. 동생은 너무 어려서 손대면 안 돼. 하지만 더 크면 함께 놀 수 있을 거야."

근처의 커다란 침대에 엄마가 누워있는 모습이 보인다. 얼굴이 창백하고, 두 팔은 난초 무늬가 그려진 두툼한 이불 위에 힘없이 놓여있고, 걱정스러운 얼굴로 머리를 들어 올리며 말한다. "매트, 찰리를 잘 감시해요."

당시는 엄마가 날 대하는 태도를 바꾸기 전이었고 그때만 해도 노마가 나처럼 저능한 아이인지 아닌지를 엄마는 알지 못했기 때문이라는 것을 이제 나는 알겠다. 나중에 노마가 지능이 정상이라는 징후를 보여주자 엄마는 하느님이 기도를 들어주었다고 확신했고 그때부터 나를 대하는 엄마의 목소리는 달라지기 시작했다. 목소리뿐만 아니라

손길과 시선과 인격까지도 전부 다 변했다. 마치 자석의 극이 바뀐 것처럼 엄마는 이전에는 끌어당기던 것들을 이제는 밀어냈다. 노마가 정원에서 꽃을 피웠을 때, 나는 잡초가 되어서 구석이나 어두운 곳처럼 눈에 띄지 않는 곳에서만 존재하도록 허락받았던 것을 이제 나는 알 수 있다.

신문에서 엄마의 얼굴을 보고 있으니까 문득 엄마가 미워졌다. 내가 저능아라는 사실을 확신시키느라 바빴던 의사들과 선생님과 다른 사람들의 말을 엄마가 그냥 무시했다면 훨씬 나았을 것이다. 그렇지 않았기에 엄마는 내게서 멀어졌고, 더 많은 사랑을 필요로 할 때 내게 주지 않았다.

이제 와서 엄마를 만나는 게 무슨 소용이 있을까? 나에 대해 엄마는 무슨 말을 해줄 수 있을까? 그렇지만 궁금하다. 과연 엄마는 어떤 반응을 보일까?

엄마를 만나서 내가 예전에 어땠는지를 알아낼까? 아니면 엄마를 잊어버릴까? 과거는 알만한 가치가 있을까? 왜 엄마에게 이렇게 말하는 것이 내게는 그토록 중요할까? "엄마, 날 봐요. 나는 더 이상 지능이 모자라지 않아요. 정상이에요. 아니, 정상 이상이에요. 천재일까요?"

내가 엄마를 마음속에서 떨쳐버리려 해도, 기억들이 과거에서 스며나와 지금, 여기를 물들인다. 또 다른 기억이 떠오른다. 내가 훨씬 더 자랐을 때의 일이다.

어느 날 벌어진 말다툼.

찰리는 침대에 누워있고, 이불을 머리 위로 끌어올려 덮고 있다. 방은 어둡지만, 살짝 열린 방문으로 가느다란 노란빛이 어둠을 뚫고 들어와 두 세계를 연결해준다. 그리고 찰리는 뭔가를 듣는다. 이해는 못하지만, 느낀다. 왜냐하면 그들의 날카로운 목소리는 찰리에 대해 말하는 것과 관련되기 때문이다. 점점 더, 날마다, 찰리는 목소리의 어조와 그들이 그를 말할 때 쓴 인상을 연결한다.

찰리가 거의 잠들려고 할 때, 문틈으로 빛과 함께 들려온 부드러운 목소리들은 언성이 높아져서 논쟁이 되었다. 엄마의 목소리는 엄마가 누군가를 위협할 때 냈던 히스테리에 가까운 날카로운 목소리였다. "찰리는 멀리 보내야 해. 나는 찰리가 더 이상은 집에 동생과 함께 있지 않았으면 좋겠어. 포트만 박사에게 전화해서 우리가 찰리를 워렌 주립보호소에 보내고 싶어 한다고 말해."

차분히 말하는 아버지의 목소리가 들린다. "하지만 당신도 찰리가 동생을 해치지 않을 거라는 걸 알잖아. 이런 나이에는 아무런 차이도 없어."

"어떻게 알아요? 찰리 같은 애와 집에서 함께 자라면 아이에게 나쁜 영향을 미칠지도 몰라요."

"포트만 박사 말로는—"

"포트만 박사가 어쩌고! 포트만 박사가 어쩌고! 그가 뭐라고 했든 난 신경 쓰지 않아요. 노마가 찰리 같은 오빠를 두는 걸 생각해봐요. 요 몇 년 동안 찰리가 다른 애들처럼 자랄 것이라고 믿었지만, 내가 틀렸어요. 이젠 인정해요. 찰리는 그런 곳에 집어넣는 게 나아요."

"이제 당신은 노마가 있으니까, 찰리는 더 이상 필요 없다고 결정했군····."

"당신은 이런 결정을 내리는 게 쉬울 거라고 생각해요? 왜 당신은 일을 더 어렵게 만들죠? 최근 얼마 동안 사람들은 다들 나보고 찰리를 거기에 집어넣어야 한다고 했어요. 뭐, 그 사람들 말이 맞아요. 찰리도 보호소에서는 자신과 비슷한 무리와 함께 뭔가를 얻을지도 모르니까요. 저는 더 이상 옳고 그른 게 뭔지 모르겠어요. 제가 아는 것은 이제는 찰리 때문에 내 딸을 희생시키지는 않겠다는 거죠."

찰리는 비록 두 사람 사이에 오가는 말을 이해하지 못했지만, 겁이 나서 이불 속으로 깊이 파고들었고, 두 눈을 크게 뜨고 주위의 어둠을 뚫어질 것처럼 쳐다보았다.

이제 와서 찰리를 보면, 찰리는 정말로 겁내는 것이 아니라 단지 그냥 뒤로 물러난 것일 뿐이다. 새나 다람쥐가 사육자의 무뚝뚝한 움직임으로부터 뒤로 물러난 것처럼—본의 아니게 본능적으로—살짝 열린 문틈으로 새어 들어온 빛은 빛나는 광경의 이미지로 다시 내게 다가

온다. 찰리가 이불 밑에서 웅송그리는 모습을 보자 찰리는 잘못한 게 하나도 없으며, 여동생이 생긴 후 엄마의 태도가 바뀐 것은 찰리의 능력을 넘어선 일이라고 위로해주고 싶다. 침대 위에 있는 찰리는 두 사람이 무슨 말을 하는지를 이해하지 못했지만, 이젠 찰리에게 상처를 준다. 만약 내가 과거의 내 기억들로 돌아갈 수 있다면, 나는 엄마가 내게 얼마나 많은 상처를 주었는지를 알게 만들 것이다.

아직 엄마에게는 갈 때가 아니다. 나 혼자 해결할 시간이 날 때까지는.

뉴욕에 도착하자마자 만약을 대비해 저축한 돈들을 은행에서 인출했다. 186달러로는 그리 오래 버티기 어렵겠지만, 그래도 시간을 벌 수 있을 것이다.

나는 41번가에 있는 캠던 호텔에 투숙했다. 뉴욕의 타임스퀘어에서 한 블록 떨어진 곳이다. 뉴욕이라! 내가 뉴욕에 관해 읽은 것은 이런 것들이다! 고담··· 인종의 도가니··· 허드슨 강가의 바그다드. 도시의 불빛과 색깔. 내가 평생 지내고 일했던 곳이 고작 몇 정거장 떨어진 곳이고, 타임스퀘어에 앨리스와 딱 한 번 갔다는 사실이 믿어지지가 않는다.

앨리스에게 전화하고 싶은데 참기가 힘들다. 몇 번이나 전화를 걸었다가 중간에 끊었다. 앨리스에게서는 멀리 떨어져 있어야 한다.

여러 가지 혼란스러운 생각이 들어서 적어두어야 한다. 경과보고서를 녹음해두기만 하면 아무것도 놓치지 않을 것이라고 혼자 중얼거린다. 빠짐없이 기록될 것이다. 경과보고서들은 잠시 어둠 속에 넣어두자. 30년이 넘도록 나는 어둠 속에 있었다. 하지만 지금은 피곤하다. 어제 비행기에서 한숨도 자지 못해서 두 눈이 계속 감긴다. 내일 다시 기록하자.

6월 16일

앨리스에게 전화를 걸었지만 받기 전에 끊어버렸다. 오늘 가구가 딸린 아파트를 하나 찾았다. 월세가 95달러로 계획했던 것보다는 돈이 많이 들지만, 10번가와 43번가가 만나는 지점에 있고 십 분 거리에 도서관이 있어서 독서와 연구를 계속할 수 있다. 4층에 방이 네 개이며, 임대 피아노도 놓여있다. 집주인 말로는 조만간 임대 기간이 끝나서 피아노 주인이 가져갈 것이라는데, 그때까지는 피아노 치는 법을 익힐 수 있을 것이다.

앨저넌은 함께 있으면 유쾌한 친구이다. 식사 시간이 되면 조그만 접이식 탁자에 자리를 잡는다. 프레첼을 좋아하고, 오늘은 텔레비전에서 야구를 보면서 맥주도 한 모금 홀짝였다. 앨저넌은 양키스를 응원하는 것 같다.

하나 더 딸린 침실에서 가구를 대부분 들어내고 앨저넌에게 방을 마련해줄 생각이다. 시내에서 싼 값에 구할 수 있는 플라스틱 조각으로 입체미로를 만들어줄 것이다. 앨저넌이 현재 상태를 유지할 수 있도록 복잡한 미로의 몇 가지 변형들도 만들어줄 생각이다. 하지만 앨저넌에게 먹이 외에 다른 것으로 동기부여를 할 수 있는지를 살펴볼 것이다. 문제들을 해결하도록 유도하는 다른 보상들도 틀림없이 있을 것이다.

외로움은 내게 글을 읽고 생각할 기회를 준다. 이제는 기억들도 되살아나서 과거를 재발견하고, 내가 정말 누구이며 어떤 사람인지를 알 수 있는 기회를 준다. 혹시 일이 잘못되더라도 그 정도의 결과는 얻을 수 있을 것이다.

혹시 그가 나를 기억하지 못한다면?

6월 19일

복도 건너편에 사는 페이 릴만을 만났다. 내가 두 손 가득 장을 보고 돌아왔을 때, 열쇠를 집 안에 두고 문을 잠갔다는 것을 깨달았다. 그래서 나는 우리 집 거실 창문과 복도 건너편의 집이 정면으로 난 비상계단으로 이어져 있는 것이 생각났다.

라디오에서 시끄러운 음악이 크게 흘러나오고 있어서 처음에는 작게 노크를 했다가 점점 더 크게 문을 두드렸다.

"들어와요! 문은 열려있으니까요!"

문을 밀고 들어갔을 때, 나는 그만 몸이 굳어버렸다. 이젤 앞에는 날씬한 금발 여인이 분홍색 브래지어와 팬티를 입은 채 그림을 그리며 서있었기 때문이다.

"죄송합니다!" 놀란 나는 제대로 말을 못했고, 문을 닫아버렸다. 나는 문밖에서 큰 소리로 말했다. "복도 건너편에 사는 사람인데요. 열쇠를 집 안에 두고 문을 잠가버려서 비상계단을 통해 저희 집으로 넘어가고 싶어서요."

문이 활짝 열렸고 그녀는 여전히 속옷 차림으로 날 쳐다보았고, 양손에 붓을 든 채 허리에 올리고 있었다.

"들어오라는 말을 못 들었어요?" 그녀는 내게 집 안으로 들어오라며 손짓을 했고, 쓰레기가 가득 들어있는 상자를 밀어버렸다. "거기에 있는 쓰레기 더미는 그냥 넘어서 들어오세요."

그녀가 자신이 옷을 벗고 있다는 것을 잊어버린 게—아니면 미처 깨닫지 못한 게—틀림없다는 생각이 들었고 나는 어디에 눈길을 두어야 할지를 몰랐다. 그녀에게서 눈을 돌려 벽과 천장과 다른 곳들을 계속 쳐다보고 있었다.

그녀의 집은 온통 아수라장이었다. 수십 개의 접이식 작은 탁자 위는 온통 찌그러진 물감 튜브로 덮여있었다. 대부분은 쪼그라든 뱀처럼 딱딱하게 말라있었지만, 그렇지 않고 물감이 줄줄 흘리는 것도 있었다. 튜브와 붓, 깡통과 걸레, 액자와 캔버스가 여기저기에 흩어져 있었다. 그녀의 집에서는 물감과 아마인유와 테레빈유가 뒤섞인 냄새가 진동을 했고, 한 번씩 김빠진 맥주 냄새도 났다. 속을 너무 많이 채운 의자 세 개와 무척 낡은 녹색 소파에는 벗어 던진 옷들이 높이 쌓여있었고, 바닥에는 신발과 스타킹과 속옷들이 놓여있었다. 아마도 그녀는 걸어 다니면서 옷을 벗어 던지는 습관이 있는 것 같았다. 고운 먼지가 사방을 뒤덮고 있었다.

"아, 당신이 고든 씨로군요." 나를 위아래로 훑어보며 그녀가 말했다. "당신이 이사 오면서부터 한번 보고 싶었죠. 여기 앉으세요." 그녀는 의자 위에 놓인 옷 한 무더기를 들어다가 안 그래도 어질러진 소파 위에 툭 던져놓으면서 자리를 권했다. "드디어 이웃을 방문하기로 결심하셨네요. 마실 것을 좀 드릴까요?"

"당신은 화가군요." 나는 주절거렸다. 뭐라고 할 말이 없었기 때문이다. 그녀가 옷을 입지 않고 있다는 것을 깨닫고 비명을 지르며 침실로 달려갈지도 모른다는 생각에 나는 불안했다. 나는 눈을 계속 움직이면서 그녀 말고 다른 곳을 보려고 노력했다.

"맥주? 아니면 에일을 드릴까요? 지금 집에는 백포도주밖에 없어요. 요리용 백포도주는 원하지 않죠, 그렇지 않나요?"

"저는 여기에 계속 있을 수 없어요." 나는 정신을 차리고, 그녀의 왼쪽 턱의 애교점에 시선을 고정시켰다. "집 안에 열쇠를 둔 채로 문을 잠그고 나왔거든요. 비상계단을 가로질러 가고 싶어요. 저희 집 창문과 연결되어있거든요."

"언제든지." 그녀는 내게 단호한 목소리로 말했다. "저런 형편없는 특허를 받은 자물쇠들이 꼭 말썽을 일으킨단 말이죠. 여기에서 지내던 첫 일주일 동안 저는 세 번이나 집에 열쇠를 둔 채로 문을 잠그고 나왔어요. 그리고 한 번은 복도에서 30분 동안 벌거벗은 채로 있었죠.

우유를 사러 집 밖에만 나가면 저 빌어먹을 문이 내 뒤에서 닫히니까요. 저 빌어먹을 자물쇠를 떼어버렸고, 그 뒤로는 자물쇠를 달지 않았어요."

나도 모르게 인상을 쓴 게 틀림없다. 왜냐하면 그녀가 웃었기 때문이다. "봐요. 당신도 저 망할 자물쇠가 무슨 짓을 저지르는지를 봤죠. 저것들은 당신을 쫓아내 버릴 뿐, 당신을 별로 보호해주지 않아요. 안 그런가요? 작년에 이 빌어먹을 건물에서 절도가 15번이나 일어났는데, 전부 자물쇠로 잠긴 집에서 일어났어요. 하지만 여기에는 아무도 들어오지 않았어요. 문이 항상 열려있었는데도 말이죠. 누가 시간이 남아돌아서 이런 곳에서 값이 나가는 걸 찾겠어요?"

그녀가 같이 맥주를 마시자고 졸라서 나는 그렇게 하기로 했다. 그녀가 부엌에 맥주를 가지러 간 사이에 나는 방을 한 번 더 둘러보았다. 미처 눈치채지 못했던 것은 내 뒤쪽 벽의 일부가 깨끗이 정리되어 있다는 점이고, 가구들을 전부 방 한쪽에 밀어놓거나, 한가운데에 놓았고, 그래서 가장 안쪽에 있는 벽이(석고가 벗겨져 벽돌이 드러나 있고) 일종의 화랑으로 쓰였다. 그림들이 천장까지 빼곡하게 걸려있었고 나머지 그림들은 바닥에 서로 기댄 채 세워져 있었다. 몇몇 그림은 자화상이었고, 그중에는 누드화도 두 개 있었다. 내가 집에 들어설 때 그녀가 이젤 위에 놓고 작업하던 그림은 자신의 상반신 누드였으며, (지금은 땋아 늘인 금발 머리를 머리 주위에 왕관처럼 틀어 올리고 있지만) 긴 머리칼이 양쪽 어깨에 드리워져 있었고, 땋은 머리의 일부가 풀린 채로 흘러내려 양쪽 가슴 사이에 놓여있었다. 그림 속에서 그녀의 가슴은 위로 봉긋 올라와 있었고, 젖꼭지는 막대사탕처럼 비현실적인 붉은 색이었다. 그녀가 맥주를 들고 오는 소리가 들렸을 때, 나는 이젤에서 재빨리 몸을 돌리다가 그만 책 더미에 발부리를 채였다. 나는 벽에 걸린 작은 가을 풍경화를 보는척했다.

그녀가 얇은 실내복이라도 걸쳐서 안심이 됐다. 하지만 그 옷도 여기저기에 구멍이 나있었다. 나는 처음으로 그녀를 정면으로 볼 수 있었다. 정확히 아름답지는 않지만, 그녀의 푸른 두 눈과 앙증맞은 들창코는 고양이와 같은 인상을 주었고, 이는 그녀의 운동선수 같은 몸의 움직임과는 대조적이었다. 그녀는 서른다섯 살이고, 날씬하고, 몸매의 균형이 잘 잡혀있었다. 그녀는 단단한 나무 바닥에 맥주병들을 놓고, 그 옆의 소파 앞에 다리를 끌어당겨 앉았고, 내게도 똑같이 해보라고 동작을 취했다.

"의자에 앉는 것보다 바닥이 더 편하다니까요." 그녀는 맥주를 홀짝이면서 말했다. "그렇지 않나요?"

그런 생각은 못해봤다고 하자 그녀는 웃으면서 내 얼굴이 순수해 보인다고 했다. 그녀는 자기 이야기를 하고 싶어 했다. 그리니치 빌리지에서 지내는 것은 피한다고 했는데 왜냐하면 그곳에 있으면 그림을 그리는 대신에 온종일 바와 커피숍에서 시간을 보내게 될 것이기 때문이라고 했다. "여기서 지내는 게 나아요. 위선자들과 딜레탕트들과 떨어져서 말이죠. 여기에서 나는 내가 원하는 걸 할 수 있고 누구도 저를 냉소하지 않아요. 당신은 냉소가가 아니죠. 그렇죠?"

나는 잘 모르겠다는 듯이 어깨를 으쓱했다. 내 바지와 두 손 위에 온통 먼지들이 묻어있는 것을 보고도 애써 아무렇지 않은 척하려고 노력했다. "우리는 각자 저마다 냉소하는 게 있죠. 당신은 위선자들과 딜레탕트들을 비웃지요. 그렇지 않나요?"

잠시 후에 나는 이만 아파트로 돌아가는 편이 좋겠다고 말했다. 페이는 창가에 쌓여있던 책 더미를 치웠고, 나는 빈 맥주병들이 들어있는 종이가방들과 신문 더미를 디디고 올라섰다. "한번 날 잡아서," 페이가 한숨을 쉬며 말했다. "저것들을 돈으로 바꿔야 해요."

나는 창턱을 넘어 비상계단으로 나갔다. 내 집 창문을 연 뒤에 짐을 가지러 돌아왔지만, 내가 고맙다고 말하고 작별인사를 하기도 전에 그녀는 나를 따라 비상계단으로 나왔다. "집 구경 좀 시켜주세요. 한 번도 들어가 본 적이 없어요. 당신이 이사 오기 전에는 작은 체구의 바그너 할멈 자매들이 살았는데 아침에 마주쳤을 때 인사도 안 했거든요." 그녀는 내 뒤를 따라 창문으로 기어 들어와서 창턱에 걸터앉았다.

"들어와요." 나는 탁자 위에 장본 것을 올려놓으며 말했다.

"맥주는 없지만, 커피 한 잔은 끓여줄 수 있어요." 하지만 내 뒤쪽을 본 그녀는 놀라서 눈이 휘둥그레졌다.

"이럴 수가! 이렇게 깨끗하게 정리된 곳은 처음 봐요. 남자가 혼자 살면서 이렇게 깔끔하게 정리해놓고 지낼 것이라고 누가 생각하겠어요?"

"항상 이렇게 지내진 않았죠." 나는 변명하듯이 말했다. "여기로 이사 와서 그래요. 이사 올 때 깨끗했기 때문에 이렇게 깨끗이 정리하고 지내야 한다는 강박관념이 생겼어요. 이젠 뭔가 제자리에 없으면 짜증이 나요."

페이는 창턱에서 내려와 집 안을 둘러보았다.

"이봐요," 문득 그녀가 말을 꺼냈다. "혹시 춤추는 거 좋아해요? 있잖아요–" 그녀는 두 손을 내밀고 입으로는 라틴음악의 박자를 흥얼거리면서 복잡한 스텝을 밟았다. "내게 춤춘다고 해요. 그렇지 않으면 그냥 가버릴 거예요."

"폭스트롯[8]밖에 출 줄 몰라요. 그것도 그리 잘하지는 못해요."

그녀는 알 수 없다는 듯이 어깨를 으쓱했다. "저는 춤추는 것을 너무 좋아해요. 하지만 제가 만난 사람들 중에는 춤을 잘 추는 사람이 아무도 없었어요. 저는 한 번씩 잔뜩 빼입고 시내의 스타더스트 댄스홀에 가요. 댄스홀에 자주 드나드는 남자들은 소름이 좀 돋지만, 그래도 춤은 출 줄 아니까요."

그녀는 주위를 둘러보더니 한숨을 쉬며 말했다. "빌어먹을 정도로

8 짧고 빠르며 활발한 스텝.

꼼꼼하게 정리된 곳이 뭐가 마음에 안 드는지를 말해둘게요. 예술가로서 말이죠. 신경에 거슬리는 것은 저 직선들이에요. 벽의 직선들과, 바닥의 직선들과, 구석의 직선들이 여기를 상자처럼 만들어요. 관처럼 말이죠. 그 상자 밖으로 나갈 수 있는 방법은 술을 좀 마시는 것뿐이에요. 그러면 모든 선들이 구불구불한 물결 모양이 돼요. 그러면 나는 세상에 대해서 기분이 좀 더 나아져요. 모든 것들이 이런 식으로 질서정연하고 선이 그어져 있다면 나는 병들고 말 거예요. 휴우! 만약에 제가 여기에 살아야 한다면 항상 취해있어야 할 거예요."

갑자기 그녀는 몸을 휙 돌리더니 나를 정면으로 쳐다보았다. "이봐요, 20일까지 5달러만 빌려줄래요? 그때 내 생활비 수표가 오니까요. 평소에는 돈이 떨어지지 않는데, 지난주에 문제가 있었어요."

내가 미처 대답하기도 전에, 그녀는 환호에 찬 고함을 지르더니, 구석에 놓인 피아노로 달려갔다. "예전에 피아노를 쳤었어요. 당신이 장난삼아 피아노를 몇 번 치는 게 들렸어요. 그럴 때마다 나는 말했죠. 저 사람은 피아노를 정말 빌어먹을 정도로 잘 치는구나. 그래서 저는 당신을 보기도 전에 만나고 싶었어요. 빌어먹을 정도로 오랫동안 피아노를 치지 못했거든요." 내가 커피를 내리기 위해 부엌에 들어가자 그녀는 피아노에서 일어섰다.

"언제든 연습하러 와요. 대환영이니까." 나는 말했다. 왜 내 공간을 그토록 자유롭게 공개했는지 모르겠지만, 그녀에게는 뭔가 완전히 이

타적일 것을 요구하는 뭔가가 있었다. "아직 문을 열어놓고 지내진 않지만, 창문은 안 잠그니까요. 혹시 제가 없어도 비상계단으로 들어오기만 하면 돼요. 커피에 크림과 설탕을 넣을까요?"

대답이 없어서 나는 거실을 다시 들여다보았다. 그녀가 없어서 나는 창가로 걸음을 옮겼고, 그때 앨저넌의 방에서 그녀의 목소리가 들렸다.

"이봐요, 이게 뭐죠?" 그녀는 내가 만든 플라스틱 입체 미로를 살펴보고 있었다. 그녀는 그것을 꼼꼼히 살펴보더니, 꺅 소리를 냈다. "현대 조각! 상자들과 곧은 직선들!"

"특별한 미로예요." 내가 설명했다. "앨저넌을 위해 만든 복잡한 학습도구죠."

하지만 그녀는 흥분해서 미로 주위를 빙빙 돌고 있었다. "뉴욕의 현대 미술관에 갖다 놓으면 사람들이 열광할 거예요."

"조각이 아니에요." 나는 단호히 말했다. 나는 미로에 붙어있는 앨저넌이 들어있는 우리의 문을 열어서 앨저넌이 미로에 들어오게 했다.

"이럴 수가!" 그녀가 낮은 목소리로 말했다. "조각인데 살아 움직이는 요소도 있군요. 찰리, 고철로 만든 자동차와 통조림통 조각으로 만든 꽃 이래로 정말 대단한데요."

나는 뭐라고 설명하려고 했지만, 그녀는 살아있는 요소가 조각에 역사를 만든다고 고집을 부렸다. 그녀의 장난기 가득한 두 눈에서 웃음을 보았을 때, 나는 그녀가 나를 놀리고 있다는 것을 깨달았다. "그것은 저절로 계속되는 예술일지도 몰라요." 그녀는 말을 이었다. "예술 애호가로서 창조적인 경험이에요. 당신은 쥐를 한 마리 더 가지고 오고, 쥐가 새끼를 낳으면, 살아있는 요소를 재생산하기 위해서 한 마리를 항상 가지고 있지요. 당신의 작품은 영원히 살아있을 것이고, 상류 인사들의 화젯거리가 되어 다들 하나씩 사는 거죠. 당신은 그것을 뭐라고 부를 거예요?"

"좋아요." 나는 한숨을 쉬었다. "제가 항복할게요···."

"아니에요." 그녀는 코웃음을 치며 앨저넌이 도착점에 이르는 길을 찾은 플라스틱 지붕을 톡톡 두드렸다. "항복한다는 말은 너무 진부하게 들려요. 이런 건 어때요? 삶이란 미로 상자일 뿐?"

"당신은 정말 괴짜군요." 내가 말했다.

"당연하죠!" 그녀가 빙그르르 돌더니, 한 쪽 다리를 뒤로 빼고 무릎을 살짝 구부리며 인사를 했다. "언제 눈치챌까 궁금했어요."

바로 그때 커피가 끓기 시작했다.

그녀는 커피를 반쯤 마신 즈음에 숨이 멎을 듯 놀라더니 뛰어가야 한다고 했다. 30분 전에 전시회에서 만난 사람과 데이트 약속이 있다는 것이었다.

"돈이 필요하다고 했잖아요." 내가 말했다.

그녀는 손을 뻗어서 반쯤 열린 내 지갑에서 5달러를 꺼내갔다. "다음 주에 갚을게요." 그녀가 말했다. "수표가 들어오면 말이죠. 고마워요." 그녀는 돈을 구겼고, 앨저넌에게 키스를 날렸다. 그리고 내가 무슨 말을 하기 전에 창밖으로 나가서 비상계단으로 갔고 눈앞에서 사라졌다. 나는 그녀를 찾으면서 멍청하게 그곳에 서있었다.

정말 매혹적이다. 생기와 활기로 가득하다. 그녀의 목소리와 두 눈은—그녀의 모든 것은—유혹이었다. 그런 그녀가 창밖으로 나가서 비상계단을 건너가기만 하면 되는 곳에 살고 있다.

6월 20일

매트를 보러 가기 전에 좀 더 기다리거나, 아니면 전혀 보러 가지 않거나 했어야 했다. 모르겠다. 내가 기대했던 대로 일이 풀리지 않았다. 매트가 브롱크스 어딘가에 이발소를 차렸다는 단서가 있었기에 그를 찾기란 쉬운 일이었다. 나는 그가 뉴욕의 어느 이발용품 공급회사에서 일하면서 물건을 팔았다는 것을 기억해냈다. 그것은 나의 발길을 메트로 이발용품점으로 이끌었고, 브롱크스의 웬트워스 거리에 있는 고든 이발소의 전화번호를 알아낼 수 있었다.

매트는 자신의 이발소를 차리는 것에 대해 자주 이야기했었다. 물건을 파는 일을 얼마나 싫어했던가! 그것 때문에 두 사람은 얼마나 싸웠던가! 엄마는 판매원은 그래도 품위 있는 직업이지만, 이발사 남편은 절대로 두지 않을 거라고 고함을 질렀다. "아, 마가렛 피니가 이발사 마누라라고 킥킥거리지 않을까요? 그리고 남편이 알람 재해보험회사에서 손해배상 청구 조사관으로 일하는 루이스 메이너는 또 뭐라고 할까요? 콧대가 하늘을 찌르지 않겠어요?"

수년 동안 하루하루를 그토록 싫어하는 판매원 일을 하면서 (특히 영화 《세일즈맨의 죽음》을 보고 난 후에 더욱 그랬고) 매트는 늘 사장이 되는 것을 꿈꿨다. 매트가 저축에 대해서 말하고, 지하실에서 내 머리를 깎아볼 당시에 그런 계획이 이미 마음속에 있었던 게 분명했다. 매트는 내 머리를 잘 잘랐고, 스케일즈 거리의 싸구려 이발소에서 자른 것보다 훨씬 났다고 자랑스러워했다. 엄마를 버리고 떠났을 때, 그는 영업도 버리고 떠났는데, 나는 그런 아버지가 존경스럽다.

매트를 만난다는 생각에 가슴이 부풀었다. 매트와는 따뜻한 추억들을 가지고 있었다. 매트는 나를 있는 그대로 받아들이려고 했다. 노마가 태어나기 전에는 주된 논쟁의 초점이 (돈이나 이웃에게 주는 인상이 아니라) 나였고, 다른 아이들처럼 하도록 강요하지 말고 날 혼자 내버려두어야 한다고 매트는 주장했다. 노마가 태어난 뒤에는 내가 다른 아이들과 똑같지 않더라도 내 인생을 살아갈 권리가 있다고 항상 날 변호했다. 매트가 어떤 표정을 지을 것인지 무척 궁금했다. 그는 내게 일어난 변화를 나눌 수 있는 사람이었다.

웬트워스 거리는 브롱크스의 쇠퇴 지역에 있었다. 거리의 가게들은 대부분 유리창에 "세놓음"이라고 적힌 표지판을 달아놓았고, 그렇지 않은 가게들은 쉬는 날이었다. 하지만 버스정류장에서 반 블록쯤 내려오자 적색과 백색의 얼룩무늬 이발소 간판 기둥이 유리창에 반사된 것이 보였다.

가게는 텅 비어있었고 이발사는 창가에서 가장 가까이에 놓인 의자에 앉아서 잡지를 읽고 있을 뿐이었다. 그가 고개를 들어 나를 올려다보았을 때, 나는 바로 그가 매트라는 것을 알아차렸다. 체격이 다부지고, 뺨이 불그스름했으며, 머리 양쪽 끝의 회색 머리카락을 제외하면 거의 대머리였지만, 그래도 여전히 매트였다. 그는 입구에 서있는 날 보더니 잡지를 옆에 던져두었다.

"기다리지 않으셔도 됩니다. 바로 앉으세요."

내가 주저하는 모습을 보고 그는 오해한 모양이었다. "평소에는 보통 이 시간이 되기 전에 문을 닫습니다. 단골손님 한 분이 예약하셨는데, 오시지 않는군요. 문을 닫을 참이었습니다. 쉬려고 잠깐 앉아있었는데 손님은 운이 좋으시군요. 브롱크스에서 여기만큼 이발을 잘하는 곳은 없으니까요."

가게 안으로 들어서자 그는 이리저리 다니면서 부산히 움직였고, 목에 두를 깨끗한 천과 가위와 빗을 꺼내왔다.

"근처에 있는 대부분의 이발소에 비해 보시다시피 전부 다 깨끗합니다. 이발하시겠습니까? 아니면 면도를 하실래요?"

나는 의자에 앉아 긴장을 풀었다. 나는 매트를 그렇게 분명히 알아보는데 그는 나를 전혀 알아보지 못하다니 믿기지가 않았다. 15년이 넘도록 나를 보지 못했다는 사실을 떠올려야 했고, 지난 몇 달 사이에 나의 외모가 훨씬 더 바뀌었다는 사실을 기억해야 했다. 그는 거울에 비친 내 모습을 살펴보았고 줄무늬 천을 내 목에 두르며 날 희미하게나마 알아보았는지 미간에 주름이 진 것을 볼 수 있었다.

"전부 다 해주십시오." 노동조합 가격표를 턱으로 가리키며 나는 말했다. "이발, 면도, 마사지, 선탠···."

놀란 그의 눈썹이 위로 올라갔다.

"오랫동안 못 본 누군가를 만나려고 합니다." 나는 그를 안심시켰다. "최대한 잘 보이고 싶군요."

그가 내 머리를 자르자 옛날 생각이 나면서 소름이 살짝 돋았다. 나중에 그가 가죽에 면도날을 갈 때 쓱쓱 귀에 거슬리는 소리가 났고 몸이 움츠러들었다. 그가 손으로 살짝 누르는 것을 느끼면서 나는 머리를 기울였고, 면도날이 조심스럽게 피부 위를 지나가는 것을 느꼈다. 나는 두 눈을 감고 기다렸다. 마치 다시 수술대 위에 있는 것 같았다.

목 근육이 뻣뻣해지더니, 예고도 없이 갑자기 씰룩거렸다. 울대뼈 바로 위를 그만 면도날에 베였다.

"어이, 이봐요!" 그가 소리쳤다. "이런··· 괜찮습니다. 손님이 움직이는 바람에. 이거 정말 죄송합니다."

매트는 수건을 물에 적시려고 급히 세면대로 갔다.

거울을 보니 붉게 핏물이 든 면도 거품과 목을 따라 붉은 피가 가늘게 뚝뚝 흘러내리는 것이 보였다. 당황한 매트는 사과하면서 피가 목에 두른 천에 닿기 전에 적셔 온 수건을 갖다 대었다.

저렇게 키 작고 뚱뚱한 사람이 당황해서 움직이는 모습을 보자 그를 속인 게 꺼림칙했다. 내가 누구인지를 그에게 말하고 싶었고, 내게 어깨동무하기를 바랐고, 지난 옛일들에 대해 함께 이야기를 나눌 수 있었으면 했다. 하지만 그가 상처에 지혈 가루를 바르는 동안 나는 기다렸다.

그는 조용히 면도를 마친 뒤, 내가 누워있는 의자 위로 선탠 램프를 가져왔고 하마메리스를 적신 시원한 탈지면으로 내 두 눈을 덮었다. 거기에서, 붉은 램프 빛을 쬐면서, 탈지면 아래 어둠 속에서 그가 나를 집에서 데리고 나간 날 밤에 무슨 일이 벌어졌는지를 보았다···.

찰리는 다른 방에서 자고 있다가, 엄마가 내지르는 날카로운 비명 소리를 듣고 잠에서 깨어났다. 찰리는 싸움이 벌어져도 자는 법을 안다. 찰리의 집에서는 늘 일어나는 일이다. 하지만 오늘밤 엄마의 히스테리에는 뭔가 끔찍할 정도로 잘못된 것이 있었다. 그는 다시 움츠러드는 몸을 베개에 묻으며 귀를 기울인다.

"나도 어쩔 수 없어! 찰리를 보내야 해! 우리는 노마를 생각해야 한다고. 아이들이 노마를 놀리는 바람에 매일 학교에서 울면서 돌아오도록 내버려둘 수는 없어. 찰리 때문에 노마에게서 정상적인 삶을 살아갈 기회를 빼앗을 수는 없어요."

"당신이 원하는 게 뭐지? 찰리를 길거리에 내보내자고?"

"찰리를 보내요. 워렌 주립보호소로 보내요."

"그 얘기는 내일 아침에 다시 하자고."

"싫어요. 당신은 그저 말, 말, 말만 할 뿐이고, 실제로는 아무것도 하지 않으니까요. 찰리가 여기에서 하루라도 더 머물지 않았으면 좋겠어요. 오늘 밤 당장 내보내요."

"로즈, 바보 같은 짓은 하지 마. 뭘 하기에는 오늘 밤은 시간이 너무 늦었어. 당신이 너무 크게 소리를 질러서 다들 듣겠어."

"저는 상관없어요. 찰리는 오늘 밤에 나갈 거예요. 저는 더 이상 찰리를 참고 보지 못하겠어요."

"로즈, 당신은 정말 어쩔 도리가 없군. 지금 뭐 하자는 거야?"

"경고예요. 찰리를 여기에서 내보내요."

"그 칼 내려놔."

"저는 노마의 인생이 엉망이 되는 걸 그냥 두고 보지 않을 거예요."

"당신 미쳤군. 그 칼 내려놓으라니까."

"찰리는 차라리 죽어버리는 게 나아요. 앞으로도 정상인으로는 절대 살아가지 못할 테니까요. 차라리 죽어버리는 게—"

"당신 미쳤군. 제발 진정하라고!"

"그럼 찰리를 데리고 나가. 오늘 밤 지금 당장."

"알았어. 오늘 밤에는 찰리를 허먼 형님에게 맡기고, 내일은 찰리를 워렌 주립보호소에 넣을지 어떨지를 생각해보자고."

정적이 흐른다. 어둠 속에서 집 안 곳곳에 전율이 흐르는 것이 느껴지고, 매트의 목소리가 들려오는데 엄마보다 차분한 목소리이다. "찰리 때문에 당신이 얼마나 힘들었는지는 나도 알아. 그래서 걱정하는 것도 이해해. 그렇지만 당신도 마음을 다잡고 추슬러야 해. 찰리는 허먼 형님에게 맡길게. 그럼 됐지?"

"제가 바라는 건 그게 다예요. 당신 딸도 정상인으로 살아갈 권리는 있으니까요."

매트는 찰리의 방에 들어가서 찰리에게 옷을 입혔다. 찰리는 무슨 일이 벌어지는지는 모르지만 겁을 먹었다. 두 사람이 문밖으로 나갈 때, 그녀는 고개를 돌렸다. 어쩌면 로즈는 찰리가 이미 자기 인생 밖으로 걸어 나갔다고, 찰리는 더 이상 존재하지 않는다고 믿으려고 애쓰고 있는 것일지도 모른다. 밖으로 나가는 길에 찰리는 부엌 테이블 위에 놓인, 구이 요리를 자를 때 쓰는 긴 부엌칼을 본다. 그리고 로즈가 자신을 다치게 하려고 했던 것을 어렴풋이 느낀다. 로즈는 찰리에게서 뭔가를 빼앗아서 노마에게 주려던 것이다.

찰리가 로즈를 뒤돌아보았을 때, 로즈는 싱크대를 닦기 위해 행주를 집어 들고 있었다· · · .

이발과 면도와 선탠과 나머지 작업들도 모두 마쳤을 때, 나는 의자에 축 늘어진 채 앉아있었다. 몸이 가벼워지고, 상쾌하고, 깨끗해진 것처럼 느껴졌다. 매트는 목에 감았던 천을 휙 걷어 갔고, 내 뒷머리를 볼 수 있도록 작은 거울을 건넸다. 앞에 놓인 거울 안에는 매트가 날 위해 작은 거울을 들고 있었고, 나는 그 거울 속을 들여다보았다. 그 작은 거울이 살짝 기울면서 한순간 깊숙한 환영이 만들어졌다. 나 자신이 끝없이 늘어져 있는 모습이··· 내가 날 보고 있고··· 그 안의 내가 날 보고 있고··· 그 안의 내가 날 보고 있고···.

그 안의 나는 어떤 나를 보고 있는 걸까? 나는 과연 어떤 사람이었을까?

그에게 말하지 말까 생각해보았다. 그가 알아서 과연 무슨 소용이 있을까? 그냥 가버린 채 내가 누구였는지를 밝히지 말자. 그때 매트가 알기를 바랐던 게 생각났다. 내가 살아있다는 사실을 그는 인정해야 했고, 내가 중요한 사람이라는 것을 알아야 했다. 매일 그가 머리를 깎고 면도를 하면서 손님들에게 내 자랑을 늘어놓기를 원했다. 그렇게 하면 이 모든 게 현실이 될 것이다. 내가 그의 아들이라는 것을 안다면, 그때 비로소 나는 한 사람의 인간이 될 것이다.

"이제 이발을 했으니 아마 절 알아보실 수 있을 거예요." 나는 서서 말했고, 그가 날 알아보기를 기다렸다.

그는 눈썹을 찡그렸다. "뭐라고요? 농담인가요?"

농담이 아니라고 나는 힘주어 말했고, 나를 보고 열심히 생각해본다면 알아볼 수 있을 거라고 했다. 그는 잘 모르겠다는 듯이 어깨를 으쓱했고, 몸을 돌려서 빗과 가위를 치웠다. "수수께끼를 할 시간은 없어요. 이만 가게 문을 닫아야겠소. 3달러 50센트요."

혹시 그가 나를 기억하지 못한다면? 혹시 말도 안 되는 내 상상에 지나지 않는다면? 그는 돈을 받기 위해 손을 내밀었지만, 나는 지갑을 꺼낼 생각도 하지 않고 있었다. 그는 나를 기억해야만 했다. 그는 나를 알아보아야만 했다.

하지만 그렇지 않았고—물론 아니었고—입에서는 신물이 올라오고 손에서는 땀이 차는 게 느껴졌고, 내가 곧 구토할 것임을 알았다. 하지만 그의 앞에서 토하고 싶지 않았다.

"이봐요, 괜찮아요?"

"네··· 저··· 잠깐만요···." 나는 비틀거리며 이발소에 놓인 크롬 의자 쪽으로 갔고, 몸을 앞으로 구부리고 숨을 몰아쉬었고 머리에 피가 돌기를 기다렸다. 속이 메슥거렸다. '하느님, 제발 지금 정신을 잃지 않게 해주세요. 매트 앞에서 바보처럼 보이게 하지는 말아주세요.'

"물··· 물 좀 주세요." 물이 필요해서라기보다는 그를 쫓아버리고 싶어서였다. 그렇게 수년이 지난 뒤에 그에게 이런 내 모습을 보여주고 싶지는 않았다. 그가 유리컵에 물을 담아왔을 때는 좀 더 나아졌다.

"자, 이 물 마셔요. 잠깐 쉬세요. 곧 괜찮아질 거요." 그는 찬물을 홀짝이며 조금씩 마시는 나를 뚫어져라 쳐다보았고, 나는 그가 거의 잊어버린 기억을 더듬느라 애쓰는 것을 알 수 있었다. "정말 제가 아는 분 맞나요? 어디서 뵌 적이 있나요?"

"아닙니다··· 저는 괜찮습니다. 잠깐만 있다가 갈게요."

어떻게 말할 수 있을까? 무슨 말을 했어야 했단 말인가? 자, 저를 보세요. 찰리예요. 당신이 단념한 아들이에요. 그것 때문에 아버지 탓을 하는 것은 아니에요. 장애는 모두 고치고, 전보다 나아져서 여기 이렇게 왔어요. 한번 시험해보세요. 질문을 해보세요. 사어까지 포함해서 20개 국어를 할 수 있어요. 수학의 달인이고요. 게다가 피아노협주곡을 작곡하고 있는데 제가 죽은 뒤에도 오랫동안 사람들은 그 협주곡을 듣고 저를 기억하게 될 거예요.

그에게 어떻게 말할 수 있을까?

이렇게 가게에 앉아서 그가 내 머리를 쓰다듬으며 "착한 아이구나"라고 말해주기를 기다리는 것이 얼마나 부조리한가. 나는 인정받기를 원했고, 오래전에 내가 신발 끈을 묶고 스웨터의 단추를 채우는 법을 익혔을 때, 만족스러워하던 그의 얼굴에 떠오르던 환한 표정을 보고 싶었다. 그 표정을 보고 싶어서 여기에 왔지만, 끝내 볼 수 없으리라는 것을 나는 알 수 있었다.

"의사를 불러드릴까요?"

나는 그의 아들이 아니었다. 그의 아들은 또 다른 찰리였다. 지능과 지식이 날 바꿔놓았기 때문에 아버지는 내게 화를 내겠지. 빵가게의 사람들이 내게 화를 낸 것처럼. 왜냐하면 내가 성장하면서 또 다른 찰리는 사라졌기 때문이다. 그것을 원하지는 않았다.

"괜찮습니다." 내가 말했다. "폐를 끼쳐 죄송합니다." 나는 자리에서 일어나 다리가 괜찮은지를 확인했다. "뭔가를 잘못 먹었나 봅니다. 저 때문에 지금까지 가게 문을 못 닫으셨네요."

내가 문으로 향하자, 그는 뒤에서 날카로운 목소리로 날 불렀다. "이봐, 잠깐!" 그는 의심이 가득한 눈으로 내 두 눈을 바라봤다. "이게 뭔 수작이지?"

"무슨 말씀인지 모르겠군요."

그는 손을 내민 채 엄지와 검지를 문지르고 있었다. "3달러 50센트를 아직 못 받았소."

돈을 내면서 나는 사과했지만, 여전히 그는 의심이 풀리지 않는 얼굴이었다. 나는 5달러를 주며 거스름돈은 괜찮다고 말한 뒤, 뒤도 돌아보지 않고 서둘러 가게를 빠져나왔다.

찰리는 여전히 나와 함께 있었다

6월 21일

입체미로에 시간 순서를 추가해서 미로를 더욱 복잡하게 만들었지만, 그래도 앨저넌은 금방 익힌다. 굳이 먹이와 물로 앨저넌에게 동기부여를 하지 않아도 된다. 앨저넌은 오로지 문제를 해결하기 위해 학습하는 것처럼 보이며, 성공은 그 자체가 보상이 되는 것처럼 보인다.

그렇지만, 버트가 학회에서 지적했듯이 앨저넌은 돌발적인 행동을 보인다. 미로를 달린 뒤에나 아니면 미로를 달리다가도 중간에 날뛰거나, 벽에 몸을 던지거나, 몸을 둥글게 만 채 아무것도 하지 않으려고 할 때가 있다. 불만을 느껴서일까? 아니면 뭔가 더 깊은 이유가 있는 걸까?

오후 5시 반.

오늘 오후에 괴짜 페이가 앨저넌 몸집의 절반 정도 크기인 하얀 암컷 생쥐 한 마리를 가지고 비상계단을 건너왔다. 이런 외로운 여름밤에 짝을 만들어주기 위해서라고 했다. 나의 반대에도 무릅쓰고, 페이는 짝이 있는 게 앨저넌에게도 좋을 것이라고 날 설득했다. 꼬마 '미니'가 건강한 데다 성격도 좋다는 걸 확인한 뒤에야 나는 동의했다. 앨저넌이 암컷과 마주치면 어떤 행동을 보일지가 나는 궁금했다. 하지만 일단 우리가 미니를 앨저넌의 상자우리에 넣자 페이는 내 팔을 잡아끌고 방을 나왔다.

"당신에겐 연애 감정이라는 게 없나 봐요?" 페이가 따지듯이 말했다. 라디오를 틀더니, 내게 위협적으로 다가왔다. "최신 스텝을 가르쳐드릴게요."

페이와 같은 아가씨에게 어떻게 화를 낼 수 있을까?

어쨌든 앨저넌이 이젠 더 이상 혼자가 아니라서 기쁘다.

6월 23일

어젯밤 늦게 복도에서 웃음소리가 들렸고, 누군가가 아파트 문을 두드리는 소리가 들렸다. 문을 열자 페이와 한 남자가 서있었다.

"안녕, 찰리." 나를 보자마자 페이가 킥킥 웃었다. "르로이, 여긴 찰리야. 복도 건너편에 사는 이웃사촌인 셈이지. 놀라운 예술가예요. 살아있는 요소가 있는 조형물을 만들죠."

르로이는 페이를 꼭 붙잡아 벽에 부딪히지 않게 했다. 그는 나를 안절부절못하는 눈으로 보고 인사도 하는 둥 마는 둥 중얼거리듯 했다.

"스타더스트 댄스홀에서 만났어." 페이가 이야기했다. "춤을 정말 잘 춰." 페이는 몸을 돌려 자신의 집으로 들어가려다가 르로이를 끌어당겼다. “근데 말이야.” 페이가 킥킥 웃으며 말했다. “찰리도 술 한잔 같이 하자고 초대해서 우리 파티를 벌이는 게 어떨까?”

르로이는 좋은 생각이 아니라고 했다.

나는 미안하다면서 가까스로 거절한 뒤 문을 닫았다. 문 뒤로 그들이 집에 웃으면서 들어가는 소리가 들렸고, 나는 글을 읽으려고 노력했지만, 몇몇 장면들이 계속 머릿속에 떠올랐다. 커다란 하얀 침대··· 시원하고 하얀 침대보들과 서로에게 안긴 두 사람.

앨리스에게 전화를 걸고 싶었지만, 그렇게 하지 않았다. 그래 봤자 나만 괴로울 테니. 심지어 앨리스의 얼굴도 생각나지 않았다. 페이가 옷을 입은 모습과 벗은 모습을 마음대로 떠올릴 수 있었다. 페이는 맑고 푸른 두 눈을 지니고 있었고, 금발 머리칼은 땋아서 머리 주위에 왕관처럼 둘렀다. 페이는 선명했지만, 앨리스는 희미했다.

한 시간쯤 지나자 페이의 집에서 고함 소리가 들렸고, 페이의 비명소리와 우당탕 뭔가 물건을 던지는 소리가 들렸다. 혹시 페이에게 도움이 필요할까 싶어서 침대에서 일어났는데 르로이가 저주를 퍼부으면서 문을 꽝 닫는 소리가 들렸다. 그런 뒤, 몇 분 후에, 거실 창문을 똑똑 두드리는 소리가 들렸다. 창문은 열려있었고, 페이는 슬며시 들어와 선반 위에 걸터앉았다. 검정 비단 기모노 차림이었는데, 아름다운 두 다리가 드러나 보였다.

“안녕하세요.” 페이가 나직한 목소리로 말했다. “혹시 담배 있어요?”

담배를 한 대 건네주자 그녀는 창틀에서 내려와 소파에 앉았다. "휴우!" 페이가 한숨을 쉬었다. "평소에는 제가 알아서 잘 구슬리겠지만, 저렇게 껄떡대는 놈은 그저 쫓아내는 수밖에 없어요."

"아," 내가 말했다. "그러니까 결국 쫓아내려고 여기까지 데려왔다는 거군요."

그녀는 내 어조를 듣더니, 날카로운 눈으로 나를 올려다보았다. "그게 못마땅한가요?"

"제가 이러쿵저러쿵 할 일은 아니죠. 하지만 당신이 댄스홀에서 남자를 여기까지 데려왔으면, 그런 일이 벌어질 것은 예상해야죠. 그가 당신에게 치근덕거리는 것도 무리는 아니에요."

페이는 머리를 흔들었다. "스타더스트 댄스홀에 가는 이유는 춤추는 걸 좋아하기 때문이에요. 그리고 모르겠어요. 내가 어떤 남자를 집에 데리고 온다고 해서 꼭 같이 자야 하는 것은 아니니까요. 설마 제가 그와 잠자리에 들었다고 생각하는 건 아니겠죠. 안 그런가요?"

두 사람이 서로 끌어안고 있는, 내가 상상했던 두 사람의 모습은 비누거품처럼 펑 터졌다.

"당신이라면," 페이가 말했다. "이야기가 달라졌겠죠."

"그게 무슨 뜻이죠?"

"말 그대로예요. 당신이 원했다면, 저는 당신과 함께 잠자리에 들었을 거예요."

나는 마음을 가라앉히려고 애를 썼다. "고마워요." 내가 말했다. "기억해두죠. 커피 한 잔 드릴까요?"

"찰리, 난 도무지 당신을 모르겠어요. 남자들은 대부분 날 좋아하거나, 싫어하거나 둘 중 하나죠. 저도 그것을 바로 알고요. 그런데 당신은 날 겁내는 것 같아요. 동성애자는 아니죠, 그렇죠?"

"이런 맙소사, 아니에요."

"혹시 동성애자라도 제겐 숨길 필요가 없다는 뜻에서 하는 말이에요. 그냥 좋은 친구로 지내면 되니까요. 하지만 아무래도 알아야겠어요."

"저는 동성애자가 아니에요. 오늘 밤에 당신이 저 남자와 함께 당신의 집에 들어갔을 때, 그게 나라면 얼마나 좋았을까 생각했단 말이에요."

페이가 앞으로 몸을 기울이자, 기모노의 앞섶이 벌어지면서 가슴이 드러났다. 그녀는 슬며시 두 팔을 내게 두르고, 내가 뭔가 하기를 기다렸다. 그녀가 내게 무엇을 기대하는지를 알았기에 그렇게 하지 않을 이유는 없다고 스스로에게 말했다. 이번에는 공황장애가 오지 않을 것 같다는 느낌을 받았다. 특히 그녀와 함께라면. 결국 접근한 사람은 내가 아니라 페이였기 때문이다. 더군다나 페이는 이전에 만났던 어느 여자와도 달랐다. 어쩌면 이런 감정 상태라면 내게는 그녀가 어울릴지도 모른다.

나도 살며시 두 팔로 그녀를 감싸 안았다.

"그렇다면 이야기가 달라지죠." 그녀가 다정하게 속삭였다. "당신이 저를 마음에 두고 있지 않다고 생각하려던 참이었거든요."

"마음에 두고 있어요." 나는 페이의 목에 입을 맞추면서 속삭였다. 하지만 내가 전에 그랬듯이, 나는 우리 둘을 보았다. 마치 내가 출입구에 서있는 제3자 같았다. 나는 서로의 팔에 안긴 한 남자와 한 여자를 보고 있었다. 하지만 떨어져서, 나 자신을 그렇게 보고 있자 아무런 느낌이 들지 않았다. 공황상태에 빠지지 않은 것은 사실이었지만, 그와 함께 아무런 흥분이나 욕망도 느껴지지 않았다.

"여기에서요? 아니면 제 집으로 갈래요?" 그녀가 물었다.

"잠깐만요."

"뭐가 문제예요?"

"아무래도 그만두는 편이 좋을 것 같아요. 오늘 저녁에는 몸이 안 좋아요."

그녀는 나를 의아한 눈으로 보았다. "뭐 다른 게 있어요? 혹시 제가 어떻게 해드릴까요? 전 괜찮아요···."

"아니, 그런 게 아니에요." 나는 날카롭게 말했다. "그냥 오늘 밤에는 몸이 좋지 않을 뿐이에요." 나는 그녀가 어떻게 남자를 흥분시킬지가 궁금했지만, 실험을 할 여유가 없었다. 내 문제를 해결할 수 있는 방법은 다른 곳에 있었다.

그녀에게 뭐라고 말해야 할지를 알 수 없었다. 그녀가 가버리기를 바랐지만, 가라고 말하고 싶지는 않았다. 내 얼굴을 자세히 보더니,

그녀가 마침내 입을 열었다. "이봐요, 여기서 자도 돼요?"

"왜죠?"

그녀가 잘 모르겠다는 듯 어깨를 으쓱했다. "당신이 좋아서요. 잘 모르겠어요. 르로이가 돌아올지도 모르고요. 이유야 많죠. 당신이 원치 않는다면야···."

그녀는 다시 내 빈틈을 찔렀다. 그녀를 떼어내기 위해 수십 가지 변명거리를 찾을 수도 있었지만, 나는 단념했다.

"혹시 진 있어요?" 그녀가 물었다.

"아니요, 술은 많이 안 마셔서요."

"제 아파트에 술이 좀 있어요. 가져올게요." 내가 미처 말리기도 전에 페이는 창밖으로 나갔고, 몇 분 뒤에 삼분의 이 정도 들어있는 술병과 레몬 한 개를 가지고 돌아왔다. 페이는 부엌에서 유리컵을 두 개 가져와서 각각의 잔에 진을 따랐다. "자, 여기 있어요." 그녀가 말했다. "이걸 마시면 기분이 좀 나아질 거예요. 그것은 저 똑바른 선들에서 힘을 좀 빼줄 거예요. 그게 당신을 괴롭히는 거라고요. 모든 게 너무 똑바로 정리되어있어서 꼼짝도 못 하고 있는 거예요. 저기 당신이 만든 조형물에 들어있는 앨저넌처럼 말이죠."

처음에는 술 마실 생각이 없었지만, 기분이 좋지 않아서 그냥 마시자는 생각이 들었다. 술 마신다고 해서 상황이 더 나빠지지는 않을 것이고, 자신이 뭘 하는지도 모르면서 지켜보는 이 느낌을 둔하게 만들어줄지도 모른다고 생각했다.

그녀가 나를 취하게 만들었다.

첫 잔을 마시고 나는 침대에 들었고, 페이가 한 손에 술병을 든 채 슬며시 내 옆으로 들어온 것이 기억난다. 오후에 숙취와 함께 잠에서 깨었을 때 기억난 것은 그게 전부였다.

페이는 얼굴을 벽 쪽으로 향하고, 목 아래에 베개를 높게 벤 채로 아직 자고 있었다. 침대 옆의 탁자 위에 놓인 재떨이에는 찌그러진 담배꽁초들이 가득 담겨있었고, 그 옆에는 빈 술병이 서있었다. 하지만 정신을 잃기 전에 마지막으로 생각나는 것은 술을 두 잔째 마시는 내 모습이었다.

그녀는 몸을 쭉 펴고, 몸을 옆으로 굴려 내 쪽으로 벌거벗은 채로 다가왔다. 나는 뒤로 물러나다가 침대에서 떨어졌다. 나는 담요를 붙잡아서 몸을 감쌌다.

"잘 잤어요?" 그녀가 하품한 뒤에 말했다. "요즘에 제가 뭘 하고 싶은지 알아요?"

"뭘 하고 싶은데요?"

"당신의 누드화를 그리고 싶어요. 미켈란젤로의 '다비드'처럼 말이죠. 아름다울 거예요. 괜찮아요?"

나는 고개를 끄덕였다. "두통만 빼면 괜찮아요. 어젯밤에 제가 술을 많이 마셨나요?"

페이는 웃으면서 한쪽 팔꿈치로 몸을 일으켰다. "코가 삐뚤어질 정도로 술을 마셨어요. 그리고 정말 이상한 행동을 하던데요. 호모 같다거나 뭐 그런 것은 아니었지만 어쨌든 이상했어요."

"네?" 나는 걸을 수 있도록 담요를 몸에 두르려고 애쓰면서 말했다. "그게 무슨 뜻이에요? 제가 뭘 했다는 거죠?"

"그동안 행복해하거나, 슬퍼하거나, 정이 들거나, 섹시해지는 남자들은 많이 봤지만, 당신처럼 행동한 사람은 한 번도 본 적이 없어요. 술을 자주 안 마셔서 정말 다행이에요. 오, 하느님, 카메라가 있으면 했다니까요. 찍었다면 그야말로 단편영화가 되었을 텐데."

"이런, 맙소사, 제가 무슨 짓을 했죠?"

"기대와 전혀 달랐어요. 섹스나 뭐 그런 것들이 아니었죠. 하지만 당신은 놀라웠어요. 무슨 엄청난 연기를 보는 것 같았어요. 정말 이상했어요. 무대 위에 서면 굉장히 멋질 거예요. 팰리스 극장 같은 곳에서 사람들을 열광하게 만들 것 같아요. 당신은 모든 걸 혼란스러워하고, 바보 흉내를 냈어요. 그러니까, 어른이 어린아이처럼 행동하기 시작하는 것 같았어요. 다른 사람들처럼 똑똑해지기 위해서 얼마나 학교에 가고 싶은지를, 또 얼마나 읽고 쓰는 법을 배우고 싶은지를 말하면서 말이죠. 그런 말도 안 되는 이야기를 늘어놓았어요. 당신은 완전히 다른 사람이었고, 마치 메소드 연기를 하는 사람 같았고, 저와 함께 놀 수 없다는 말을 계속했어요. 놀면 엄마가 당신의 땅콩[9]을 빼앗아 가버

9 찰리는 취한 상태에서 penis(성기)를 peanuts(땅콩)로 발음한다.

리고 당신을 상자우리 안에 처넣어버릴 거라면서 말이죠."

"땅콩이라고요?"

"네! 정말이에요!" 그녀는 웃으며 머리를 긁적였다. "그리고 제가 당신의 땅콩을 가질 수 없다는 말을 계속 되풀이했어요. 정말 이상했어요. 하지만 이 말은 꼭 해야겠어요. 당신의 그 말투를 말이죠! 길모퉁이서 볼 수 있는 바보들 같았어요. 여자를 보기만 해도 흥분해서 껄떡대는 남자들 말이죠. 완전히 다른 사람이었어요. 처음엔 그냥 장난치는 줄 알았는데, 지금 와서 보니까 당신은 강박증이나 뭐 그런 것에 사로잡혀 있다는 생각이 들어요. 이렇게 정돈해놨으면서도 전부 다 걱정하고 있으니까 말이에요."

그녀의 말을 듣고도 나는 당황하지 않았고, 오히려 그런 일이 벌어졌을 거라고 예상했다. 어쨌든, 술에 취하자 의식의 장벽이 순간적으로 무너지면서 내 마음 깊은 곳에 숨어있던 예전의 찰리 고든이 튀쳐나온 것이다. 그동안 내내 의심했던 대로, 찰리가 완전히 사라진 것은 아니었다. 마음속에서는 사라지지 않고 모두 그대로 남아있는 법이다. 수술은 찰리를 교육과 문화라는 껍데기로 겉모습을 바꿔놓았지만, 감정적인 면에서 찰리는 아직도 거기에 남아서 상황을 보며 기다리고 있던 것이다.

찰리는 도대체 뭘 기다리고 있던 걸까?

"이제는 괜찮아요?"

나는 괜찮다고 그녀에게 말했다.

그녀는 내가 몸에 두르고 있던 담요를 붙잡더니 나를 다시 침대로 끌어당겼다. 내가 미처 거절하기도 전에 그녀는 두 팔로 나를 감싸더니 내게 입을 맞췄다. "찰리, 어젯밤에 나는 무서웠어요. 당신이 미친 줄 알았다니까요. 저는 남자들에 대한 얘기를 들은 적이 있어요. 성적으로 무능한 남자들이 갑자기 흥분해서 미친다는 얘기를요."

"그러면서 왜 제 방에서 머물렀어요?"

그녀는 잘 모르겠다는 듯이 어깨를 으쓱했다. "글쎄요, 당신이 겁먹은 어린아이처럼 보여서요. 저를 해치지는 않을 거라는 건 알고 있었지만, 당신이 혹시 자학할지도 모른다고 생각했죠. 그래서 여기 있기로 마음먹은 거죠. 안됐다는 생각이 들어서요. 어쨌든, 혹시 몰라서, 손 닿는 곳에 이걸 두고 있었어요…." 페이는 침대와 벽 사이에 끼워놓았던 묵직한 책꽂이를 꺼내 들었다.

"그걸 쓸 필요는 없었던 모양이군요."

그녀는 고개를 절레절레 흔들었다. "맙소사, 어렸을 때 당신은 땅콩을 정말 좋아했던 게 틀림없어요."

그녀는 침대에서 일어나 옷을 입기 시작했다. 나는 그녀를 보면서 잠시 거기에 누워있었다. 그녀는 부끄러움이나 머뭇거림 없이 내 앞에서 움직였다. 초상화에 그린 것처럼 그녀의 가슴은 풍만했다. 나는 그녀에게 손을 뻗고 싶었지만, 소용없는 일이라는 것을 알았다. 비록 수술을 했지만, 찰리는 여전히 나와 함께 있었다.

4부
이변

제발, 인격을 존중해줘요

6월 24일

오늘 나는 이상한 반지성주의적인 술자리에 갔다. 내가 하려 했다면 술에 취할 정도로 마셨겠지만, 페이와 폭음했던 기억도 있어서 그러면 위태로워진다는 것도 알고 있었다. 그래서 나는 대신 타임스퀘어에 가서 영화관들을 돌아다니며 서부영화와 공포영화에 푹 빠져서 보았다. 예전에 내가 그랬던 것처럼. 매번 의자에 앉아 영화를 보면서, 나는 죄책감에 시달리는 것을 느꼈다. 나는 중간에 영화관을 나와서 다른 영화관을 찾아 들어갔다. 삶에서 채우지 못한 것을 가상의 스크린 세계에서 찾고 있다고 나 자신에게 말했다.

그때, 키노우 오락센터를 막 벗어날 때, 내가 원한 것은 영화가 아니라 관객이라는 사실을 불현듯 깨달았다. 어둠 속에서 주위에 사람들에게 둘러싸여서 함께 있고 싶었던 것이다.

이곳에서는 사람들 사이의 벽이 얇아서 가만히 듣고 있으면 무슨 일이 벌어지는지를 알 수 있다. 그리니치 빌리지[1]에서도 그렇다. 사람들과 가까이 있다고 해서 항상 그런 것을 느낄 수 있지는 않다. 출근 시간에 붐비는 승강기나 지하철에서는 느끼지 못했기 때문이다. 하지만 무더운 밤에 다들 밖에서 걸을 때나, 또는 극장에 앉아있을 때에는 여유가 느껴지고, 어쩌다 누군가를 스치고 지나가면 우리가 한 그루 나무의 가지와 몸통과 깊은 뿌리처럼 이어져 있다고 느껴진다. 그럴 때면 내 피부는 얇고 팽팽해지고, 다른 사람들의 일부가 되고 싶다는 참을 수 없는 갈망에 이끌려 밤의 어두운 길모퉁이와 막다른 골목을 헤맨다.

평소에는 길을 걷다 지치면 집으로 돌아가 잠에 곯아떨어지지만, 오늘 밤에는 숙소로 돌아가지 않고 도로변의 식당에 들어갔다. 접시 닦는 사람이 새로 와있었고, 열여섯 살쯤 되어 보이는 소년이었는데, 그의 몸동작과 두 눈에 담긴 표정이 어딘가 낯이 익었다. 그런데 내 뒤쪽의 식탁을 치우다가 그는 그만 접시를 몇 개 떨어뜨렸다.

바닥에 떨어진 접시가 산산조각이 나면서 하얀 도자기 파편들이 탁자 밑으로 튕겨져 날아갔다. 그는 멍한 얼굴로 겁먹은 채 서있었고, 손에는 빈 쟁반을 들고 있었다. 손님들이 야유를 보내고 휘파람을 불자 그는 어쩔 줄 몰라 했다. (식당에서 접시를 깨면 사람들은 항상 이렇게 고함

1 예술가 · 작가가 많은 뉴욕의 주택 지구.

을 질렀다. “이봐, 오늘 일당 날아갔군!” “마젤토브[2]!” 아니면 “여기서 일한 지 얼마 안 됐군.”)

주인이 무슨 일인지 보려고 왔고, 소년은 겁이 나서 몸을 움츠렸다. 두 팔을 위로 들어 올린 모습이 마치 주먹을 막으려는 모습처럼 보였다.

“좋아! 좋아, 이 멍청아.” 남자가 소리쳤다. “거기에 그냥 가만히 서 있지 말고 빗자루를 가져와서 쓸어 담아! 빗자루, 빗자루 말이야! 이 덜떨어진 놈아! 빗자루는 부엌에 있어. 깨진 그릇 조각들을 쓸어 담아.”

소년은 자기가 혼나지 않을 것이라는 것을 알자, 겁먹었던 표정이 사라졌고, 미소를 지었고, 빗자루를 들고 돌아왔을 때에는 콧노래까지 불렀다. 몇몇 떠들썩한 손님들은 계속 말을 걸었고, 그러면서 즐거워했다.

“얘야, 여기. 너 뒤에도 근사한 접시 조각이 하나 있어···.”

“야, 한 번 더 해봐···.”

“저 녀석은 그렇게 바보는 아니야. 접시를 깨는 게 닦는 것보다 쉬우니까.”

즐거워하는 구경꾼들을 멍한 눈으로 훑어보던 소년은 천천히 따라서 미소를 지었고 자신도 이해하지 못하는 농담을 듣고 머뭇거리다가 마침내 활짝 웃었다.

2 히브리어로 “행운을 빈다”라는 뜻.

소년의 얼빠진 멍한 미소를 보자 나는 너무나 가슴이 아팠다. 어린 아이처럼 크고 밝게 뜬 두 눈으로 주위 상황은 잘 모르지만 다른 사람들을 기쁘게 하려고 애를 쓰고 있었고, 나는 어딘가 낯익다고 생각했던 그의 모습이 무엇이었는지를 그제야 깨달았다. 사람들이 소년을 비웃는 이유는 바로 지능이 낮기 때문이었다.

처음에는 나도 다른 사람들처럼 즐기고 있었던 것이다.

문득 소년을 조롱하며 비웃고 있던 나 자신과 모든 사람들에게 화가 치밀어 올랐다. 그들을 향해 접시를 집어 던지고 싶었다. 그들의 웃는 얼굴을 한 대 갈겨주고 싶었다. 나는 벌떡 일어나 고함을 질렀다.
"당장 그만두지 못해요! 저 아이를 혼자 내버려두세요! 저 아이는 아무것도 몰라요. 지금 저렇게 된 건 저 아이의 잘못이 아니에요···.
그러니까 제발, 인격을 존중해줘요! 저 아이도 인간이니까요!"

한순간 식당에 정적이 흘렀다. 나는 참지 못하고 소란을 피운 자신이 원망스러웠고, 소년을 보지 않으려고 애를 쓰면서 음식에는 손도 대지 않은 채 돈을 내고 가게를 나와버렸다. 우리 둘 다 부끄럽게 느껴졌다.

거짓 없는 감정과 감수성을 지닌 사람들은 태어날 때부터 팔다리나 눈이 없는 사람은 이용해먹으려고 하지 않는다. 하지만 그런 사람들도 태어날 때부터 지능이 낮은 사람은 아무렇지도 않게 학대하다니 정말 이상하다. 얼마 전까지만 해도 나도 저 소년처럼 멍청하게 광대

노릇을 했던 것이 생각나서 화가 치밀어 올랐다.

거의 잊고 있었다.

사람들이 나를 비웃고 있다는 사실을 최근에서야 알게 되었다. 그런데도 나도 모르게 그들 틈에 끼어서 나 자신을 비웃고 있었다는 것을 이제는 알 수 있다. 그게 무엇보다도 내 가슴을 아프게 했다.

초기에 쓴 경과보고서들을 자주 다시 읽어보면, 틀리게 쓴 글자들 사이로 아이처럼 순진하고 지능이 낮은 내가 어두컴컴한 방에서 열쇠 구멍으로 몰래 바깥세상의 눈부신 빛을 훔쳐볼 때의 마음이 느껴진다. 주위 사람들이 하는 말을 못 알아듣지만 행복하게 웃는 찰리의 모습을 꿈에서 보거나 생각날 때가 있다. 멍청하기는 해도 내가 저능하다는 사실은 알고 있었다. 사람들은 내게는 없는 것을, 내게는 허락되지 않은 것을 지니고 있었다. 정신적으로 암흑에 놓여있을 때에도 나는 그것이 어쨌든 읽고 쓸 수 있는 능력과 관련되어있다고 믿었고, 저런 기술들을 익힐 수만 있다면 나도 지능을 가지게 되리라고 확신했다.

지적장애인도 다른 사람들처럼 지내기를 바란다.

어린아이는 혼자 밥 먹을 줄도 모르고, 뭘 먹어야 할지도 모를 수 있지만, 그래도 배고픔이 무엇인지는 안다.

오늘은 내게 좋은 날이다. 어린아이들처럼 나 자신을—나 자신의 과거와 나 자신의 미래만을—걱정하는 일은 그만두어야 한다. 사람들에게 내게 있는 뭔가를 나눠주자. 내가 지닌 지식과 기술을 이용해서 인간지능을 향상시키는 분야에서 일해야 한다. 누가 나보다 더 적합할까? 나 말고 누가 두 세계에서 살았을까?

내일 웰버그 재단 이사회에 연락해서 독립적으로 연구를 진행할 수 있도록 허가를 요청할 것이다. 허락한다면 나는 그들에게 도움을 줄 수 있을지도 모른다. 내게 몇 가지 아이디어들이 있다.

문제만 없다면 이 기술로 할 수 있는 일이 굉장히 많다. 내가 천재가 될 수 있다면, 미국에 있는 오백만 명이 넘는 지적장애인들은 과연 어떠할까? 전 세계의 수백만 명은 또 어떠할까? 또 아직 태어나지 않았지만, 지적장애인이 될 운명을 지닌 이들은 어떠할까? 이 기술을 정상인에게 사용하면 얼마나 놀라운 수준에 이르게 될까? 천재들에게 사용한다면?

열어젖힐 수 있는 수많은 문들이 있기에 지금 당장 내가 가진 지식과 기술들을 이용해서 문제를 해결하고 싶다. 이것이 바로 내가 기여할 수 있는 중요한 일이라는 점을 그들 모두가 인정하게 해야 한다. 재단이 내게 허가해줄 것이라고 확신한다.

하지만 더 이상 혼자 있을 수 없다. 앨리스에게 이 일을 말해야 한다.

6월 25일

오늘 앨리스에게 전화를 걸었다. 내가 초조한 나머지 틀림없이 횡설수설한 것처럼 들렸겠지만, 앨리스의 목소리를 들어서 좋았고, 내 목소리를 들어서 앨리스도 기쁜 것 같았다. 앨리스와 만나기로 약속한 나는 택시를 잡아타고 외곽의 주택 지구로 갔고, 택시가 천천히 가서 가는 내내 조바심이 났다.

내가 노크하기도 전에 앨리스가 문을 열고 나와 나를 두 팔로 껴안았다. "찰리, 우리가 당신 걱정을 얼마나 했는지 몰라요. 당신이 골목길에서 죽은 채로 발견되거나, 기억을 잃어버린 채 우범지대를 배회하고 있는 끔찍한 상상도 많이 했어요. 왜 우리에게 무사하다고 알리지 않았어요? 충분히 그럴 수 있었잖아요."

"날 꾸짖지 말아요. 답을 구하기 위해 잠시 떨어져 있어야 했어요."

"부엌으로 와요. 커피를 타줄게요. 지금까지 뭘 했어요?"

"낮에는— 생각하고, 책 읽고, 글을 썼어요. 그리고 밤에는— 나 자신을 찾아 헤매고 다녔죠. 그리고 찰리가 나를 지켜보고 있다는 사실을 알아냈어요."

"말도 안 돼요." 앨리스가 온몸을 부르르 떨며 말했다. "감시당하고 있다고 느끼는 것은 사실이 아니에요. 찰리가 마음속으로 생각해낸 거예요."

"내가 예전과 다르다는 느낌을 떨쳐버릴 수가 없어요. 사람들이 저를 빵가게에 못 들어오게 하는 것처럼 저도 찰리의 자리를 빼앗고 못 들어오게 했던 거예요. 그러니까 제 말은 찰리 고든이 존재하던 시간은 과거이지만, 그 과거가 현실이라는 거예요. 오래된 건물을 허물어야 그곳에 건물을 새로 지어 올릴 수 있는데, 과거의 찰리는 지울 수 가 없어요. 찰리는 지금도 존재해요. 처음에 저는 찰리를 찾고 있었어요. 찰리의-나의-아버지를 보러 갔죠. 찰리가 과거에 한 인간으로 존재했다는 사실을 그저 증명하고 싶었어요. 그러면 저 자신의 존재도 정당화할 수 있을 테니까요. 니머 교수가 저를 창조했다고 말했을 때, 저는 모욕감을 느꼈어요. 그런데 찰리가 과거에 존재했을 뿐만 아니라 지금도 존재한다는 사실을 알게 되었죠. 제 안에, 제 주위에 말이에요. 찰리는 처음부터 우릴 갈라놓았어요. 저의 높아진 지능이 우리를 가로막는 벽이라고 생각했죠. 제가 당신을 뛰어넘어서 우리 사이에는 아무런 공통점이 없다고 생각하면서, 제가 건방지고 어리석은 자만심에 차있다고 생각했어요. 앨리스 당신이 제게 그런 생각을 불어넣었죠. 하지만 그게 아니었어요. 우리 사이를 가로막는 것은 다름 아닌 찰리였어요. 찰리는 엄마가 했던 일 때문에 여자를 무서워했죠. 모르겠어요? 지난 몇 달 동안 지능은 성장했지만, 정서적으로는 여전히 찰리처럼 어린아이같이 느껴져요. 매번 당신에게 가까이 다가가거나 사랑을 나누는 것을 생각할 때마다 저는 정신을 잃었어요."

흥분한 내 목소리가 앨리스를 마구 후려치자 그녀는 부들부들 떨기 시작했다. 앨리스의 얼굴이 붉게 달아올랐다. "찰리." 그녀가 나직하게 말했다. "뭐라도 내가 할 수 있는 일이 없을까요? 내가 도울 순 없을까요?"

"최근 몇 주 동안 실험실에서 떨어져 지내는 사이에 제가 변했다는 생각이 들어요." 내가 말했다. "처음엔 어떻게 해야 할지를 몰랐지만, 오늘 밤 도시를 걷다가 문득 생각났어요. 혼자 문제를 해결하려고 애쓰는 게 어리석다는 것을 말이죠. 하지만 꿈과 기억에 내가 더 깊숙이 얽매여 있을수록 정서적 문제는 지식의 문제처럼 해결할 수는 없다는 것을 더욱 확실히 깨달았어요. 그게 바로 어젯밤에 제 자신에 대해 발견한 거예요. 길 잃은 영혼처럼 헤매고 있는 거라고 저는 혼잣말을 했고, 바로 그때, 제가 길을 잃었다는 사실을 깨닫게 되었어요."

"어쨌든 저는 모든 사람과 사물로부터 정서적으로 동떨어지게 되었어요. 저 어두운 거리에서 제가 정말로 찾아 헤매고 있던 것은—그런 빌어먹을 곳에서는 찾을 수 없었겠지만—제가 다시 정서적으로 사람들과 하나가 될 수 있는 길이었고, 그러면서도 여전히 지적으로는 자유롭기를 바랐죠. 저는 성장을 해야만 해요. 제겐 그게 전부예요…."

나는 쉬지 않고 말했고, 의식의 수면 위로 떠오르는 의심과 두려움을 모조리 쏟아냈다. 앨리스는 내가 의견을 구할 수 있는 유일한 사람이었고, 그런 그녀는 최면에 걸린 것처럼 꼼짝 않고 앉아있었다. 몸이 점점 달아오르더니 뜨거워져서 나는 내 몸에 불이라도 붙은 게 아닌가라는 생각이 들었다. 나는 소중한 사람 앞에서 온갖 악영향을 불태우고 있었고, 그것은 모든 것을 바꿔놓았다.

하지만 앨리스로서는 무척 부담스러운 일이었다. 처음에는 몸을 부들부들 떨더니 이내 눈물을 흘렸다. 나는 소파 위에 걸린 그림에—겁에 질려서 몸을 움츠린 붉은 뺨을 지닌 소녀에게—눈길이 갔고, 바로 그 순간 앨리스가 뭘 느끼고 있는지가 궁금했다. 앨리스는 내게 몸을 허락하고 싶어 했고, 나도 그녀를 원했다. 하지만 찰리는 어떻게 받아들일까?

내가 사랑을 나누고 싶은 상대가 페이라면 찰리는 끼어들지 않을지도 모른다. 찰리는 아마 복도에 서서 지켜보기만 할 것이다. 하지만 내가 앨리스에게 가까이 다가가려고 하면 찰리는 곧바로 공황상태에 빠졌다. 찰리는 왜 내가 앨리스와 사랑을 나누도록 내버려두지 못하고 걱정하는 걸까?

앨리스는 소파에 앉아 날 지켜보면서 내가 뭘 할지를 기다리고 있었다. 내가 도대체 뭘 할 수 있단 말인가? 난 앨리스를 안고 싶었고 그리고···

내가 생각을 하기 시작하면, 경고를 받았다.

"찰리, 괜찮아요? 얼굴이 창백해요."

나는 소파 위 앨리스의 옆자리에 앉았다.

"약간 어지러울 뿐이에요. 곧 괜찮아질 거예요." 하지만 찰리가 생각하기에 내가 그녀와 사랑을 나눌 위험이 있다고 느끼면 더 심해지기만 하리라는 것을 나는 알았다.

문득 생각이 하나 떠올랐다. 처음에는 혐오스럽게 느껴졌지만, 갑자기 나는 깨달았다. 이 마비를 극복할 수 있는 유일한 길은 그를 선수 치는 것이라는 것을 말이다. 만약 어떤 이유에서인가 찰리가 페이가 아니라 앨리스를 두려워한다면, 나는 불을 끄고, 페이와 사랑을 나누는 척을 할 것이다. 아마 그는 그 차이를 절대 알 수 없을 것이다. 사랑을 나누던 사람이 앨리스였다는 사실을 나중에야 알게 되겠지만, 그래도 이것이 유일한 방법이었다.

잘못된 일이고 구역질 나는 일이었지만, 만약 이런 방법이 통한다면, 나의 감정들을 꽉 잡고 놓지 않는 찰리의 손아귀에서 벗어날 수 있을 것이다.

"이제 저는 괜찮아요. 잠시 불 켜지 말고 앉아있어요." 내가 말했고, 불을 끄면서 나 자신을 추스르려고 기다렸다. 그것은 쉽지 않을 것이다. 나 자신을 납득시켜야 했고, 머릿속으로는 페이를 떠올리면서, 내 옆에 앉아있는 여자가 바로 페이라고 최면을 걸어야 했다. 그러면 찰리가 내게서 떨어져 나와 몸 밖에서 감시하려 해도 방이 어두워서 아무 소용이 없을 것이다.

찰리가 의심한다는 신호가 찾아오기를 기다렸다. 경고신호처럼 찾아오는 공황상태를. 하지만 아무 일도 일어나지 않았다. 나는 정신이 또렷하고, 차분했다. 나는 앨리스에게 팔을 둘렀다.

"찰리, 저는—"

"말하지 마세요!" 내가 소리를 질렀고, 앨리스가 내게서 떨어져 나와 몸을 움츠렸다. "제발," 나는 앨리스를 안심시켰다. "아무 말도 하지 마세요. 그냥 어둠 속에서 저를 붙잡고 있어주세요." 나는 앨리스를 가까이 끌어당겼고, 꼭 감은 두 눈의 눈꺼풀 아래 어둠 속에서 페이의 모습을, 그녀의 긴 금발과 하얀 피부를 그려보았다. 페이가, 마지막으로 본 모습으로 내 옆에 있었다. 나는 페이의 머리칼과 페이의 목에 입을 맞추었고, 마침내 페이의 입술에 입을 맞추었다. 페이가 두 팔로 내 등과 어깨를 어루만지는 것이 느껴졌고, 여자 앞에서 처음으로 내 몸이 점점 팽팽해지면서 긴장되는 것이 느껴졌다. 처음에는 페이를 천천히 어루만졌지만, 이내 조급하게, 흥분이 고조되었고, 이제 곧 알게 될 것이었다.

목에 소름이 돋기 시작했다. 누군가 방에 있었고, 어둠 속에서 몰래 엿보려고 했다. 그래서 나는 열병에 걸린 사람처럼 이름을 몇 번이고 되뇌었다. 페이! 페이! 페이! 나는 아무것도 우리를 방해할 수 없도록 페이의 얼굴을 또렷이 기억했다. 그렇지만 앨리스가 나를 더욱 세게 붙잡았을 때, 나는 고함을 지르며 앨리스를 멀리 밀쳐버렸다.

"찰리!" 앨리스의 얼굴이 보이지 않았지만, 숨 막히는 소리를 듣고 놀란 것을 알 수 있었다.

"아니에요, 앨리스! 도저히 못 하겠어요. 이해하지 못할 거예요."

나는 소파에서 벌떡 일어나 불을 켰다. 나는 그가 거기에 서있는 모습을 보기를 기대했다. 하지만, 물론 그곳에는 아무도 없었다. 우리 둘밖에 없었던 것이다. 그는 내 마음속에서 생겨난 환영이었다. 앨리스는 그곳에 누워있었고, 내가 단추를 푼 그녀의 블라우스는 풀어헤쳐져 있었다. 그녀의 얼굴은 붉게 달아올랐고, 두 눈은 믿을 수 없다는 듯이 커져있었다. "사랑해요." 내 입 밖으로 간신히 그 말이 흘러나왔다. "하지만 저는 못 하겠어요. 뭐라고 설명하진 못하겠어요. 하지만 제가 중간에 멈추지 않으면, 저는 남은 한평생 동안 저를 증오할 것 같아요. 제게 설명해달라고 하지 마세요. 만약 당신이 그렇게 묻는다면 저는 당신도 미워할 거예요. 그것은 찰리와 관계가 있어요. 무슨 까닭에서인지는 몰라도 그는 내가 당신과 사랑을 나누지 못하게 해요."

그녀는 고개를 돌리고, 블라우스의 단추를 채웠다. "오늘 밤은 평소와 달랐어요." 그녀가 말했다. "당신은 메스꺼워하지 않았고, 공포에 질리지도 않았어요. 당신은 날 원했어요."

"네, 전 당신을 원했지만, 당신과 정말로 사랑을 하고 싶지는 않았어요. 나는 당신을 이용하려고 했어요. 어떤 점에서는 말이죠. 하지만 나는 설명하지 못하겠어요. 저 자신도 이해가 안 가니까요. 다만 내가 아직 준비가 되지 않았다고 해두죠. 그리고 난 괜찮지 않을 때, 그런 척을 할 수는 없어요. 그것은 다만 막다른 골목일 뿐이니까요."

나는 가기 위해서 일어났다.

"찰리, 다시는 도망가지 말아요."

"나는 계속 달리는 중이에요. 해야 할 일이 있어요. 며칠 뒤에 실험실로 돌아갈 거라고 그들에게 말해요. 내가 나 자신을 통제할 수 있으면 바로 가겠다고 말이죠."

나는 주체할 수 없을 정도로 흥분한 상태에서 앨리스의 집을 나섰다. 건물 앞 계단에 서있었다. 어느 길로 가야 할 것인지를 알 수 없었기 때문이다. 어떤 길을 택하든지 그것이 또 다른 잘못이라는 것을 깨닫고 충격을 받았다. 모든 길이 막혀있었다. 하지만, 하느님··· 내가 뭘 하든지, 내가 어디를 가든지, 문이 닫혀있었다.

갈 곳이 없었다. 발길을 옮길 거리도 없고, 방도 없고, 여자도 없다.

결국 나는 중간에 지하철을 타고 49번가까지 갔다. 사람들이 그리 많지는 않았지만, 페이를 생각나게 하는 기다란 금발 여인이 있었다. 시내버스 정류장을 향해 가던 길에 주류 판매점이 보여서 나는 별 생각 없이 들어가 5분의 1갤런들이 진을 한 병 샀다. 버스를 기다리는 사이에 나는 부랑인처럼 가방에서 술병을 꺼내 땄고, 길게 쭉 한 모금을 들이켰다. 진이 목구멍을 타고 내려가면서 불붙는 것 같았지만, 기분은 좋았다. 나는 한 모금을 더 들이켰고—그냥 가볍게 한 모금을—버스가 올 때쯤에는 알딸딸한 술기운에 흠뻑 젖어있었다. 나는 더 이상 마시지 않았다. 술에 취하고 싶지 않았기 때문이다.

아파트에 도착해서 페이의 방문을 두드렸다. 대답이 없었다. 문을 열고 안을 들여다보았다. 페이는 아직 돌아오지 않았지만, 불이 모두 켜져있었다. 페이는 아무것도 전혀 신경 쓰지 않았다. 나는 왜 그럴 수 없을까?

나는 내 방에 가서 페이를 기다렸다. 옷을 벗고, 샤워를 하고, 실내복을 입었다. 오늘 밤에는 제발 페이가 아무도 데려오지 않기를 기도했다.

새벽 두 시 반쯤 되었을 때, 그녀가 계단을 올라오는 소리가 들렸다. 나는 술병을 꺼냈고, 비상계단으로 기어 나와서 현관문이 열릴 때, 창문으로 슬그머니 들어가려고 했다. 나는 거기에 웅크리고 앉아서 지켜볼 생각은 없었다. 나는 창문을 두드리려고 했다. 하지만 내가 거기에 있다는 사실을 알리려고 손을 들었을 때, 페이가 신발을 벗어 던지고 행복하게 한 바퀴를 도는 것이 보였다. 페이는 거울 앞으로 다가가더니 혼자 스트립쇼를 하는 것처럼 입고 있던 옷들을 천천히 하나씩 벗어 던지기 시작했다. 나는 술을 한 모금 더 마셨다. 그렇지만 내가 지켜보고 있다는 사실을 그녀에게 알릴 수는 없었다.

나는 다시 내 방으로 돌아갔고, 불도 켜지 않은 채 곧장 복도로 나갔다. 처음에 나는 페이를 내 아파트에 초대할까 생각해보았지만 모든 게 너무나 깔끔하게 정돈되어있어서—페이 표현을 빌리자면 지워야 할 직선들이 너무 많아서—내 아파트에서는 잘 안 될 것을 알고 있었다. 그래서 나는 복도로 나가 페이의 방문을 두드렸다. 처음에 부드럽게 두드리다가 점점 세게 두드렸다.

"문 열려있어요!" 페이가 소리쳤다.

페이는 속옷 차림으로 바닥에 누워 팔은 양쪽으로 펼치고 있었고 다리는 소파에 올리고 있었다. 페이는 머리를 뒤로 기울여 나를 거꾸로 쳐다보았다. "찰리군요, 자기! 왜 물구나무서 있어요?"

"아무려면 어때요." 나는 종이가방에서 술병을 꺼내며 말했다. "선들과 상자들이 너무나 똑바로 반듯하게 있어서 그것들을 지우는 데 당신도 동참할 거라고 생각했죠."

"그럴 땐 술이 최고죠." 페이가 말했다. "명치가 뜨뜻해지는 곳에 집중한다면, 반듯한 선들도 모두 사라지기 시작할 거예요."

"지금 바로 그래요."

"야호, 좋았어!" 페이가 펄쩍 뛰어올랐다. "저도 그래요. 오늘 밤엔 따분한 샌님들과 춤을 너무 많이 췄어요. 전부 다 녹여버리자고요." 페이는 유리잔을 집어 들었고 나는 잔을 채웠다.

페이가 술을 마실 때, 나는 팔을 두르고 그녀 등의 맨살을 만지작거렸다.

"아, 이런! 멈춰요! 뭐하는 거예요?"

"당신이 집에 오길 기다리고 있었어요."

페이는 물러났다. "잠깐, 찰리. 전에도 이런 적이 있잖아요. 별 소용이 없었다는 것을 찰리도 알잖아요. 그러니까 내 말은, 내가 찰리를 많이 생각하는 것은 찰리도 알고 있을 테고, 기회만 있다면 저도 찰리를 끌고 침대에 들어가고 싶어요. 하지만 결국에 아무 일도 없을 것인데 흥분하고 싶진 않아요. 찰리, 이건 공평하지 않다고요."

"오늘 밤은 다를 거예요. 장담할게요." 페이가 미처 저항하기 전에 나는 그녀를 두 팔로 끌어안고, 입을 맞추고, 나를 기꺼이 산산조각 낼 것 같은 흥분으로 그녀를 압도했다. 나는 그녀의 브래지어를 벗기려고 애를 썼지만, 너무 세게 끌어당긴 바람에 그만 고리가 찢겨버렸다.

"이런, 찰리, 내 브래–"

"브래지어는 걱정 말아요···." 나는 헐떡거리며 말했고, 페이가 벗는 것을 도왔다. "제가 새로 하나 사줄게요. 지난번 일도 있고 해서요. 밤새도록 당신을 사랑할게요."

페이가 내게서 몸을 떼어냈다. "찰리, 당신이 그렇게 말하는 건 한 번도 들어본 적이 없어요. 더군다나 날 통째로 삼켜버릴 것처럼 그렇게 쳐다보지 말아요." 페이는 의자 위에 있던 블라우스를 획 집어 들어서 몸을 가렸다. "그러니까 꼭 제가 벌거벗은 거 같잖아요."

"당신과 하고 싶어요. 오늘 밤엔 할 수 있어요. 제가 알아요··· 느껴져요. 페이, 날 거부하지 말아요."

"자," 페이가 속삭였다. "술 한 잔 더해요."

나는 술을 한 잔 마신 뒤에 페이에게 한 잔 따라주었고, 페이가 술 마시는 사이에 목과 어깨에 계속 키스를 퍼부었다. 나의 흥분이 전해지자 페이도 거친 숨결을 내쉬기 시작했다.

"아, 찰리, 혹시 나를 흥분시키고 한 번 더 실망시키면, 나도 무슨 짓을 저지를지 몰라요. 알다시피 저도 사람이니까요."

나는 옷과 속옷들이 잔뜩 쌓여있는 소파 위로 그녀를 끌어당겼다.

"찰리, 여기 소파에서는 싫어요." 페이가 몸을 일으키려고 애를 쓰면서 말했다. "침대로 가요."

"여기에서요." 나는 고집하면서 블라우스를 벗겼다.

페이는 날 내려다보더니, 잔을 바닥에 내려놓고, 팬티는 바닥으로 끌어 내린 채 거기에 벗어놓았다. 이제 페이는 내 앞에 벌거벗은 채 서 있었다. "불을 끌게요." 페이가 속삭였다.

"끄지 마세요." 나는 페이를 소파로 끌어 앉히며 말했다. "당신이 보고 싶어요."

그녀는 진하게 입을 맞추고, 두 팔로 나를 꼭 끌어안았다. "찰리, 이번엔 저를 실망시키지 마요. 그러지 않는 편이 좋을 거예요."

그녀는 천천히 몸을 움직였고 내게 손을 뻗었다. 그래서 나는 이번에는 아무것도 날 방해하지 않으리라는 것을 알았다. 나는 뭘 해야 하는지와 어떻게 해야 하는지를 알았다. 그녀는 헐떡이고 숨을 몰아쉬면서 내 이름을 불렀다.

아주 잠깐 찰리가 날 지켜보는 느낌이 들어서 등골이 오싹했다. 소파 팔걸이 너머로, 나를 노려보는 그의 얼굴이 창 너머 어둠 속에서 잠깐 보였다. 몇 분 전까지만 해도 내가 쭈그리고 앉아있던 곳이다. 지각이 한 번 더 바뀌고, 나는 다시 비상계단에 나와서 집 안에서 한 남자와 한 여자가 소파 위에서 사랑을 나누는 것을 보고 있다.

그때, 엄청난 노력을 기울여서 나는 다시 소파로 되돌아와 페이와 함께 있었다. 그녀의 몸을 느끼며 절정으로 고조되는 절박함 속에서 나는 창문에 달라붙어서 열심히 지켜보는 얼굴을 보았다. 그리고 이렇게 생각했다. 어디 한번 해보자, 이 불쌍한 새끼야. 볼 테면 보라고. 난 더 이상 신경 쓰지 않을 테니까.

그러자 우리를 지켜보는 찰리의 두 눈이 더욱 커졌다.

6월 29일

실험실로 돌아가기 전에 먼저 학회를 떠난 뒤로 시작했던 프로젝트를 끝낼 것이다. 나는 고등과학연구소의 렌즈도프에게 전화를 걸어서 생물물리학의 예비 작업에서 쌍생성[3] 핵광효과를 이용하는 게 어떨지 운을 띄워보았다. 그는 처음에 나를 미친 사람으로 생각했지만, 고등과학연구소 학술지에 실린 그의 논문의 오류를 지적하자 그는 거의 한 시간 동안이나 전화를 붙잡고 나와 이야기를 나누었다. 렌즈도프는 내가 연구소에 찾아와서 자신의 동료들과 내 아이디어를 의논하기를 원했다. 실험실에서 내가 하는 일이 끝나고 시간이 남는다면 그 문

3 입자와 반(反)입자의 동시 생성.

제에 관해 렌즈도프와 의논할 수 있을지도 모르겠다. 물론, 문제는 시간이다. 내게 시간이 얼마나 남아있는지를 모르겠다. 한 달? 일 년? 아니면 죽기 전까지? 그것은 내가 이 실험의 정신물리학적 부작용이 무엇인지를 찾아내는 데에 달려있다.

나의 미로의 끝에는...

6월 30일

더 이상 거리를 헤매지 않는 것은 지금 내 곁에 페이가 있기 때문이다. 나는 페이에게 방 열쇠를 주었다. 페이는 내가 문을 잠그고 다닌다고 놀리고, 나는 페이의 어질러진 아파트를 놀린다. 페이는 자신을 바꾸려고 하지 말라고 내게 경고했다. 5년 전에 남편이 자신과 이혼한 이유가 방을 치우고 집을 가꾸는 일에 신경 쓰지 않았기 때문이라고 했다.

페이는 자기에게 중요하지 않은 일들을 대개 그런 식으로 처리한다. 그냥 신경 쓸 줄도 모르고, 신경을 쓰려고도 하지 않는다. 며칠 전에 나는 의자 뒤의 방구석에서 주차위반 딱지를 한 묶음 찾아냈는데 틀림없이 사십 장 아니 오십 장은 되었다. 페이가 맥주를 들고 내 방에 왔을 때, 나는 페이에게 주차위반 딱지는 왜 모아두냐고 물었다.

"그 딱지들 말이죠!" 페이가 웃었다. "전 남편이 저 빌어먹을 영수증을 보내오면, 곧바로 그중에 얼마는 돈을 내야 하니까요. 저 딱지들 때문에 내가 얼마나 기분이 안 좋은지를 아마 당신을 모를 거예요. 딱지들은 의자 뒤에 보관했어요. 안 그러면 볼 때마다 죄책감에 시달릴 것 같아서요. 하지만 도대체 나보고 어쩌라는 것이죠? 가는 곳마다 온통 표지판에는 여기도 '주차금지!' 저기도 '주차금지!'라고 적혀있어요. 차에서 내리고 싶을 때마다 애써 차를 멈추고 그런 표지판들을 보고 싶지는 않아요."

그래서 나는 그녀를 바꾸려 하지 않겠다고 약속했다. 그녀와 함께 있으면 신난다. 뛰어난 유머감각을 가지고 있다. 하지만 무엇보다도 자유롭고, 독립적인 영혼을 지니고 있다. 아마 얼마 뒤에 시들해질 것은 그녀의 춤에 대한 열중 정도일 것이다. 이번 주에 우리는 매일 밤 두세 시까지 춤을 췄다. 이제 난 에너지가 별로 남아있지 않다.

사랑은 아니지만, 그녀는 내게 소중한 사람이다. 그녀가 밖으로 나갈 때마다 복도를 걸어가는 발소리를 나도 모르게 듣고 있다.

찰리는 이제 우리를 감시하지 않는다.

7월 5일

처음으로 작곡한 피아노협주곡을 페이에게 헌정했다. 페이는 누군가에게서 헌정을 받았다는 사실에 흥분했지만, 그 곡을 정말로 좋아한다고는 생각하지 않는다. 한 여자에게서 바라는 모든 점을 만족할 수는 없다. 일부다처제를 뒷받침할 이유가 하나 더 늘었다.

페이가 명랑하고, 다른 이들에게 관대하다는 점이 중요하다. 페이가 이번 달에는 왜 그렇게 돈이 일찍 바닥났는지를 오늘에서야 알게 되었다. 나를 만나기 일주일 전에 페이는 스타더스트 댄스홀에서 만난 어느 아가씨를 친구로 사귀었다. 그 아가씨가 페이에게 도시에는 아는 사람이 아무도 없으며, 돈도 한 푼 없고, 잘 곳도 없다고 하소연을 해서 페이는 자신의 아파트에 들어와 같이 지내자고 했다. 이틀 뒤에 그 아가씨는 서랍장에서 페이가 보관하던 235달러를 발견했고, 그 돈을 들고 종적을 감춰버렸다. 페이는 경찰에 신고하지 않았다. 알고보니 아가씨의 성조차 몰랐던 것이다.

"경찰에 신고하면 뭐가 더 나아지죠?" 페이가 되물었다. "그러니까 제 말은 그 불쌍한 개년은 그 돈을 훔쳐서 달아날 정도로 그렇게 절실하게 필요했던 게 틀림없어요. 겨우 몇 백 달러 되는 돈으로 인생을 종치게 하고 싶지는 않아요. 제가 뭐 부자는 아니지만, 그래도 벼룩의 간을 빼먹진 않을 거예요. 무슨 말인지 알겠죠?"

무슨 뜻으로 하는 말인지는 안다.

페이만큼 생각이 열려있고, 다른 이들을 믿는 사람은 한 번도 본 적이 없다. 지금 내게 가장 필요한 것은 바로 그녀이다. 조건 없는 인간관계에 나는 너무나 목이 말라있었다.

7월 8일

연구할 시간이 별로 없다. 밤에는 클럽들을 이리저리 전전하고, 다음날 아침에는 숙취로 머릿속이 맑지 않기 때문이다. 아스피린과 날 위해 페이가 만든 알 수 없는 약을 먹고 난 뒤에야 겨우 우르두 어의 동사 형태를 언어학적으로 분석하는 일을 마칠 수 있었고, 논문을 국제 언어학회 회보에 보낼 수 있었다. 내 논문을 읽는다면 언어학자들은 녹음기를 들고 인도로 되돌아갈 것이다. 내 논문이 그 학자들의 방법론에서 매우 중요한 상부구조를 뒤흔들기 때문이다.

문자를 통한 대화가 쇠퇴하는 현상을 발판으로 언어학 분야를 하나 만들어낸 구조주의 언어학자들이 그저 존경스러울 따름이다. 또 다른 경우로는 점점 더 중요하지 않은 것을 더욱더 연구하며 일생을 바치는 학자들이 있다. 예를 들면 신음소리를 언어학적으로 세밀하게 분석한 내용을 학회지에 싣고, 도서관을 채우는 학자들이 있다. 그런 연구가 잘못된 것은 아니지만, 언어의 안정성을 파괴하는 구실로 이용되어서는 안 된다.

오늘 앨리스가 전화를 걸어 언제 실험실로 돌아와 연구를 할 예정이냐고 물었다. 일단 연구를 시작한 과제는 마치고 싶다고 그녀에게 말했고, 웰버그 재단으로부터 특별히 연구를 진행할 수 있도록 허락받기를 원한다고 했다. 그래도 앨리스의 말이 옳다. 나도 시간을 두고 생각해봐야겠다.

여전히 페이는 늘 춤추러 가고 싶어 한다. 어젯밤 내내 우리는 술을 마시고 춤을 추었다. 〈화이트호스클럽〉에서 시작해서 〈베니즈하이드어웨이〉에 갔고, 그런 다음에는 〈핑크슬리퍼〉··· 그 뒤에도 여러 군데에 갔지만, 기억나지 않는다. 내가 지쳐 쓰러질 때까지 우리는 계속 춤을 추었다. 내가 꽤 술에 취하고 나서야 찰리가 나타나는 것을 보면 주량이 늘어난 게 틀림없다. 찰리가 〈알라카잠클럽〉의 무대에서 바보같이 탭댄스를 췄던 것이 기억날 뿐이다. 찰리는 큰 박수를 받았지만, 결국 지배인이 우리를 쫓아냈다. 다들 내가 대단한 코미디언인 줄 알며, 나의 바보 연기를 좋아했다고 페이가 말했다.

그때 대체 무슨 일이 있었던 것일까? 무리를 했는지 등이 아프다. 밤새 춤을 춰서 아픈 것이라고 생각했는데, 페이 말로는 내가 빌어먹을 소파에서 떨어졌기 때문이라고 한다.

앨저넌의 행동이 다시 돌발적으로 바뀌고 있다. 미니가 무서워하는 것 같다.

7월 9일

오늘 끔찍한 일이 일어났다. 앨저넌이 페이를 물어버린 것이다. 나는 페이에게 앨저넌과 놀지 말라고 경고했었다. 하지만 페이는 항상 앨저넌에게 먹이 주는 것을 좋아했다. 보통 그녀가 그의 집에 왔을 때, 그는 머리를 곧추세우고 그녀에게 달려가곤 했다. 하지만 오늘은 달랐다. 앨저넌은 하얀색 깃털 안에 몸을 웅크리고 있었다. 페이가 뚜껑 문 위에 손을 올려놓았을 때, 그는 몸을 움츠렸고, 구석으로 기어들어갔다. 페이는 앨저넌을 꾀어내려고 애를 썼다. 미로로 이어지는 벽을 열면서. 그리고 내가 그녀에게 그를 혼자 내버려두라고 말하기 전에 그녀는 그만 앨저넌을 집어 올리는 실수를 저질렀다. 앨저넌은 페이의 엄지손가락을 물었다. 그때, 그는 우리 둘을 노려보았고, 미로 속으로 급히 달려갔다.

우리는 미니가 목표상자의 다른 쪽 구석에 있는 것을 발견했다. 미니는 가슴에 깊은 상처가 나서 피를 흘리고 있었지만, 살아있었다. 내가 미니를 꺼내려고 손을 뻗자, 앨저넌이 상자로 와서 나를 덥석 물었다. 앨저넌은 이빨로 내 소매를 물었고. 내가 흔들어서 떼어놓을 때까지 매달려 있었다.

앨저넌은 그 뒤로 조용해졌다. 나는 한 시간이 넘도록 앨저넌을 지켜보았다. 앨저넌은 열의가 없고, 혼란스러운 것 같았다. 그리고 아무런 외부적인 보상이 없이 새로운 문제를 해결하기 위해 배웠지만, 그의 동작은 어딘가 특이했다. 미로의 복도를 주의 깊고, 확신에 차서 움직이는 대신에 앨저넌은 행동을 서둘렀으며, 통제하지 못했다. 앨저넌은 몇 번이고 구석으로 너무 빨리 들어갔고, 벽에 부딪쳤다. 그의 행동에는 이상한 긴박감이 있었다.

그 자리에서 바로 판단을 내리기가 망설여졌다. 그것의 이유는 여러 가지일 수 있다. 하지만 이제 앨저넌을 실험실로 데려가야 한다. 나는 재단에서 내게 특별히 지원금을 주도록 결정했는지의 여부를 떠나서 아침에 니머 교수를 만날 예정이다.

7월 12일

니머 교수, 스트라우스 박사, 버트와 그 밖의 프로젝트와 관련된 사람들이 심리학과 사무실에서 나를 기다리고 있었다. 환영한다는 느낌을 주려고 사람들이 애쓰고 있었다. 버트가 무척 앨저넌을 데려가고 싶어 하기에 그에게 넘겼다. 다들 아무 말도 하지 않았지만 내가 니머 교수를 거치지 않고 재단과 직접 연락을 주고받은 일을 그가 쉽사리 용서하지 않으리라는 것을 나는 알고 있었다. 하지만 그럴 필요가 있었다. 비크맨 대학교에 돌아오기 전에 내가 독립적으로 연구할 수 있도록 그들에게서 허락하겠다는 확답을 받아야 했기 때문이다. 니머 교수에게 내가 한 일을 모두 다 일일이 설명해줘야 한다면 너무 많은 시간이 낭비되었을 것이다.

니머 교수는 재단이 어떤 결정을 내렸는지를 소식을 들어 알고 있었고, 그래서 나를 대하는 그의 태도는 차갑고 형식적이었다. 그는 손을 내밀었지만, 얼굴에는 미소가 없었다. 그가 말했다. "찰리, 자네가 돌아와서 우리와 함께 일을 한다고 해서 우리는 모두 기쁘다네. 제이슨에게서 전화가 왔고, 재단이 자네가 연구를 할 수 있도록 허락했다는 것을 내게 말해주었다네. 여기 연구원과 실험실은 자네가 원하는 대로 이용할 수 있네. 컴퓨터 센터도 우리에게 자네의 작업을 가장 중요하게 여기겠다고 확답을 했다네. 그리고 물론 나도 도울 예정이라네· · ·."

니머 교수는 다정하게 대하려고 최대한 노력하고 있었지만, 나에 대한 회의적인 생각이 표정에 드러났다. 과연 실험심리학에 대해 나는 어떤 경험을 가지고 있는가? 니머 교수가 그토록 여러 해에 거쳐 개발한 기술들에 대해 나는 무엇을 아는가? 내가 말했듯이 그의 태도는 다정해보였고, 잠시 판단을 유보하려는 것 같았다. 지금은 그가 달리 할 수 있는 일이 없기 때문이다. 앨저넌의 행동을 내가 설명해내지 못한다면 그의 모든 작업은 헛수고가 될 것이다. 하지만 내가 그 문제를 해결하면 프로젝트에 모든 연구원들을 끌어들이게 될 것이다.

실험실에 들어갔을 때, 버트는 앨저넌을 지켜보고 있었다. 앨저넌은 복잡한 문제를 풀어야 하는 미로상자 안에 들어있었다. 그는 한숨을 쉬더니 머리를 절레절레 흔들었다. "앨저넌은 많이 잊어버렸어요. 그의 복잡한 반응은 대부분 머릿속에서 깨끗이 지워진 것 같군요. 생각보다 훨씬 더 낮은 수준으로 문제를 풀고 있어요."

"어떻게 말이죠?" 내가 물었다.

"그러니까, 전에는 단순한 패턴을 구별할 수 있었어요. 이를테면 덫

문이 달린 미로를 지나갈 때, 문을 하나 건너뛴다거나, 세 개를 건너뛴다거나, 붉은 문이나 녹색 문만 들어간다거나 하는 식으로요. 하지만 이제는 저 미로를 세 번째 지나가고 있지만, 아직도 시행착오를 통해 학습하고 있어요."

"앨저넌이 실험실에서 아주 오랫동안 떨어져 지내서 저런 걸까요?"

"그럴지도 모르죠. 하지만 앨저넌이 이런 것들에 다시 익숙해지도록 할 것이고 내일은 문제를 어떻게 해결하는지를 한번 지켜보죠."

전에도 실험실에는 수없이 들락날락거렸지만, 이젠 실험실이 제공하는 모든 것을 배우기 위해 이곳에 왔다. 다른 이들이 몇 년이 걸려 배우는 과정을 나는 단 며칠 만에 받아들여야 한다. 나는 버트와 네 시간 동안 실험실을 구역별로 살펴보았고, 실험실의 전체 과정에 익숙해지려고 노력했다. 모든 과정을 한번 훑었을 때, 나는 우리가 들여다보지 않은 문이 하나 있다는 것을 눈치챘다.

"저 안에는 뭐가 있죠?"

"냉동실과 소각로가 있어요." 버트는 무거운 문을 밀어서 열고 불을 켰다. "우리는 표본들을 소각로에서 처리하기 전에 먼저 얼려요. 표본들이 부패하는 걸 억제하면 악취를 줄이는 데 도움이 되니까요." 그렇게 말한 뒤에 그는 몸을 돌려 발걸음을 옮겼지만, 나는 거기에 잠시 서있었다.

"앨저넌은 안 돼요." 내가 말했다. "저··· 그러니까··· 만약에···제 말은 앨저넌이 저기에 버려지지 않았으면 좋겠어요. 앨저넌을 제게 주세요. 제가 직접 돌볼게요." 버트는 웃지 않고, 다만 고개를 끄덕였다. 니머 교수는 이제부터 내가 원하는 것은 어떤 것이든지 가질 수 있다고 그에게 일러두었기 때문이다.

시간이 걸림돌이었다. 나 혼자 힘으로 해답을 찾아낼 작정이라면, 당장 연구를 시작해야 했다. 버트에게서 문헌목록을 받고, 스트라우스 박사와 니머 교수에게서는 기록들을 받았다. 실험실을 나가면서 문득 이상한 생각이 들었다.

"말해봐요." 니머 교수에게 물었다. "조금 전에 실험동물을 처리하는 당신네들의 소각로를 봤어요. 제 경우는 어떤 계획이 세워져 있죠?"

니머 교수는 내 질문을 듣더니 깜짝 놀랐다. "그게 무슨 말인가?"

"교수님은 처음부터 모든 긴급사태에 대비해서 계획을 짜둔 게 틀림없어요. 그러니까 그럴 경우에는 저를 어떻게 할 셈이죠?"

그가 입을 굳게 다물어서, 나는 끈질기게 요구했다. "제게는 실험과 관련된 것은 전부 알 권리가 있어요. 제 미래도 포함되니까요."

"자네에게 굳이 감출 이유는 없지." 말을 멈춘 니머 교수는 담뱃불이 꺼지지 않았는데도 한 번 더 불을 붙였다. "자네도 물론 알겠지만 처음부터 우리는 높아진 지능을 계속 유지시킬 것이라는 원대한 목표를 가지고 있었고, 지금도 여전히 그렇다네···. 그 점은 틀림없지."

"저도 그 점은 의심하지 않습니다." 내가 말했다.

"물론, 자네를 이 실험에 끌어들이는 것은 무거운 책임을 져야 하는 일이었어. 이 프로젝트를 처음 시작했을 때 자네가 얼마나 많이 기억하는지를, 또 조각들을 얼마나 맞추었는지를 나는 모른다네. 하지만 우리는 지능이 일시적으로만 높아질 수 있다는 점을 자네에게 분명히 해두려고 노력했어."

"그 당시에 경과보고서에 제가 그렇게 적었죠." 나도 동의했다. "비록 그때는 당신이 한 말을 이해하지 못했지만요. 하지만 제가 말하려고 한 점은 그게 아니에요. 지금은 알고 있기 때문이죠."

"어쨌든 자네와 함께 그런 위험을 감수하기로 우리는 결정했지." 니머 교수가 말을 이었다. "자네에게 심각하게 해를 끼칠 가능성은 매우 낮지만, 도움을 줄 가능성은 높다고 확신했으니까."

"굳이 정당화하실 필요는 없습니다."

"자네도 알겠지만 우리는 자네 직계 가족에게서 허락을 받아야만 했지. 본인에게서 동의를 구하기에는 자넨 자격 미달이었으니까."

"전부 알고 있습니다. 제 여동생 노마에 관한 이야기를 하고 계시잖아요. 신문에서 읽었습니다. 제가 기억하는 바로는 노마가 저를 실험에 써도 좋다고 허락한 것으로 알고 있습니다."

니머 교수는 인상을 썼지만, 곧 그런 표정을 거두었다.

"물론, 자네 여동생에게도 말했지만 실험이 실패할 경우에 우리는 자네를 빵가게나 원래 지내던 방으로 돌려보낼 수 없다네."

"왜죠?"

"우선 자네는 더 이상 예전의 찰리가 아닐 수 있기 때문이지. 수술과 호르몬 주입의 효과가 곧바로 나타나지 않을지도 모르지. 수술 이후에 겪은 것들이 자네에게 영향을 주었을지도 모르고. 내 말은, 혹시 정서장애가 일어나 지적장애를 더 악화시킬 수도 있고, 그러면 예전과 같은 사람이 아닐 수도 있다는 뜻이네."

"그거 참 잘됐군요. 그러니까 십자가를 하나 짊어진 것으로는 부족하다는 것처럼 들리는군요."

"다른 이유는 자네의 지능이 예전과 같은 수준으로 돌아갈지를 알 길이 없기 때문이야. 퇴행이 일어나서 기능이 원시적 수준으로 더 내려갈지도 모른다네."

그는 최악의 경우를 알려주며, 그렇게 마음의 짐을 내려놓고 있었다.

"모든 걸 알아두는 게 좋을 것 같군요." 내가 말했다. "이 일에 대해 다른 사람에게 말하라고 명령할 수 있는 위치에 있을 때 말이죠. 제게는 어떤 계획이 세워져 있죠?"

니머 교수가 어깨를 으쓱했다. "재단은 자네를 워렌 주립보호소와 훈련 학교로 돌려보내기로 결정했다네."

"이런 빌어먹을!"

"자네 여동생과 맺은 계약에는 이런 내용도 있다네. 집의 모든 공공요금을 재단이 가져가는 대신에 당신이 매월 정기적으로 돈을 받아서 남은 일생 동안 자네가 필요한 곳에 개인적으로 쓸 수 있도록 말이지."

"그렇지만 하필이면 왜 거기로 돌아가죠? 허먼 삼촌이 돌아가신 뒤에 그들이 저를 그곳에 보냈을 때에도 저는 항상 밖에서 제 일을 제가 잘 알아서 했어요. 도너 사장님은 제가 보호소 밖에서 일하고 지낼 수 있도록 곧바로 저를 꺼낼 수 있었어요. 그런데 왜 제가 거기로 되돌아가야만 하죠?"

"자네가 밖에서도 스스로를 잘 돌보고 지낼 수 있다면, 워렌에 머물지 않아도 돼. 증상이 경미한 경우는 밖에서 지내는 것도 허락되니까. 하지만 우리는 자네를 위해 만약을 대비해야 했네."

니머 교수의 말이 옳았다. 내가 불평할 일은 없었다. 그들은 모든 가능성을 고려했다. 워렌을 선택한 것은 합리적인 판단이었고 그 깊은 냉동고가 내가 살아있는 동안에 처박혀 있게 되는 곳인 셈이다.

"적어도 소각로는 아니군요." 내가 말했다.

"뭐라고?"

"신경 쓰지 마세요. 개인적으로 농담한 거예요." 그때 나는 뭔가를 생각했다. "말해주세요. 제가 워렌을 방문해도 될까요? 그러니까 제 말은 그곳에 가서 방문객으로서 둘러보는 것 말이에요."

"그럼. 결정을 내리기 위해 찾아오는 사람들이 항상 있는 것으로 알지. 일종의 홍보 활동으로 정기적인 안내도 하는 것으로 알고 있네. 하지만 왜지?"

"보고 싶으니까요. 저는 어떤 일이 일어날 것인지를 알아야겠어요. 제가 아직 뭔가를 할 수 있을 정도로 충분히 통제할 수 있을 때요. 니머 교수님이 그것을 잘 처리할 수 있는지를 한번 보죠. 되도록 빨리 말이에요."

워렌을 방문하려는 내 생각에 니머 교수가 화났다는 것을 알 수 있었다. 마치 내가 죽기 전에 관을 준비하는 것 같았기 때문일까. 하지만 그때, 나는 그를 비난할 수 없었다. 왜냐하면 그는 내가 누구인지를 모르기 때문이다. 나의 총체적인 존재의 의미는 나의 과거뿐만 아니라 나의 미래의 가능성도 포함하는 것이다. 내가 지금까지 어떻게 지내왔고, 앞으로 어떻게 지낼 것인지를 아는 존재로서 말이다. 비록 나의 미로의 끝에 죽음이 놓여있다는 것을 지금은 알지만 (그것을 몰랐던 때도 있었다. 오래전에, 내 안에 있던 아이는 죽음은 오직 다른 사람들에게만 일어난다고 생각했다.) 나는 이제 안다. 미로에서 내가 선택했던 길이 지금의 나를 만들었다는 사실을 안다. 나는 한 명의 사람이기도 하지만 존재하는 방식이기도 하다. 여러 가지 방식들 중 하나이다. 그리고 내가 지나왔던 길들과 앞으로 걸어가도록 남아있는 길들은 내가 무엇이 되려고 하는지를 이해하는 데 도움이 될 것이다.

나는 그날 저녁부터 며칠 동안 심리학 책들을 파고들었다. 임상심리학, 성격심리학, 심리측정학, 학습심리학, 실험심리학, 생리심리학, 행동주의심리학, 게슈탈트 심리학, 분석심리학, 기능심리학, 역동심리학, 유기체심리학, 그리고 그 밖의 고대와 현대 학파들과 사상 체계들을 말이다. 울적해지는 것은 저렇게 많은 생각들과 그 위에 심리학자들이 인간의 지능과 기억과 학습 능력에 관한 믿음을 쌓아올리는 기본 아이디어가 모두 소망에 불과하다는 점이다.

페이는 실험실을 방문하기를 원하지만, 나는 그러지 말라고 했다. 앨리스와 페이가 서로 우연히 마주치기를 바랄 뿐이다. 그것 말고도 걱정할 일이 충분히 많다.

희망을 말하는 사람은 아무도 없었다

7월 14일

워렌을 방문하기에 날씨가 좋지 않았다. 흐린 데다가 가랑비까지 내렸다. 어쩌면 내가 워렌을 생각할 때마다 우울한 기분에 사로잡히는 이유인지도 모른다. 아니면 내가 날 속이고 있으며, 사실은 내가 그곳에 보내질 수 있다는 생각 때문에 괴로운 것인지도 모른다. 나는 버트에게서 차를 빌렸다. 앨리스가 함께 가고 싶어 했지만, 나는 혼자 가봐야 했다. 페이에게는 간다고 말도 하지 않았다.

롱아일랜드 워렌에 있는 경작 공동체까지 차로 한 시간 반이 걸렸고, 나는 어렵지 않게 그곳을 찾을 수 있었다. 회색 지대가 뻗어있었고, 세상과 연결된 것은 오로지 두 개의 콘크리트 기둥들이 서있는 입구밖에 없었으며, 좁다란 옆길이 접해있었고, 거기에는 잘 닦인 청동 안내판에 '워렌 주립보호소 & 직업학교'라고 적혀있었다.

길옆의 안내 표지판에는 시속 25킬로미터라고 적혀있었고, 그래서 나는 몇 동의 벽돌 건물들을 지나 천천히 운전하면서 관리 사무실을 찾았다.

초원을 가로질러 트랙터가 다가왔고, 운전수 외에 두 명이 뒤에 매달려 있었다. 나는 머리를 내밀고 소리쳤다. "혹시 윈슬로우 씨의 사무실이 어디에 있는지 알려주실 수 있나요?"

운전수는 트랙터를 멈추고 왼편을 가리키더니 곧장 앞으로 가라는 손짓을 했다. "중앙 병동이오. 왼쪽으로 돌아간 뒤에 가다가 오른쪽으로 돌아가시오."

트랙터 뒤에서 난간에 매달린 청년이 날 째려보는 모습이 눈에 띄었다. 청년의 얼굴에는 수염이 자라있었고, 공허한 미소의 흔적이 있었다. 그는 어부들이 쓰는 모자를 푹 눌러쓰고 있었다. 아이들처럼 자신의 두 눈을 가리기 위해서 모자의 챙을 푹 눌러쓰고 있었다. 밖에는 햇볕이 나지 않았지만. 나는 잠깐 그와 눈을 마주쳤다. 그는 두 눈을 크게 뜨고, 무엇인가를 묻는 것 같았다. 하지만 나는 시선을 돌려야 했다. 트랙터가 다시 앞으로 나아가기 시작했고, 나는 자동차 백미러로 그가 호기심이 어린 두 눈으로 내 뒷모습을 보는 것을 알 수 있었다. 그것은 나를 화나게 했는데··· 그의 모습을 보자 찰리가 떠올랐기 때문이다.

주임 의사가 그토록 젊다는 사실에 나는 무척 놀랐다. 키 크고, 깡마른 청년이었고, 지친 얼굴이었다. 하지만 침착한 두 눈을 보니 얼굴은 어려 보여도 그 뒤에 힘을 지니고 있는 것이 느껴졌다.

그는 나를 차에 태우고 주위를 둘러보았으며, 오락실과 병원과 학교와 행정 사무실과 환자들이 사는 이 층짜리 벽돌 건물들을 보여주었다.

"주위에 담장이 없군요." 내가 말했다.

"네, 입구에 문이 하나 있고, 사람들이 호기심에 구경하러 들어오지 못하도록 울타리가 쳐있을 뿐이죠."

"그렇다면 저들이 이곳을 벗어나 이리저리 돌아다니는 것은 어떻게 막죠?"

의사는 잘 모르겠다는 듯 어깨를 으쓱하며 미소를 지었다. "사실, 어쩔 수 없죠. 여기를 벗어나 돌아다니는 사람들도 있긴 하지만 대부분 돌아오니까요."

"찾지는 않나요?"

그는 나를 쳐다보았는데, 어떤 의도로 내가 그런 질문을 하는지를 알아내려 하는 것 같았다. "아니요, 말썽을 일으키면, 마을 사람들이 알려줘서 바로 알 수 있죠. 아니면, 경찰들이 데려오던가요."

"혹시 소식을 듣지 못하면요?"

"소식도 듣지 못하고, 연락도 없다면, 그들이 바깥세상에서 잘 적응해서 지내고 있다고 우리는 생각합니다. 고든 씨, 여긴 교도소가 아니란 점을 이해해주셨으면 합니다. 보호소를 빠져나온 사람들을 다시 데려가려는 합당한 노력을 기울이라고 주정부는 요구하지만, 저희는 사천 명이나 되는 사람들을 하나하나 지켜볼 수 있는 인원도 설비도 갖추고 있지 않아요. 어떻게 해서든지 여길 나가려고 하는 사람은 그 중에서도 증상이 경미한 지적장애인이죠. 그런 사람들은 더 이상 받지도 않습니다. 이제 저희는 지속적인 관리를 필요로 하는, 뇌손상을 입은 환자들을 더 많이 받습니다. 증상이 경미한 지적장애인은 자유롭게 주위를 돌아다닐 수 있고, 밖에서 일주일 정도 지내면 자신들을 위한 것이 아무것도 없다는 사실을 깨닫고 대부분 돌아옵니다. 세상이 그들을 원하지 않는 것을 그들도 곧 깨닫게 되는 거죠."

우리는 차에서 내려 어느 병동으로 걸어갔다. 안으로 들어서니 사방의 벽이 모두 하얀 타일로 덮여있었고, 건물에서 소독약 냄새가 났다. 1층 로비는 놀이방으로 이어져 있었으며, 방에는 75명의 소년들이 점심시간을 알리는 종이 울리기를 기다리며 여기저기 앉아있었다. 곧바로 내 눈길을 끈 것은 구석에 놓인 의자에 앉아있던 덩치 큰 소년이 다른 소년을 부드럽게 안고 있는 모습이었는데, 열네댓 살 된 아이를 두 팔로 꼭 껴안고 있었다. 우리가 방에 들어서자 그들은 모두 고개를 돌렸고, 겁이 없는 아이들 몇 명은 다가와 나를 빤히 쳐다보았다.

"신경 쓰지 마세요." 내 표정을 보더니 그가 말했다. "해치거나 하지는 않으니까요."

이곳을 책임지고 담당하는 여자가 다가왔다. 건장한 체격에 미인이었으며, 풀 먹인 하얀 스커트 위로 두꺼운 데님 앞치마를 두르고 있었고, 양 소매는 걷어 올린 차림이었다. 벨트에는 열쇠 꾸러미가 달려있어서 움직일 때마다 딸랑딸랑 울렸다. 나는 그녀가 몸을 돌렸을 때에야 비로소 왼쪽 얼굴이 검붉은 커다란 점으로 덮인 것을 볼 수 있었다.

"설마 오늘 손님이 오실 거라곤 생각을 못했어요, 레이." 그녀가 말했다. "평소엔 목요일에 데려오니까 말이죠."

"셀마, 이쪽은 비크맨 대학교에서 온 고든 씨입니다. 여기를 둘러보고 우리가 이곳에서 하는 일이 어떤 것인지를 알고 싶어 하세요. 셀마, 목요일이든 수요일이든 당신에게는 상관없잖아요. 어떤 날이든 당신은 괜찮으니까요."

"네, 저야 그렇죠." 그녀가 크게 웃었다. "하지만 수요일에 매트리스를 뒤집잖아요. 이곳은 목요일에 냄새가 덜하죠."

그녀가 왼쪽 얼굴에 난 커다란 검붉은 점을 숨기려고 내 왼편에 계속 서있는 것을 알아챘다. 그녀는 날 데리고 다니면서 공동침실과 세탁실과 물품 보관실과 커다란 식당을 보여주었고, 식탁 위에는 식사 준비가 다 되어있어서 중앙의 물자 배급소에서 음식이 옮겨지면 차려질 예정이었다. 그녀는 말하면서 미소를 지었고, 얼굴 표정과 틀어 올린 머리는 마치 로트렉이 그린 춤추는 사람처럼 보였다. 하지만 그녀는 절대로 나를 똑바로 쳐다보지 않았다. 나를 돌보는 그녀와 함께 여기에서 산다면 어떨까 생각해보았다.

"이 건물에 있는 아이들은 꽤 잘 지내는 편이죠." 그녀가 말했다. "하지만 이 점은 알아두셔야 해요. 소년들이 전부 300명이고, 한 층에 75명이 지내지만 그 아이들을 돌볼 수 있는 사람은 고작 다섯 명밖에 없어요. 저 아이들을 통제하는 것이 쉽지는 않지만 지저분한 저 독채에 비하면 훨씬 낫죠. 저기서 일하는 직원은 그리 오래 붙어있지 못해요. 아기들이라면 그러려니 하겠지만, 다 큰 어른이 되어서 스스로 앞가림도 못하는 모습을 보면 정말 끔찍하니까요."

"당신은 아주 좋은 분 같군요." 내가 말했다. "좋은 분의 감독 아래 지낼 수 있어서 소년들은 운이 좋군요."

그녀는 똑바로 앞을 보면서 진심으로 웃었고, 하얀 이가 드러났다. "다른 사람들에 비해 더 낫지도, 더 모자라지도 않죠. 저는 제가 돌보는 아이들을 무척 좋아해요. 쉬운 일은 아니지만, 저 아이들에게 당신이 얼마나 많이 필요한지를 생각해본다면 보람이 있는 일이에요." 그녀의 얼굴에서 잠시 미소가 사라졌다. "보통 아이들은 무척 빨리 자라서, 더 이상 우리가 필요하지 않아요···. 자기 갈 길을 가죠···. 자신을 사랑하고 돌본 사람을 잊어버리죠. 하지만 이 아이들은 우리가 줄 수 있는 건 뭐든지 필요로 해요. 평생 말이죠." 그녀는 다시 웃었고, 자신이 너무 진지하게 말했다고 느꼈는지 어색해했다. "이곳 일은 힘들지만, 보람이 있어요."

아래층에서는 윈슬로우가 우리를 기다리고 있었고, 식사를 알리는 종이 울리자 소년들이 식당 안으로 줄을 지어 들어왔다. 나는 좀 더 작은 소년을 무릎에 앉혀놓고 있던 커다란 소년이 이제는 그 소년의 손을 잡고 식탁으로 이끄는 모습을 보았다.

"아, 놀랍군요." 나는 턱짓으로 그 소년들이 가는 방향을 가리키며 말했다.

윈슬로우도 역시 고개를 끄덕였다. "덩치가 큰 애가 제리이고, 작은 애는 더스티고요. 이곳에서는 저런 모습을 자주 볼 수 있어요. 아무도 저들에게 신경 쓸 틈이 없을 때, 서로 꼭 붙어 다니면서 애정을 구할 줄 알아요."

우리가 학교로 돌아오는 길에 다른 오두막을 지날 때, 비명에 이어서 울부짖는 소리가 들렸고, 다른 두세 명의 목소리도 이어지더니 메아리처럼 울렸다. 창문에는 철창이 끼워져 있었다.

윈슬로우는 그날 아침 처음으로 불편한 기색을 내비쳤다. "특별관리 독채 병동이에요." 그가 설명했다. "정서불안 환자들을 위한 곳이죠. 자해를 하거나 다른 환자들에게 해를 입힐 가능성이 있다면, 환자들을 K독채에 넣고, 온종일 문을 잠가두죠."

"여기에 정서불안 환자도 있나요? 정신병원에 들어가는 게 더 맞지 않나요?"

"아, 물론 그렇죠." 그가 말했다. "하지만 까다로운 문제예요. 경계성 정서불안을 지닌 환자는 여기 와서 잠시 지내보기 전에는 상태가 심해지지 않아요. 법원이 보내온 그 밖의 환자들은 어쩔 수 없이 받아야 하죠. 실제로 그들을 받을 공간이 없더라도 말이죠. 진짜 문제는 그들을 위한, 그 어떤 곳도 공간이 없다는 점이에요. 대기자 수가 얼마나 되는지를 아세요? 1,400명이에요. 연말이나 되어야 25명이나 30명쯤의 공간이 나올지도 모르죠."

"그러면 1,400명은 지금 어디에 있죠?"

"집이요. 밖에서, 시설에 자리가 나기를 기다리면서 말이죠. 아시겠지만 저희의 공간 문제는 일반 병원이 붐비는 것과는 성격이 달라요. 저희가 관리하는 환자들은 죽을 때까지 여기서 지내려고 오는 것이니까요."

새로 지은 학교 건물은 유리와 콘크리트로 지은 1층짜리 건물이었고, 커다란 창문이 나있어서 앞이 훤히 내다보였다. 우리가 그 건물에 도착했을 때, 나는 환자 입장에서 이런 복도들을 걸어 다니면 과연 어떨지를 상상하려고 노력했다. 줄을 서있는 남자들과 소년들의 틈에 끼어서 교실에 들어가려고 기다리는 나 자신을 그려보았다. 아마 나는 휠체어에 앉아있는 다른 소년들을 밀거나, 손으로 다른 사람들을 이끌거나, 아니면 두 팔로 더 작은 소년들을 꼭 껴안고 귀여워하고 있을 것 같다.

목공 수업에서는 교사의 감독 아래 좀 더 나이 많은 소년들이 모여 의자를 만들고 있었는데, 우리 주위에 모여들더니, 호기심에 찬 눈으로 날 쳐다보았다. 교사가 톱을 내려놓더니 우리에게 다가왔다.

"이쪽은 비크맨 대학교에서 오신 고든 씨입니다." 윈슬로우가 말했다. "우리의 환자들을 보고 싶어 하십니다. 이곳을 구입할까 고려 중이시라는군요."

교사가 웃으며 학생들을 향해 손을 흔들었다. "아, 이분이 여기를 사-사신다면, 우리도 함께 맡-맡아주시겠죠. 그리고 우리가 작업할 수 있도록 나-나무도 더 많이 갖다 주시겠죠."

교사가 작업장 여기저기를 내게 보여줄 때, 소년들이 이상하게도 조용하다는 생각이 들었다. 소년들은 새로 만든 벤치들을 사포질하거나, 페인트칠을 계속 할 뿐, 입은 열지 않았다.

"아시겠지만, 조-조용한 소-소년들이죠." 그가 말했다. 비록 입을 열지는 않았지만, 그는 나의 의문을 눈치챈 것 같았다. "귀-귀머거리에 벙-벙어리죠."

"여기에는 106명이 있어요." 윈슬로우가 설명했다. "특별 연구의 하나로 주정부의 후원을 받죠."

도저히 믿을 수 없는 일이다! 다른 사람들에 비해 얼마나 적은 능력을 지녔는가. 지능이 떨어지고, 귀가 들리지 않는 데다가 말도 못하다니. 하지만 그래도 열심히 나무의자를 사포질하고 있었다.

바이스로 나무 벽돌을 누르고 있던 소년들 중 한 명은 하던 일을 멈추더니 윈슬로우의 팔을 툭툭 건드렸고, 구석을 가리켰다. 그곳에는 수많은 작품들이 전시 선반 위에서 도색을 말리고 있었다. 소년은 두 번째 선반 위에 놓인 램프 받침을 가리키더니 자신을 가리켰다. 엉망으로 만든 것이었다. 견고하지 않고, 나무 충전재가 밖에서 보였고, 니스 칠은 무겁고 고르지 않았다. 윈슬로우와 선생님은 그것을 열렬하게 칭찬했고, 소년은 뿌듯하다고 느끼는 미소를 지었고, 나를 쳐다보며 칭찬하기를 기다렸다.

"그래." 나는 고개를 끄덕이며, 소리 내지 않고 입을 크게 움직여 말했다. "아주 잘했어··· 아주 잘했어." 내가 그런 말을 한 이유는 그가 그 말을 필요로 했기 때문이다. 그렇지만 나는 공허함을 느꼈다. 소년은 내게 미소를 지었고, 우리가 그곳을 떠나려고 몸을 돌렸을 때, 잘 가라는 의미로 내 팔을 건드렸다. 나는 목이 메었고, 우리가 다시 복도로 나올 때까지 감정을 억누르기가 무척 어려웠다.

훈련소의 교장은 키가 작고, 통통하며, 상냥한 여자였고, 나를 깔끔하게 정리된 차트 앞에 앉혔다. 차트에는 다양한 환자들과 각각의 부서에 지정된 직원의 수와 그들이 연구하는 주제들이 적혀있었다.

"당연히," 그녀가 설명했다. "우리는 아이큐가 높은 사람은 더 이상 받지 않습니다. 아이큐가 60이나 70 정도이면 도시 학교의 특수학급에 가거나 그들을 돌보는 지역시설의 도움을 받으면 되니까요. 우리가 받을 수 있는 환자들은 대부분 밖에서 그러니까 가정에 입양되거나, 기숙사에서 지낼 수 있습니다. 아니면 허드렛일을 할 수 있습니다. 농장이나 공장이나 세탁소 같은 곳에서 말이죠."

"혹은 빵가게에서도 말이죠." 나는 넌지시 제안했다.

교장이 인상을 찡그렸다. "네, 그런 일도 할 수 있을 것 같군요. 저희는 우리 아이들을, 저는 나이에 상관없이 모두 아이들이라고 부릅니다. 이곳에선 모두 아이들이니까요. 우리는 깔끔이 반과 난장판 반 아이들로 구분합니다. 비슷한 수준의 아이들이 모여있으면 병동을 관리하기가 훨씬 쉬우니까요. 난장판 반 아이들 중에는 중증의 뇌장애 환자가 있어서 난간이 있는 침대에서 지내며, 평생 그렇게 관리를 받을 것입니다."

"과학이 그들을 도울 방법을 찾아낼 때까지는 말이죠."

"아," 원장은 미소를 지었고, 내게 조심스럽게 설명했다. "유감스럽게도 그 아이들은 도움을 받을 길이 없습니다."

"도움은 누구나 받을 수 있습니다."

그녀는 나를 응시했는데, 이제는 알 수 없다는 표정이었다. "네, 물론 하신 말씀이 맞습니다. 희망은 잃지 말아야 하죠."

나는 그녀를 불안하게 만들었다. 그들이 나를 여기로 되돌려 보내서 원장의 돌봄을 받는 아이들 중 한 명이 된다면 과연 어떨까 생각하면서 나는 미소를 지었다. 나는 깔끔이 반에 들어가게 될까?

윈슬로우의 사무실에서 우리는 커피를 마셨고, 윈슬로우는 자신이 맡은 일에 대해서 이야기를 했다. "좋은 곳이죠." 그가 말했다. "우리 직원들 중에는 정신과 의사가 없어요. 상담하는 남자가 보호소 밖에서 2주마다 한 번씩 방문을 하죠. 하지만 그 편이 더 낫죠. 심리학과 직원들은 자신들의 일에만 매달려 있거든요. 저도 정신과 의사를 한 명 고용할 수 있었지만, 그 돈이면 차라리 심리학자를 두 명 고용하는 데 쓰는 편이 더 낫죠. 그 사람들은 자신들의 일부를 이들에게 주는 것을 두려워하지 않죠."

"자신들의 일부라뇨?"

그는 잠시 내 얼굴을 유심히 살폈고, 그의 피곤한 얼굴에 언뜻 분노가 비쳤다.

"돈과 물질적인 것을 지원해줄 수 있는 사람들은 많지만, 시간을 내서 애정을 주는 사람은 아주 드물죠. 그런 뜻에서 하는 말이죠."

그의 목소리가 점점 날카로워졌고, 그는 방을 가로질러 선반 위에 놓인 빈 아기 우윳병을 손가락으로 가리켰다.

"저 병이 보이시죠?"

우리가 사무실에 들어올 때부터 궁금했다고 나는 그에게 말했다.

"다 자란 남자를 두 팔로 안고, 저 병으로 달래줄 수 있는 사람이 도대체 몇 명이나 될까요? 그리고 환자들이 누는 오줌과 똥을 뒤집어쓸 준비가 되어있는 사람은 말이죠? 제 말에 놀라신 것 같군요. 당신은 이해하지 못할 거예요. 저 고상하고 높다란 상아탑에서 이해할 수 있을까요? 우리 환자들처럼 모든 인간의 경험에서 차단되어 떨어져있는 것에 대해서 당신이 도대체 뭘 알죠?"

나는 미소를 짓지 않을 수 없었고, 내 웃음을 오해했는지 그는 갑자기 대화를 끝내더니 자리에서 일어났다. 내가 여기에 돌아와 머물게 되면, 그리고 내가 어떻게 여기에 오게 되었는지를 듣게 된다면, 그는 틀림없이 이해할 것이다. 그는 그런 것을 이해할 수 있는 사람이다.

차를 몰고 워렌을 벗어날 때, 나는 무슨 생각을 해야 하는지 알 수 없었다. 주위가 온통 차가운 회색빛으로 느껴졌고 체념이 밀려왔다. 사회 복귀라든가, 치료라든가, 언젠가 이 사람들을 다시 세상으로 돌려보낸다거나 하는 이야기는 전혀 없었다. 희망을 말하는 사람은 아무도 없었다. 죽은 것과 다름없는 삶처럼 느껴졌다. 아니, 그보다 더한, 완전히 살아있던 적이 한 번도 없거나, 무엇인가를 이해한 적이 한 번도 없었던 느낌이었다. 영혼이 처음부터 시들어서 그날그날만을 바라보며 지낼 운명이었다.

얼굴이 붉은 반점으로 덮인 보모, 말을 더듬는 작업장 교사, 어머니처럼 따뜻한 원장과 지친 얼굴의 젊은 심리학자가 어떤 사람들인지 궁금했고, 어떻게 이곳까지 와서 일하게 되었으며, 말 못하는 영혼들에게 헌신하게 되었는지를 알고 싶었다. 어린 동생을 두 팔로 안고 있는 형처럼, 그들 각자는 자신들보다 적게 가진 아이들에게 자신의 일부를 내어주면서 충족감을 느꼈다.

그리고 내가 보지 못했던 것은 과연 어떨까?

워렌으로 곧 돌아가게 될지도 모른다. 다른 이들과 함께 여생을 보내기 위해서··· 나를 기다리는 그들과 함께.

인간이 가질 수 있는 가장 경이로운 것

7월 15일

엄마를 방문하는 것을 미루고 있다. 엄마를 만나고 싶기도 하고, 만나고 싶지 않기도 하다. 내게 벌어질 일이 무엇인지를 확실히 알 때까지는 만나지 말아야겠다. 우선 일이 어떻게 진행되어가는지, 내가 발견한 것은 무엇인지 살펴보자.

앨저넌은 더 이상 미로를 달리려고 하지 않으며, 일반동기[4]도 많이 약해졌다. 나는 오늘 앨저넌을 살펴보려고 실험실에 다시 들렀고, 이번에는 스트라우스 박사도 함께 있었다. 버트가 앨저넌에게 강제로 먹이를 먹이는 사이에 스트라우스 박사와 니머 교수의 얼굴에 불안한 기색이 비쳤다. 작업대 위에 묶인 조그만 하얀 털 뭉치의 목구멍에 버트가 점안기로 억지로 음식을 밀어 넣는 모습을 보고 있자니 무척 이

4 거의 모든 학과목의 학습에 영향을 줄 수 있다고 상정되는 고도로 일반화된 동기로서 대체로 학습의욕이나 학습태세와 같은 의미를 지님.

상했다.

계속 이런 식이면, 그들은 앨저넌에게 주사로 영양을 공급하기 시작해야 할 것이다. 오늘 오후에 앨저넌이 조그만 고무 밴드 밑에서 꿈틀거리는 모습을 보자 꼭 내 팔다리도 감겨있는 것처럼 느껴졌다. 속이 메슥거리고 숨이 막혀서 신선한 공기를 마시기 위해 실험실 밖으로 나와야 했다. 앨저넌과 나를 동일시하는 것은 그만둬야 한다.

나는 머리네 바에 가서 술을 마셨다. 그런 뒤에 페이를 불러 우리는 댄스홀을 돌아다녔다. 페이는 내가 함께 춤추러 나가지 않자 짜증을 내더니, 어젯밤에는 나를 버리고 가버렸다. 그녀는 내가 하는 일을 전혀 모르며 아무런 관심도 없어서 내가 하는 일에 관해 말하려고 애를 쓰면 따분하다는 표정을 감추지 않는다. 그저 지루한 걸 참지 못할 뿐이기에 페이를 탓하지는 않는다. 내가 아는 한 페이의 관심을 끄는 것은 오직 세 가지밖에 없다. 춤과 그림과 섹스. 그중에서 우리가 실제로 함께 나누는 것은 섹스뿐이다. 내가 하는 일로 페이의 흥미를 끌려고 하다니 나도 어리석다. 이제 페이는 나를 두고 춤추러 간다. 페이가 며칠 전 밤에 내 아파트에 들어와서 내 책과 공책들을 모조리 불태우고, 우리가 불꽃 주위를 춤추면서 빙빙 도는 꿈을 꿨다고 말했다. 페이를 지켜봐야만 한다. 나를 차지하려는 욕구가 점점 강해지고 있다. 오늘 밤에서야 내가 지내는 곳이 페이의 집과 비슷해지고 있다는 사실을 문득 깨달았다. 엉망진창이다. 술을 줄여야겠다.

7월 16일

어젯밤에는 앨리스가 페이를 만났다. 두 사람이 직접 얼굴을 맞대면 무슨 일이 벌어질까 나는 걱정이 되었다. 앨리스는 버트에게서 앨저넌의 소식을 듣고 나를 보러 왔다. 앨리스는 그 소식이 뭘 뜻하는지를 알고 있고, 처음에 내가 수술을 받도록 권한 것에 책임감을 느끼고 있다.

우리는 커피를 마시며 늦게까지 이야기를 나눴다. 페이가 스타더스트 댄스홀에 춤추러 간 것을 알고 있었기에 집에 그토록 일찍 오리라고는 예상치 못했다. 그런데 새벽 1시 45분쯤에 페이가 비상계단에 불쑥 나타나서 우리는 화들짝 놀랐다. 페이는 창문을 두드리고, 반쯤 열린 창문을 밀어서 열더니, 한 손에는 술병을 들고 왈츠를 추며 방 안으로 들어왔다.

"쳐들어왔어요. 내가 먹을 건 가져왔죠." 그녀가 말했다.

앨리스와 대학에서 함께 프로젝트를 진행한다고 예전에 페이에게 말했고, 앨리스에게도 페이 이야기를 해두어서 두 사람은 만나도 놀라지 않았다. 두 사람은 얼마 동안 서로를 재보더니 예술과 나에 관해 이야기를 나누기 시작했다. 그러더니 나는 안중에도 없이 두 사람은 대화에 빠져들었다. 두 사람은 서로를 좋아했다.

"커피는 제가 끓이죠." 내가 말했고, 두 사람을 남겨둔 채 부엌으로 갔다.

내가 돌아왔을 때, 페이는 신발을 벗고, 바닥에 앉아있었고, 진을 병째로 마시고 있었다. 그녀는 앨리스에게 설명을 늘어놓고 있었다. 자신이 아는 한 인간의 몸에는 일광욕이 가장 좋기 때문에 나체촌이 세상의 도덕적 문제를 해결할 수 있는 답이라고 말했다.

우리 모두 나체촌에 가자는 페이의 제안에 앨리스는 배꼽을 잡으며 웃고 있었다. 그녀는 몸을 기울여서 페이가 그녀에게 따라준 술잔을 받았다.

새벽까지 우리는 앉아서 이야기를 나누었고, 나는 앨리스를 집에 바래다주겠다고 했다. 앨리스가 그럴 필요 없다고 하자, 페이는 이렇게 늦은 시각에 대도시에서 밖에 혼자 돌아다니는 것은 어리석은 짓이라고 강하게 말했다. 그래서 나는 거리로 나가 택시를 불렀다.

"페이에게는 뭔가 특별한 게 있어요." 집으로 가는 길에 앨리스가 말했다. "그게 무엇인지는 모르겠지만요. 솔직함, 다른 사람을 믿는 열린 태도, 이타적인 성향···."

나도 동의했다.

"그리고 그녀는 당신을 사랑해요." 앨리스가 말했다.

"아니, 그녀는 모든 사람을 사랑하죠." 나는 잘라 말했다. "나는 그저 복도 건너편에 사는 이웃사람일 뿐이에요."

"당신은 그녀를 사랑하지 않나요?"

나는 고개를 가로저었다. "내가 사랑했던 여자는 당신밖에 없어요."

"그 얘기는 그만해요."

“그러면 당신은 중요한 대화에서 나를 떼어놓는 셈이에요.”

“찰리, 내가 걱정하는 게 딱 한 가지 있어요. 바로 술이에요. 당신이 숙취 때문에 힘들어한다는 말을 들은 적이 있어요.”

“버트에게 관찰기록과 보고서에는 실험과 관련된 자료만 적으라고 해요. 난 그가 나와 싸우도록 당신에게 그런 말들을 흘리게 내버려두지 않을 테니까. 술 마시는 건 내가 조절할 수 있어요.”

“이번이 처음 들은 게 아니에요.”

“그렇지만 난 당신에게 말한 적이 없어요.”

“페이가 마음에 안 드는 유일한 점이 바로 그것이에요.” 앨리스가 말했다. “당신을 술 마시게 하고, 당신이 하는 일을 방해해요.”

“그건 내가 알아서 처리할 수 있어요.”

“찰리, 이제 이 일은 중요해요. 세상의 잘 모르는 수백만 명의 사람들에게뿐만 아니라, 바로 당신에게 말이에요. 찰리, 이 문제는 당신이 스스로 해결해야 해요. 다른 누군가가 당신의 두 손을 묶도록 내버려두지 말아요.”

“그래, 이제 속셈을 알겠군요.” 나는 그녀를 놀렸다. “내가 페이를 덜 만나기를 바라는군요.”

“제 말은 그게 아니에요.”

“아니, 그게 바로 당신이 한 말이에요. 그녀가 내가 하는 일을 방해한다면 그녀를 내 인생에서 밀어내야 한다는 것을 우리 둘 다 알잖아요."

"아니, 나는 당신이 그녀를 당신의 삶에서 밀어내야 한다고는 생각하지 않아요. 그녀는 당신에게 좋은 영향을 줘요. 페이 같은 여자가 당신 곁에 있을 필요가 있어요."

"저는 당신이 곁에 있으면 좋겠어요."

그녀가 얼굴을 돌렸다. "저는 그녀와 달라요." 그녀는 나를 되돌아보았다. "오늘 밤 저는 그녀를 미워할 작정을 하고 왔어요. 저는 당신이 천하고, 멍청한 창녀와 얽혀있는 것을 보고 싶었어요. 그리고 저는 당신과 그녀 사이에 들어와서 당신을 그녀에게서 구해낼 작정이었어요. 비록 당신이 원하지 않더라도 말이죠. 하지만 그녀를 만나보고 깨달았어요. 그녀의 행동을 판단할 권리가 없다는 것을요. 그녀는 당신에게 좋은 영향을 준다고 생각해요. 그래서 화가 누그러졌어요. 인정하고 싶지는 않지만 저는 페이를 좋아해요. 하지만 아무리 그래도 만약 당신이 페이와 함께 술 마시고, 나이트클럽과 카바레에서 춤추느라 당신의 시간을 모두 써버린다면 페이는 당신에게 방해가 되는 존재예요. 하지만 그런 문제를 해결할 수 있는 사람은 당신뿐이에요."

"다른 문제는 없나요?" 나는 웃었다.

"당신은 감당할 수 있나요? 당신은 그녀와 깊이 얽혀있어요. 저는 알 수 있어요."

"그리 깊은 관계는 아니에요."

"그녀에게 당신에 대해서 말한 적이 있나요?"

"아니요."

눈에 띄지는 않았지만 그녀가 마음을 놓는 것을 느낄 수 있었다. 나 자신에 대한 비밀을 지킴으로써, 어쨌든 나는 페이에게 자신을 완전히 맡긴 것은 아니었다. 비록 페이가 훌륭하기는 해도 절대 이해하지 못하리라는 것을 우리 두 사람 모두 알고 있었다.

"저는 그녀가 필요했어요." 내가 말했다. "그리고 어떤 면에서는 그녀도 내가 필요했고. 그리고 복도를 사이에 두고 서로 가까이에 살아서, 뭐랄까 편리하니까요. 하지만 나라면 그것을 사랑이라고 부르진 않겠어요. 우리 사이에 존재하는 것과는 같지 않으니까."

그녀는 그녀의 두 손을 내려다보았고 인상을 썼다. "우리 사이에 무엇이 있는지를 나는 잘 모르겠어요."

"뭔가 아주 깊고, 중요해서 내가 당신과 사랑을 나누려고만 하면 그럴 때마다 내 안에 있는 찰리는 겁을 집어먹지요."

"그런데 페이와는 그렇지 않나요?"

나는 어깨를 으쓱했다. "바로 그래서 나는 그녀와 함께 있는 게 중요하지 않다는 것을 알아요. 찰리가 공포에 질리지 않는다는 것만으로는 부족하니까요."

"그렇군요!" 그녀가 웃었다. "그런데 정말 이상하군요. 당신이 찰리에 대해서 그렇게 말할 때, 저도 찰리가 우리 사이에 끼는 것이 무척 싫어요. 찰리가 당신을··· 그러니까 우리를 내버려둘 거라고 생각해요?"

"저도 모르죠. 그러기를 바랄 뿐이에요."

나는 문 앞까지 그녀를 바래다주었다. 우리는 악수를 나눴고, 하지만 이상하게도 그것은 포옹보다 더 가깝고 친밀하게 느껴졌다.

나는 집으로 돌아가 페이와 사랑을 나누었고, 그러면서도 내내 앨리스만 생각했다.

7월 27일

온종일 정신없이 일하는 중. 페이의 만류에도 불구하고 실험실에서 접이식 침대를 놓고 잔다. 페이는 소유욕이 무척 강해서 내가 자신을 내버려두고 일하면 심하게 화를 낸다. 내가 다른 여자를 만난다면 참을 수 있겠지만, 자기가 이해를 못하는 일에 내가 완전히 몰입하는 것을 페이는 견디지 못하는 것 같다. 이렇게 될까 봐 걱정했지만, 이젠 페이를 참을 수 없다. 잠시라도 내가 하는 일에서 떨어져 있으면 못 견디겠고, 내 시간을 빼앗아 가려 하는 사람은 누구든지 참을 수 없다.

글 쓰는 시간은 대부분 따로 폴더에 담아둘 수기를 기록하면서 보내지만, 가끔 습관적으로 내 기분과 생각을 적을 때도 있다.

지능 측정은 매력적인 연구이다. 어떤 면에서 이 연구는 내가 일생 동안 관심을 가지던 문제이기도 하다. 이곳이야말로 내가 얻은 지식을 총동원하고 적용하기 위한 장소인 것이다.

시간은 이제 다른 모습을 띠고 해답을 찾기 위해 일에 몰두하면서 시간을 보낸다. 내 주위의 세상과 과거는 멀게만 느껴지고 뒤틀려 보이며, 시공간이 마치 태피 사탕처럼 쭉 늘어났다가 고리 모양이 되었다가 일그러지는 것 같다. 실제로 존재하는 것은 오직 이곳 중앙건물 4층에 있는 상자우리와 쥐와 실험도구뿐이다.

밤낮이 따로 없다. 한평생이 걸릴 연구를 몇 주 만에 해내야 한다. 쉬어야 한다는 것을 알지만, 무슨 일이 일어나는지 진실을 알아낼 때까지는 그럴 수 없다.

앨리스는 이제 내게 큰 도움을 준다. 그녀는 내게 샌드위치와 커피를 가져다주면서도 아무것도 요구하지 않는다.

내 인지능력에 관한 모든 것이 또렷하고, 명확하며, 모든 감각이 예민해지고 환해져서 붉은색과 노란색과 푸른색이 이글거린다. 이곳에서 자면 묘한 느낌이 든다. 실험실 동물들, 그러니까 개들과 원숭이들과 쥐들의 냄새를 맡으면 나는 기억 속으로 빠져들게 되고, 새로운 감각을 느끼는 건지 지난 일을 떠올리고 있는지를 분간하기가 어려워진다. 무엇이 기억이고, 무엇이 지금 여기에 존재하는 것인지를 알 수 없고 그래서 기억과 현실이, 과거와 현재가, 뇌의 중앙부에 저장된 자극에 대한 반응과 이 방에서 느껴지는 자극에 대한 반응이 어우러져 기묘한 조합을 만들어낸다. 그건 마치, 내가 알게 된 것들이 모두 수정

우주 속으로 섞여 들어가 내 앞에서 빙빙 돌고 있는 것 같았다. 찬란하게 뿜어져 나오는 빛 아래 수정우주의 모든 면을 내가 볼 수 있도록 말이다···.

철창 우리 한가운데에 원숭이 한 마리가 앉아서 졸린 눈으로 나를 노려보고 있다. 노인처럼 주름진 조그만 손으로 자신의 두 뺨을 문지른다. 취이··· 취이··· 취이··· 그리고 우리의 철망을 뛰어넘는다. 머리 위로 스윙을 하면서. 그곳에서 다른 원숭이는 멍한 눈으로 허공을 보며 앉아있다. 대소변을 보고, 후후 불고, 나를 쳐다보다가 웃는다. 취이··· 취이··· 취이···.

그리고 주위를 이리저리 뛰면서 펄쩍, 폴짝, 위로 올라갔다 내려갔다가 빙 돌아서는 다른 원숭이의 꼬리를 잡으려고 애를 쓴다. 하지만 막대기 위에 있는 다른 원숭이는 녀석의 손에 잡히지 않으려고 아무런 소란 없이 꼬리를 획획 움직인다. 멋진 원숭이··· 예쁜 원숭이··· 두 눈을 크게 뜨고, 꼬리를 획 움직인다. 땅콩을 먹여도 될까요? ··· 아니, 저 사람이 소리칠 거야. 저건 동물에게 먹이를 주지 말라는 표시야. 저건 침팬지야. 쓰다듬어도 될까요? 안 돼. 난 칩-아-지를 쓰다듬어 줄래. 신경 쓰지 말고, 와서 코끼리들이나 봐라.

밖으로 나와보니, 밝고 명랑한 사람들이 봄옷을 입고 다니고 있었다.

앨저넌은 자기가 눈 똥오줌에 꼼짝 않고 누워있고, 냄새가 전보다 더 심해진다. 이제 나는 어떻게 되는 걸까?

7월 28일

페이에게는 새로운 남자친구가 생겼다. 어젯밤에 나는 페이와 함께 시간을 보내기 위해 집으로 갔다. 나는 술을 가져오기 위해 먼저 내 집으로 갔고, 그런 뒤에 비상계단으로 머리를 디밀었다. 하지만 다행히도 집에 발을 들여놓기 전에 그 광경을 보았다. 두 사람은 함께 소파에 앉아있었다. 이상하게도 나는 별로 신경 쓰이지 않았다. 아니, 오히려 마음이 놓였다.

앨저넌과 함께 일하기 위해 나는 실험실로 돌아갔다. 앨저넌은 때때로 무기력에서 빠져나왔다. 주기적으로 앨저넌은 움직이는 미로를 달릴 것이다. 하지만 실패하고 막다른 골목에 들어서게 되면 앨저넌은 거칠게 반응했다. 나는 실험실로 내려가서 안을 들여다보았다. 앨저넌은 깨어있었고 마치 나를 아는 것처럼 다가왔다. 앨저넌이 일하고 싶어 해서 미로의 철망에 달린 작은 문에 놓아주자, 앨저넌은 미로의 통로를 따라 재빨리 움직였다. 앨저넌은 미로 찾기에 두 번 성공했다. 세 번째로 달릴 때에는 절반쯤 가다가 교차로에서 멈춘 다음, 경련을 일으키더니 잘못된 길로 들어섰다. 무슨 일이 벌어질지 알 수 있어서 앨저넌이 막다른 골목에 다다르기 전에 손을 뻗어 꺼내고 싶었다. 하지만 나는 참고 지켜보았다.

앨저넌은 자기가 낯선 길을 따라 움직이고 있는 걸 알게 되자, 속도를 늦추더니 이상 행동을 보였다. 발작하다가 멈추다가 갑자기 되돌아가다가 빙 돌더니 다시 앞으로 나아갔다. 그러다가 결국, 조그만 충격으로 길을 잘못 들었다는 것을 알려주는 막다른 골목에 다다랐다. 하지만 이 지점에서 앨저넌은 대체 경로를 찾으러 돌아가지 않고, 홈을 가로지르며 판을 긁어대는 축음기의 바늘처럼 끽끽거리며 빙글빙글 돌기 시작했다. 앨저넌은 미로의 벽에 자기 몸을 던졌다. 그렇게 몇 번을 온갖 애를 쓰며 몸을 비틀다가 떨어졌다가 다시 자기의 몸을 내던지는 것이었다. 두 번은 발톱으로 머리 위 철망을 붙잡고 날카로운 소리를 미친 듯이 내질렀고, 철망을 놓았다가도 다시 절망하며 헛발을 날렸다. 그러다가 앨저넌은 동작을 멈추고 작고 단단한 공처럼 몸을 꽉 움츠렸다.

내가 집어 올려도 앨저넌은 몸을 펴려고 하지 않았고, 긴장성 혼수상태에 빠진 채로 계속 있었다. 내가 머리와 팔다리를 움직여보았지만, 밀랍으로 만들어진 것처럼 가만히 있었다. 나는 앨저넌을 상자우리에 다시 집어넣어 살펴보았고, 혼수상태에서 깨어나자 앨저넌은 평소처럼 주위를 이리저리 돌아다녔다.

이해할 수 없는 점은 앨저넌이 퇴행하는 원인이다. 이것은 특별한 경우일까? 아니면 독립적인 반응일까? 아니면 전체 과정의 기초가 되는 일반 원리에 어떤 결함이 있는 것은 아닐까? 나는 그 법칙을 알아내야만 한다.

그 법칙을 알아낼 수 있다면, 그래서 지적장애에 관해 밝혀진 것에 아주 작은 정보라도 주어서 보탬이 될 수 있다면, 그렇게 나와 같은 다른 사람들을 도울 수 있다면 나는 만족할 것이다. 그러면 내게 무슨 일이 일어나더라도, 아직 태어나지 않은 다른 이들에게 보탬이 되어 천 명이 정상적인 삶을 살아가게 되는 것이다.

그걸로 충분하다.

7월 31일

컨디션이 최고이다. 느낄 수 있다. 내가 이런 속도로 일하는 게 자살행위라고 사람들은 생각하지만, 내가 전에는 미처 몰랐던 명료함과 아름다움을 느끼면서 살아간다는 걸 그들은 알지 못한다. 이 일과 내 몸의 각 부분들은 호흡이 척척 맞아떨어진다. 낮에는 머리부터 발끝까지 지식을 받아들이고, 밤에는—특히 내가 곯아떨어지기 전에는—머릿속에서 온갖 사고들이 불꽃놀이처럼 펼쳐진다. 어떤 문제의 해결책이 갑자기 떠오르는 것보다 더 큰 기쁨은 없으리라.

이처럼 들끓는 에너지와 나의 일을 채워주는 열정을 앗아가 버릴 수 있는 어떤 일이라도 일어날 수 있다는 사실을 믿을 수가 없다. 마치 지난 몇 달 동안 내가 빨아들인 모든 지식이 한데 어우러져 빛과 이해의 정점으로 나를 들어올리는 것만 같았다. 아름다움과 사랑과 진리가 모두 함께 하나가 되는 것이다. 그야말로 기쁨이다. 이제야 그것을 발견했는데 어떻게 포기할 수 있으랴! 인생과 일은 인간이 가질 수 있는 가장 경이로운 것이다. 지금 내가 하는 일에 푹 빠져있다. 이 문제에 대한 해답이 여기 바로 내 머릿속에 있기 때문이다. 그리고 곧, 머지않아, 그것이 의식으로 떠오르게 될 것이다. 이 문제만은 풀 수 있게 하소서. 하느님께 그것이 바로 내가 원하는 해답이라고 기도하고, 설령 해답을 구하지 못해도 어떤 답이라도 기꺼이 받아들일 것이고 내가 가진 것에 감사하려고 노력할 것이다.

페이의 새 남자친구는 스타더스트 댄스홀에서 춤을 가르치는 강사이다. 페이와 함께 보내는 시간이 거의 없기에 나는 그녀를 탓할 수 없다.

이제 나는 어떻게 되는 걸까?

8월 11일

지난 이틀 동안 막다른 골목에 이르렀다. 아무런 진척이 없었다. 어딘가 방향을 잘못 잡은 게 틀림없었다. 왜냐하면 나는 수많은 질문들에 대한 답을 얻었지만, 그중에서 가장 중요한 질문은 답을 얻지 못했기 때문이다. 앨저넌의 퇴행은 실험의 기본 가설에 어떤 영향을 미치는가?

다행히 나는 정신의 작용에 관해서 잘 알고 있기에 이처럼 난관에 봉착해도 걱정을 너무 많이 하지는 않는다. 공황상태에 빠지거나 포기하는 대신, (혹은 더욱 나쁜 것은 나오지도 않을 답을 얻으려고 무턱대고 밀어붙이는 것이다.) 당분간 그 문제를 마음에서 내려놓고 내버려두어야겠다. 의식의 단계에서는 최대한 멀리 왔고, 이제는 의식의 단계 밑에서 일어나는 신비로운 작용에 맡겨둘 것이다. 그 신비로운 작용이란 설명이 불가능한데, 내가 배우고 경험한 모든 것이 문제에 영향을 미치게 되는 과정을 말한다. 너무 무턱대고 밀어붙이면 오히려 진행만 되지 않을 뿐이다. 인간이 잘 알지 못해서, 또 창조적 작용과 자기 자신에 대한 믿음이 없어서 의식과 잠재의식을 모두 아우르는 정신이 해결하도록 맡겨두지 않아서 풀지 못한 중요한 문제들이 얼마나 많은가?

그래서 어제 오후에는 잠시 하던 일을 멈추고, 니머 교수님의 사모님이 여는 칵테일 파티에 가기로 결심했다. 파티는 니머 교수가 지원금을 받는 데 중요한 역할을 했던 웰버그 재단의 위원회에 있는 두 사람을 축하하는 자리였다. 나는 페이를 데리고 가려 했지만 페이는 데이트 약속이 있는 데다가 차라리 춤추러 가는 편이 낫겠다고 말했다.

처음에는 오로지 즐기면서 친구도 사귈 생각으로 저녁 시간을 보내려 했다. 하지만 요즘 사람들과 말이 통하지 않는다. 내가 문제인지, 그들이 문제인지는 잘 모르겠지만, 대화를 하려는 노력은 일이 분 안에 사라지고, 대화의 벽도 높아진다. 그들이 날 두려워하기 때문일까? 아니면 그들도 마음속 깊은 곳에서는 내게 관심이 없고, 나도 그들에게 관심이 없는 걸까?

나는 술을 마셨고, 큰 방을 이리저리 돌아다녔다. 모여 앉아서 대화를 나누는 그룹들도 있었지만, 나는 도저히 낄 수 없었다. 마침내 니머 교수의 부인이 모퉁이에서 나와 마주쳤고 위원회의 일원인 하이램 하비에게 나를 소개했다. 니머 교수의 부인은 아름다웠고 나이는 40대 초반에 머리는 금발이었으며, 화장은 진하고 손톱은 붉고 길었다. 부인은 하비와 팔짱을 끼고 있었다. "연구는 어떻게 되어가나요?" 부인이 궁금해했다.

"잘 아시겠지만 지금은 어려운 문제를 풀려고 애쓰고 있습니다."

그녀는 담배에 불을 붙이면서 내게 미소를 지었다. "알아요. 당신이 협력하기로 해서 이 프로젝트와 관련된 사람들이 모두 감사해한다는 걸 알죠. 하지만 당신은 자기만의 연구에 오히려 더 몰두하려는 것 같군요. 타인의 일을 떠맡으면 무척 지루할 게 뻔하죠. 자기가 직접 아이디어를 내고 창조하는 일이 차라리 낫긴 하죠."

그녀는 확실히 예리했다. 남편인 니머 교수에게 공적이 있다는 사실을 하램 하비가 잊지 않기를 바랐던 것이다. 나는 그녀의 말을 받아치고 싶어 안달이 났다. "니머 부인, 완전히 새로운 것을 시작하는 사람은 아무도 없어요. 모두가 다른 사람들의 실패 위에 쌓아 올리죠. 과학에서 완전히 새로운 것이란 없죠. 각자 지식의 총합에 기여한다는 사실이 중요하죠."

"물론이죠." 니머 부인은 내가 아니라 나이 든 손님을 보며 말했다. "이런 작지만, 결정적인 문제를 해결하러 고든 씨가 진작 나타났어야 하는데 유감이군요." 그녀가 웃었다. "하지만 그건 그렇고, 어머, 깜박했군요. 고든 씨가 전에는 심리학 실험을 할만한 위치에 있지 않았다는 사실을 말이죠."

하비는 웃었고, 나는 입을 다무는 편이 낫겠다는 생각이 들었다. 버사 니머는 내가 대화를 끝낼 틈을 주지 않았고, 조금이라도 더 말했다

간 그야말로 분위기가 험악해질 수도 있었다.

나는 스트라우스 박사와 버트가 웰버그 재단에서 온 다른 사람과 이야기를 하는 모습을 보았다. 그 사람은 조지 레이너라는 사람이었다. 스트라우스 박사가 이렇게 말하고 있었다. "레이너 씨, 문제는, 이런 프로젝트를 진행할 수 있도록 충분한 지원을 받는 일이며, 돈을 쓰는 데 있어서 부대조건이 없어야 합니다. 특정한 목적에만 쓰도록 비용이 책정되면 저희들은 정말 연구를 진행할 수 없습니다."

레이너는 머리를 가로저었고 주변에 있는 몇몇 사람들에게 커다란 시가 담배를 흔들며 권했다. "진짜 관건은 이런 연구가 실질적인 가치가 있다는 확신을 위원회에게 심어주는 것이죠."

스트라우스 박사도 고개를 가로저었다. "제가 분명히 하고 싶은 점은 이 자금이 연구를 위한 것이라는 사실입니다. 프로젝트가 유용한 결과를 가져다줄지 말지는 누구도 미리 알 수 없습니다. 결과는 주로 부정적인 편입니다. 우리는 무엇이 아닌지를 알게 되지요. 그런 실패에서 배우려는 사람에게는 부정적인 결과도 긍정적인 발견만큼 중요합니다. 적어도 무엇을 하면 안 되는지를 아니까요."

사람들에게 다가가 보니 전에 소개받은 적이 있는 레이너의 아내가 보였다. 부인은 아름다웠으며, 30대에 검은 머리카락을 지녔다. 부인은 나를 노려보고 있었다. 아니, 오히려 내 머리 위로 뭔가 자라나길 기다리는 사람처럼 내 머리 위를 노려보고 있었다. 내가 그런 시선을 맞받아치자 그녀는 불쾌해하며 스트라우스 박사에게 몸을 돌렸다. "그렇다면 지금 진행 중인 프로젝트는 어떤가요? 지능이 떨어진 다른 사람들에게 이런 기술을 사용할 수 있을까요? 앞으로 세상 사람들도 사용할 수 있게 될까요?"

스트라우스 박사는 잘 모르겠다는 듯이 어깨를 으쓱했고, 내게 고개를 끄덕이며 가볍게 인사를 했다. "아직 너무 이른 시기라 답변이 어렵군요. 우리가 이 프로젝트에 찰리를 투입할 수 있도록 당신의 남편이 도움을 주었고, 많은 것들이 찰리가 생각해낸 것에 달려있어요."

"물론," 레이너 씨가 끼어들었다. "당신과 비슷한 분야에서는 순수 연구가 필요하다는 점을 우리 모두 이해합니다. 하지만 실험실 밖에서도 이용할 수 있고, 일시적이지 않은 성과를 이룰 수 있는 방법을 찾아낼 수 있다면, 또 그런 방법을 통해서 세상 사람들에게 뭔가 확실한, 쓸모 있는 결과가 나올 수 있다는 걸 보여줄 수 있다면, 우리의 대외적인 이미지에 크나큰 이익이 될 겁니다."

내가 입을 떼려고 하자, 무슨 얘길 할지 미리 짐작한 스트라우스 박사가 일어서서 내게 어깨동무를 하며 말했다. "비크맨 대학교 소속인 우리는 모두 찰리가 하는 일이 가장 중요하다고 생각합니다. 현재 찰리가 맡은 임무는 진실을 찾는 것이고, 그 진실이 어떤 결과로 이어지든 관계없습니다. 대중을 다루고, 사회를 가르치는 역할은 재단에게 맡겨두겠습니다."

스트라우스 박사는 레이너 부부에게 미소를 지으며 나를 끌고 나왔다.

"그건," 내가 말했다. "제가 하려고 했던 말이 아니에요."

"그건 나도 알고 있네." 그는 내 팔꿈치를 잡고 낮은 목소리로 말했다. "하지만 자네가 두 눈을 번뜩이는 것을 보고 저 사람들을 산산조각 낼 태세란 걸 알았지. 그런데도 자네가 그러도록 그냥 내버려둘 수 없지 않은가?"

"물론 그렇겠죠." 나는 마티니를 한 잔 더 들이키면서 동의했다.

"그렇게 많이 마시는 게 과연 현명한 일인가 싶군."

"아니죠. 하지만 긴장을 풀려고 노력 중입니다. 이곳은 제가 올만한 장소가 아닌 것 같군요."

"자, 진정하게." 그가 말했다. "그리고 오늘 밤에는 괜히 문제를 일으키지 말게. 이 사람들은 바보가 아니야. 자네가 자기들을 어떻게 생각하는지를 알고 있어. 자넨 저들이 필요 없겠지만 우리는 필요하네."

나는 스트라우스 박사에게 손을 흔들며 인사했다. "노력하죠. 하지만 레이너 부인과는 떨어져 있으면 좋겠군요. 제 앞에서 엉덩이를 흔들고 다니면 찔러버릴지도 모르니까요."

"쉿!" 스트라우스 박사가 주의를 주었다. "부인이 자네가 하는 말을 듣겠어."

"쉿!" 나도 박사를 따라 말했다. "죄송합니다. 저는 그냥 여기 구석에 가만히 앉아 다른 사람들이 지나다닐 수 있도록 길이나 비켜드리죠."

정신이 몽롱해지고 있었다. 몽롱해지니 사람들이 나를 노려보는 모습이 눈에 들어왔다. 나는 중얼거리고 있었는데, 다 들릴 정도로 중얼거렸다. 뭐라고 떠들었는지 기억나진 않는다. 잠시 후, 사람들이 의외로 빨리 자리를 뜨는 것 같았다. 그런 상황을 의식하게 된 건 니머 교수가 내 앞에 다가와 선 다음이었다.

"자네가 뭐라고 그딴 식으로 행동을 하는 것인가? 그렇게 무례한 경우는 살다 살다 처음 보네."

나는 일어서려고 애를 썼다. "그런데 왜 그런 말을 하는 거죠?"

스트라우스 박사가 진정시키려고 했지만 니머 교수는 침을 튀겨가며 헐떡이며 말했다. "내 말은 자네는 감사할 줄도 모르고, 지금 상황을 이해하지도 못한다는 것이네. 무엇보다도, 자네가 우리에게 빚을 진 게 아니라면, 저 사람들에게 진 거야. 그것도 하나가 아니라 아주 많이!"

"대체 언제부터 실험실 돼지가 감사를 표시할 줄 알았답니까?" 나는 소리쳤다. "저는 여태껏 당신의 목적에 맞게 움직였습니다. 하지만 이젠 당신이 범한 오류를 파악하려고 애를 쓰는 중입니다. 그런데 어째서 제가 누군가에게 빚을 지고 있다는 겁니까?"

스트라우스 박사는 말다툼을 멈추려고 끼어들려 했으나 니머 교수가 그를 막았다. "잠깐, 나는 대답을 듣고 싶어. 이제는 이런 얘기를 꺼낼 때가 되었다고 생각하니까." "찰리는 술을 많이 마셨어요." 니머 교수의 부인이 말했다.

"별로 많이 마시지 않았어." 니머 교수가 콧방귀를 뀌었다. "아주 또박또박 말하고 있으니까. 나도 참을 만큼 참았어. 지금으로선 찰리가 우리 작업을 망치진 못했지만 위험에 빠뜨렸잖아. 자아, 이젠 찰리가 생각한 정의가 뭔지, 제 입으로 말하는 걸 직접 듣고 싶네."

"오, 그냥 없던 일로 하죠." 내가 말했다. "진실이 정말 뭔지 듣고 싶지도 않잖아요."

"아니, 나는 듣고 싶어. 찰리, 적어도 자네가 생각하는 진실이 뭔지를 말이지. 자네가 키운 능력과 자네가 배운 것, 자네가 경험한 것, 그러니까 자네를 위해 우리가 해온 모든 것에 고마움을 느끼는지를 알고 싶어. 아니면, 혹시 이전이 더 나았다고 생각하는 건가?"

"네, 여러 가지 면에서요."

내 대답은 그들을 충격에 빠뜨렸다.

"지난 몇 달 동안 저는 많은 걸 배웠어요." 나는 말했다. "찰리 고든에 관해서 뿐만 아니라, 인생과 사람들에 관해서요. 사실 아무도 찰리 고든에게 관심을 두지 않는다는 것을 알게 되었죠. 바보이든 천재이든 말이에요. 그렇다면 이전과 무엇이 다르죠?"

"오," 니머 교수가 웃었다. "자기연민에 빠졌군. 뭘 기대했나? 이 실험은 자네의 지능을 높이기 위한 거지, 인기를 얻으라고 한 건 아니야. 우리가 자네의 인격에서 발생한 일을 통제하지 못한 바람에, 자네는 지능은 낮지만 호감 가는 젊은이에서 오만하고 자기중심적인 데다가 반사회적인 개자식이 되어버렸군."

"교수님, 문제는 말이죠. 당신은 누군가의 지능을 높이고 싶으면서도 상자우리에 가둬놓고 그토록 목말라하는 명예를 얻기 위해 필요할 때만 사람들에게 전시하길 원한다는 점이에요. 그렇지만 저도 엄연히 인간이에요."

니머 교수는 화가 났지만, 싸움을 이쯤에서 끝낼까 아니면 한 번 더 나를 짓밟아버릴까 망설이는 것을 알 수 있었다. "자넨 말도 안 되는 비난을 하고 있군. 늘 그랬지만. 우리가 항상 잘 대해주었다는 건 자네도 알잖아? 할 수 있는 건 다 했다고."

"모든 걸 하셨지만, 저를 한 명의 인간으로 대하진 않으셨죠. 제가 실험에 참여하기 전에는 아무것도 아니었다고 당신은 몇 번이나 큰소리를 쳤죠. 네, 저도 압니다. 그렇게 말하면 당신이 날 만들었다는 뜻이 될 테고, 주인님에 창조주까지 될 수 있을 테니까요. 제가 매순간마다 고마워하지 않는다고 화를 내시는군요. 교수님이 믿든 안 믿든, 저는 감사하고 있습니다. 하지만 저를 위해 한 일이-아무리 근사한 것이더라도-저를 실험실 동물처럼 다룰 권리는 없습니다. 지금 제가 한 인간이듯이 실험실에 걸어 들어오기 전부터 찰리도 한 인간이었죠. 충격을 받으셨나 보군요! 네, 제가 사람이 아닌 적이 없었다는 사실을 우리는 갑자기 알게 되었군요. 훨씬 전부터 사람이었죠. 그런데 이런 진실을 아이큐가 100을 넘지 않는 사람은 생각할 가치조차 없다는 교수님의 믿음에 이의를 제기하는 겁니다. 니머 교수님, 저를 보면 마음 한구석이 찔리실 겁니다."

"자네 얘기는 충분히 들었네." 니머 교수가 딱 잘라 말했다. "자넨 취했어."

"아니요. 전혀 취하지 않았습니다." 나는 그에게 확실히 말했다. "제가 취했다면 지금까지 교수님께서 알던 찰리 고든과는 전혀 다른 또 한 명의 찰리 고든을 보시게 될 테니까요. 네, 어둠 속을 거니는 찰리 고든이 아직 여기에 우리와 함께 있습니다. 제 안에서요."

"제정신이 아니군요." 니머 교수의 부인이 말했다. "찰리 고든이 두 사람인 것처럼 말하잖아요. 박사, 찰리를 한번 살펴봐야겠어요."

스트라우스 박사가 고개를 가로저었다. "아니요. 찰리가 무슨 말을 하는지를 압니다. 최근 심리상담 진료 시간에 나왔어요. 지난 몇 달 동안 독특한 인격의 분열이 일어났어요. 그는 몇 번 실험에 참여하기 이전의 자신을 경험했어요. 그의 의식 속에 아직 살아있는 별개의 다른 개인으로 말이죠. 과거의 찰리가 현재의 찰리 몸을 통제하려고 안간힘을 쓰는 셈이죠."

"아니요! 그렇게 말한 적 없어요! 통제하려는 게 아니에요. 찰리가 존재하는 건 맞지만 나와 엎치락뒤치락하지는 않아요. 그냥 기다릴 뿐이죠. 날 지배하려들거나 내가 원하는 일을 못하게 막은 적은 한 번도 없습니다." 순간 앨리스와의 일이 떠올라서 나는 말을 바꿨다. "뭐, 전혀 없지는 않았지만요. 조금 전에 당신들이 말했던 찰리는 겸손하고, 자기를 내세우지 않아요. 그냥 묵묵히 기다릴 뿐이죠. 제가 그와 닮은 점이 많다는 점은 인정하겠지만, 겸손하고 나서지 않는 태도는 닮지 않았습니다. 그런 태도로는 이런 세상에서 얻는 게 아주 조금밖에 없다는 사실을 배웠기 때문입니다."

"냉소적으로 변했군." 니머 교수가 말했다. "이 모든 기회를 통해 자네가 얻어낸 결과가 고작 그런 것인가? 천재가 되더니 세상과 동료에 대한 믿음을 죄다 잃었군 그래."

"그 말씀이 완전히 옳다고는 할 수 없죠." 나는 누그러진 목소리로 말했다. "하지만 지능 하나만으로는 아무런 의미가 없다는 것을 알게 되었습니다. 여기 당신들의 대학에서는 지능과 교육과 지식을 모두 숭배하죠. 하지만 당신들이 모두 놓친 한 가지 사실을 이제 저는 알게 되었습니다. 그것은 바로 지능과 교육도 인간에 대한 애정과 조화를 이루지 못하면 아무런 가치도 없다는 사실입니다."

나는 근처에 달린 찬장에서 마티니를 꺼내 마시며 설교를 이어갔다.

"오해는 마세요." 나는 말했다. "지능은 인간에게 주어진 뛰어난 능력들 중의 하나입니다. 하지만 지식을 추구하다가 사랑을 몰아내는 경우가 너무나 많습니다. 제가 최근에 발견한 다른 사실이 있는데요. 가설로 제시하죠. 애정을 주고받을 줄 모른다면, 지능은 정신적이거나

도덕적인 붕괴로 이어지고, 신경증이나 정신병까지 낳을 수 있습니다. 게다가 이기적인 목표에 온 정신이 팔려 타인과의 관계를 배척하면, 분명 폭력과 고통만 남게 되겠죠."

"제가 지적장애를 겪을 때에는 친구가 많았습니다. 그런데 지금은 아무도 없어요. 오, 물론 아는 사람은 많아요. 많고, 많은 사람들을 알죠. 하지만 정작 진짜 친구는 없습니다. 빵가게에서 함께했던 그런 친구들 말이죠. 이 세상에는 제게 의미 있는 친구가 한 명도 없고, 저도 누군가에게 의미 있는 사람이 아닙니다." 나는 말이 점점 어눌해지고, 머릿속도 비어가는 느낌이 들었다. "그게 과연 괜찮은 것일까요? 네?" 나는 집요하게 물었다. "내 말은, 어떻게 생각하세요? 그런 게··· 그런 게 괜찮다고 생각하세요?"

스트라우스 박사가 다가와서 내 팔을 잡았다.

"찰리, 잠시 누워있는 편이 좋을 것 같은데. 술을 너무 많이 마셨어요."

"왜 다들 저를 그런 눈으로 보는 거죠? 제가 한 말이 틀렸나요? 제가 틀린 말을 했냐고요? 틀린 말은 애초부터 꺼낼 생각도 없었어요."

입속의 감각이 둔해진 나는 말을 우물거리고 있었다. 강한 노보카인 마취제 한 대를 얼굴에 맞은 것 같았다. 나는 취해있었고, 몸을 전혀 가눌 수 없을 정도였다. 바로 그 순간, 찰칵하는 스위치 소리가 들리더니 내가 식당 출입구에서 이 광경을 보고 있었다. 내가 부엌 찬장 근처에서 또 다른 찰리로 존재하는 걸 보았는데, 손에는 술잔을 든 채 눈을 크게 뜨고 겁에 질려있었다.

"저는 늘 옳은 일을 하려고 했습니다. 엄마는 항상 사람들에게 친절하라고 제게 가르쳤죠. 그러면 말썽에 휘말리지도 않고 친구들이 늘 많을 거라고 하셨어요."

나는 찰리가 움찔움찔 몸을 뒤트는 모습을 보고 화장실에 가야 한다는 것을 알 수 있었다. 오, 하느님, 저 사람들 앞에서 볼일을 보면 안 되는데. "실례합니다." 찰리가 말했다. "가봐야겠어요." 취해서 인사불성이 되어있었지만 나는 가까스로 다른 사람들에게서 찰리를 떼어내어 화장실로 밀어넣었다.

그는 때맞춰 볼일을 보았고, 잠시 후 나는 다시 몸을 가눌 수 있었다. 나는 벽에 얼굴을 기댄 채로 있다가 찬물로 얼굴을 씻었다. 여전히 술김에 비틀거리기는 했지만 괜찮으리란 걸 알았다.

그때, 세면기 위에 달린 거울을 보니 찰리가 나를 지켜보고 있었다. 거울 안에 찰리가 내가 아니라는 사실을 내가 어떻게 알았는지는 모르겠다. 그의 얼굴은 어딘가 멍하면서 뭔가를 알고 싶어 하는 표정이었다. 찰리의 크게 뜬 두 눈은, 겁에 질려있었고, 내 한마디 말에 몸을 돌려 저 거울 속의 세계로 깊숙이 뛰어들 것만 같았다. 하지만 그러지 않았다. 찰리는 다만 입을 헤 벌리고 나를 빤히 쳐다볼 뿐이었다.

"안녕." 내가 말했다. "그래, 드디어 나와 대면하게 되었구나."

찰리는 아주 잠깐 얼굴을 찌푸렸다. 내 말을 알아듣지 못한 것 같았고, 그래서 설명을 듣고 싶지만 묻는 법을 모르는 것 같았다. 그러더니 묻기를 포기하고 입꼬리를 실룩거리며 쓴웃음을 지었다.

"내 앞에 꼼짝 말고 그대로 있어." 나는 고함을 질렀다. "나는 출입구에서 내가 따라잡을 수 없을 만큼 어두운 곳까지 네가 나를 졸졸 따라다니면서 감시하는 게 아주 지긋지긋해."

그는 노려보았다.

"찰리, 넌 누구냐?"

미소만 지을 뿐이었다.

내가 고개를 끄덕이자, 그도 똑같이 고개를 끄덕였다.

"그렇다면 원하는 게 도대체 뭐지?" 나는 물었다.

그는 잘 모르겠다는 듯이 어깨를 으쓱했다.

"아, 이러지 마." 내가 말했다. "너도 분명 뭔가 원하는 게 있잖아. 지금껏 나를 따라왔잖아."

찰리가 내려다보자 뭘 보는지 보려고 나도 두 손을 내려다보았다. "넌 이걸 되찾고 싶은 거구나, 그렇지? 내가 여기에서 나왔으면 좋겠지? 그러면 네가 다시 여기에 들어와서 네가 남겨둔 것들을 지배할 수 있으니까 말이야. 널 비난하진 않아. 네 몸이고, 네 두뇌이고, 그리고 네 인생이니까. 비록 네가 많이 활용하진 못했지만. 내게는 네 것을 빼앗아 갈 권리가 없어. 누구에게도 없지. 나의 빛이 너의 어둠보다 낫다고 누가 말할 수 있겠어? 죽음이 너의 어둠보다 낫다고 누가 말할 수 있겠냐고? 내가 뭐라고 그런 말을 할 수 있겠어?"

"그렇지만 네게 다른 얘길 해주려고." 나는 일어나서 뒷걸음질로 거울에서 물러났다. "나는 네 친구가 아니야. 난 너의 적이라고. 내 지능을 포기하지 않으려고 온갖 노력을 다 할 거야. 저 동굴로 다시 되돌아갈 순 없어. 이제 나로서는 갈 곳이 없어, 찰리. 그러니까 내게서 멀리 떨어져 줘. 네가 원래 있던 내 무의식 안에 머물러있고, 내 주변을 따라다니는 일은 그만둬. 저들이 무슨 생각을 하든지 나는 포기하지 않을 테니까. 아무리 외로워도 말이지. 나는 저들이 내게 준 것을 간직하고 세상과 너와 비슷한 다른 이들을 위해 훌륭한 일을 할 거야."

내가 문을 향해 몸을 돌리자, 찰리가 나를 향해 손을 내밀고 있다는 느낌이 들었다. 하지만 이 얼마나 바보 같은 짓인가. 난 그저 술에 취했을 뿐이고, 거울에 비친 건 내 모습일 뿐인데.

화장실에서 나오니 스트라우스 박사가 나를 택시에 태우려고 했다. 하지만 나는 혼자서 집에 갈 수 있다고 고집을 부렸다. 신선한 공기만 조금 쐬면 그걸로 되었고, 누구와도 함께 가고 싶지 않았다. 혼자 걷고 싶었다.

실제로 내가 어떤 사람이 되었는지 그제서야 보였던 것이다. 니머 교수가 말했듯이 나는 오만하고, 이기적인 개자식이었다. 찰리와 달리, 나는 친구를 사귀거나 다른 사람들과 그들의 문제에 대해 생각할 줄도 몰랐다. 오로지 나 자신에게만 관심을 기울였다. 거울을 한참 들여다보던 그 순간에 나는 찰리의 눈으로 나를 보았던 것이고 자신을 내려다보자 실제로 내가 어떤 사람이 되었는지를 알게 되었다. 그리고 나는 부끄러웠다.

몇 시간 뒤 나는 아파트 앞에 도착해있었고, 위층으로 올라가서는 희미하게 밝혀진 복도를 지나고 있었다. 페이의 방을 지나가면서 나는 불이 켜져있는 것을 볼 수 있었고, 나는 페이의 방문 쪽으로 발걸음을 돌렸다. 하지만 막 노크를 하려던 순간, 페이의 깔깔대며 웃는 소리가 들렸고, 대답이라도 하듯이 한 남자의 웃는 소리가 들렸다.

시간이 너무 늦었지.

나는 슬며시 문을 열고 집 안으로 내 몸을 밀어넣고 잠시 어둠 속에 서서 꿈쩍도 하지 않고, 불도 켜지 않고 있었다. 그냥 거기 서서 두 눈에서 뭔가 소용돌이치는 것을 느끼고 있었다.

내게 무슨 일이 일어난 것일까? 도대체 나는 왜 이토록 외로울까?

새벽 네 시 반.

졸고 있던 중에 해결책이 떠올랐다. 문득 머릿속이 환해졌다! 모든 것이 꼭 들어맞았고, 진작 알아야 했던 사실도 알아냈다. 다시 잠들지 않을 테다. 실험실로 돌아가 이 사실을 컴퓨터에서 얻은 결과와 대조하며 시험해봐야겠다. 드디어 이 실험의 오류가 밝혀졌다. 내가 찾아내고야 만 것이다.

8월 26일

니머 교수님께

별도의 봉투에 제 보고서 "앨저넌-고든 효과 : 증가된 지능의 구조와 기능에 관한 연구"를 교수님께 보냅니다. 읽어보시고 괜찮으면 발표할 수도 있습니다.

아시다시피 실험은 끝났습니다. 제가 사용한 공식들은 모두 보고서에 기록했으며, 데이터를 수학적으로 분석한 자료도 부록에 실었습니다. 물론, 이것들은 검증되어야 합니다.

결과는 확실합니다. 저의 급상승한 지능이 더욱 사람들의 이목을 끌고 세상을 놀라게 한다고 해도 밝혀낸 사실들은 감출 수 없습니다. 니머 교수님과 스트라우스 박사가 개발한 수술과 주사 요법은 인간의 지능을 상승시키는 일에는 거의 적용될 수 없거나 적용이 불가능하다고 판단됩니다.

앨저넌에 관한 데이터 검토 : 아직까지 신체는 젊지만, 정신은 퇴행했습니다. 운동 능력이 손상되었고, 성기능이 감소했으며, 근육 조정력이 급속도록 저하되고, 진행성 기억상실의 징후가 강하게 보입니다.

보고서에서 밝혔듯이, 제가 만든 새로운 공식을 적용하면 통계적으로 의미 있는 결과와 함께 신체와 정신이 악화되는 증후군이 이와 동일한 혹은 다른 형태로 나타날 수 있다는 점을 예측할 수 있습니다. 외과적 자극을 받은 후에 저와 앨저넌의 모든 정신 작용은 강화되고 촉진되었으나, 여기에는 중대한 결함이 있었습니다. 임의로 "앨저넌-고든 효과"라고 명명한 이 결함은 전반적인 지능의 급상승에 따른 당연한 결과입니다. 이 보고서에서 증명한 가설은 다음과 같이 요약할 수 있습니다.

인위적으로 향상된 지능은 향상된 수치에 정확히 비례하는 속도로 저하된다.

저는 글을 적을 수 있을 때까지 제 생각과 아이디어들을 이 보고서에 계속 적어나갈 것입니다. 그것은 제가 누리는 몇 안 되는 즐거움 중의 하나이며, 이 연구를 마무리 짓기 위해 꼭 필요합니다. 하지만, 수치로 보았을 때, 저의 정신은 급속도로 악화될 것입니다.

저는 오류를 찾기 위해서 제 데이터를 수십 번 확인하고 또 확인했습니다. 하지만 유감스럽게도 결과는 그대로입니다. 하지만, 저는 인간 정신의 기능에 관한 지식과 인간의 지능을 인위적으로 늘릴 때 작용하는 법칙들에 관한 지식을 조금이나마 추가할 수 있어서 기뻤습니다.

지난밤 저는 스트라우스 박사가 실험이 실패하고 이론이 틀렸음을 증명하는 것은 배움이 늘어나고 있는 것만큼 중요하다고 하는 말을 들었습니다. 이제는 박사님의 말이 옳다는 것을 알고 있습니다. 이 분야에 제가 한 기여는 잿더미가 된 이들의 연구와, 저를 위해 수고를 아끼지 않은 분들에게서 나온 것이기에 송구스러운 마음을 금할 길이 없습니다.

이만 줄이겠습니다.

찰리 고든

동봉 : 보고서

복사본 : 스트라우스 박사와 웰버그 재단 앞

9월 1일

당황하지 말아야 한다. 머지않아 신경쇠약의 초기 증상인 불안과 건망증이 나타날 것이다. 내 스스로 이런 증상들을 알아차릴까? 이제 내가 할 수 있는 일이라곤 이 심리학 일지가 최초이자 아마도 최후가 되리라는 걸 기억하면서 나의 정신 상태를 최대한 객관적으로 기록하는 것뿐이다.

오늘 아침에 니머 교수는 버트를 시켜서 내 보고서와 통계자료를 홀스턴 대학으로 보냈다. 그 분야에서 가장 뛰어난 몇 명의 학자들이 나의 실험 결과와 내가 적용한 공식을 검토할 것이다. 지난주 내내 그들은 내 실험과 방법론적인 도표를 조사하는 일을 버트에게 맡겼다.

그들이 나를 경계하더라도 그들에게 화를 내서는 안 된다. 어쨌든 나는 그저 신참인 찰리일 뿐이고, 내가 한 연구가 자기 능력을 넘어설 수도 있다는 사실을 니머 교수가 받아들이기도 힘들 테니 말이다. 니머 교수는 자기가 권위자라는 착각에 빠진 데다가 결국 나는 외따로 떨어진 사람에 불과하기 때문이다.

이 문제에 대해 니머 교수나 그 밖의 다른 사람들이 어떻게 생각하는지에 대해 나는 전혀 관심을 두지 않는다. 그럴 시간이 없기 때문이다. 연구는 마쳤고 자료도 제출했기에 이제는 앨저넌의 수치 변화를 나타낸 도표처럼 똑같은 변화가 내게도 일어날 것이라고 예상한 것이 정확한지를 관찰하는 일만 남았다.

앨리스에게 이런 소식을 전하자 눈물을 흘렸다. 그러더니 밖으로 뛰쳐나갔다. 앨리스에게 이런 일 때문에 죄책감을 느낄 이유가 전혀 없다고 각인시켜주어야겠다.

5부
회귀

우리는 누군가가 필요했어

9월 2일

아직 아무것도 확실하지 않다. 고요한 하얀 빛 속을 나는 움직이고 있다. 내 주위의 모든 것이 기다리는 중이다. 꿈속에서 나는 산 정상에 혼자 올라서 내 주위를 둘러싼 땅을 살피고 있었다. 온통 초록빛이고 노란빛이었다. 태양은 머리 바로 위에 떠올라 내 발 주위에 작은 공처럼 그림자가 졌다. 저녁 하늘로 해가 기울자, 그림자가 스윽 풀어지면서 지평선 쪽으로 뻗는다. 길고 가늘게, 내 등 뒤로 아주 멀리까지···.

스트라우스 박사에게 벌써 말했지만 여기에다 한 번 더 언급하고 싶다. 일어난 일과 관련해서 누구도 비난받을 이유가 없다. 이 실험은 철저하게 준비되었고 광범위한 동물시험을 실행했으며 통계적으로도 타당성이 입증되었다. 최초로 인체에 실험하기 위해서 나를 사용하기로 결정했을 때에도 어떤 신체적 위험도 없으리라고 그들은 합리적으로 확신했다. 그렇지만 그들도 심리적인 문제라는 함정이 도사릴 것을 미리 알 수는 없었다. 내게 일어난 일 때문에 다른 누군가가 고통받는 것을 원하지 않는다.

이젠 단 하나의 질문만 남았다. 과연 나는 얼마나 버틸 수 있을까?

9월 15일

내 결과들이 확증되었다고 니머 교수가 말한다. 그 말은 오류가 중대해서 전체 가설이 문제가 된다는 것을 뜻한다. 언젠가 이 문제를 해결할 방법을 찾을지 모르지만, 아직은 아니다. 동물실험을 추가적으로 진행해서 이런 점들이 명확해지기 전까지는 인간을 대상으로 실험하지 않을 것을 권했다.

개인적인 느낌으로는 효소 불균형을 조사하는 연구자들이 가장 성공할 것 같다. 다른 것들도 중요하지만, 시간이 매우 중요한 요소이며 결핍을 신속하게 발견하고, 대체 호르몬을 신속하게 투여하는 것이 중요하다. 그쪽 영역의 연구와 국부적인 외피조절에 이용될 수 있는 방사성동위원소를 찾는 일을 돕고 싶다. 하지만 그럴만한 시간이 없으리라는 것을 안다.

9월 17일

건망증이 점점 심해진다. 물건들을 책상 위에나 실험실 테이블 서랍에 치워두고 잊어버려서 찾지 못할 때, 나는 누구에게든지 버럭 화를 낸다. 초기 증상일까?

이틀 전에 앨저넌이 죽었다. 강가를 돌아다니다가 새벽 네 시 반에 실험실에 돌아왔을 때, 상자우리의 한쪽 구석에 몸을 쭉 펼친 채 옆으로 누워서 죽어있는 것을 발견했다. 마치 자면서도 달리기를 하고 있었던 것 같다.

부검을 하자 내 예측이 옳았음이 증명되었다. 정상적인 뇌에 비해서 앨저넌의 뇌는 무게가 줄어들어 있었고 뇌회가 줄어들어 표면이 편편했으며, 뇌구는 깊게 벌어져 있었다.

내게도 똑같은 일이 지금 바로 일어날지도 모른다고 생각하니 무척 무서워진다. 앨저넌에게 일어난 것을 보니 진짜처럼 느껴진다. 처음으로 앞으로의 일이 겁이 난다.

나는 앨저넌의 시체를 작은 금속 상자에 넣어서 집으로 가지고 왔다. 그들이 앨저넌을 소각로에 넣도록 내버려두지는 않을 것이다. 바보 같고 감상적이지만, 어젯밤 늦게 앨저넌을 뒷마당에 묻어주었다. 들꽃 한 다발을 앨저넌의 무덤에 올려놓으며 나는 울었다.

9월 21일

내일 엄마를 만나러 마크스 거리에 가려고 한다. 어젯밤 꿈 때문에 여러 기억이 잇달아 떠올랐다. 중요한 건, 이제는 더 빨리 잊어버릴지도 모르니, 그 전에 떠오른 기억을 빨리 적어어야만 한다는 것이다. 엄마와 관련된 기억이고, 이제는 그 어느 때보다도 엄마를 이해하고 싶고, 엄마가 어떤 사람이었으며, 왜 그렇게 행동했는지를 알고 싶다. 엄마를 미워해서는 안 된다.

엄마를 만나서 모질거나 어리석은 행동을 하지 않도록 그 전에 엄마를 받아들여야 한다.

9월 27일

이 내용은 곧바로 적어두었어야 했는데 그러지 못했다. 빠짐없이 기록하는 게 중요한데 말이다.

사흘 전에 엄마를 만나러 갔다. 버트의 차를 억지로 다시 빌렸다. 두려웠지만, 가야 한다는 사실을 알고 있었다. 처음에 내가 마크스 거리에 도착했을 때, 잘못 온 줄 알았다. 그곳은 내가 기억하던 길이 아니었다. 무척이나 지독하게 더러운 거리였다. 텅 빈 공터에는 많은 집들이 허물어져 있었다. 보도에는 앞문이 뜯겨 나간 버려진 냉장고가 있었고, 보도의 연석에는 낡은 침대 매트리스의 철사가 배 밖으로 터져 내장처럼 나와있었다. 어떤 집들은 유리창을 널로 둘렀고, 그 밖의 집들은 집이라기보다 대충 이어 붙인 판잣집에 가까웠다. 나는 집에서 한 블록 떨어진 곳에 차를 세우고 걸어갔다.

마크스 거리에는 뛰노는 아이들이 없었다. 아이들이 어디에나 있고 찰리가 그런 아이들을 앞창으로 지켜보는 기억 속의 풍경과는 전혀 달랐다. (묘하게도 내 기억 속의 거리 풍경은 대부분 유리창을 통해 내다본 것이고, 나는 항상 집 안에서 아이들이 노는 것을 지켜보고 있다.) 이제는 낡아서 쓰러져 가는 현관 그늘 아래에 노인들만 서있을 뿐이었다.

집을 향해 가면서 나는 한 차례 더 충격을 받았다. 춥고 바람이 많이 불었지만 엄마는 집 앞에서 오래된 갈색 스웨터 차림으로 몸을 구부린 채 1층 유리창을 닦고 있었다. 이웃들에게 좋은 아내이자 엄마라는 것을 보여주려고 부단히 애쓰는 것이다.

엄마에게 가장 중요한 것은 항상 다른 사람들의 생각이었다. 자신이나 가족들보다 겉으로 비친 모습에 집착했다. 그리고 그것이 옳다고 굳게 믿고 있었다. 매트는 몇 번이고, 살면서 가장 중요한 일이 다른 사람들의 눈치를 보는 건 아니라고 말해보았지만 아무런 소용이 없었다. 노마는 옷을 잘 입어야 했고, 집에는 좋은 가구를 두어야 했으며, 다른 사람들이 잘못된 점을 알지 못하도록 찰리는 집 안에 있어야 했다.

나는 문 앞에서 멈춰 서서 엄마가 허리를 펴고 숨을 돌리는 것을 보았다. 엄마의 얼굴을 보니 온몸이 떨렸다. 하지만 내가 그토록 떠올리려고 애썼던 얼굴은 아니었다. 머리칼은 백발이었고, 군데군데 회색이 섞여있었으며, 홀쭉한 양 볼에는 주름이 졌다. 이마는 땀이 나서 반짝거렸다. 엄마가 나를 흘끗 보더니 다시 빤히 쳐다보는 것이 아닌가.

나는 눈길을 돌리고 돌아서서 그 길로 걸어가 버리고 싶었지만 그럴 수 없었다. 이렇게 멀리까지 왔는데 그럴 순 없었다. 낯선 지역에서 길을 잃은척하며 그냥 길을 물어볼 수도 있었다. 엄마를 본 것만으로도 충분했다. 그런데도 난 거기에 꿋꿋하게 서서 엄마가 먼저 어떤 행동을 취하기만을 기다리고 있었다. 하지만 엄마는 거기에 서서 나를 바라볼 뿐이었다.

"무슨 일로 왔소?" 여자의 쉰 목소리는 기억의 통로 저 깊은 곳에서 분명하게 메아리쳤다.

입을 열었지만 아무 말도 나오지 않았다. 입은 분명 움직였다. 엄마에게 입을 떼고 무슨 말이든 하려고 안간힘을 썼다. 엄마의 두 눈에서 뭔가 알아차린 낌새를 느꼈기 때문이다. 이런 식으로 엄마가 날 알아보기를 원하지는 않았다. 엄마 앞에 멍청하게 서서, 내가 누구인지 밝히지도 못하는 이런 식은 아니었다. 하지만 커다란 뭔가가 내 혀를 가로막기라도 한 것처럼 말문도 막히고 입안도 바싹 타들어 갔다.

마침내, 무슨 말이 튀어나왔다. 그러려던 건 아니지만, (원래는 달래고 마음을 북돋아주는 뭔가를 하려고 했었고, 분위기를 이끌면서 몇 마디 말로 지난 모든 과거와 고통을 지워버리려고 했지만) 갈라진 목구멍을 타고 흘러나온 건 이 말뿐이었다. "엄마…."

배웠던 모든 것들과 완벽하게 익힌 모든 언어들에도 불구하고, 현관에 서서 나를 빤히 쳐다보는 엄마에게 내가 할 수 있는 말이라곤 그저 "엄마"뿐이었다. 마치 목이 마른 새끼양이 젖을 달라고 어미를 부르는 소리 같았다.

엄마는 손등으로 이마에 맺힌 땀을 훔쳤고, 잘 보이지 않는 것처럼 나를 보며 인상을 썼다. 나는 앞으로 걸음을 내디뎠고, 정문을 지나 보도에 들어선 다음 계단을 향해 올라갔다. 엄마는 뒷걸음질을 쳤다.

처음에는 엄마가 정말 나를 알아보았는지 정확히 알 수 없었다. 그런데 엄마가 놀라서 숨이 막히는 목소리로 말하는 것이었다. "찰리!" 엄마는 비명을 지르지도, 속삭이지도 않았다. 사람들이 꿈에서 깰 때처럼 간신히 말을 내뱉었다.

"엄마···." 나는 계단 위로 한 걸음을 떼었다. "저예요···."

내가 다가가자 엄마는 깜짝 놀라며 뒷걸음질 치다가 그만 비눗물이 담긴 양동이를 발로 걷어찼고, 더러운 비눗물이 계단 아래로 흘러내렸다. "여길 네가 무슨 일로?"

"그냥 엄마가 보고 싶었어요··· 엄마와 얘기하고 싶었어요···."

혀가 말려 말이 잘 나오지 않았고 평소와 달리 굵고 징징거리는 목소리가 흘러나왔다. 오래전에 나는 이렇게 말했을지도 모른다. "가지 마세요." 나는 애원했다. "제게서 도망치지 마세요."

하지만 엄마는 현관 안으로 들어가 문을 잠가버렸다. 잠시 뒤에 엄마가 문 옆 창문의 하얀 커튼 뒤에서 겁에 질린 눈으로 나를 몰래 보고 있는 모습이 보였다. 창문 뒤에서 엄마의 입술은 소리 없이 움직였다. "저리 가! 날 내버려둬!"

어째서? 저 여자가 뭐라고 이런 식으로 나를 거부할 수 있단 말인가? 무슨 권리로 나를 외면한단 말인가?

"저를 들여보내 주세요! 엄마와 얘기하고 싶어요! 들여보내 주세요!" 내가 문을 너무 쾅쾅 두드린 바람에 유리에 거미줄처럼 금이 가면서 손의 피부가 틈에 끼어버렸고 단단히 붙어버렸다. 엄마는 내가 미쳐서 자신을 해치러 왔다고 생각을 한 것이 틀림없었다. 엄마는 바깥문을 열고 아파트로 이어진 복도를 따라 내달렸다.

나는 문을 다시 밀었다. 문고리가 꺾이면서 문이 갑자기 열렸고 나는 균형을 잃고 현관에 쓰러졌다. 내가 부순 유리창에 베여 내 손에서는 피가 흐르고 있었다. 난 어찌할 바를 몰라 하다가, 엄마가 깨끗하게 닦은 리놀륨 바닥에 핏자국이 남지 않도록 주머니에 손을 넣었다.

나는 안으로 들어가서 꿈에서 그토록 자주 봤던 계단을 올라갔다. 꿈속에서 나는 자주 악마들에게 쫓기면서 길고 좁다란 계단을 오르곤 했다. 악마들은 내 두 발을 잡고 저 아래 지하실로 끌어당겼고, 나는 애써 비명을 질렀지만 목소리가 나오지 않았다. 소리는 혀끝에서만 맴돌고 입에는 재갈이 물린 것만 같았다. 워렌 주립보호소의 말 없는 남자 아이들과 다를 바 없었다.

2층에 살았던 집주인 메이어 씨 부부는 항상 내게 친절했다. 그들은 내게 달콤한 것들을 주거나 부엌에 앉아서 개와 함께 놀 수 있도록 해주었다. 나는 그들이 보고 싶었다. 하지만 굳이 소식을 듣지 않아도 그들은 이미 죽고 없으며 위층에는 낯선 이들이 산다는 걸 나는 알고 있었다.

위층 통로는 내게 영원히 닫혀버린 것이다. 복도 끝, 엄마가 달아난 문은 닫혀있었고, 나는 잠깐 머뭇거리며 서있었다.

"문을 열어요."

작은 개가 날카롭게 짖으며 답했다. 그 소리에 나는 움찔했다.

"저기요." 나는 말했다. "해치거나 어떻게 하려는 건 아니에요. 하지만 여기 오는 게 쉽지만은 않았어요. 그러니까 엄마와 얘기를 나누지 않고 갈 순 없어요. 문을 열지 않으면 부술 거라고요."

나는 엄마가 말하는 것을 들었다. "쉿, 내피··· 자, 여기 네 침실로 들어가." 잠시 뒤에 자물쇠가 딸깍하는 소리가 들렸다. 문이 열렸고 엄마는 나를 빤히 보며 거기에 서있었다.

"엄마," 내가 속삭였다. "아무것도 하지 않을게요. 그냥 엄마와 얘기하고 싶어요. 제가 예전과 다르다는 것을 아셔야 해요. 저는 달라졌어요. 이제 정상이에요. 모르시겠어요? 저는 이제 저능아가 아니라고요. 멍청하지 않아요. 다른 사람과 똑같아요. 정상이라고요. 엄마나 아빠나 노마와 다르지 않다고요."

엄마가 문을 닫지 못하도록 나는 더듬거리면서도 계속 말하려고 애

썼다. 내게 일어난 일을 엄마에게 한꺼번에 쏟아내려고 했다. "그들이 저를 바꿔놓았어요. 수술해서 저는 달라졌어요. 엄마가 늘 바라던 그런 사람이 되었다고요. 신문에서 못 읽어보셨어요? 지능을 높이는 새로운 과학실험인데 그들이 최초로 제게 그 수술을 했어요. 모르시겠어요? 왜 저를 그런 식으로 쳐다보죠? 저는 이제 똑똑해요. 동생 노마나 허먼 삼촌이나 아버지 매트보다 더 똑똑해요. 저는 대학 교수들도 모르는 것을 알아요. 말해보세요! 엄마는 이제 저를 자랑스러워할 수 있고 이웃들에게도 제 얘기를 할 수 있어요. 이제 친구가 집에 와도 저를 지하실에 숨겨둘 필요가 없어요. 말 좀 해보세요. 제가 어렸을 때 어땠는지 얘기 좀 해주세요. 그게 제가 원하는 전부예요. 저는 엄마를 해치지 않아요. 저는 엄마를 미워하지도 않아요. 하지만 저는 제 자신에 대해 알아야 하고, 너무 늦기 전에 제 자신을 이해해야 해요. 모르시겠어요? 자신을 이해할 수 있어야 저도 온전한 한 인간이 될 수 있어요. 지금 절 도와줄 수 있는 사람은 세상에서 엄마뿐이에요. 들어가서 잠시 앉아있을 수 있게 해주세요."

엄마에게 최면을 건 것은 내가 한 말보다 말한 방식이었다. 엄마는 복도에 서있었고 나를 노려보았다. 나도 모르게 피가 흐르는 손을 주머니에서 꺼내서 주먹을 간절하게 꼭 쥐었다. 엄마는 내 손을 보더니, 표정이 부드러워졌다.

"다쳤구나···." 엄마는 다친 사람이 나라서 동정한 것이 아니었다. 강아지가 발을 다치거나, 고양이가 싸우다가 깊은 상처를 입었을 때에도 느낄법한 감정이었다. 내가 엄마의 아들 찰리라서 그런 것이 아니었다. 아니, 그런 것과는 무관했다.

"들어와서 씻어라. 붕대와 요오드를 가져오마."

나는 엄마를 따라 물결무늬 그릇 건조대가 딸린 금이 간 싱크대로 갔다. 엄마는 내가 뒤뜰에 있다가 집에 들어오거나, 또는 식사 전이나 잠자기 전에 내 얼굴과 두 손을 자주 씻겨주었다. 엄마는 내가 소매를 걷어 올리는 모습을 지켜보았다. "창문을 깨지 말았어야지. 주인이 화를 낼 게다. 수리비로 낼 돈도 없고." 그러더니 엄마는 내가 씻는 모습을 보고 답답했던 모양인지 비누를 가져가선 내 손을 씻겨주었다. 그러는 동안 엄마가 손을 너무 열심히 씻겨주는 바람에 나는 아무 말도 하지 못했다. 그 순간의 마법을 깨고 싶지 않았다. 때때로 엄마는 혀를 쯧쯧 차고, 한숨을 쉬었다. "찰리야, 찰리야, 항상 엉망이구나. 제 앞가림 하는 법은 도대체 언제 배울 셈이냐?" 엄마는 25년 전 과거로, 내가 엄마의 어린 찰리였고 엄마는 세상에서 내 자리를 마련하려고 고군분투하던 그때로 돌아가 있었다.

엄마는 피를 씻어내고 키친타월로 내 손을 닦으며 내 얼굴을 올려다보더니 겁에 질린 듯 두 눈을 이리저리 배회했다. "아, 이런!" 엄마는 놀라서 숨을 헐떡거리더니 뒤로 물러났다.

나는 다시 부드럽게 말하면서 엄마를 설득하기 시작했다. 잘못된 것은 아무것도 없으며 나는 아무런 해도 끼칠 생각이 없다고 했다. 하지만 내가 말을 하는 동안에도 엄마는 이런저런 잡념에 사로잡혀 있었다. 엄마는 멍한 표정으로 주위를 보다가 입에 손을 갖다 대더니 나를 다시 쳐다보고 신음 소리를 냈다. "집이 이렇게 엉망이라니." 엄마가 말했다. "누가 올 줄은 몰랐어요. 저 창문 좀 봐. 저 목조부도 그렇고요."

"엄마, 괜찮아요. 걱정 마세요."

"바닥을 다시 닦아야겠어요. 바닥이 깨끗해야 하는데." 엄마는 문에 손가락 자국이 난 것을 발견했고, 마른행주를 들어 깨끗이 닦아냈다. 엄마는 고개를 들고 지켜보고 있던 나를 보더니 얼굴을 찡그리며 말했다. "혹시 전기세 고지서 때문에 오셨나요?"

내가 미처 아니라고 말하기도 전에 엄마는 손가락을 흔들면서 호통을 쳤다. "그달 첫째 날에 수표로 결제하려고 했는데 남편이 지방 출장 중이랍니다. 그 사람들한텐 돈은 걱정하지 말라고, 이번 주에 딸이 월급을 받으면 밀린 공과금을 낼 수 있을 거라고 말했어요. 그러니 돈 때문에 저를 귀찮게 할 필요는 없어요."

"외동딸인가요? 다른 애들은 없나요?"

엄마는 놀라서 움찔하더니 두 눈으로 먼 곳을 바라보았다. "아들이 하나 있었어요. 너무 똑똑해서 다른 엄마들이 샘을 내고 저주에 찬 시선으로 그 아이를 보았죠. 그들은 그걸 아이큐라고 불렀지만, 그건 악마의 아이큐였어요. 악마의 아이큐만 아니었어도 그 애는 훌륭한 사람이 되었을 텐데. 무척 똑똑했어요. 사람들은 비범하다고 하더군요. 천재도 될 수 있었는데···."

엄마는 수세미를 집어 들었다. "이젠 그만 실례할게요. 준비할 게 있어서요. 우리 딸이 남자친구를 데리고 저녁을 먹으러 오기로 되어있어서 여기를 깨끗이 해야 하거든요." 엄마는 무릎을 꿇고 앉아서 이미 빛날 정도로 깨끗한 마루를 북북 문지르기 시작했다. 엄마는 다시는 고개를 들지 않았다.

엄마는 그때부터 계속 중얼거렸고, 나는 부엌 식탁에 앉아있었다. 나는 엄마가 정신을 차릴 때까지, 엄마가 나를 알아보고 나라는 사람이 누군지 이해할 때까지 기다릴 작정이었다. 내가 찰리란 걸 엄마가 알아보기 전에는 나는 떠날 수 없었다. 누구든 내가 누구인지를 알아주어야 했다.

엄마는 슬픈 콧노래를 흥얼거리다가 멈췄고, 걸레를 마루에서 양동이로 가져가려다가 가만히 들고 있었다. 엄마는 뒤에 내가 있다는 걸 문득 알아챈 것 같았다.

엄마가 돌아섰다. 얼굴은 지쳐 보였고, 두 눈은 눈물로 반짝였으며, 머리를 갸우뚱했다.

"그럴 리가? 이해가 안 가는구나. 그들은 네가 절대로 달라질 수 없을 거랬어."

"그들이 제게 수술을 해서 저를 바꿔놓았어요. 이제 저는 유명해요. 세상 사람들이 제 얘기를 알아요. 저는 이제 똑똑해요, 엄마. 읽고 쓸 줄도 알고, 또-"

"하느님, 감사합니다." 엄마가 속삭였다. "내가 기도를 드렸지만, 요 몇 년 동안 하느님이 내 기도를 듣지 않는다고 생각했어. 하지만 하느님의 뜻대로 할 적당한 때를 기다리면서 기도를 쭉 듣고 계셨던 게야."

엄마는 앞치마로 얼굴을 닦았고 내가 팔로 엄마를 얼싸안자, 엄마는 내 어깨에 기대어 마음껏 눈물을 흘렸다. 모든 고통이 씻기고, 나는 집에 돌아와서 기뻤다.

"다른 사람들에게 말해야 해." 엄마는 미소를 지으며 말했다. "학교의 그 모든 선생들에게 말이지. 어디, 내가 그들에게 말할 때, 그들이 어떤 표정을 지을 것인지 어디 한번 똑똑히 두고 보마. 그리고 이웃사람들에게도 말이야. 그리고 네 삼촌 허먼, 그래 허먼에게도 말이지. 그는 무척이나 기뻐할 거다. 그리고 네 아빠가 집에 올 때까지 기다려라. 그리고 네 동생도! 오, 동생은 너를 보면 무척 행복해할 거야. 넌 아마 꿈에도 모를 거다."

엄마는 나를 꼭 끌어안았고, 흥분한 목소리로 말을 했고, 앞으로 함께 살아갈 새로운 인생을 위한 계획을 세우고 있었다. 나에겐 그녀에게 내 유년시절의 선생님들은 대부분 학교에서 퇴직했으며, 이웃들도 이사를 간 지 오래되었고, 허먼 삼촌도 오래전에 돌아가셨으며, 아버지가 엄마를 떠났다는 사실을 일깨워 줄 용기가 없었다. 그 수년간의 악몽으로 이미 충분히 고통받았다. 나는 엄마의 웃는 모습을 보고 싶었고, 내가 엄마를 행복하게 해주었는지를 알고 싶었다. 난생 처음으로 내가 엄마의 입가에 미소를 가져다주었다.

잠시 후에 엄마는 생각에 잠겨서 가만히 있었고 무엇인가를 떠올리는 것 같았다. 나는 엄마의 정신이 또 어딘가를 헤매려 한다는 느낌을 받았다. "안 돼요." 나는 소리쳐서 엄마를 놀라게 했고 다시 현실로 데려왔다. "엄마, 기다려요. 뭔가 다른 게 있어요. 제가 가기 전에 엄마가 가졌으면 하는 게 있어요."

"간다고? 널 이제는 아무 데도 떠나보내지 않을 거야."

"엄마, 저는 가야만 해요. 할 일이 있어요. 하지만 엄마에게 편지를 쓸게요. 그리고 엄마에게 돈도 보낼게요."

"하지만 언제 다시 돌아올 거니?"

"아직은 모르겠어요. 하지만 가기 전에 엄마가 이것을 가졌으면 해요."

"잡지냐?"

"좀 다른 거예요. 이것은 제가 쓴 과학 보고서예요. 아주 전문적인 내용이에요. 봐요. 이것은 앨저넌-고든 효과라고 불리는 거예요. 제가 발견한 것이고, 일부는 제 이름을 따서 지었어요. 엄마가 이 보고서의 복사본을 가졌으면 해요. 그러면 엄마 아들이 결국에는 바보가 아닌 더 나은 사람이 되었다는 걸 알릴 수 있잖아요."

엄마는 보고서를 받아들더니 감탄하는 눈으로 쳐다보았다. "그래, 그래··· 네 이름이구나. 네가 해낼 줄 알았다. 언젠가 이런 일이 일어날 거란 말을 입에 달고 살았어. 난 할 수 있는 건 뭐든지 해보았단다. 너무 어려서 넌 기억을 못하겠지만 난 노력했단다. 사람들에겐 네가 대학에 가서 전문가가 되고 세상에 네 흔적을 남길 거라고 했지. 그들은 비웃었지만 어쨌든 나는 그리 말했어."

엄마는 눈물을 흘리며 내게 미소를 지었지만, 잠시 후 엄마는 더 이상 나를 보고 있지 않았다. 엄마는 걸레를 집어 들고는 부엌 문 주위의 목조부를 닦기 시작했다. 더욱 즐겁게 콧노래를 부르는 모습이 마치 꿈속에 있는 것 같았다.

개가 다시 짖기 시작했다. 앞문이 열렸다가 닫혔고 목소리가 들렸다. "그래, 내피야. 그래, 나라니까." 개는 흥분해서 뛰어오르다가 침실 문에 부딪혔다.

여기서 발목을 잡힌 게 화가 났다. 노마는 만나고 싶지 않았다. 우리는 서로 할 말이 없고, 집을 즐겁게 방문했던 기분을 망치고 싶지 않았다. 뒷문은 없었다. 유일한 방법은 창문을 넘어 뒷마당으로 나가서 울타리를 넘어가는 것이었다. 하지만 누군가 나를 강도로 오해할지도 모른다.

노마가 열쇠로 문을 여는 소리를 들었을 때, 나는 엄마의 귀에 속삭였다. 왜 그랬는지는 모르겠지만. "노마가 집에 왔어요." 나는 엄마의 팔을 건드렸지만, 엄마는 내 말을 듣지 않았다. 엄마는 목조부를 닦으면서, 혼자 콧노래를 부르느라 정신이 없었다.

문이 열렸다. 나를 보더니 인상을 찌푸렸다. 노마는 처음에는 나를 알아보지 못했다. 불을 켜지 않아 어두컴컴했다. 노마는 들고 있던 장바구니를 내려놓으며 불을 켰다. 나를 보자 "누구세요?"라고 물었다. 하지만 내가 미처 대답하기도 전에 노마는 놀라서 손으로 입을 가리더니 문에 몸을 기댄 채 털썩 주저앉았다.

"찰리!" 노마는 엄마가 그랬던 것처럼 놀라서 헐떡이는 목소리로 말했다. 노마는 예전의 엄마를 보는듯했다. 날씬하고, 똑 부러지고, 활기차고, 예쁜 모습을 쏙 빼닮았다. "찰리! 하느님 맙소사, 얼마나 놀랐다고! 간간이 연락도 하고 온다고 미리 알렸어야지. 전화를 하지 그랬어. 무슨 말을 해야 할지 모르겠어···." 노마는 싱크대 근처의 바닥에 앉아있던 엄마를 쳐다보았다. "엄마는 괜찮으셔? 엄마에게 충격을 주거나 한 것은 아니지?"

"잠깐 기억을 되찾으셨어. 대화도 조금 나눴고."

"아, 다행이다. 엄마는 요즘에 기억을 많이 못해. 나이가 많아서 치매가 왔어. 포츠만 박사는 엄마를 요양소로 보내라고 했지만, 난 그렇게는 못하겠어. 엄마가 그런 시설에서 지내는 모습을 생각만 해도 견딜 수가 없어." 노마는 개가 나올 수 있도록 침실 문을 열었고 개가 뛰어오르고 즐겁게 낑낑거리자 개를 들어올려서 꼭 안았다. "엄마에게는 그렇게 못하겠어." 그때 노마는 내게 꺼림칙한 미소를 지었다. "얼마나 놀랐다고. 꿈에도 몰랐어. 어디 한번 보자. 전혀 알아보지 못했을 거야. 길에서 봤으면 말이지. 전혀 달라 보이거든." 그녀는 한숨을 내쉬며 말했다. "찰리, 이렇게 보게 되다니 반가워."

"반갑다고? 난 네가 다시는 날 보고 싶어 하지 않을 거라고 생각했어."

"아, 찰리!" 노마는 내 두 손을 잡았다. "그런 말 마. 오빠를 만나서 반가운걸. 만나게 되길 기다렸어. 언제가 될지는 모르지만 언젠가는 오빠가 돌아올 줄 알았어. 신문에서 오빠가 시카고에서 도망쳤다는 기사를 읽은 뒤로는 쭉 그렇게 생각했어." 노마는 뒤로 물러나서 나를 올려다보았다. "오빠 생각을 내가 얼마나 많이 했는지 오빤 모를 거야. 도대체 어디에서 뭘 하고 있을까 얼마나 궁금했다고. 교수가 마지막으로 찾아왔어. 지난 3월인가? 겨우 일곱 달 전이었나? 그때까지 난 오빠가 살아있으리라곤 생각을 못했어. 엄마는 오빠가 워렌에서 죽었다고 했어. 지난 수년간 난 그 말을 믿은 거야. 그들이 오빠가 살아있고 실험에 오빠가 필요하다고 말했을 때, 나는 어찌할 바를 몰랐어. 교수 이름이··· 니머? 그분 이름이 맞아? 오빠를 만나게 해주질 않더라고. 그분은 수술하기 전에 오빠가 혼란스러워할까 봐 걱정했지. 하지만 신문에서 수술이 성공했고 오빠가 천재가 되었다는 사실을 보았을 때엔—어머나, 세상에!—그 소식을 읽으면서 내 기분이 어땠는지 오빤 모를 거야."

"나는 사무실에 있는 모든 사람들과 브리지 클럽의 여자애들에게 소식을 전했어. 신문에 난 오빠 사진을 그들에게 보여주면서. 그러면서 오빠가 언젠가는 우리를 보러 다시 돌아올 거라고 말했지. 그런데 오빠가 돌아온 거야. 정말 돌아왔잖아. 오빠는 우릴 잊지 않았던 거야."

노마는 나를 다시 안아주었다. "아, 찰리. 찰리··· 갑자기 이렇게 든든한 오빠를 만나게 되다니 정말 굉장해. 오빠는 아마 모를 거야. 앉아봐. 뭔가 먹을 걸 만들어줄게. 하나도 빠짐없이 모두, 그리고 앞으로 뭘 할 건지도 얘기해줘. 난··· 난 뭐부터 물어봐야 할지를 모르겠어. 내가 하는 말이 바보처럼 들릴 거야. 마치 자기 오빠가 영웅이나 영화배우나, 엄청난 사람이 된 걸 갑자기 알게 된 소녀처럼 굴잖아."

나는 당황스러웠다. 노마에게서 이런 환대를 받을 것이라고는 전혀 예상치 못했다. 엄마와 단둘이 지내온 세월이 노마를 변하게 했으리라는 생각은 전혀 하지 못했다. 하지만 당연한 일이었다. 노마는 더 이상 내가 기억하는 버릇없는 아이가 아니었다. 노마는 어른이 되었고, 따뜻하고 다정했으며 인정도 깊어졌다.

우리는 대화를 나눴다. 엄마가 방에 함께 있지만 마치 없는 사람처럼 동생과 엄마 이야기를 나누며 앉아있으려니까 어딘가 모순적인 느낌이 들었다. 노마가 엄마와 함께 어떻게 지냈는지를 이야기할 때마다 나는 엄마가 듣고 있는지를 살펴보려고 엄마를 쳐다보았다. 하지만 엄마는 자기만의 세계에 깊이 빠져있었고, 우리가 하는 말을 알아듣지 못하는 것처럼, 우리가 무슨 말을 하든지 신경 쓰지 않는 것처럼 보였다. 엄마는 유령처럼 부엌을 이리저리 다녔다. 물건들을 줍거나, 치우거나, 그러면서도 한 번도 길을 막는 법이 없었다. 무서운 일이었다.

나는 노마가 강아지에게 밥을 주는 것을 보았다. "그래서 결국은 강아지를 키울 수 있게 되었구나. 내피, 나폴레옹을 줄여서 붙인 이름이 맞지?"

노마는 몸을 똑바로 펴더니 눈썹을 찡그렸다. "어떻게 알았어?"

내가 기억하는 것들을 설명해주었다. 노마가 개를 키우고 싶어서 집에 시험지를 들고 왔을 때의 일이며, 아버지 매트가 어떻게 해서 개를 키우지 못하게 했는지를 말이다. 내가 말을 할수록 노마의 얼굴은 더욱더 언짢아졌다.

"나는 하나도 기억이 안 나. 아, 찰리 오빠, 내가 오빠한테 못되게 굴었어?"

"묻고 싶은 기억이 하나 있어. 기억인지, 꿈인지, 내가 모두 꾸며낸 얘기인지 전혀 확신이 서지를 않아. 우리가 우애를 나누며 함께 논 건 그때가 마지막이었지. 지하실에서 우리는 머리에 램프 갓을 쓰고 중국인 노동자 흉내를 내며 놀고 있었지. 낡은 매트리스 위에서 방방 뛰었어. 내 생각에 너는 일곱 살이나 여덟 살이었고 나는 열세 살쯤 되었지. 그러니까 내 기억으론, 네가 매트리스에서 뛰다가 벽에 머리를 부딪친 거야. 그리 세게 부딪히지는 않았고 그냥 쿵 소리가 날 정도였지. 하지만 네가 비명을 질러서 엄마와 아빠가 뛰어 내려왔어. 그런데 내가 널 죽이려고 한다고 네가 말한 거야."

"엄마는 나를 지켜보지 않고 우리 둘이 함께 놀도록 내버려두었다고 아빠를 비난했어. 그러더니 엄마는 나를 혁대로 때렸고 나는 거의 기절할뻔했지. 혹시 기억나니? 정말 그런 일이 일어난 게 맞아?"

내가 기억나는 대로 묘사하자 노마는 내 얘기가 마치 잊고 있던 이미지들을 일깨운 것처럼 넋을 잃고 들었다. "당시의 기억이 모두 희미해. 있잖아, 난 꿈인 줄 알았어. 우리가 램프 갓을 쓰고 매트리스 위를 방방 뛰던 건 기억이 나." 노마는 창밖을 노려보았다. "부모님이 항상 오빠를 감싸고돌고 법석을 떨어서 난 오빠가 미웠어. 오빠가 숙제를 제대로 하지 않아도, 집으로 뛰어난 성적표를 받아오지 않아도 절대 때리는 법이 없었어. 오빠는 대부분 수업을 빼먹고 놀았지만, 난 학교에서 어려운 수업을 들어야 했어. 아, 오빠가 얼마나 미웠던지. 학교에서 다른 아이들이 칠판에 낙서를 했는데, 고깔모자를 머리에 쓴 한 소년을 그려놓고 그 아래에 노마의 오빠라고 썼어. 그리고 그들은 학교 운동장 옆의 포장보도에도 낙서를 했어. 병신의 동생 그리고 멍청한 고든 가족. 어느 날 내가 에밀리 라스킨의 생일잔치에 초대를 받지 못했을 때, 나는 그게 오빠 때문이라는 걸 알았어. 그래서 우리가 지하실에서 머리에 전등갓을 쓰고 놀 때 난 앙갚음을 해야 했어." 그녀는 울기 시작했다. "그래서 오빠가 날 다치게 했다고 거짓말을 했던 거야. 아, 찰리 오빠, 난 바보였어. 정말 못돼 먹은 아이였어. 정말 부끄러워."

"자책하지 마. 아이들을 상대하기란 틀림없이 힘들었을 테니까. 내게는, 이 부엌이 세상이었어. 그리고 저기 저 방이 그랬고. 여기만 안전하다면 다른 곳은 중요하지 않았어. 하지만 넌 그 밖의 세상과 마주해야 했겠지."

"찰리 오빠, 부모님은 오빠를 왜 멀리 보내버렸어? 오빠는 왜 여기에 남아서 우리와 함께 살지 않았어? 나는 항상 그게 궁금했어. 엄마에게 물어볼 때마다 엄마는 그게 다 오빠를 위한 거라고 했어."

"어떤 점에서는 엄마 말이 맞아."

노마는 고개를 가로저었다. "엄마가 오빠를 멀리 보낸 건 바로 나 때문이야. 안 그래? 아, 찰리, 왜 그래야 했을까? 도대체 이 모든 일이 왜 우리에게 일어난 걸까?"

노마에게 해줄 말이 떠오르지 않았다. 우리가 고통받는 건, 아트레우스나 카드모스 가문처럼 우리 선조가 저지른 죄 때문이거나 고대 그리스의 예언이 실현되려고 그런가 보다라고 얘기해주고 싶었다. 하지만 노마에게도, 나 자신에게도 대답해줄 말을 찾을 수 없었다.

"다 지난 일이야." 나는 말했다. "널 다시 만나서 기뻐. 이러면 마음이 조금 가벼워질 거야."

노마가 갑자기 내 팔을 잡았다. "찰리 오빠, 내가 엄마와 함께 지난 수년을 같이 살면서 뭘 겪었는지 모를 거야. 이 아파트, 이 거리, 내가 하는 일. 그간의 세월은 모두 악몽이었어. 날마다 집에 돌아오면서 엄마가 아직도 집에 있을까, 혹시 자해를 하진 않았을까 생각했고, 한편으로 그런 생각에 양심의 가책을 느꼈어."

나는 일어나서 노마가 내 어깨에 기대어 쉴 수 있게 했고, 노마는 흐느껴 울었다. "오, 찰리 오빠. 이제 오빠가 돌아와서 기뻐. 우리는 누군가가 필요했어. 난 너무 지쳐버렸어···."

나는 이런 시간을 꿈꿔왔다. 하지만 이제 와서 도대체 무슨 소용인가? 내게 일어날 일을 노마에게 말할 수 없었다. 그렇다 해도, 인정 어린 노마의 맘을 받아주는 척이라도 할 수 있었을까? 스스로를 속이다니, 왜 그래야 하지? 만약 내가 늙고 지능이 떨어지는 데다가 다른 사람에게서 도움을 받아야 하는 찰리였다면, 노마는 내게 이런 식으로 말하지는 않았을 것이다. 그렇다면 내가 과연 그런 호의를 받을 자격이 있을까? 내가 쓴 가면은 곧 벗겨질 텐데.

"노마, 울지 마. 모든 게 잘될 거야." 나도 모르게 노마를 달래기 위해 상투적인 말을 하고 있었다. "내가 너와 엄마를 돌볼게. 내가 모아둔 돈이 조금 있어. 그리고 재단이 내게 주는 돈도 있고. 네게 돈을 좀 보낼게. 정기적으로 말이지."

"하지만 오빠는 어디에 가지 않을 거지? 이제 우리와 함께 같이 있어야 해."

"여기저기 다니면서 조사도 하고 발표도 해야 해. 하지만 널 보러 오려고 애써볼게. 엄마를 잘 돌봐드려. 엄마는 많은 일을 겪었으니까. 나도 되도록 널 도울게."

"찰리 오빠! 안 돼, 가지 마!" 노마가 내게 매달렸다. "무서워!"

내가 늘 맡고 싶었던, 믿음직한 오빠 역할이다.

바로 그 순간, 구석에 조용히 앉아있던 엄마가 우리를 노려보는 게 느껴졌다. 엄마의 표정이 뭔가 변했다. 두 눈이 커졌고, 엄마는 의자의 끝에서 앞으로 몸을 기울였다. 그 모습은 마치, 아래로 뛰어내리기 전의 매를 떠올리게 했다.

나는 노마를 내게서 멀리 밀어냈지만, 내가 미처 뭐라고 말하기도 전에 엄마는 두 발을 딛고 서있었다. 식탁에서 꺼내든 부엌칼을 내게 겨누고 있었다.

"동생에게 무슨 짓이냐? 떨어져! 동생을 한 번만 더 건드리면 내가 어떻게 할지 전에 너한테 말해두었을 텐데! 추잡한 녀석 같으니라고! 넌 정상인과는 다르다고!"

우리는 화들짝 놀라 뒤로 물러났고, 뭔가 말도 되지 않는 이유로 나는 죄책감을 느꼈다. 뭔가 나쁜 짓을 하다가 잡힌 것 같았고, 노마도 나와 똑같이 느낀다는 것을 알았다. 엄마가 비난을 하자 우리가 정말로 꺼림칙한 짓을 하고 있었던 것처럼 느껴졌다.

노마는 엄마에게 고함을 질렀다. "엄마! 그 칼 내려놔요!"

엄마가 칼을 들고 저기에 서있는 모습을 보자 엄마가 아빠에게 나를 멀리 보내버리라고 강요했던 그날 밤의 기억이 떠올랐다. 엄마는 지금 그 순간을 다시 살고 있는 것이다. 나는 말을 할 수도, 움직일 수도 없었다. 욕지기가 올라오고 숨이 턱 막히고 두 귀에서 윙윙거리는 소리가 들렸으며, 위는 마치 배를 찢고 튀어나오려는 것처럼 뻣뻣해졌다가 팽창했다.

엄마도 칼을 들었고, 앨리스도 칼을 들었으며, 아빠도 칼을 들었고, 스트라우스 박사도 칼을 들었고···.

다행히도 노마가 침착하게 대처해서 엄마로부터 칼을 빼앗을 수 있었다. 하지만 엄마가 내게 소리칠 때 두 눈에 서렸던 공포까지는 지우지 못했다. "찰리를 여기서 밖으로 내보내! 딴 맘을 품고 제 여동생을 쳐다볼 자격이 없으니까!"

엄마는 비명을 지르고 의자 뒤로 푹 파묻히더니 엉엉 울었다.

난 무슨 말을 해야 할지 몰랐고 노마도 마찬가지였다. 우린 둘 다 당황했다. 이젠 노마도 내가 멀리 보내진 이유를 알았기 때문이다.

엄마가 저토록 두려워할만한 행동을 내가 한 적이 있던가 의문이 들었다. 그런 기억은 없었다. 하지만 고뇌하는 양심을 가로막는 벽 뒤에 끔찍한 생각들이 억눌려있지 않다고 어찌 확신할 수 있단 말인가? 봉인된 기억의 통로에, 막다른 골목 너머에 있어서 내가 보지 못했으리라. 아마 앞으로도 알 도리가 없을 것이다. 진실이 무엇이든지 간에 엄마 로즈가 노마를 보호하려 한다고 해서 미워하면 안 된다. 엄마가 생각하는 방식으로 이해해야 한다. 엄마를 용서하지 않는다면, 결국 아무것도 얻지 못할 것이다.

노마는 온몸을 부들부들 떨고 있었다.

"겁먹지 마." 내가 말했다. "엄마는 자기가 무슨 짓을 하고 있는지를 몰라. 엄마는 나한테 고함치는 게 아냐. 예전의 찰리에게 그러는 거라고. 엄마는 찰리가 네게 무슨 짓이라도 할까 봐 두려웠던 거야. 엄마가 널 지켜주려 한다고 해서 비난할 순 없어. 하지만 그런 일 따윈 생각하지 않아도 돼. 예전의 찰리는 영원히 사라졌으니까, 안 그래?"

노마는 내 말을 듣고 있지 않았다. 몽롱한 표정을 짓고 있었다. "방금 전에 이상한 경험을 했어. 어떤 일이 일어나는데 그 일이 벌어지리라는 사실을 벌써 알고 있다는 느낌을 받는 거지. 마치 예전에, 똑같은 방식으로 일어났던 일이 되풀이되는 걸 지켜보는 느낌이 들어····."

"아주 흔한 경험이야."

노마가 머리를 흔들며 말했다. "방금 전에 칼을 들고 있는 엄마를 보았을 때, 그 모습이 아주 오래전에 꾼 꿈과 비슷했어."

노마에게 말해준다고 해서 무슨 소용이 있을까? 어린 시절 노마는 그날 밤에 분명히 깨어있었고, 자기 방에서 그 모든 일을 목격했다고.

하지만 그 기억이 억눌리고 뒤틀리면서 공상이라고 믿게 된 거라고. 진실을 얘기해서 마음의 짐만 늘릴 이유가 없다. 앞으로 엄마와 함께해야 할 슬픔만으로 족하다. 그런 근심과 고통일랑 노마의 손에서 기꺼이 덜어주면 좋으련만. 하지만, 끝낼 수 없는 일을 시작하는 건 무의미할 뿐이다. 살면서 안고 가야 할 나만의 고통을 짊어지련다. 내 정신의 모래시계 밑으로 지식의 모래가 새어 나가는 걸 막을 수가 없으니.

"난 이제 가봐야 해." 내가 말했다. "건강 조심하고, 잘 지내고." 나는 노마의 손을 꽉 잡았다. 내가 집 밖으로 나가자, 나폴레옹은 나를 향해 짖었다.

나는 끝까지 울지 않으려고 버텼지만 거리에 나서는 순간 더 이상 참을 수 없었다. 글로 써 내려가기도 힘들다. 하지만 내가 어린아이처럼 엉엉 울면서 차로 돌아갈 때, 사람들은 고개를 돌려 나를 쳐다보았다. 어쩔 수 없었고, 신경 쓰이지도 않았다.

나는 걸었고, 그 사이 우스꽝스러운 단어들이 내 머릿속을 계속 맴돌더니 점점 커져서 윙윙거리며 경쾌한 리듬을 이루었다.

> 눈먼 쥐 세 마리··· 눈먼 쥐 세 마리,
> 쥐들이 뛰어가는 걸 봐! 쥐들이 뛰어가는 걸 봐!
> 농부의 아내들은 모두 쥐들을 뒤쫓아 뛰어가지.
> 그런데 농부의 아내가 부엌칼로 꼬리를 잘라버렸어.

살면서 그런 광경을 본 적 있어?

눈먼··· 쥐··· 세 마리를?

듣지 않으려고 애써 두 귀를 막았지만 그래도 노래가 계속 들렸다. 고개를 돌려 집과 현관을 봤더니 한 소년의 얼굴이 보였다. 소년은 유리창에 뺨을 꼭 붙인 채 날 노려보고 있었다.

존재의 외피

10월 3일

내리막길이다. 내가 중심을 잃지 않고, 주위의 세상을 인지하고 있는 지금 자살해서 모든 것을 멈출까 하는 생각이 든다. 하지만 또 유리창에서 기다리던 찰리가 생각난다. 그의 생명은 내 것이 아니라서 내던져 버릴 수 없다. 내가 잠시 빌렸을 뿐이고, 이제는 찰리가 돌려달라고 요구하고 있다.

이런 일을 겪은 사람은 오로지 나밖에 없다는 사실을 잊지 말아야 한다. 힘이 닿는 데까지 내 생각과 느낌들을 적어놓아야 한다. 이렇게 경과보고서를 적음으로써 찰리 고든은 인류에게 공헌하는 것이다.

나는 날카로워지고 툭 하면 화를 냈다. 밤늦게 오디오를 틀어놓는 일로 다른 입주민들과 싸우기도 했다. 피아노 치는 것을 그만둔 뒤로는 오디오를 틀어놓는 일이 잦았다. 온종일 오디오를 틀어놓으면 안 되지만, 깨어있기 위해서 그렇게 한다. 잠자야 한다는 것을 알지만, 깨어있는 매순간이 너무나 아깝다. 잠을 자지 않는 이유는 악몽을 꿀까 봐 그런 것이 아니라, 정신을 놓을까 봐 두렵기 때문이다.

나중에, 어두워지면 잠잘 시간은 충분히 있다고 혼잣말한다.

아래층에 사는 버너 씨는 예전에는 불평한 적이 한 번도 없었지만, 지금은 내 발밑으로 쿵쿵거리는 소리가 들리도록 항상 난방 파이프나 아파트 천장을 세게 두드린다. 처음에는 그 소리를 무시했지만, 어젯밤에는 버너 씨가 급기야 실내복 차림으로 올라왔다. 우리는 말싸움을 했고, 나는 그의 앞에서 문을 세게 쾅 닫았다. 한 시간 뒤에 그가 경찰을 데려왔고, 경찰은 내게 새벽 네 시에 레코드를 저렇게 시끄럽게 틀면 안 된다고 말했다. 버너 씨의 얼굴에 떠오른 웃음을 보자 무척 화가 났지만 그를 때리지 않는 게 내가 할 수 있는 전부였다. 그들이 내 집을 떠났을 때, 나는 모든 레코드와 오디오를 부셔버렸다. 어쨌든 나는 자신을 속이고 있었다. 더 이상 저런 음악을 정말 좋아하지는 않기 때문이다.

10월 4일

지금껏 받은 상담진료 중에서 가장 이상했다. 스트라우스 박사도 놀라고 당황했다. 박사도 전혀 예상치 못했던 것이다.

상담을 하던 중에 일종의 영적 체험을 했고, 아니 환영을 보았고, 그것을 기억이라고 부르고 싶지는 않다. 설명하려 들거나 판단하지는 않을 것이고, 다만 일어난 일을 기록할 뿐이다.

나는 스트라우스 박사의 사무실에 들어왔을 때 날이 서있는 상태였지만, 그는 그것을 모른척했다. 나는 곧장 소파에 누웠고 그는 늘 그렇듯이 살짝 뒤편에 보이지 않는 곳에 의자를 가져가 앉아있었다. 그리고 종교 의식처럼 내가 마음속에 차곡차곡 쌓은 응어리를 한꺼번에 쏟아내기를 기다렸다.

나는 머리 위로 그를 흘긋 보았다. 피곤하고 기운이 없어 보였고, 어딘가 이발소 의자에 앉아 손님을 기다리는 매트를 떠올리게 했다. 나는 스트라우스 박사에게 이런 내 생각을 말했지만 그는 그저 고개를 끄덕이며 내 말을 기다릴 뿐이었다.

"손님을 기다리는 중인가요?" 내가 물었다. "소파를 이발소에 있는 의자처럼 만들었어야 했어요. 그런 뒤에 당신이 자유연상을 원할 때, 당신은 이발사가 면도하기 전에 비누거품을 칠하기 위해 손님을 눕혀놓듯이 환자를 눕혀놓겠죠. 그리고 50분이 지나면, 당신은 의자를 다시 앞으로 기울이고, 그에게 거울을 건네주겠죠. 그의 외모가 어떤지를 볼 수 있도록 말이죠. 당신이 면도한 뒤에 자아의 겉모습이 어떻게 달라졌는지를 볼 수 있도록 말이죠."

그는 아무 말도 하지 않았다. 그리고 그 사이에 그는 부끄러워했다. 내가 그에게 욕을 하는 방식에서 나는 부끄러움을 느꼈지만, 멈출 수 없었다. "그러면 당신 환자들이 저마다 진료 시간에 와서 말하겠죠.

'불안의 윗부분을 약간 잘라주세요' 아니면 '괜찮으시다면, 슈퍼-에고[1]는 너무 바짝 자르지 마세요' 아니면 그는 에그 샴푸로 머리를 감으려고 왔을지도 모르죠. 내 말은 그러니까, 에고[2] 샴푸라는 거죠. 아하! 의사 선생님, 제가 지금 말실수한 것을 눈치챘어요? 노트에 기록하세요. 저는 에고 샴푸라고 말하지 않았고, 그 대신 에그 샴푸라고 했다고요. 에그··· 에고··· 발음이 비슷하죠, 그렇죠? 제 죄가 씻겨 나가기를 원한다는 뜻인가요? 다시 태어나기를 말이죠? 상징적인 세례인가요? 아니면 우리는 너무 바싹 면도를 한 것일까요? 바보에게도 이드[3]가 있나요?

나는 스트라우스 박사가 뭐라고 반응하기를 기다렸지만, 그는 의자에 앉은 채로 자세만 바꾸었다.

"혹시 주무세요?" 내가 물었다.

"찰리, 듣고 있어요."

"그냥 듣기만 하는 것인가요? 화가 난 적은 없나요?"

"왜 내가 자네에게 화를 내기를 원하지?"

나는 한숨을 쉰 뒤에 말했다. "신경이 무딘 스트라우스 박사, 움직일 수 없음. 박사님께 드릴 말씀이 있어요. 저는 여기에 오는 길이 지

---

1 초자아. 개인의 행동에 대해 내부로부터 선악의 판단을 내려서 그 행동을 촉진하거나 제약함.

2 사고, 감정, 의지 등 여러 작용의 주관자로서 이 여러 작용에 수반하고 또 이를 통일하는 주체.

3 개인의 본능적 충동의 원천.

긋지긋해요. 상담진료를 받을 이유가 더 있나요? 박사님도 저만큼 어떤 일이 일어날 것인지 아시잖아요."

"하지만 나는 자네가 멈추고 싶지 않아 한다고 생각하네." 그가 말했다. "자네는 계속 해나가고 싶은 거지, 그렇지 않은가?"

"바보 같은 짓이에요. 서로 시간만 낭비할 뿐이죠."

나는 거기 희미한 빛 아래에 누워있었고, 천장에 그려진 사각형 무늬를 뚫어져라 응시하고 있었다···. 수천 개의 작은 구멍들이 난 방음장치가 된 타일에 모든 말들이 흡수되었다. 소리들은 천장에 난 작은 구멍들에 산 채로 묻혔다.

나는 머리가 몽롱해지는 것을 느꼈다. 내 마음은 텅 비었고, 그것은 여느 때와 달랐다. 왜냐하면 나는 상담진료 시간에 항상 끄집어내어서 할 말이 많았기 때문이다. 꿈들··· 기억들··· 연상들··· 문제들··· 하지만 이제 나는 외롭고 공허하다고 느꼈다.

신경이 무딘 스트라우스만 내 뒤에서 숨을 쉬고 있었다.

"기분이 이상해요." 나는 말했다.

"혹시 그것에 대해 말하고 싶나?"

아, 얼마나 똑똑하고, 얼마나 교묘한가! 어쨌든 나는 도대체 거기에서 무엇을 하고 있었을까. 천장에 난 작은 구멍들과 나의 상담 의사의 커다란 구멍에 나의 자유연상들이 흡수되면서 말이지.

"내가 그것에 대해서 말하고 싶은지 모르겠어요." 나는 말했다. "평소와는 달리 오늘은 당신을 향한 증오심이 느껴져요." 그런 뒤에 나는 그에게 내가 무슨 생각을 하는지를 말했다.

그를 보지 않아도 나는 그가 혼자 고개를 끄덕이는 것을 알 수 있었다.

"설명하기는 어려워요." 나는 말했다. "기절하기 바로 전에 나는 한두 번 그런 기분을 느꼈어요. 머리가 몽롱하고··· 모든 것이 강렬하고··· 하지만 몸은 차갑고, 무감각하게 느껴져요···."

"계속하게." 그의 목소리에는 흥분의 기운이 서려있었다. "그리고 또 뭐가 있지?"

"더 이상 제 몸에서 아무것도 느낄 수 없어요. 감각이 마비가 된 것 같아요. 찰리가 가까이에 있다는 느낌이 들어요. 두 눈은 뜨고 있어요. 확실히 그래요. 그렇지 않나요?"

"그래, 두 눈을 크게 뜨고 있다네."

"그런데 푸르고 하얀 빛이 보여요. 벽들과 천장에서. 희미하게 반짝이는 공. 이제 그 동그란 빛 덩어리는 공중에 매달려 있어요. 빛··· 내 두 눈앞에 들이밀면서··· 그리고 저의 뇌··· 방 안에 있는 모든 것이 타올라요··· 저는 둥둥 떠있는 것 같은 느낌이 들어요··· 아니면 오히려 팽창하는 느낌이 들어요··· 그리고 아래를 내려다보지 않고도 저는 제 몸이 여전히 소파 위에 있는 것을 알 수 있어요···."

이것은 환영일까?

"찰리, 자네 괜찮은가?"

아니면 신비주의자들에 의해 묘사된 것일까?

스트라우스 박사의 말이 들렸지만 나는 그에게 대답하고 싶지 않았다. 그가 거기에 있어서 화가 났다. 나는 그를 무시해야만 한다. 가만히 받아들여서 이것이 나를 빛으로 채우고, 나를 그 안으로 흡수하도록 내버려두자.

"찰리, 뭐가 보이지? 무슨 일이야?"

따뜻한 공기를 타고 붕 떠오르는 낙엽처럼 위로 움직인다. 내 몸을 이루는 원자들이 서로 반대방향으로 점점 빨리 달려 나가고 멀어진다. 나는 가벼워지고, 밀도가 낮아지고, 더욱 커지고··· 커져서 태양을 향해 폭발한다. 나는 팽창하는 우주이며, 고요한 바다에서 위로 헤엄친다. 처음에는 작았지만, 점점 커지면서 내 몸을, 방을, 건물을, 도시를, 나라를 에워싸고, 나중에 저 밑을 내려다보면 내 그림자에 지구가 가려진 모습을 보게 될 것을 안다.

내 몸은 가볍고 아무것도 느껴지지 않는다. 시공간을 떠다니며 팽창한다.

바다의 수면 위로 뛰어오르는 날치처럼, 내가 알기로 존재의 외피를 뚫으려 하는 바로 그 순간에 저 밑에서 날 끌어당기는 것을 느낀다.

저것 때문에 화난다. 뿌리치고 싶다. 우주와 섞이려는 찰나에 의식의 경계에서 속삭이는 소리가 들린다. 그렇게 살짝 잡아당기는 것이 저 아래의, 죽음을 피할 수 없는 유한한 세계에 나를 붙잡아둔다.

파도가 물러날수록, 팽창하던 내 영혼도 천천히 지상의 크기로 줄어든다. 내가 원한 것은 아니다. 자신을 잃는 편이 더 좋았기 때문이다. 하지만 저 밑에서 나를 끌어당기고, 내 몸 안으로, 그래서 눈 깜짝할 사이에 나는 다시 소파 위에 있고, 장갑을 끼듯이 내 육체에 손을 끼워 넣는다. 그래서 손가락을 움직이거나, 눈을 깜박일 수 있다는 것을 안다—원한다면. 하지만 움직이고 싶지 않다. 절대 움직이지 않을 것이다!

기다리면서, 무엇을 겪든지 간에 나 자신을 수동적으로 열어둔다. 찰리는 내가 정신의 위쪽 장막을 뚫는 것을 원하지 않는다. 찰리는 저 너머에 무엇이 있는지를 알고 싶어 하지 않는다.

찰리는 하느님을 볼까 봐 두려운 걸까?

아니면 아무것도 보지 못할까 봐 두려운 걸까?

여기 누워서 내가 나 자신인 순간이 지나가기를 기다리고, 한 번 더 나는 몸의 감각을 모두 잃는다. 찰리는 나를 저 밑으로 끌어 내린다. 보려고 하지 않은 내 눈의 한가운데에 붉은 점이 있고, 그 붉은 점을 응시하면 꽃잎이 여러 개인 꽃으로 변하며 희미하게 반짝이고, 소용돌이치고, 빛나는 꽃이 내 무의식의 한가운데 깊은 곳에 자리를 잡고 있다.

내 몸이 점점 줄어든다. 내 몸의 원자들이 더 가까워져서 밀도가 높아진다는 뜻이 아니라, 나-자신의 원자들이 소우주와 합쳐지면서 융합이 일어난다는 뜻이다. 무척 뜨거운 열기와 견디지 못할 빛이 있을 것이고-지옥 안의 지옥이라고 할 수 있을 것이지만-나는 빛이 아니라, 꽃만 바라볼 뿐이고, 스스로 불어나거나, 나누어지지 않으며, 여러 가지의 것에서 하나로 되돌아간다. 그러다가 한순간에 빛나는 꽃이 눈 깜짝할 사이에 금으로 만들어진 원반으로 변해서 줄 위에서 회전하며, 그런 뒤에 소용돌이치는 무지개들로 변하더니, 마침내 나는 동굴에 다시 돌아와 있고 동굴에서는 모든 것이 고요하고 어두우며 나는 나를 그 안에 받아들일 곳을··· 나를 끌어안을 곳을··· 나를 흡수할 곳을··· 찾아 젖은 미로를 헤엄친다.

그렇게 내가 생겨났으리라.

그 중심에서 한 번 더 빛이 보이고, 동굴들 중에서 가장 어두운 입구는 이제 작고 멀어져 보이고-망원경을 거꾸로 볼 때처럼-번쩍이는 빛이 일렁이면서 눈을 어지럽히고, 한 번 더 꽃잎이 여러 개인 꽃이 보인다. (소용돌이치는 꽃-무의식의 입구 근처에 떠있다.) 저 동굴 입구로 되돌아가서 안으로 뛰어들어서 그 너머의 빛의 동굴 속으로 들어간다면 나는 해답을 찾을 수 있으리라.

아직은 아니다!

나는 두렵다. 삶 혹은 죽음 혹은 아무것도 가진 게 없다는 사실이 두려운 게 아니라, 세상에 나라는 존재가 전혀 없었던 것처럼 낭비되는 것이 두렵다. 그런데 입구를 지나가려 하자 내 주위에 압력이 느껴지면서, 동굴의 입구 쪽으로 거친 파도와 같은 움직임이 나를 밀어낸다.

입구가 너무 좁다! 지나갈 수가 없다!

그러더니 갑자기 나는 몇 번이나 벽 쪽으로 내던져지면서, 입구로 밀려 가고, 입구의 빛이 나를 위협하고, 내 두 눈을 터뜨린다. 한 번 더, 그 외피를 뚫고 저 성스러운 빛 속으로 들어갈 것을 안다. 도저히 참기가 어렵다. 생전 처음으로 고통스럽고, 추위와 메스꺼움이 느껴지고, 머리 위에서는 천 개의 날개들이 퍼덕거리는 것처럼 윙윙거린다. 눈을 뜨자 강렬한 빛에 눈이 멀어버렸다. 나는 허우적거리고, 부르르 떨면서, 비명을 지른다.

누군가 나를 계속 심하게 흔드는 바람에 정신이 들었다. 스트라우스 박사였다.

"하느님, 감사합니다." 내가 그의 두 눈을 쳐다보자 그가 말했다. "얼마나 걱정했다고."

나는 머리를 흔들었다. "저는 괜찮습니다."

"오늘은 여기까지 하는 게 좋을 것 같네."

일어나자 잠시 초점이 흔들렸다. 방이 무척 작은 것 같다. "오늘만이 아니에요." 내가 말했다. "상담진료는 더 이상 받지 않을 것입니다. 더 이상 보고 싶지 않아요."

스트라우스 박사는 당황했지만 내게 더 캐물으려고 하지는 않았다. 나는 모자를 쓰고 외투를 입고 상담실을 나왔다.

이제 불길 뒤 선반 위 그림자 밑에 적힌 플라톤의 말이 나를 조롱한다.

"···동굴 속의 사람들이 그를 두고 말할 것이다. 위로 올라갔다 내려왔지만 아무것도 보지 못했다고···."

10월 5일

경과보고서를 앉아서 일일이 타자기로 치려니까 어렵고, 녹음기를 켜놓고 말하려니까 아무 생각도 나지 않는다. 온종일 대부분을 보고서 쓰기를 미루며 보내지만 얼마나 중요한지는 알고 있기에 써야만 할 것이다. 앉아서 뭔가를—어떤 것이든—쓰기 전에는 저녁을 먹지 않으리라고 다짐한다.

오늘 아침에 니머 교수가 내게 연락했다. 몇 가지 테스트를 받으러 내가 실험실에 오기를 원했고, 그것은 내가 예전에 하던 일들이었다. 처음에는 가서 테스트를 받는 것이 당연하다고 생각했다. 그들이 내게 아직까지 돈을 주고 있고, 기록을 완벽하게 정리하는 것이 중요하기 때문이다. 하지만 비크맨 대학교에 직접 가서 버트와 전부 검토하자 내게는 너무 벅찬 일이라는 것을 알았다.

처음에는 종이에 그려진 미로를 연필로 통과하는 것이었다. 전에 미로를 빨리 통과하는 법을 배웠을 때와 앨저넌과 경주를 했을 때가 기억났다. 이제는 미로를 통과하는 데 훨씬 오래 걸린다는 것을 알 수 있었다. 버트가 손을 뻗어 종이를 거두어 가려고 했지만, 나는 종이를 갈기갈기 찢어서 휴지통 안에 던져버렸다.

"이제 그만. 미로는 여기저기 전부 다 달렸어요. 그런데 지금도 나는 막다른 골목에 있고, 그게 다란 말이에요."

버트는 내가 뛰쳐나갈까 봐 걱정했고, 날 안심시켰다. "괜찮아요, 찰리. 조바심 내지 말아요."

"조바심 내지 말라고요? 제가 어떤 처지에 있는지도 모르잖아요."

"모르지만, 충분히 짐작할 수 있어요. 우리 모두 진절머리가 나니까요."

"동정 따윈 필요 없어요. 그냥 날 혼자 내버려둬요."

버트는 당황했고, 그제야 버트 잘못이 아니라는 것을 나는 깨달았다. 버트에게 짜증을 내고 있었던 것이다.

"미안해요. 제가 망쳐버렸군요." 내가 말했다. "요즘 어떻게 지내요? 논문은 끝냈나요?"

버트가 고개를 끄덕였다. "지금 타자기로 다시 치는 중이에요. 박사 논문은 2월에 받을 예정이에요."

"잘됐군요." 나는 버트에게 화나지 않았다는 것을 보여주려고 그의 어깨를 툭툭 쳤다. "계속 파고들어 봐요. 세상에 연구만큼 좋은 것은 없으니까요. 저기, 아까 한 말은 잊어버려요. 당신이 원하는 건 뭐든지 할게요. 미로 찾기만 제외하고. 그뿐이에요."

"니머 교수가 로르샤흐 검사를 하길 원하세요."

"내 마음 깊은 곳에서 무슨 일이 벌어지는지를 보고 싶어서 말인가요? 니머 교수는 뭘 찾을 거라고 기대하는 거죠?"

내가 화난 것처럼 보인 것 같았다. 버트가 뒷걸음질 치기 시작했기 때문이다. "의무는 아니에요. 찰리, 당신이 여기에 자진해서 온 거니까. 원하지 않으면—"

"괜찮아요. 계속 해요. 카드를 나눠줘요. 하지만 발견할 걸 내겐 말하지 말고요."

버트가 말할 필요는 없었다.

로르샤흐 검사에서 중요한 것은 각각의 카드에서 무엇을 보았느냐가 아니라 카드에 어떻게 반응했는가라는 것쯤은 나도 알고 있었기 때문이다. 전체로 파악하는가? 아니면 부분으로 파악하는가? 움직이는 형상에 반응하는가? 아니면 정지한 형상에 반응하는가? 색깔이 있는 점들에 특별한 관심을 보이는가? 아니면 무관심한가? 여러 가지 생각들이 떠오르는가? 아니면 몇 가지 전형적인 반응들을 보이는가?

"검사는 해보나 마나야." 내가 말했다.

"당신이 뭘 찾는지 아니까요. 마음을 나타내는 심상을 만들어낼 때 으레 내가 하기 마련인 반응들이 어떤 것인지를 알고 있으니까. 내가 보이면 되는 반응은···"

버트는 고개를 들고 날 올려다보며 이어질 말을 기다리고 있었다.

"내가 보이면 되는 반응은···"

하지만 그때 뒤통수를 얻어맞는 것 같은 느낌이 들면서 내가 뭘 해야 하는지를 기억하지 못한다는 것을 깨달았다. 그것은 마치 내가 마음속에서 칠판에 적힌 것들을 보고 있는데, 그것을 읽으려고 고개를 돌렸을 때, 일부분이 지워져서 나머지 부분은 이해가 되지 않는 것과 같았다.

처음에는 도저히 믿기지 않았다. 잔뜩 공포에 질려서 카드를 계속 넘겼고, 너무 빨리 넘겨서 숨이 막히고 목이 메어서 단어들이 입 밖으로 나오지 않았다. 나는 잉크무늬들을 찢어서 따로따로 떼어놓아서 제 스스로 뜻이 드러나도록 하고 싶었다. 잉크무늬 어딘가에 조금 전까지만 해도 내가 알고 있었던 대답들이 있었다. 정확히 말해서 잉크무늬가 아니라, 내 마음의 일부가 그것들에 형태와 의미를 주어서 나의 인상이 그 무늬 위에 투영되었을 것이다.

하지만 나는 그렇게 할 수 없었다.

내가 말해야 할 것을 기억하지 못했다. 모두 잊어버리고 만 것이다.

"한 여자가 있어요···" 나는 말했다. "무릎을 꿇고 바닥을 닦고 있어요. 내 말은, 아니에요. 한 남자가 칼을 들고 있어요." 그리고 심지어 내가 그것을 말할 때조차도 나는 내가 무슨 말을 하고 있는지를 알았다. 그리고 나는 화제를 돌려서 다른 쪽으로 출발했다. "두 사람이 서로 끌어당기고 있어. 인형처럼··· 그리고 서로 잡아당기고 있어서 마치 둘이 그것을 찢어놓으려고 할 것 같아. 그리고 아니! 내 말은 두 얼굴이 서로를 노려보고 있어. 창문을 통해서. 그리고···."

나는 탁자 위에 있는 카드들을 밀치고, 자리에서 일어섰다.

"더 이상 테스트는 하지 않겠어요. 더 이상 테스트는 받고 싶지 않아요."

"좋아, 찰리. 오늘은 그만해요."

"오늘만이 아니에요. 이젠 여기에 그만 올 거예요. 내게 남은 것 중에서 당신이 필요한 게 있다면 그게 뭐든지 경과보고서에서 찾을 수 있을 거예요. 저는 미로를 다 달렸어요. 이젠 더 이상 실험용 돼지가 아니라고요. 할 만큼 했으니까. 이젠 혼자 있고 싶어요."

"찰리, 알았어요. 이해해요."

"아니, 당신에겐 이런 일이 일어나지 않아서 이해 못해요. 나 말고 누가 이해한단 말이죠? 당신을 탓하진 않아요. 해야 할 일이 있고, 박사논문도 받아야 하고, 아, 그래, 말하지 말아요. 당신이 인류애 차원에서 이런 일을 한다는 것도 알고 있어요. 하지만 그렇다고 해도 당신은 앞으로 살아가야 할 인생이 있고, 우리는 똑같은 수준의 지능을 가지고 있지 않군요. 비유하자면 나는 승강기를 타고 당신이 있는 층을 지나 위로 올라갔다가 다시 아래로 내려가는 중인데 이런 엘리베이터는 두 번 다시 타지 않을 것 같군요. 그러니 지금 여기에서 바로 작별 인사를 하죠."

"스트라우스 박사님께 말씀드려야 하지 않을까요?"

"저 대신 모든 이들에게 작별 인사를 해주겠어요? 그 사람들과 다시는 얼굴을 마주하고 싶지 않아서요."

그가 뭐라고 말하거나 붙잡기 전에 나는 실험실을 빠져나와 엘리베이터를 타고 아래로 내려왔고 비크맨 대학교를 영원히 떠났다.

10월 7일

오늘 아침에 스트라우스 박사가 나를 만나고 싶어 했지만, 문을 열어주지 않았다. 이제 나는 혼자 있고 싶다.

불과 몇 달 전에 재미있게 읽은 책을 꺼내 들지만 내용이 전혀 기억나지 않는다는 걸 문득 깨닫게 될 때는 묘한 기분이 든다. 밀턴이 아주 멋진 작가라고 생각했던 것은 기억난다. 그렇지만 〈실낙원〉을 꺼내 들었을 때 아담과 이브, 지식의 나무만이 기억날 뿐이었고, 이젠 내용도 이해가 가지 않는다.

일어나서 두 눈을 감았더니 예닐곱 살 정도 된 찰리가, 즉 내가 교과서를 들고 식탁에 앉아서 읽는 법을 배우고 있고, 단어들을 몇 번이고 반복해서 말하고 있으며, 엄마는 찰리 옆에, 그러니까 내 옆에 앉아 있었다···.

"다시 해봐."

"잭을 봐. 잭이 달리는 걸 봐. 봐, 잭이 봐."

"틀렸어! 봐, 잭이 봐가 아니야! 달려, 잭 달려잖아!" 엄마는 거칠게 부르튼 손가락으로 가리켰다.

"잭을 봐. 잭이 달리는 것을 봐. 달려, 잭이 봐."

"틀렸어! 집중을 안 하고 있잖아. 다시 해!"

다시 해··· 다시 해··· 다시 해···

"그만 좀 내버려둬요. 애가 겁을 먹었잖아."

"배워야 해요. 너무 태만해서 집중을 안 하잖아요."

달려 잭 달려··· 달려 잭 달려··· 달려 잭 달려··· 달려 잭 달려···

"찰리는 다른 애들보다 느리니까. 시간을 줘."

"아니, 우리 애는 정상이에요. 우리 애는 아무것도 잘못되지 않았어요! 그냥 열심히 안 할 뿐이에요. 찰리가 알 때까지 머리에 주입시킬 거예요."

달려 잭 달려··· 달려 잭 달려··· 달려 잭 달려··· 달려 잭 달려···

식탁에서 고개를 들어 올려도 〈실낙원〉을 들고 있는 내 모습을 여전히 찰리의 눈으로 보고 있는듯했다. 책을 두 동강 내버리고 싶은 모양인지 내가 양손에 잔뜩 힘을 주어서 제본된 부분을 잡아당기고 있는 것을 그제야 알아차렸다. 뒤표지를 뜯어낸 후 페이지를 한 움큼 잡고 뜯어버렸고, 깨진 레코드판이 굴러다니는 방구석에 전부 던져버렸다. 책은 그렇게 바닥에 내팽개쳐졌고 찢긴 흰 페이지들이 혀처럼 날름거리며 내가 책에 적힌 내용을 이해하지 못한다며 나를 비웃고 있었다.

내가 배운 것들을 조금이라도 붙잡으려고 해야 한다. 오, 하느님! 모두 앗아 가진 말아주소서.

10월 10일

주로 밤에 산책을 나가서 도시를 이리저리 걸어 다닌다. 이유는 나도 모르겠다. 아마 사람들의 얼굴을 보려고 그러나 보다. 어젯밤 내가 사는 곳이 기억나지 않았다. 경찰관이 나를 집에 데려다주었다. 전에도 똑같은 일을 겪은 것 같은 묘한 느낌을 받는다. 아주 오래전에. 이런 일을 기록하고 싶지 않지만, 그럴 때마다 나는 자신에게 되뇌곤 한다. 일이 이렇게 진행될 때 벌어지는 일을 구체적으로 말해줄 수 있는 사람은 세상에 나밖에 없다고.

걸어 다니는 것이 아니라, 공간을 이리저리 떠다닌 것이다. 공간은 선명하게 보이지 않고, 모든 사물이 회색 막으로 덮인 것처럼 뿌옇다. 내게 일어나는 일이 무엇인지를 알지만, 내가 딱히 할 수 있는 것은 없다. 나는 걸어 다니거나, 보도에 서서 지나가는 사람들을 본다. 나를 쳐다보는 사람도 있고 안 그런 사람도 있지만, 아무도 내게 말을 걸지는 않는다. 그러던 어느 날 밤, 한 남자가 다가와서 내게 여자를 원하는지를 물었고, 나를 어떤 곳으로 데려갔다. 선불로 10달러를 달라고 해서 주었지만, 그는 다시 돌아오지 않았다.

그제야 내가 얼마나 멍청한 짓을 했는지를 깨달았다.

10월 11일

오늘 아침 아파트에 들어와 보니 앨리스가 소파 위에서 잠들어 있었다. 모든 것이 깨끗이 치워져 있어서 처음에 나는 다른 사람의 집에 잘못 들어왔다고 생각했다. 하지만 내가 방구석에 던져놓은 찢긴 기록들과 책들과 악보들은 손대지 않고 그대로 놔둔 것이 보였다. 마룻바닥의 삐걱거리는 소리를 듣고 앨리스는 눈을 떴고 나를 쳐다보았다.

"안녕." 앨리스가 웃었다. "심한 올빼미네요."

"올빼미는 아니지. 도도새에 더 가깝다고나 할까. 멍청한 도도새 말이지. 여기에 어떻게 들어왔어요?"

"비상계단을 통해서요. 페이의 집을 지나서죠. 당신 소식이 듣고 싶어서 페이에게 전화를 했더니 당신 걱정을 했어요. 페이 말로는 당신의 행동이 이상해졌다고 했어요. 소란을 일으키면서요. 그래서 와본 거예요. 제가 좀 정리했어요. 당신이 신경 쓰지 않을 거라고 생각했어요."

"신경이 쓰여요··· 그것도 아주 많이. 누구라도 내게 미안하다고 느끼면서 훌쩍 나타나지 않았으면 좋겠어요."

앨리스는 머리를 빗으러 거울로 갔다. "제가 여기에 온 이유는 당신에게 미안해서가 아니에요. 나 자신에게 미안한 거죠."

"무슨 뜻이죠?"

"별 뜻은 없어요." 앨리스가 어깨를 으쓱했다. "그냥 말 그대로예요. 시처럼요. 당신이 보고 싶었어요."

"동물원에 무슨 구경이라도 났나요?"

"아, 찰리, 고집은 그만 부려요. 내 말을 얼렁뚱땅 받아넘기려고 하지 말아요. 당신이 제게 돌아오기를 기다릴 만큼 기다렸어요. 그래서 제가 당신에게 가기로 결정한 거예요."

"왜죠?"

"왜냐하면 아직 시간이 있으니까요. 그리고 난 당신과 함께 시간을 보내고 싶어요."

"그건 무슨 노래 가사인가요?"

"찰리, 놀리지 말아요."

"놀리고 있는 게 아니에요. 하지만 저는 그 누구와도 함께 보낼 시간이 없어요. 제가 쓸 시간만 남아있을 뿐이죠."

"완전히 혼자 있고 싶다는 당신 말을 믿을 수 없어요."

"정말 그런걸요."

"서로 연락이 끊기기 전에 우린 함께 보낼 수 있는 시간이 별로 없었어요. 우리는 이야기를 나눌 것도 있었고, 함께 할 일도 있었죠. 아주 오랫동안 지속되지는 못했지만, 그것은 의미 있는 일이었어요. 봐요, 이런 일이 벌어질 수 있다는 것도 알고 있었잖아요. 비밀도 아니었지만요. 찰리, 난 도망치지 않았어요. 그냥 쭉 기다렸을 뿐이에요. 당신은 다시 저와 수준이 비슷해지려고 하잖아요, 그렇죠?"

나는 집 안 곳곳을 이리저리 쿵쿵거리며 돌아다녔다. "하지만 그건 미친 짓이에요. 앞으로 기대할 일이라곤 아무것도 없다고요. 나는 앞서 나가지 않을 거예요. 지난 일만 생각할 겁니다. 몇 달 뒤, 몇 주 뒤, 며칠 뒤를 누가 알겠어요? 저는 워렌으로 돌아갈 거예요. 당신은 거기까지 날 따라올 수 없어요."

"네, 그래요." 앨리스는 내 말을 인정했다. "당신을 보러 아마 거기까지 찾아가지는 않을 거예요. 워렌에 들어가면 잊으려고 노력할 거예요. 다른 척은 하지 않을 거예요. 하지만 당신이 거기에 들어가기 전까지 서로 떨어져 혼자 있을 이유가 없어요."

내가 뭐라고 말하기 전에 앨리스가 먼저 입을 맞추었다. 소파 위에서 그녀가 내 가슴에 머리를 기댄 채 내 옆에 앉아있을 때, 나는 혹시 공황상태에 빠져들까 봐 가만히 있었지만 아무 일도 일어나지 않았다. 앨리스는 여자였지만, 찰리도 이젠 앨리스가 엄마도 여동생도 아니라는 것을 이해한 모양이다.

고비를 넘겼다는 걸 알게 된 나는 안심의 한숨을 내쉬었다. 내가 주저할 일은 아무것도 없었기 때문이다. 공포를 느끼거나, 핑계를 댈 때가 아니었다. 다른 어느 누구와도 이런 관계는 절대 맺을 수 없을 것이기 때문이다. 장애물은 모두 사라졌다. 앨리스가 준 실타래를 풀어 놓았고 그 실을 따라 그녀가 기다리고 있는 미로 밖으로 나가는 길을 찾은 것이다. 나는 내 몸보다 그녀를 사랑했다.

사랑이라는 신비를 감히 이해했다고 하기는 어렵지만 이번만큼은 사랑은 섹스를 넘어선 것이고 여자의 몸을 다루는 행위를 넘어선 것이라는 것을 느꼈다. 사랑은 지상을 떠나, 공포와 고통을 벗어나, 나보다 거대한 어떤 것의 일부가 되는 것이다. 나는 어두운 감방과도 같은 내 마음에서 벗어나 다른 누군가의 일부가 되었다. 마치 그날 상담진료 시간에 소파 위에서 내가 겪었듯이 말이다. 사랑은 우주로 향하는—우주를 넘어서기도 하는—첫걸음이었다. 사랑 안에서, 또 사랑과 함께 우리는 하나가 되어 인간의 영혼을 재창조하고, 이어나가기 때문이다. 밖으로는 팽창하고 폭발했으며 안으로는 압축되고 형태를 갖춘다는 점에서, 그것은 존재의 리듬이자 호흡의 리듬이고, 심장박동의 리듬이고, 밤과 낮의 리듬이었으며, 그렇게 우리 몸의 리듬은 내 마음속에 울려 퍼지기 시작했다.

그것은 예전에 봤던 그 묘한 장면과 같았다. 내 정신에서 회색빛 어둠이 걷히고 그 사이를 가르며 빛이 내 두뇌로 들어왔고 (빛이 눈을 멀게 만들다니 얼마나 이상한가!) 내 몸은 대양처럼 거대한 공간 속으로 빨려 들어가 정화되는 묘한 세례식을 받는다. 사정을 하는 순간 내 몸이 떨렸고, 그녀의 몸도 그것을 받아들이느라 떨렸다.

그렇게 우리는 밤이 지나고 아침이 조용히 밝아올 때까지 사랑을 나눴다. 그리고 거기에서 그녀와 함께 누워있는 동안 나는 육체적인 사랑이 얼마나 중요하며, 서로의 품 안에서 사랑을 주고받는 일을 우리가 얼마나 갈구하는지 알 수 있었다. 우주가 폭발하고 있었고, 파편들이 서로 멀어지면서 우리를 캄캄하고 쓸쓸한 곳으로 내던졌고, 영원히 서로에게서 떼어놓았다. 아이가 자궁 밖으로 나오듯, 벗과 벗이 멀어지듯, 서로가 서로에게서 멀어지면서 각자 자기만의 길로 고독한 죽음이라는 도착점을 향해 가는 것이다.

하지만 이는 힘의 균형을 이루는 일, 즉 묶어서 지탱하는 행위였다. 갑판 위에서 폭풍에 휩쓸리지 않으려고 서로 두 손을 놓지 않도록 꼭 잡은 채 안간힘을 쓸 때처럼, 휩쓸려 가서 헛된 존재가 되지 않도록 우리의 몸도 인간 사슬에서 하나의 고리로 결합되는 것이다.

막 잠이 들려는 순간에 문득 페이와는 어땠는지가 떠올랐고, 웃음이 났다. 그런 관계가 쉬운 것도 당연하다. 육체적 관계였을 뿐이기 때문이다. 하지만 앨리스와 나눈 경험은 신비로웠다.

나는 몸을 숙여 앨리스의 두 눈에 입을 맞추었다.

앨리스는 이제 나의 모든 것을 알며, 우리가 아주 잠깐 동안만 함께할 수 있다는 사실도 받아들인다. 앨리스는 내가 그녀에게 떠나라고 말할 때 떠나기로 동의했다. 그 일에 대해 생각하니 고통스럽지만, 짐작건대 앨리스와 내가 공유하는 것은 대부분의 사람들이 평생에 걸쳐 알게 되는 것보다 많다고 생각한다.

10월 14일

아침에 눈을 뜨니 여기가 어디인지도, 내가 여기서 뭘 하고 있는지도 모르겠다. 그러다가 내 옆에 있는 앨리스를 보면 기억이 난다. 앨리스는 내게 무슨 일이 일어날 때면 알아차리고는 아침을 만들고, 집 안 곳곳을 조용히 돌아다니면서 청소한 뒤 외출한다. 내가 혼자 있도록 내버려두면서 아무것도 묻지 않는다.

오늘 저녁에는 앨리스와 함께 연주회에 갔다. 그런데 내가 따분해하자 우리는 도중에 자리에서 일어났다. 더 이상 집중을 많이 못하는 것 같다. 예전에 스트라빈스키를 좋아해서 연주회에 갔지만, 어찌된 일인지 더 이상 연주를 들을 인내력이 없다.

앨리스와 여기서 함께 지내면 좋지 않은 점이 한 가지 있다. 이제는 이런 변화에 맞서 싸워야 한다는 기분이 든다는 사실이다. 시간과 내 지능이 이대로 멈추면 좋겠고, 앨리스도 절대로 떠나보내고 싶지 않다.

10월 17일

왜 기억이 나지 않을까? 이렇게 축 늘어진 기분을 털어내야 한다. 앨리스는 내가 침대에 며칠간 누워있었고 내가 누구이며, 어디에 있는지를 모르는 것 같다고 말했다. 그러다가 기억이 모두 되살아나서 앨리스도 알아보고 무슨 일이 있었는지도 떠올린 것이라고 했다. 기억상실증이다. 치매에 걸리면 나타나는 증상들을 사람들은 뭐라고 부르지? 노망이라고 하나? 내가 그 단계에 접어드는 걸 볼 수 있다.

모든 게 어쩌면 그렇게 가혹할 만큼 잘 들어맞을까! 정신의 모든 작용을 가속화하면서 나타난 결과란. 나는 아주 많은 것들을 무척 빨리 배웠고, 그래서 이제 내 지능은 급속도로 저하되고있다. 내가 그런 일이 일어나도록 내버려두지 않는다면? 내가 곤두박질치는 지능에 맞서 싸운다면? 워렌 주립보호소에 있는 사람들을 떠올려 봐. 실없이 웃거나 무표정해서 다른 사람들의 비웃음만 살 뿐이잖아.

꼬마 찰리 고든이 창문으로 나를 노려보며 기다리고 있다. 제발, 다시 그때로 돌아갈 순 없어.

10월 18일

최근에 배운 것들을 잊어버린다. 제일 나중에 배운 것을 먼저 잊어버리는 전형적인 패턴을 따르는 것 같다. 아니 그 패턴이 맞긴 할까? 다시 한번 찾아보는 편이 좋을 것 같다.

앨저넌-고든 효과에 관한 내 논문을 다시 읽는다. 그 논문을 내가 썼다는 걸 알고 있지만, 다른 사람이 쓴 것 같다는 느낌을 지울 수 없다. 논문을 읽어도 대부분 이해가 가지 않는다.

하지만 난 왜 그렇게 짜증을 낼까? 앨리스가 내게 아주 잘 해줄 때면 더욱 부아가 치민다. 앨리스는 물건을 치워놓고, 접시를 닦고, 바닥을 닦으면서 아파트를 깨끗하게 정리한다. 오늘 아침처럼 앨리스에게 소리를 지르지 말아야 했다. 앨리스가 울었기 때문이고, 이런 일이 다시 일어나지 않았으면 좋겠다. 하지만 앨리스는 깨진 레코드판과 악보와 책을 주워서 모두 상자에 담아 깨끗이 정리하지 말아야 했다. 그렇게 정리한 게 나를 화나게 했다. 아무도 그 물건들에는 손대지 않기를 바란다. 물건들이 쌓여가는 모습을 보고 싶다. 쌓인 물건들을 보며 내가 남긴 흔적들을 떠올리고 싶다. 나는 상자를 발로 차서 안에 든 물건들을 마룻바닥 곳곳에 널브러놓고선 앨리스에게 티끌도 건드리지 말고 그 자리에 두라고 말했다.

부끄러운 짓이다. 그럴만한 이유도 없는데. 앨리스는 내가 그런 물건들을 간직하는 게 어리석다고 생각했다. 하지만 직접 말하지는 않았기에 그만 발끈했던 것 같다. 하지만 앨리스는 그런 내 행동에 나를 지극히 정상인 취급할 뿐이다. 내 비위를 맞추고 있는 것이다. 더군다나 저 상자를 보면 워렌 주립보호소에 있던 소년과 그 애가 만든 변변치 않은 램프와 우리가 그 아이의 비위를 맞추던 장면이 떠오른다. 아이가 그리 대단한 걸 하지 않았는데도, 다들 그런 것처럼 연기하고 있었던 것이다.

앨리스가 내게 한 행동도 그런 것이었고, 나는 도저히 참을 수 없었다.

앨리스가 화장실에 들어가서 울자, 후회가 밀려왔다. 나는 앨리스에게 모두 내 잘못이라고 말했다. 앨리스는 내게 과분한 사람이다. 앨리스를 계속 사랑할 수 있도록 나 자신을 다스리면 될 텐데, 왜 그러질 못하는 걸까? 딱 그만큼만 참으면 될 텐데.

10월 19일

운동 조절 기능이 손상되었다. 계속 걸려서 넘어지거나 물건들을 떨어뜨린다. 처음에는 나 때문이라고 생각하지 않았다. 앨리스가 물건들을 이리저리 바꿔놓는 것이라고 생각했다. 쓰레기통과 의자들이 길을 막아서 나는 앨리스가 옮겨놓은 것이라고 생각했다.

내가 근육 조정력이 좋지 않다는 것을 이제야 깨닫는다. 정확히 움직이려면 천천히 움직여야 한다. 게다가 타자를 치기가 점점 어려워진다. 나는 왜 계속 앨리스를 탓하는 걸까? 그리고 앨리스는 왜 반박하지 않는 걸까? 앨리스가 안쓰러워하는 표정으로 나를 바라보면 더욱 화가 난다.

텔레비전이 나의 유일한 즐거움이다. 거의 온종일 퀴즈 쇼와 옛날 영화들, 연속극, 아동 프로그램, 만화를 보며 보낸다. 그런 뒤에도 나는 텔레비전을 끄지 못한다. 심야에는 고전 영화나 공포 영화, 심야 쇼, 꼭두새벽에 하는 쇼, 심지어 짧은 설교까지 볼 수 있었다. 그러고 나면 그날 방송이 종료되고, 펄럭이는 성조기를 배경으로 국가가 흘러나오고, 마지막으로 작고 네모난 창을 통해서 채널 조정 화면이 뜬 눈으로 나를 되쏘아본다.

나는 왜 항상 창을 통해서만 인생을 들여다보는 것일까?

전부 다 끝나고 나면 나는 나 자신이 정말 싫어진다. 글을 읽고, 쓰고, 생각할 시간이 내게 얼마 남지 않은 데다, 내 안에 있는 어린아이를 겨냥해서 거짓을 일삼는 것들에 중독되지 말아야 한다는 것 정도는 알기 때문이다. 더군다나 내 안의 아이가 정신에 대한 권리를 되찾겠다고 하는 마당에 더욱 정신을 차려야 하지 않겠는가.

이런 것을 나도 전부 알고 있다. 하지만 앨리스가 시간 낭비를 안 하는 편이 좋을 것이라고 말하면 나는 오히려 화내면서 내버려두라고 말해버린다.

내가 텔레비전을 보는 이유는 지금 내게는 빵가게, 엄마와 아빠, 노마에 대해 생각하지 않고 떠올리지 않는 게 중요하기 때문이라는 느낌이 든다. 과거는 더 이상 떠올리고 싶지 않다.

오늘 무척 충격을 받았다. 내가 쓴 논문을 이해하고 내가 논문에서 다룬 것들을 이해하는 데 혹시 도움이 될까 싶어서 자료 조사를 할 때 참고했던 크루거가 쓴 논문 『정신의 전일성을 넘어』의 사본을 집어 들었다. 처음에는 내 눈이 뭔가 잘못되었나 싶었다. 그러다가 내가 더 이상 독일어를 읽지 못한다는 사실을 알게 되었다. 다른 외국어들도 시험 삼아 읽어보았다. 외국어 능력이 모두 사라져버렸다.

당신에겐 미소가 있었어요

10월 21일

앨리스가 떠나버렸다. 내가 기억할 수 있는지 어디 한번 보자. 바닥은 온통 찢긴 책들과 논문들과 레코드들로 어수선했는데 앨리스가 이렇게는 살 수 없다고 말한 일로 시작되었다.

"모두 그대로 놔두라고요." 앨리스에게 경고했다.

"왜 이런 식으로 살려고 해요?"

"모두 내가 놓아둔 그 자리에 있으면 하니까요. 전부 꺼내놓고 여기서 보고 싶다고요. 당신은 몰라요. 내 안에서 무슨 일이 일어나고 있는데, 볼 수도 없고, 통제할 수도 없고, 손가락들 사이로 모두 빠져나가는 것이 어떤 느낌인지를."

"당신 말이 맞아요. 당신에게 일어나는 일을 이해할 수 있다고 말한 적은 한 번도 없어요. 당신이 나보다 훨씬 더 똑똑해졌을 때도 그렇고, 지금도 그래요. 하지만 한 가지 말해둘 게 있어요. 수술받기 전에 당신은 지금과 달랐어요. 쓰레기 더미에서 뒹굴지 않았고, 자기연민에 빠져있지도 않았어요. 밤낮으로 텔레비전 앞에 앉아 자신의 마음을 더럽히지 않았고, 사람들에게 소리를 지르거나 달려들지도 않았어요. 우리가 당신을 존중하게 하는 뭔가가 있었다고요. 그래요, 예전의 당신인데도 그랬다고요. 저능한 사람에게서는 한 번도 본 적이 없는 뭔가가 당신에게 있었어요."

"실험에 참여한 걸 후회하진 않아요."

"저도 그래요. 하지만 당신은 가지고 있던 중요한 뭔가를 잃어버렸어요. 당신에겐 미소가 있었어요···."

"공허하고 바보 같은 미소였죠."

"아니요. 진실하고 따뜻한 미소였어요. 사람들이 좋아해주기를 바랐기 때문이죠."

"그런데 사람들은 날 속이고, 비웃었다고요."

"맞아요. 하지만 당신은 사람들이 왜 웃고 있는지는 몰랐지만, 사람들이 비웃을 수 있다면 당신을 좋아하게 될 것이라는 사실은 감지했겠죠. 사람들이 당신을 좋아하기를 원했잖아요. 아이처럼 행동했고, 다른 사람들과 함께 자신을 웃어넘기기까지 했어요."

"미안하지만, 지금은 이런 나 자신을 웃어넘기고 싶지 않군요."

앨리스는 간신히 울음을 참고 있었다. 앨리스를 울리고 싶었던 것 같다. "아마 그렇기 때문에 내가 배우는 것에 그렇게 매달렸는지도 모르죠. 그러면 사람들이 날 좋아할 거라고 생각했으니까요. 친구들도 사귈 수 있다고 생각했죠. 웃기지 않나요?"

"친구를 사귀는 건 높은 아이큐를 얻는 것보다 더 큰 의미가 있으니까요."

그 말을 듣자 화가 났다. 아마 앨리스가 하려는 말을 내가 제대로 알아듣지 못했기 때문일 것이다. 최근에 앨리스는 점점 자기 생각을 솔직히 털어놓지 않았다. 슬쩍 이런저런 얘기만 했다. 빙 둘러 이야기를 하고선 내가 자기 생각을 알아주기를 바랐다. 나는 알아듣는 척하면서 듣고 있었지만 속으로는 내가 전혀 이해하지 못했다는 것을 앨리스가 알게 될까 봐 두려웠다.

"당신이 떠나야 할 때가 온 것 같군요."

앨리스의 얼굴이 벌겋게 달아올랐다. "아직 아니에요, 찰리. 아직 때가 되지 않았어요. 저보고 떠나라고 하지 마세요."

"당신 때문에 내가 더 힘들어지고 있어요. 내겐 너무나 버거운 일도 해낼 수 있고, 이해할 수 있는 것처럼 당신은 행동하잖아요. 내게 강요하고 있다고요. 꼭 우리 엄마가 그랬던 것처럼···."

"그렇지 않아요!"

"당신이 하는 모든 행동에 나타난다고요. 내 뒤를 졸졸 따라다니며 떨어뜨린 물건들을 줍고 치우거나, 내가 독서에 다시 흥미를 가질 수 있도록 책들을 주위에 놓아두고, 내게 생각을 하게 하려고 뉴스 이야기를 하잖아요. 당신은 그런 게 중요하지 않다고 말하지만 정작 행동으로는 중요하다고 보여주고 있어요. 항상 학교 선생님인 것처럼. 나는 공연장에도, 박물관에도, 외국영화를 보러 극장에도 가고 싶지 않고, 인생이나 나 자신에 대해 골똘히 생각하게 만드는 그 어떤 일도 하고 싶지 않아요."

"찰리···."

"그냥 날 혼자 내버려두세요. 저는 지금 제정신이 아니에요. 무너져 내리고 있다고요. 당신이 여기에 없었으면 좋겠어요."

내 말을 듣자 앨리스는 울었다. 오늘 오후, 앨리스는 짐을 싸서 떠났다. 이제 집 안에는 덩그러니 정적만이 흐른다.

10월 25일

퇴행이 진행되고 있다. 타자기를 사용하는 것을 포기했다. 조정 능력이 매우 좋지 않다. 이제부터는 이 경과보고서도 손으로 적어야 할 것이다.

앨리스가 말한 것들을 많이 생각하다가 문득 내가 글을 계속 읽고, 새로운 것을 배우길 멈추지 않는다면 비록 오래된 것은 잊어버려도 지능은 조금이라도 유지할 수 있겠다는 생각이 들었다. 이제 나는 아래로 내려가는 에스컬레이터를 타고 있는 셈이다. 내가 가만히 서있으면 저 밑바닥까지 내려가겠지만, 내가 뛰어 올라간다면 적어도 똑같은 자리에 머물 수 있을지도 모른다. 무슨 일이 있어도 계속 올라가려고 하는 것이 중요하다.

그래서 도서관에 가서 책을 많이 대출해 왔다. 이제는 독서를 많이 한다. 책들이 대부분 내게는 너무 어렵지만, 신경 쓰지 않는다. 책을 계속 읽으면 적어도 새로운 것들을 배울 것이고, 읽는 법을 잊어버리지는 않을 것이기 때문이다. 그 점이 가장 중요하다. 책 읽기를 멈추지 않으면, 아마도 현상유지는 할 수 있을 것이다.

앨리스가 떠난 다음 날 스트라우스 박사가 찾아왔다. 앨리스가 박사에게 내 이야기를 한 모양이다. 박사는 경과보고서 외에는 다른 용무가 없는척했다. 나는 박사에게 보고서는 보내주겠노라고 말했다. 박사가 집에 찾아오지 않았으면 좋겠다. 내가 더 이상 제 몸을 돌보지 못하게 되면 기차를 타고 워렌 주립보호소로 갈 테니 걱정하지 않아도 된다고 스트라우스 박사에게 말해두었다.

그리고 때가 되면 나 혼자 가고 싶다고도 말했다.

페이에게 말을 걸어보았지만 그녀가 나를 겁낸다는 것을 알 수 있었다. 내가 미쳤다고 생각한 모양이다. 어젯밤에 누군가를 집에 데리고 왔는데 무척 어려 보였다.

오늘 아침에는 집주인 무니 부인이 뜨거운 치킨 수프 한 그릇과 닭 몇 마리를 들고 찾아왔다. 내가 괜찮은지 보려고 잠깐 들른 것이라고 했다. 부인에게 먹을 게 많다고 말했지만, 들고 온 음식은 두고 갔고 맛도 좋았다. 부인은 자진해서 음식을 들고 찾아온 척했지만, 난 아직 그 정도로 바보는 아니다. 틀림없이 앨리스나 스트라우스 박사가 부인에게 잠깐 들러서 내가 괜찮은지를 살펴보라고 했을 것이다. 뭐, 그런 것은 괜찮다. 부인은 아일랜드 억양을 지니고 있고 건물에 살고 있는 사람들에 대해 이야기하기를 좋아한다. 내 아파트의 바닥이 더러워진 것을 보았지만, 부인은 그것에 대해 아무 말도 하지 않았다. 괜찮은 사람인 것 같다.

11월 1일

보고서를 다시 쓰려고 용기를 낸 지 일주일이 지났다. 시간이 어디로 흘러가는지 나는 모르겠다. 창문 너머로 사람들이 길을 건너 교회에 가는 모습이 보이는 걸로 봐서 오늘은 일요일이다. 한 주 내내 침대에 누워있었던 것 같고, 무니 부인이 내게 여러 번 음식을 가져다주고 어디 아프지는 않은지 묻던 게 생각난다.

이런 몸으로 이제 뭘 해야 할까? 여기서 혼자 빈둥거리며 마냥 창밖만 내다보고 있을 수는 없다. 정신을 바짝 차려야 한다. 뭔가 해야 한다고 몇 번이고 말하지만 금방 잊어버린다. 아마도 내가 하겠다고 말한 것을 안 하는 편이 더 쉽기 때문일지도 모르다.

도서관에서 빌린 책을 아직 몇 권 가지고 있지만, 대부분 내가 읽기에 너무 어렵다. 이제 미스터리 이야기들을 많이 읽고 옛날의 왕과 왕비들에 관한 책들도 많이 읽는다. 읽었던 책에서 어느 주인공 남자는 자신을 기사라고 생각하고 늙은 말을 타고 친구와 함께 길을 떠났다. 하지만 그는 하는 일마다 끝에는 얻어맞거나, 다치거나 했다. 풍차를 용으로 생각한 적도 있었다. 처음에는 바보 같은 이야기라고 생각햇다. 그가 미치지 않았다면, 풍차가 용이 아니라는 것을 알 수 잇엇을 테고, 마법사니 마법에 걸린 성이니 하는 것도 없다는 사실을 알 텐데. 하지만 그때 원래 말하려고 했던 뭔가 다른 것이, 이야기에서 직접 말하지는 안지만 넌지시 말해주는 뭔가가 있다는 것이 생각났다. 마치 다른 의미들이 있는 것 같았다. 하지만 그게 무엇인지를 모르겠다. 전에는 알았던 것 같아서 화가 났다. 그래도 매일 책을 일고 새로운 것을 배우고 있으니까 앞으로 내게 도움이 될 거시라고 생각한다.

이런 일이 벌어지기 전에 경과보고서를 좀 적어두었으면 그들도 내게 무슨 일이 일어나는지를 알 수 잇을 텐데. 하지만 글을 쓰기가 점점 더 어렵다. 이제는 간단한 단어들도 사전에서 찾아봐야 하고 그런 나 자신에게 화가 난다.

11월 2일

어제 보고서에 골목 건너편 건물의 한 층 아래에 사는 여자에 대해 적는 것을 깜박했다. 지난주에 나는 부엌 창문으로 그녀를 보았다. 이름도 모르고, 어떠케 생겼는지도 모르지만, 매일 밤 11시만 되면 그 여자는 목욕을 하러 욕실에 들어간다. 그녀는 절대로 커튼을 치지 않기 때문에 내 아파트의 불을 끄면 그녀가 욕실에서 나와서 몸을 말릴 때 목 아래 부분의 모습이 유리창으로 보인다.

나는 그 모습을 보면 흥분되지만, 불을 끄면 기분이 가라앉고 외로워진다. 가끔 그녀가 어떻게 생겼는지 보고 싶을 때가 있다. 예쁘든 말든 상관없다.

여자가 저런 모습일 때 쳐다보는 것이 썩 점잖지 못한 행동이라는 건 알지만, 어쩔 수 없다. 어쨌든 내가 지켜보는 것을 저 여자가 모른다면 달라질 게 없다.

이제 11시가 거의 다 되었다. 그녀가 목욕할 시간이다. 그러니 보러 가야겠다···.

11월 5일

무니 부인이 내 걱정을 많이 한다. 온종일 누워만 있고 아무것도 안 하는 모습을 보면, 꼭 집에서 쫓아내버린 아들이 떠오른다고 부인은 말한다. 무니 부인은 집에서 빈둥거리는 사람을 싫어한다고 말했다. 내가 아프면 어쩔 수 없지만 그냥 빈둥거리기만 하는 거라면 얘기가 달라지며, 자기도 별 도움이 되지 않는다고 했다. 나는 그녀에게 아픈 것 같다고 말했다.

대부분 이야기로 된 책을 매일 조금이라도 읽으려고 하는데, 가끔 무슨 뜻인지 몰라서 같은 책을 읽고 또 읽어야 한다. 글을 쓰는 일도 어렵다. 사전에서 단어들을 전부 찾아봐야 한다는 것을 알지만 나는 늘 피곤하다.

그러자 어렵고 긴 단어 대신 쉬운 단어만 쓰자는 생각이 들었다. 그러면 시간을 절약할 수 있다. 밖의 날씨는 점점 추워지고 있지만 나는 아직 앨저넌의 무덤에 꽃을 올려놓는다. 무니 부인은 생쥐의 무덤에 꽃을 놓는 나를 어리석다고 생각하지만 앨저넌은 매우 특별한 생쥐라고 부인에게 말했다.

복도를 가로질러 페이를 만나러 갔다. 하지만 그녀는 가서 돌아오지 말라고 내게 말했다. 페이는 문에 자물쇠를 새로 달았다.

혹시 기해가 있으면

11월 9일

다시 일요일이다. 텔레비전이 고장 낫는데 수리하는 것을 계속 잊어버리기 때문에 이젠 바쁠 일이 아무것도 업따. 대학교에서 보낸 이번 달 수표를 잃어버린 것 같다. 기억나지 안는다.

머리가 깨질 듯이 아픈데 아스피린을 먹어도 별로 소용이 없다. 무니 부인은 내가 진짜로 아프다는 말을 이제야 믿고 나를 정말 가엽깨 생각한다. 부인은 아픈 사람에게는 무척 친절하다. 이젠 밖이 점점 더 추워져서 스웨터 두 벌을 껴이버야 한다.

복도 건너편에 사는 아가씨가 창문의 블라인드를 내려서 더 이상 볼 수 없다. 운이 정말 업따.

11월 10일

무니 부인이 이상한 의사를 불러다 진찰을 받게 했다. 부인은 내가 죽을까 봐 걱정했다. 아주 아프지는 안코, 가끔 이저버릴 뿐이라고 의사에게 말했다. 혹시 친구나 친척들이 있나요 의사가 물었고 나는 대답했다 아니요 없어요 예전에 앨저넌이라는 친구가 있었어요 그런데 앨저넌은 쥐예요 우리는 함께 달리기 시합을 자주 했어요. 의사는 나를 미친 사람 보듯이 이상한 눈으로 쳐다보았다.

예전에는 내가 천재여따고 하니까 의사가 미소를 지었다. 의사는 아기에게 말하듯이 내게 말했고 그러면서 무니 부인에게 눈짓을 했다. 의사가 나를 놀리고 비웃자 몹시 화가 나서 의사를 밖으로 쫓아내고 문을 잠가버렸다.

왜 운이 개속 나쁜지를 알 것 같다. 토끼발과 말발굽을 잃어버렸기 때문이다. 어서 다른 토끼발을 하나 더 구해야겠다.

11월 11일

오늘 스트라우스 박사님이 문 앞에까지 찾아왔고, 앨리스도 함께 왔지만 나는 문을 열어주지 안아따. 아무도 만나고 십지 않아요. 저를 내버려두었으면 좋겠어요 나는 두 사람에게 말했다. 나중에 무니 부인이 음식을 약간 들고 올라와서 내게 말하기를 두 사람이 집세를 내고 내게 음식이나 필요한 것은 뭐든지 살 수 있게 돈을 주고 갔다고 했다. 부인에게 말했다 그들이 준 돈을 더 이상 쓰고 십지 않아요. 그러자 부인이 말했다 돈은 돈이고 누군가 돈을 내지 않으면 쫓아내는 수

밖에 없어요. 빈둥거리기만 말고 일을 좀 구해보는 게 어때요.

예전에 빵가게에서 하던 일 외에는 아무 일도 할 줄 모른다. 거기 사람들은 내가 똑똑했을 때를 알아서 비웃을지도 모르니 그곳에 돌아가고 싶지는 않다. 그런데 돈을 벌 수 있는 다른 일은 할 줄 모른다. 모든 것은 내가 스스로 지불하고 싶다. 나는 튼튼해서 얼마든지 일할 수 있다. 스스로를 돌보지 못한다면 나는 워렌에 갈 것이다. 누구에게도 동정은 받고 싶지 않다.

11월 15일

오래전에 쓴 경과보고서를 보고 있는데 아주 이상하지만 내가 쓴 것을 읽을 수가 없다. 몇몇 단어들은 알지만 문장은 이해가 되지 않는다. 내가 쓴 보고서인 것 같은데 잘 기억이 나지 않는다. 약국에서 산 책을 조금 읽어보려고 해도 금방 지친다. 예쁜 아가씨들 사진이 있는 책들은 그렇지 않지만. 아가씨들을 보고 있으면 좋지만 이상한 꿈을 꾼다. 별로 좋은 꿈은 아니다. 그런 책들은 더 사지 않을 것이다. 그런 책에서 사람들이 마법의 가루를 파는 것을 보았는데, 먹으면 강해지고, 똑똑해지고, 할 수 있는 일도 많아진다. 다른 사람에게 부탁해서 좀 사달라고 할까 하는 생각이 든다.

11월 16일

앨리스가 다시 문 앞에 찾아왔지만 나는 말했다 돌아가요 만나고 싶지 않아요. 앨리스도 울고 나도 울었지만 앨리스에게서 비우슴을 사고 싶지 안아서 집에는 못 들어오게 햇다. 더 이상 조아하지 않고 똑똑해지고 싶지도 안타고 말했다. 그걷은 사실이 아니다. 아직도 사랑하고 있고 똑똑해지고 싶지만 앨리스를 떠나보내려면 그렇게 말해야 했다. 나를 돌봐주고 집세로 쓰라고 앨리스가 돈을 더 가저왓따고 무니 부인이 말했다. 그 돈은 받고 싶지 안타. 일을 구해야만 한다.

제발··· 제발··· 일꼬 쓰는 법을 이저버리지 안캐 해주세요····.

11월 18일

빵가게로 돌아가서 예전처럼 계속 일할 수 있게 해달라고 부탁햇을 때 도너 사장님은 무척 친절히 대해주었다. 처음에 사장님은 무척 의시마는 눈으로 보았지만 내게 일어났던 일을 말하자 무척 슬픈 얼굴로 내 어깨에 손을 올려놓고 말했다 찰리 넌 용기가 있어.

아래층으로 내려와서 애전처럼 화장실 청소를 시작하자 사람들이 모두 날 쳐다보았다. 나는 자신에게 말했다 찰리 저 사람들은 전에 네가 생가캐떤 것처럼 그렇게 똑똑하지는 않으니까 저들이 널 널려도 화내지 마. 게다가 저들은 예전에 너의 칭구들이었고 혹시 널 보고 우서도 네가 좋기 때문이고 무슨 다른 뜨시 잇는 건 아니야.

내가 빵가게를 그만둔 뒤에 새로 들어온 직원 한 명이, 이름은 메이어 클라우스인데, 내게 나쁜 짓을 했다. 내가 밀가루 포대를 싣고 있는데 메이어가 와서 말했다 이봐 찰리 난 네가 아주 똑똑한 놈이라고 들었어. 퀴즈쇼에 나오는 아이처럼 말이지. 뭔가 똑똑칸 말을 해봐. 말하는 태도를 보고 나를 놀리고 있다는 것을 알았기 때문에 나는 기분이 나빴다. 그래서 하던 일을 계속 했다. 그러자 메이어는 내게 다가와서 내 팔을 아주 세게 잡고 소리쳤다. 이봐, 내가 말할 때에는 잘 듣는 편이 좋을걸. 안 그러면 팔을 브러뜨릴 테니까. 그가 팔을 꺾어서 아팠고 진짜로 팔을 브러뜨릴까 봐 겁이 났다. 그는 우스면서 내 팔을 비틀었고 나는 어찌할 바를 몰라따. 너무 겁나서 울고 싶었지만 그러지는 안아꼬 배가 심하게 아파서 바로 화장실에 가야만 했다. 바로 가지 안으면 속이 마구 뒤틀리다가 배가 터질 것만 같았다. 더는 버텨낼 수가 업써끼 때문이다···.

화장실에 가야 하니까 제발 나를 그만 놓아달라고 했지만 그는 마냥 우꼬 있었고 난 뭘 해야 할지 몰랐다. 그래서 나는 울기 시작했다. 날 놔줘. 날 놔달라니까. 그 순간 결국 바지에 똥을 싸고 말았다. 똥이 흘러내리면서 심한 냄새가 났고 나는 엉엉 울고 있었다. 그제야 메이어는 나를 놓아주었고 메스꺼운 표정을 짓다가 곧 겁먹은 표정을 지었다. 메이어가 말했다 이런 젠장 찰리 무슨 짓을 할 생각은 업었다고.

하지만 그때 조 카프가 들어와서 클라우스의 멱살을 잡고 말했다 이 더러운 새끼야 찰리를 내버려둬 안 그러면 네 모가지를 꺾어놓을 테니까. 찰리는 착한 녀석이니까 함부로 건드리면 꼭 대가를 치르게 해주겠어. 나는 부끄러워서 화장실로 달려갔고, 씻고 옷을 갈아입었다.

돌아왔더니 프랭크도 와있었고 조는 프랭크에게 무슨 일이 있었는지 말했고 그때 짐피가 와서 다들 그에게 말했고 짐피가 다 함께 클라우스를 내쫓아 버리자고 말했다. 다들 도너 사장님에게 클라우스를 해고하라고 말하려 했다. 나는 그들에게 말했다 클라우스를 해고하지 않았으면 해요 아내와 자식도 있는데 해고하면 또 다른 일을 구해야 하니까요. 그리고 클라우스는 내게 한 짓을 후회하고 있어요.

그리고 빵가게에서 해고되어 쫓겨났을 때 얼마나 슬펐는지가 기억난다. 나는 말했다 내게 나쁜 짓을 더 이상 안 할 것이기 때문에 클라우스에게 한번 더 기회를 줘야 해요.

나중에 짐피가 성하지 않은 발을 절뚝거리면서 내게 오더니 말했다 찰리 누구든지 널 괴롭히거나 이용하려고 한다면 나를 불러 아니면 조나 프랭크를 불러도 돼 그러면 우리가 본때를 보여줄 테니까. 우리는 네가 여기에 친구들이 있다는 사실을 절대로 잊지 않았으면 좋겠어. 나는 말했다 고마워 짐피. 그러자 기분이 한결 나아졌다.

칭구가 있다는 것은 좋은 이리다···.

11월 21일

오늘 나는 바보짓을 했다 애전에 가던 키니언 선생님 수업에 이젠 더 이상 안 간다는 사실을 깜빡 이저버린 것이다. 나는 교실에 들어가서 뒤쪽에 내가 원래 앉던 자리에 앉았고 선생님은 나를 이상하게 쳐다보더니 말했다 찰리 어디에 갔었어요. 그래서 나는 말했다 키니언 선생님 안녕하세요 오늘 수업받을 준비는 했는데 공부하던 책을 그만 이저버려써요.

키니언 선생님이 울면서 교실 밖으로 달려 나가자 다들 날 쳐다보았고 그제야 만은 학생들이 나와 같이 수업 듣던 사랑들이 아니라는 것을 알았다.

그때 갑자기 수술을 받고 내가 점점 똑똑해지던 일들이 떠올랐다 그래서 나는 말했다 이런 찰리 고든 짓을 저질러버렸네. 키니언 선생님이 돌아오기 전에 나는 교실 문을 나섰다.

바로 그래서 나는 이곳을 영영 떠나 워렌 주립보호소에 들어가려고 한다. 또오 다시 그런 짓은 하고 싶지 않다. 키니언 선생님이 나를 안쓰럽게 여기지 안아쓰면 좋겠다. 빵가게의 사람드리 다 날 불쌍하다고 생각하는 것을 알고 있는데 그런 것도 원하지 안아서 나는 나와 같은 사람들이 많은 곳으로 갈 것이고 그러면 찰리 고든이 한때 청재였지만 이제는 책을 일지도 못하고 글도 잘 스지 못한다는 사실을 아무도 신경 쓰지 아늘 것이다.

책을 며 퀀 가지고 가려고 하는대 일찌는 모태도 열심히 연습하면 수술을 하지 않아도 아마 수술하기 전버다 쫌 더 똑똑해질 것이다. 나는 새로운 토끼발도 이꼬, 행은의 동전도 있고, 심지어 마버배 가루도 조금 남아있어서 아마더 날 도와줄 것이다.

키니언 선생님 혹시 이 글을 일그면 저를 안쓰럽게 생각하지 마새요. 선생님이 말한 대로 똑똑해져서 인생에서 두 번째 기회를 얻을 수 있어서 기뻐요. 세상에 있는지도 몰랐던 많은 것들을 배웠기 때문이에요. 잠깐일지라도 그것을 볼 수 있었다는 것에 감사합니다. 그리고 가족들과 저 자신에 대해 전부 알게 되어서 기뻐요. 가족들을 기어캐내고 만나고 나니까 마치 없었던 가족이 생겨난 거 같았고 이제야 제게도 가족이 있고 저도 다른 사람들과 다르지 않다는 걸 알게 되었어요.

또오 왜 바보가 되었는지, 뭘 잘모탰는지 나는 머른다. 열심히 노력하지 안아서일지도 머르고 아니면 누군가 내게 저쥬를 걸어서인지도 머른다. 하지만 정말 열심히 노력하고 연스판다면 좀 더 똑똑해질 것이고 저 단어들이 전부 무슨 뜻인지를 안게 될 것이다. 표지가 찌저진 파란 책을 일글 때, 무척 기분이 좋았던 게 저금 기엉난다. 두 눈을 감으면 책을 찌즌 남자가 생각나고 나와 꼭 닮았지만 어딘지 다르게 보이고 말하는 것도 나와 다르고 그래서 그 남자를 유리창 너머로 보는 느낌이 이써서 그 남자는 내가 아니라는 생각이 드러따.

어쨌든 내가 똑똑해지려고 계속 애쓰는 이유는 그런 느낌을 또오

가지기 위해서다. 많은 것들을 알고 똑똑해지는 것은 좋은 이리고 나는 언 세상의 머든 것을 다 알고 싶다. 지금 당장 또오 똑똑해졌으면 좋겠다. 그러면 나는 안자서 온종일 책을 일글 것이다.

어쨌든 가학 분야에서 준요한 것을 찾아낸 바보는 내가 채초인 게 틀림업다. 내가 뭔가를 하기는 했지만 그게 무엇인지는 기엉나지 안는다. 그래서 워렌 주립보호소와 전 세계에 있는 나와 같은 사람들을 위해 했던 거라고 샌가칸다.

키니언 선생님과 스트라우스 박사와 머두들··· 안녕히 게세요.

추신. 니머 교수에게 사랑들이 비웃을 때 화를 내지 않으면 더 많은 칭구들을 사귀게 될 거라고 꼭 말해주세요. 사람들이 웃도록 내버려두면 치구를 사귀기가 시워요. 워렌에 가서 저는 치구들을 많이 사귈 거예요.

추신. 혹시 기해가 있으면 뒷마당에 있는 앨저넌의 무덤에 꽃을 좀 놓아주세요.

무한경쟁과 과도한 학업 열풍에 갇힌 한국을 생각하며

뇌수술을 받고 지능을 높일 수 있다면, 과연 어떤 일이 벌어지게 될 것인가? 『앨저넌에게 꽃을』은 이런 가정에서 출발한 작품이다. 그런데, 이 작품에서 그려진 상황은 먼 미래에나 일어날 수 있는 가상의 설정이 아니다. 지능이 차이 난다는 이유로 인간을 차별하던 당시 현실에 대한 비판이 담겨있기 때문이다. 오늘날에도 여전히, 아니 오늘날 더 유효한 비판이다. 이 점에서 과학소설은 미래를 예측해서 적은 글이 아니라 지금 우리가 살아가는 세계를 묘사하는 데 그 목적이 있다는 어슐러 K. 르 귄의 주장과 맞닿는다.

당시 시대적 상황을 살펴보면 작품이 말하고자 하는 바를 보다 정확히 알 수 있을 것이다. 『앨저넌에게 꽃을』은 1959년에 출간되었다. 1950년대와 1960년대는 2차 세계대전이 끝난 뒤에 생의학이 눈부신 속도로 발달하던 시기이다. DNA의 이중나선 모형 연구와 인간유전체 계획이 세워지고 진행되던 때이기도 하다. 하지만 그에 비해 과학자들이 연구 대상에 대한 윤리의식을 갖추지 못했던 시기이기도 하다. 실제로 대니얼 키스가 작품을 쓰던 당시에 미국에서는 인간을 대상으로 비윤리적 실험이 실시되었다. 하나는 하버드와 MIT 대학에서 합동으로 수년에 걸쳐 실시한 실험으로 주립학교에 다니는 장애를 지닌 아동들에게 방사능 추적표지가 달린 시리얼을 먹인 실험이었다. 실험의 목적은 철분과 칼슘을 흡수하는 과정을 파악하기 위해서였지만, 학생들과 부모들은 방사능에 노출된다는 언급을 전혀 받지 못했다고 한다. 또 다른 유명한 사례로 터스키기(Tuskegee) 매독연구가 있다. 매독이 만연하던 앨라배마 주의 흑인들을 대상으로 가짜 약을 먹여가면서 매독이 신체에 미치는 영향을 장기간에 걸쳐 조사한 것이었다. 이런 시대적 배경 속에서 대니얼 키스가 지닌 문제의식이 어디에서 왔는지를 간접적으로 엿볼 수 있으며, 인간을 대상으로 하는 생의학이 지켜야 할 바람직한 윤리란 무엇인가라는 작품의 질문도 더욱 묵직하게 다가온다.

빵집에서 일하는 서른두 살의 청년 찰리 고든은 어렸을 때 앓은 병 때문에 뇌가 손상되어 어린 아이의 지능을 가지고 살아간다. 지능이 낮지만 배우고자 하는 의지가 매우 높은 찰리에게 니머 교수가 지능을 높일 수 있는 뇌수술을 권한다. 수술은 성공적으로 끝나고 매우 낮았던 찰리의 지능은 수술을 받은 뒤에 빠르게 높아지면서 학습능력과 사고능력도 눈부신 속도로 향상된다. 특히 눈에 띄는 것은 작품 전체에 걸쳐 달라지는 찰리의 언어이다. 이 작품은 3월부터 11월까지 찰리가 기록한 경과보고서이다. 처음에는 맞춤법도 거의 틀리고, 생각과 감정의 표현 방식도 어린아이 같던 찰리였지만, 수술을 받은 후에 시간이 지날수록 점점 달라지는 찰리의 지적 수준과 정신 상태가 찰리의 글에서 느껴진다.

찰리는 지능이 낮았을 때, 빵집 동료들의 놀림감으로 지냈다. 그런데 이제는 지능이 너무 높아져서 오히려 역차별을 받는다. 사람들은 아이러니하게도 찰리의 지능을 시기하면서도, 선망한다. 이런 이중적 태도를 보이는 사람들에게 찰리는 지능만큼 중요한 것이 바로 감정이라고 소리 높여 말한다. "지능 하나만으로는 아무런 의미가 없다는 것을 알게 되었습니다. 여기 당신들의 대학에서는 지능과 교육과 지식을 모두 숭배하죠. 하지만 당신들이 모두 놓친 한 가지 사실을 이제 저는 알게 되었습니다. 그것은 바로 지능과 교육도 인간에 대한 애정과 조화를 이루지 못하면 아무런 가치도 없다는 사실입니다." 뛰어난 지능을 지니고, 교육을 받아도 다른 사람과 애정을 주고받을 줄 모르면 아무런 가치도 없다는 점을 찰리는 강조한다. 이런 점을 보면, 대니얼 키스는 지능과 감성이 함께 조화를 이루어야 한다는 점을 일찍이 알고 있었던 것 같다.

지능이 차이 난다는 이유로 인간을 차별하는 현실이 작품 속에서 그려진다. 지능이 높아지면서 찰리는 예전에 겪었던 일들을 뒤늦게 이해하고 깊은 상처를 받는다. 지능이 낮으면 똑같은 인간으로 대하지 않는 차가운 현실에 그만 눈을 뜨게 된 것이다. 그래서 장애를 지닌 종업원이 접시를 깬 것을 비웃는 식당 손님들을 향해 찰리는 저도 모르게 이렇게 외친다. "지금 저렇게 된 건 저 아이의 잘못이 아니에요···. 그러니까 제발, 인격을 존중해줘요! 저 아이도 인간이니까요!"

지능의 차이를 떠나 인간이라면 누구나 존중받아야 하지만 현실은 그렇지 않다. 찰리가 수술을 받은 가장 큰 이유는 다른 사람들과 소통하고 싶어서였지만, 지능이 낮았을 때와 마찬가지로 높을 때에도 어디에도 소속되지 못한다. 자신보다 뒤떨어지면 비웃고, 자신보다 뛰어나면 선망하면서도 배척하는 사람들 속에서 찰리는 극도의 소외감을 느끼며 혼자가 된다. 결국 찰리는 지능이 점점 퇴행해가자 자신과 비슷한 장애를 지닌 이들을 찾아 스스로 워렌 보호소를 찾아간다. 번역을 하면서 중간중간 문득 그런 생각이 들었다. 모두가 똑똑하다고 해서 바람직한 사회가 아니며, 지능이 달라도 서로 이해하고 존중할 때 비로소 하나의 이상적인 사회에 더욱 다가갈 수 있다는 말을 작가는 하고 싶었던 것 같다. 무한경쟁과 과도한 학업 열풍에 갇힌 한국에 더욱 필요한 메시지라는 생각이 든다.